위대한 개츠비

위대한 개츠비

F. 스콧 피츠제럴드

위대한 개츠비

작품 해설 토니 태너

김보영 옮김

위대한 개츠비

1판 1쇄 발행 2025년 5월 30일

지은이 | F. 스콧 피츠제럴드
옮긴이 | 김보영
발행인 | 오지연
책임 편집 | 손은주
마케팅 | 유인철

주소   서울특별시 서초구 강남대로 373 홍우빌딩 15층
문의전화   02-6964-8874
발행처   펭귄랜덤하우스코리아
출판신고   2016년 1월 13일 제2016-000011호

ISBN 979-11-88087-49-5 04800

* 잘못된 책은 바꾸어드립니다.
* 책값은 뒤표지에 있습니다.

차례

위대한 개츠비 · 7

위대한 개츠비

The Great Gatsby

다시 한 번 젤다에게

▶ 이 책의 주해는 매슈 J. 브루콜리의 『F. 스콧 피츠제럴드의 「위대한 개츠비」의 주석』(사우스캐롤라이나 대학교 출판부, 1974)을 참조했습니다.

그러면 황금 모자를 써라, 그녀를 감동시킬 수 있다면,
그녀를 위해 뛰어오르라, 높이 뛰어오를 수 있다면,
그녀가 이렇게 소리칠 때까지, "사랑하는 이여,
황금 모자를 쓰고 높이 뛰어오르는 사랑하는 이여,
반드시 당신을 차지해야겠어요!"

—토머스 파크 딘빌리어스[1]

---

[1] 피츠제럴드의 첫 장편소설 『낙원의 이편』의 등장인물.

1장

지금보다 더 어리고 상처 받기 쉬운 시절에 아버지는 내게 충고를 몇 마디 해주셨는데, 나는 그것을 평생 가슴속에 새겨 두었다.

"누군가를 비판하고 싶어질 때마다, 세상 모든 사람이 네가 가진 장점을 다 가진 게 아니라는 사실만은 기억하렴."

아버지는 더는 말씀하지 않으셨지만, 우리 부자는 항상 말을 아끼면서도 유난히 서로 마음이 통하는 사이였기에 나는 아버지의 말에 그 이상의 더 큰 의미가 담겨 있음을 알았다. 결국 나는 모든 판단을 유보하는 성향을 갖게 되었다. 그런 성격 탓에 수많은 별난 사람들이 내게 마음을 터놓았고, 생각만 해도 지루하기 짝이 없는 사람들의 표적이 되어 적잖이 시달리는 경우도 많았다. 정상적인 사람에게서 이런 자질이 엿보이면 비정상적인 사람은 재빨리 간파해서 그것에 달라붙는다. 그래서 대학 시절에는 잘 알지도 못하는 난폭한 녀석들의 은밀한 고민을 알고 있다는 이유로, 모사꾼이라는 부당한 비난을 받기도 했다. 대부분의 비밀 고백은 내가 애써 얻으려고 했던 것이 아니었다. 누군가 속내를 드러내려고 하면 나는 종종 잠든 척하거나 뭔가에 몰두하는 것처럼 행동하고, 혹은 경박하게 반대 의사를 내비쳤다. 젊은 사람들이 드러내 보이는 속내는, 적어도 그들이 속내를 드러낼 때 사용하는 표현은 대개 남의 말을 그대로 옮기는 것이거나, 감정을 억제하더라도 속이 빤히 들여다보여서 볼썽사납기 마련이다. 어쨌든 판단을 유보하는 것이 사람들에게는 무한한 희망을 주는 모양이다. 아버지가 고상한 척 말씀하시고, 내가 고상한 척 되새기고 있듯이, 기본 예절은 날 때부터 사람마다 다른 법인데, 혹여라도 그것을 잊어버릴까 슬며시 불안한 마음이 생긴다.

이렇게 나의 관용을 자랑했으니, 이제 그 관용에도 한계가 있다는 걸 인정해야겠다. 품행이란 단단한 바위나 습기 찬 늪지 위에서 만들어지지만, 어느 시점이 지나면 그것이 어디에서 만들어지든 상관하지 않게 된다. 지난 가을 동부에서 돌아왔을 때 나는 세상이 제복을 입은 군인처럼 도덕적으로 영원히 군기가 잡힌 모습이었으면 하고 바랐다. 특권 어린 시선으로 인간의 마음속을 들여다보는 그런 떠들썩한 유람은 이제 원하지 않았다. 오직 개츠비, 이 책에 제목을 부여해 준 그 남자만은 나의 이러한 반응에서 예외였다. 개츠비, 내가 노골적으로 경멸하는 모든 것을 대표하는 사람. 개성이란 것이 끊임없이 이어지는 성공적인 몸짓의 연속이라고 한다면, 그에게는 뭔가 화려한 것, 삶의 약속을 감지하는 고도의 감성 같은 것이 있었다. 마치 1만 5천 킬로미터 밖에서 일어난 지진을 감지하는 복잡한 기계와 연결되어 있는 것처럼 말이다. 이런 민감성은 '창조적 기질'이라는 이름으로 그럴듯하게 포장된 맥없는 감수성과는 전혀 관계가 없었다. 그것은 희망을 바라는 비범한 재능이자

낭만적인 태도였고, 그때껏 내가 그 누구에게서도 발견하지 못
했으며 다시 쉽게 찾아내기도 힘들 것 같은 그런 기질이었다.
그렇다. 결국엔 개츠비가 옳았다. 인간의 속절없는 슬픔과 숨
가쁜 환희에 대해 한동안 관심을 끊었던 것도 개츠비를 희생물
로 삼은 것, 그의 꿈이 사라진 자리에 비참하게 나풀거리던 더
러운 먼지 때문이었다.

　우리 집안은 이 중서부 도시에서 삼대에 걸쳐 살아온 부유한
명문가였다. 캐러웨이는 뼈대 있는 가문으로 버클루 공작[2]의
후손이라는 얘기도 전해내려 오지만, 우리 가계의 실질적인 시
조는 큰할아버지였다. 그는 1851년 이곳에 왔고 남북전쟁이 일
어나자 다른 사람을 대신 전쟁에 내보냈다. 그리고 오늘날엔
아버지가 이어받아 운영하는 철물 도매업을 시작했다.
　큰할아버지를 뵌 적은 한 번도 없지만, 사람들은 내가 그분
과 닮았다고들 했다. 아버지 사무실에 걸려 있는 조금 무뚝뚝
한 표정의 초상화를 특별히 언급하면서 말이다. 나는 1915년,
그러니까 아버지보다 딱 25년 늦게 뉴헤이번[3]을 졸업했다. 그
리고 얼마 뒤에 1차 세계대전으로 알려져 있는 때늦은 게르만
족의 이주에도 참전했다. 그 역습을 너무 깊이 즐긴 나머지, 고
향에 돌아와서도 좀처럼 가만히 있지를 못했다. 이제 중서부는
세상의 활발한 중심지라기보다는 우주의 초라한 변두리처럼
느껴졌다. 그래서 동부로 가서 증권업을 배우기로 결심했다.

---

2) 버클루 공작은 동커스터 공작의 작위도 갖고 있다. 개츠비가 옥스퍼드에서
　미래의 동커스터 백작, 즉 영국 왕 찰스 2세의 서자인 그 공작과 친분이 있다
　고 밝히는 부분이 뒤에 나오는 걸 보면, 피츠제럴드는 닉이 개츠비와 좀 더
　'가까운' 관계일지도 모른다고 은연 중에 농담처럼 암시하고 있다.
3) 예일 대학교를 가리킨다.

내가 아는 모든 사람이 증권업을 하고 있어서, 그 일이면 독신 남자 한 명 정도는 충분히 먹고살 수 있으리라 생각했다. 친척 아주머니와 아저씨들은 모두 모여 내가 다닐 사립 고등학교라도 골라주는 것처럼 진지하게 머리를 맞대고 의논하더니, 마침내 아주 근엄한 표정으로, "글쎄다……. 뭐, 그렇게 하려무나"라고 마지못해 말씀하셨다. 아버지가 1년 간 재정 지원을 해주기로 하셨다. 그 후에도 여러 가지 우여곡절로 지체하다가 1922년 봄, 내심 영원히 이주할 마음을 품고 동부로 왔다.

원래는 도심에 방을 얻을 생각이었다. 하지만 따뜻한 계절이었고, 넓은 잔디밭과 친근한 나무들이 있는 시골을 막 떠나온 터라 같은 사무실의 젊은 동료가 통근이 가능한 교외에 함께 집을 얻자고 제안하자, 귀가 솔깃했다. 갖은 풍상을 다 겪은 듯한 월세 80달러짜리 판지 방갈로를 찾아내긴 했지만, 마지막 순간에 그 동료가 워싱턴으로 발령이 나는 바람에 결국 나 혼자 교외로 이사했다. 개 한 마리와 함께였지만 며칠 만에 달아나버렸고, 오래된 닷지 자동차와 핀란드인 가정부가 있었다. 침대를 정리해 주고 아침 식사를 차려주는 그 가정부는 전기 스토브 앞에서 핀란드 속담을 중얼거리곤 했다.

그렇게 하루 이틀쯤 외롭게 지내던 어느 날 아침, 나보다 늦게 그곳으로 이사 온 어떤 남자가 길에서 나를 불러 세웠다.

"웨스트 에그로 가려면 어떻게 가야 합니까?" 그가 난감하다는 듯 물었다.

나는 길을 가르쳐주었다. 그리고 가던 길을 계속 걸어가는데 더 이상 외롭지 않았다. 이미 나는 그곳의 안내인이자 개척자이며 원주민이 된 것이다. 그가 무심결에 내게 그곳 사람이라는 느낌을 안겨준 셈이었다.

따사로이 비추는 햇살 아래, 모든 생명이 빠르게 자라나는 영화 속 한 장면처럼 나뭇잎들이 무성하게 늘어나는 모습을 보며, 나는 여름과 함께 삶이 다시 시작되고 있다는 확신이 들었다.

우선 읽어야 할 게 너무나 많았고, 맑고 신선한 공기를 마시며 건강도 챙겨야 했다. 나는 은행업과 신용 대부, 투자 증권에 대한 책들을 여남은 권 샀다. 책장에 붉은색과 금색 표지의 책들이 조폐창에서 막 찍어낸 돈처럼 번쩍거리며 꽂혀 있었다. 미다스와 모건, 마에케나스만이 아는 멋진 비밀을 펼쳐 보이려는 것 같았다. 난 그 외에 다른 책들도 많이 읽겠다는 높은 포부를 품었다. 대학 시절 나는 문학에 꽤 관심이 많은 학생이었다. 어느 해인가는 《예일 뉴스》에 매우 진지하고 논조가 분명한 논설들을 연재한 적도 있었다. 이제 다시 옛날로 돌아가 전문가들 중에서도 보기 드문 다재다능한 사람이 되어 볼 작정이었다. '하나의 관점에서 보아야 삶이 더 그럴싸해 보인다'는 말은 그저 한낱 경구만은 아닌 것이다.

북미 대륙에서 가장 이상한 지역 중 하나에 집을 얻은 것은 정말 우연이었다. 그 집은 뉴욕에서 정확히 동쪽으로 뻗어나간 시끌벅적하고 가느다란 섬에 있었는데, 자연적으로 특이한 여러 지형들 중에서도 유난히 눈에 띄는 지형 두 곳이 있었다. 뉴욕 시에서 32킬로미터쯤 떨어진 곳에 거대한 달걀 모양의 땅덩어리 두 개가 보잘 것 없는 작은 만(灣)을 사이에 두고 방대한 습지인 롱아일랜드 해협, 서반구에서도 인간의 손에 가장 잘 길들여진 그 바다 쪽으로 툭 튀어나와 있었다. 두 땅덩어리가 정확하게 달걀 모양은 아니었다. 콜럼버스 이야기에 나오는 달걀처럼 맞닿은 면이 평평했다. 하지만 두 지형이 워낙 서로 비슷해서 그 위를 지나가는 갈매기들은 분명 헷갈렸을 것이다.

반면 날개가 없는 존재들에게는 모양과 크기를 제외한 다른 모든 면에서 그 두 땅이 전혀 닮지 않았다는 사실이 더 흥미로웠다.

나는 웨스트 에그에 살았는데, 두 지역 중에서 상류층이 덜 선호하는 곳이었다. 물론 이렇게 말하면 두 지역 사이에 깔려 있는 기이하고도 상당히 불길한 차이를 매우 피상적으로밖에 설명하지 못하지만 말이다. 내 집은 해협에서 50미터 정도밖에 떨어져 있지 않은 달걀 모양 지형의 맨 끝에 있었는데, 한 철 임대료가 1만 2천 달러 혹은 1만 5천 달러에 달하는 거대한 두 저택 사이에 끼어 있었다. 오른쪽 저택은 어떤 기준으로 봐도 정말이지 어마어마했다. 노르망디에 있는 어느 시청 건물을 그대로 모방한 것인데, 한쪽에는 야생 담쟁이덩굴이 수염처럼 얇게 덮인 새로 지은 탑이 있고, 대리석 수영장과 함께 무려 5만 평 가까이 되는 잔디밭과 정원이 딸려 있었다. 바로 개츠비의 대저택이었다. 아니, 조금 더 정확하게 말하자면 그때는 개츠비 씨를 알지 못했으니까, 개츠비란 이름의 신사가 거주하는 대저택이었다. 우리 집은 눈에 거슬릴 법도 한데, 워낙 작아서인지 다들 그냥 지나쳤다. 그렇지만 우리 집에서는 바다가 보였고, 이웃의 잔디밭도 조금 보였으며, 백만장자들과 지척에 살고 있다는 위안을 얻을 수 있었다. 그 모든 비용이 한 달에 고작 80달러였다.

보잘 것 없는 만 건너편, 상류층이 모여 사는 이스트 에그에는 궁전 같은 하얀 저택들이 해변을 따라서 반짝이고 있었다. 톰 뷰캐넌 부부와 저녁을 함께하기 위해 차를 몰고 그곳으로 달려가던 그날 저녁, 드디어 여름의 역사가 시작된다. 데이지는 먼 친척 여동생뻘이었고, 톰은 대학 시절부터 알고 지낸 사이였다. 전쟁 직후 시카고에서 그들과 며칠 동안 함께 지낸 적도 있었다.

데이지의 남편은 다양한 스포츠에 재능을 보였는데 특히 뉴헤이번의 미식축구 선수들 중 가장 막강한 엔드였다. 어찌 보면 전국적으로 알려진 유명 인사였지만, 스물한 살에 이미 제한된 능력 안에서 최고의 기량을 끌어올려 버려서 그 후로는 모든 게 용두사미처럼 흐지부지되어 버린 그런 남자였다. 그의 집안은 엄청나게 부유했다. 대학 시절에는 돈을 하도 흥청망청 써서 비난의 대상이 되기도 했다. 이제 그는 시카고를 떠나 혀 소리가 날 만큼 거창하게 동부로 돌아왔다. 레이크 포리스트[4] 에서부터 폴로 경주용 말들을 줄줄이 달고 온 게 그 한 예다. 내 또래의 남자가 그런 어마어마한 짓을 할 만큼 부유하다는 건 좀처럼 믿기 어려운 일이었다.

그들이 왜 동부로 왔는지는 모른다. 그들은 특별한 이유 없이 프랑스에서 1년을 보내다가, 부자들이 폴로 경기를 하는 곳이면 어느 곳이든 떠돌아다녔다. 이번이 마지막 이사예요. 데이지는 전화상으로 그렇게 말했지만 믿지 않았다. 데이지의 마음을 들여다본 건 아니지만, 나는 왠지 톰이 다시는 돌아갈 수 없는 미식축구의 격정적인 환희를 찾아 못내 아쉬워하며 영원히 떠돌아다닐 것만 같았다.

그리고 참으로 우연찮게 따스한 바람이 부는 그날 저녁, 그다지 잘 알지 못하는 옛 친구 두 명을 만나러 이스트 에그로 차를 몰게 된 것이다. 그들의 집은 예상보다 훨씬 더 정교했다. 붉은색과 흰색이 어우러진 조지 왕조 식민지 시대풍의 쾌적한 대저택은 만을 굽어보고 있었다. 잔디밭은 해변에서 시작해서,

---

4) 시카고의 교외 주택 지역. 피츠제럴드의 어린 시절 연인 지네브라 킹이 살던 곳이다.

해시계들과 벽돌이 깔린 길들, 불타는 듯한 정원들을 뛰어넘어 현관까지 4백 미터나 이어져 있었다. 마침내 저택에 다다라서는 달리던 관성 때문인 양, 밝은색 덩굴이 되어 벽 위로 뻗어 올라갔다. 집 정면으로 프랑스식 창문들이 쭉 이어져 있었는데, 황금빛이 반사되어 반짝거리는 창문들은 오후의 따스한 바람을 맞기 위해 활짝 열린 채였다. 거기에 승마복 차림의 톰 뷰캐넌이 다리를 쩍 벌린 채 현관 앞에 서 있었다.

뉴헤이번 시절과는 영 딴판이었다. 이제 그는 다부진 입매에다 거만한 태도를 지니고 밀짚 색깔 머리카락의 건장한 체격을 가진 30대 남자가 되어 있었다. 오만한 눈빛의 반짝거리는 두 눈이 얼굴 전체의 인상을 지배하면서 금세라도 누군가를 향해 확 덤벼들 것 같은 느낌을 주었다. 화려하고 여성적인 승마복조차 그의 몸에서 뿜어져 나오는 거대한 힘을 숨길 수 없었다. 구두끈을 맨 위까지 간신히 조여 맨 번쩍거리는 부츠는 부풀어 빵빵했고, 얇은 코트 밑에서 어깨가 움직일 때마다 커다란 근육 덩어리가 이리저리 몰려다니는 게 보일 정도였다. 그것은 굉장한 영향력을 발휘할 수 있는 몸, 무자비한 몸이었다.

그의 퉁명스럽고 거칠며 톤이 높은 허스키한 음성은 가뜩이나 성마른 인상을 더욱 두드러지게 했다. 게다가 그의 목소리에는 좋아하는 사람들을 대할 때조차 마치 그들의 아버지라도 된 양 깔보는 듯한 느낌이 있었다. 그 때문에 뉴헤이번에서도 그를 몹시 싫어하는 사람들이 꽤 있었다.

그는, '이봐, 이 문제에 대한 내 의견이 너무 단정적이라고는 생각하지 말라고. 내가 자네보다 더 강하고 사내답다는 이유만으로 말이지'라고 으스대며 말하는 것처럼 보였다. 우리는 같은 4학년 사교 클럽[5]에 있었다. 결코 친한 사이는 아니었지만, 언제나 그가 나를 인정하고 있다는 인상을 받았다. 그리고 그 나름의 거칠고 오만하며 애석해하는 듯한 태도로, 내가 그를 좋아해 주었으면 하고 바라는 것 같았다.

우리는 햇볕이 잘 드는 현관 베란다에서 몇 분 동안 이야기를 나누었다.

"여기 좋은 곳에 자리를 잡았지." 불안한 듯 주위를 두리번거리며 그가 말했다.

그는 한 팔로 나를 돌려세운 다음, 크고 넓적한 손으로 눈앞에 펼쳐진 풍경을 가리켰다. 그가 가리킨 곳에는 주위보다 지대가 낮은 이탈리아식 정원이 보였고, 깊으면서도 강한 향기가 코를 찌르는 장미 꽃밭이 600평 남짓 펼쳐져 있었다. 그 뒤로 뭉툭한 뱃머리가 파도에 부딪쳐 이리저리 흔들리고 있는 모터보트가 보였다.

"석유 사업가 드메인의 집이었지." 그는 정중하지만 갑작스럽게 나를 다시 돌려세웠다. "안으로 들어가지."

우리는 천장이 높은 복도를 지나 밝은 장밋빛 공간으로 걸어 들어갔다. 그 공간은 양쪽 끝에 달린 프랑스식 창문들로 간신히 집과 연결되어 있었다. 살짝 열린 창문들은 집 안쪽으로 자라며 올라온 듯 보이는 푸릇푸릇한 잔디를 배경으로 하얗게 반짝이고 있었다. 산들바람이 방을 가로지르며 불어와 한쪽 끝에 매달린 커튼을 하얀 깃발처럼 펄럭이고는 다른 쪽으로 빠져나갔다. 바람은 설탕을 입힌 웨딩케이크 같은 천장 쪽으로 커튼을 휙 말아 올리는가 싶더니, 바다에 잔잔한 그림자를 드리우듯 어느새 와인색 양탄자에 잔물결을 일으키며 지나갔다.

---

5) 예일 대학교에는 여섯 개의 4학년 사교 클럽이 있었는데 물론 비밀 조직이었다. 그 중 하나에 가입했다는 건 사회적 위치가 상당하다는 뜻이다.

그 방에서 유일하게 꼼짝 않고 있는 물건은 커다란 소파였는데, 거기에는 마치 고정된 열기구에 올라탄 것처럼 두 명의 여자가 둥실 뜬 채 앉아 있었다. 두 여자 모두 하얀 옷을 입었는데, 마치 집 주변을 짧게 비행한 뒤 이제 막 내려앉은 듯 옷들이 팔랑거리며 잔물결을 일으켰다. 나는 커튼이 휙 날리는 소리와 펄럭거리는 소리, 벽에 걸린 그림이 신음하는 소리를 들으며 잠시 동안 서 있었다. 그때 톰 뷰캐넌이 뒤쪽 창문을 쾅 하고 닫는 소리가 들렸다. 그러자 방에 갇힌 바람이 서서히 사그라지면서 커튼과 양탄자, 그리고 열기구에 탔던 두 여자가 천천히 바닥으로 내려왔다.

둘 중 더 어린 여자는 처음 보는 얼굴이었다. 그녀는 소파의 한쪽 끝에 길게 누워 미동도 하지 않은 채, 마치 금방이라도 떨어질 것 같은 무언가를 턱 위에 올려놓고 균형이라도 잡는 듯 턱을 약간 치켜들고 있었다. 곁눈질로 나를 보았을지도 모르지만, 내색은 전혀 하지 않았다. 사실 안으로 들어서면서 그녀에게 방해해서 죄송하다고 나도 모르게 중얼거릴 뻔했다.

다른 한쪽은 데이지였는데, 세심하게도 몸을 약간 앞으로 숙이며 자리에서 일어나려고 했다. 그러다 엉뚱하면서도 매력적인 웃음을 살짝 지어 보였고, 나도 따라 웃으며 방으로 들어갔다.

"너무 행복해서 몸이 굳, 굳어버렸어요."

아주 재치 있는 말을 했다는 듯 그녀가 다시 웃었다. 그리고 잠시 내 손을 잡고는 내 얼굴을 올려다보았다. 세상에서 이토록 보고 싶었던 사람은 아무도 없었다는 듯한 표정으로. 그녀는 늘 그런 식이었다. 그러더니 소파에서 균형을 잡고 있는 여자의 성이 베이커라고 귓속말로 속삭이듯 알려주었다.(데이지가 소곤거리는 건 사람들이 자기 쪽으로 몸을 기울이게 하려는 의도라는 이야기가 있지만, 그런 가당찮은 비난에도 그녀가 하는 귓속말의 매력은 조금도 줄지 않는다.)

어쨌든, 베이커 양은 입술을 움찔거리며 보일락 말락 내게 고개를 까닥거렸다. 그러고는 균형을 잡고 있는 턱 위의 물체가 약간 흔들거려서 화들짝 놀란 것처럼 재빨리 다시 고개를 쳐들었다. 다시 죄송하다는 말이 입 밖으로 튀어나올 뻔했다. 저렇듯 완벽하게 자기만족의 표현을 할 수 있는 사람을 보면 놀라움에 그저 어안이 벙벙해질 따름이다.

나는 다시 친척 여동생을 바라보았다. 그녀가 낮고 떨리는 목소리로 질문을 던지기 시작했다. 다시 연주되지 않을 음표들의 배열처럼 높낮이를 따라 오르락내리락할 때마다 귀가 저절로 따라가게 되는 그런 종류의 목소리였다. 그녀의 얼굴은 그 안에 깃든 빛나는 것들, 빛나는 눈, 열정으로 빛나는 입술 같은 걸 담고 있어서 한없이 슬프고도 사랑스러웠다. 하지만 그 목소리에는 그녀를 좋아했던 남자라면 도무지 잊기 힘든 흥분이 어려 있었다. 이를테면 노래를 하고 싶은 충동, '들어보세요' 라는 속삭임, 조금 전까지 신나고 재미있는 일을 했으며 그 다음 순간에도 신나고 재미있는 일이 일어나리라는 약속 같은 것 말이다.

나는 동부로 오는 길에 시카고에 하루 머물렀던 일이며, 그때 만난 여남은 명의 사람들이 그녀에게 안부를 전해달라고 부탁했다는 이야기를 들려주었다.

"그 사람들이 저를 보고 싶어 해요?" 그녀는 기쁨에 겨워 소리쳤다.

"도시 전체가 적막해. 차들은 모두 장례 화환처럼 왼쪽 뒷바퀴를 검게 칠하고 다녀. 그뿐인 줄 알아? 북부 해안을 따라서 밤새도록 울음소리가 그치지 않던데?"

"와, 대단해! 톰, 당장 돌아가요. 내일이라도!" 그리고는 뜬금없이 덧붙였다. "우리 아이를 한번 봐야죠."

"그래야지."

"지금 잠들어 있어요. 세 살이에요. 우리 딸, 본 적 없지요?"

"없어."

"그럼 꼭 봐야 해요. 그 애는 말이에요……."

톰 뷰캐넌이 방 안에서 불안한 듯 서성거리다가 다가와 내 어깨에 손을 얹었다.

"닉, 요즘 자넨 무슨 일을 하나?"

"증권 일을 하고 있어."

"어디에서 일하지?"

그에게 회사 이름을 말했다.

"들어본 적이 없는걸." 그가 단정적으로 말했다.

그 말에 기분이 상했다.

"앞으로 듣게 될 거야." 나는 짧게 대답했다. "자네가 동부에 계속 머문다면 말이지."

"아, 동부에 계속 있을 거야. 걱정 말게." 그는 경계할 다른 뭔가가 더 있는 것처럼 데이지와 나를 번갈아가며 힐끗거렸다. "다른 곳에 산다면 빌어먹을 멍청이지."

바로 그때 베이커 양이 입을 열었다. "맞아요!" 너무나 갑작스럽게 튀어나온 말이라서 나는 깜짝 놀랐다. 그건 방에 들어온 이후 그녀가 입 밖으로 내뱉은 첫 마디였다. 내가 놀랐던 만큼 확실히 그녀도 놀란 것 같았다. 하품을 하면서 빠르고 능숙한 동작으로 벌떡 일어나 방 한가운데 서 있는 걸 보니 말이다.

"몸이 뻣뻣해요." 그녀가 불평했다. "저 소파에 너무 오래 누워 있었나 봐요."

"그렇게 보지 마. 난 오후 내내 널 뉴욕에 데려가려고 했어." 데이지가 쏘아붙였다.

"안 마실래요." 베이커 양은 방금 식료품실에서 꺼내 온 네 잔의 칵테일을 보며 말했다. "난 지금 훈련 중이거든요."

톰은 도무지 믿을 수 없다는 표정으로 그녀를 바라보았다.

"아무렴! 그렇겠지." 그는 술이 한 방울 밖에 안 남은 것처럼 술잔을 단번에 벌컥벌컥 들이켰다. "도대체 당신이 어떻게 그런 일을 해내는 건지 정말 모르겠단 말이야."

나는 베이커 양이 '해내는' 일이 무엇인지 의아해 하면서 그녀를 바라보았다. 그녀를 보고 있자니 기분이 좋아졌다. 그녀는 호리호리하고 가슴이 밋밋한 여자였다. 자세가 꼿꼿했는데, 젊은 사관생도처럼 어깨를 뒤로 젖혀서 그런지 그 자태가 더욱 두드러졌다. 불만 가득한 창백하고 매력적인 얼굴에서부터 햇빛에 지친 잿빛 눈이 정중한 호기심을 빛내며 나와 마주 보고 있었다. 불현듯 전에 어디선가 그녀를 만났거나, 사진 속에서라도 그녀를 본 적이 있다는 생각이 들었다.

"웨스트 에그에 사신다고요?" 그녀가 경멸하듯 말했다. "거기 사는 사람을 알아요."

"전 한 사람도 모릅니다만……"

"분명 개츠비를 아실 거예요."

"개츠비라고? 어떤 개츠비 말이야?" 데이지가 물었다.

그가 내 이웃이라고 미처 대답하기도 전에 저녁 식사가 준비되었다는 소리가 들려 왔다. 톰 뷰캐넌이 팽팽한 팔을 내 팔 밑에 쐐기처럼 강제로 끼우고 체스판의 말을 다른 칸으로 옮기듯 나를 방에서 데리고 나갔다.

가볍고 나른한 걸음걸이로 양손을 엉덩이에 살짝 얹은 채 두 젊은 여자가 석양을 향해 열린 장밋빛 현관 쪽으로 앞장서서 나아갔다. 식탁 위에 놓인 네 자루의 촛불이 잦아든 바람 속에서 하늘거리고 있었다.

"웬 촛불이람?" 데이지가 눈살을 찌푸렸다. 그러고는 손가락으로 불을 탁 꺼버렸다. "두 주 뒤면 일 년 중 낮이 가장 긴 날이에요." 눈을 반짝이며 그녀가 우리 모두를 바라보았다. "일 년 중 낮이 가장 긴 날을 기다리다가 언제나 놓쳐 버리지 않아요? 나도 항상 그러거든요."

"뭔가 계획을 세워야 해요." 베이커 양이 잠자러 침대에 들어가듯 식탁에 앉으며 하품을 했다.

"그래, 맞아. 그럼, 무슨 계획을 세우지?" 데이지가 난감하다는 듯 내게 몸을 돌렸다. "사람들은 무슨 계획을 세우죠?"

내가 대답을 하기도 전에 그녀의 시선이 겁먹은 듯 새끼손가락으로 향했다.

"이것 봐요! 다쳤어요." 그녀가 불평했다.

한쪽 마디가 검푸르게 멍들어 있었다.

"톰, 당신이 그랬어요." 그녀가 책망하듯이 말했다. "일부러 그러진 않았겠지만, 아무튼 당신이 그랬다고요. 이게 다 야수 같은 남자랑 결혼한 대가예요. 엄청나게 크고 괴물같이 거대한 육체의 표본이랑……"

"그 괴물 같다는 말은 정말 듣기 싫군." 톰이 언짢은 표정으로 말했다. "아무리 농담이라고 해도 말이야."

"괴물같이 거대해요." 데이지가 아랑곳하지 않고 고집스럽게 말했다.

이따금씩 그녀와 베이커 양은 자기들끼리 이야기를 나누었는데, 제대로 된 잡담도 아닌 일관성 없는 농담이었다. 그것은 그들의 하얀 드레스처럼, 모든 욕망이 결여된 그들의 비인간적인 시선처럼 차가웠다. 그들은 우리와 함께하면서 톰과 나를 받아들이긴 했지만, 그건 서로 대접받고 대접하기 위한 최소한의 기분 좋은 예의에 불과했다. 그들은 알고 있었다. 이제 곧 저녁 식사가 끝나고 얼마 뒤에는 밤도 지나가서 이냥저냥 모든 게 끝나버리리라는 것을. 그건 서부와는 너무나도 다른 결말이었다. 마지막을 향해 빠르게 흘러가는 밤의 시간 속에서도 끝없이 실망스러운 기대에 매달리는가 하면, 순간순간을 마음 졸이며 초조하게 맞이하는 게 바로 서부의 방식인 것이다.

"데이지, 너랑 있으면 내가 왠지 미개해지는 것 같아." 코르크 냄새가 나지만 꽤 맛이 좋은 레드와인을 두 잔째 마시면서 내가 고백했다. "농작물이라든가 뭐 그런 이야기를 할 수는 없을까?"

별 뜻 없이 한 말이었는데 대화는 예상치 못한 방식으로 흘러갔다.

"문명이 산산이 부서지고 있어." 톰이 흥분해서 소리쳤다. "사태를 지독하게 비관적으로 보게 됐지. 자네 혹시 '고더드'라는 사람이 쓴 『유색 인종 제국의 등장』[6]이란 책을 읽어본 적이 있나?"

"뭐라고? 아니, 읽어본 적 없는데." 나는 그의 어조에 조금 놀라며 대답했다.

"저런, 좋은 책인데. 그러니 모두들 꼭 읽어야 해. 요점을 말

---

6) 로스롭 스토더드의 『유색의 밀물』(뉴욕, 스크리브너, 1920)

하자면, 우리가 조심하지 않으면 백인종은 철저하게 몰락한다
는 얘기야. 전부 과학적인 내용이고 증명된 거지."

"톰이 아주 조예가 깊어지는 것 같아요." 데이지가 별 생각
없이 슬픈 표정으로 말했다. "이 사람은 긴 단어들이 나오는 난
해한 책들을 읽어요. 그 단어가 뭐였더라, 우리가……."

"글쎄, 이 책들은 다 과학적이라니까." 톰이 조바심을 내며
그녀를 힐끗 바라보았다. "고더드라는 친구가 그 작업을 모두
해냈지. 지배 인종인 우리가 조심해야 해. 그렇지 않으면 다른
인종이 세상을 지배하게 될 거야."

"우리가 모두 때려눕혀야겠네요." 데이지가 뜨거운 태양빛
에 눈이 부신 듯 눈을 격렬하게 깜빡이며 속삭였다.

"두 사람은 캘리포니아에 살아야 하는데……." 베이커 양이
말을 꺼냈지만, 톰이 육중한 몸을 움직이며 의자에서 자세를
바꾸더니 그녀의 말을 가로막았다.

"요컨대 우리가 북유럽 인종이라는 거야. 나도, 그리고 당신
도, 그리고 자네도, 그리고……." 조금 망설인 뒤에 고개를 약
간 끄덕이면서 데이지도 포함시켰다. 그녀가 이번에는 나에게
눈을 깜빡였다. "……게다가 우리가 문명을 이루는 데 들어가
는 온갖 것들을 생산해 낸다는 거지. 과학과 예술, 그런 모든
것들을 말이야. 알겠나?"

그렇게 집중하는 모습에서 뭔가 애처로운 구석이 있었다. 마
치 예전보다 더 강해진 자만심으로도 더는 충분히 채워지지 않
는다는 듯이. 바로 그때 안에서 전화벨이 울렸다. 집사가 현관
으로 사라지자, 데이지가 그 틈을 타 내게 몸을 숙였다.

"내가 집안의 비밀을 하나 알려줄게요." 그녀가 열에 들떠
속삭였다. "집사의 코에 관한 이야기예요. 집사의 코에 대해서

듣고 싶지 않아요?"

"아무렴, 듣고 싶지. 그것 때문에 여기 왔는데."

"있잖아요, 그 사람은 원래부터 집사는 아니었어요. 뉴욕에 있는 어떤 사람 밑에서 은그릇 닦는 일을 했는데, 자그마치 200명이 쓸 수 있는 은그릇을 가진 사람이었대요. 그래서 집사는 아침부터 밤까지 은그릇을 닦았는데, 결국 그것 때문에 코에 문제가 생겨서……."

"상태가 더 악화되었던 거죠." 베이커 양이 거들었다.

"그래. 증상이 더 악화되어 마침내 그 일을 그만두게 된 거예요."

한동안 마지막 햇살이 로맨틱한 손길로 그녀의 발그레한 얼굴을 어루만졌다. 그녀의 목소리에 빨려들 듯 나는 숨을 죽이며 몸을 앞으로 기울였다. 곧 그녀의 얼굴을 비추던 빛이 사라졌다. 해질 무렵 왁자지껄 흥거웠던 거리를 아이들이 하나 둘씩 떠나가는 것처럼, 빛줄기가 아쉬움을 남기며 서서히 그녀에게서 사라져갔다.

집사가 돌아와 톰에게 귓속말을 했다. 그러자 톰이 눈살을 찌푸리면서 의자를 뒤로 밀고는 한 마디 말도 없이 홀로 들어갔다. 마치 그가 사라진 것이 그녀 안에 있던 뭔가를 자극한 것처럼 데이지가 다시 몸을 앞으로 숙였다. 홍분에 들뜬 목소리는 마치 노래를 부르는 것 같았다.

"우리 집 식탁에 오빠랑 함께 앉아 있다니, 얼마나 좋은지 몰라요. 오빠를 보면 장미, 완벽한 장미가 떠올라요. 안 그러니?" 그녀는 확인을 하듯이 베이커 양을 돌아보았다. "완벽한 장미 같지 않아?"

그건 사실이 아니었다. 나는 눈곱만큼도 장미를 닮은 구석이 없었다. 데이지는 그저 즉흥적으로 한 말이었지만, 거기에는 마음을 뒤흔드는 따스함이 있었다. 마치 그녀의 마음이 숨 막힐 듯 황홀한 그 한 마디 속에 감추어져 있다가 오롯이 드러난 것처럼. 그때 갑자기 그녀가 냅킨을 식탁에 던지더니 잠깐 양해를 구하고는 안으로 들어가 버렸다.

베이커 양과 나는 별 의미 없이 겸연쩍게 서로 시선을 교환했다. 내가 막 입을 열려고 할 때, 그녀가 긴장하듯 몸을 곧추세우더니 "쉿!" 하고 주의를 주었다. 옆방에서 격한 감정을 억누르는 듯한 목소리가 나지막하게 들려오자, 베이커 양은 부끄러운 줄도 모르고 앞으로 몸을 숙여 말을 엿들으려 했다. 중얼거리는 소리가 무슨 말인지 알아들을 수 있을 만큼 크게 울리다가 잠시 사그라지더니, 다시 한 번 우렁우렁 높아졌다가 완전히 사라졌다.

"당신이 얘기하셨던 그 개츠비 씨가 바로 제 이웃인데……." 내가 입을 열었다.

"잠깐만요, 아무 말씀도 하지 마세요. 무슨 일이 벌어지는지 듣고 싶어요."

"뭔가 일이 벌어지고 있는 겁니까?" 내가 순진하게 물었다.

"설마 모른다는 말씀은 아니시지요?" 베이커 양이 정말로 깜짝 놀랐다는 듯 말했다. "모두가 다 안다고 생각했는데……."

"전 모릅니다."

"저……." 그녀가 잠시 주저하다가 말했다. "뉴욕에, 톰이 사귀는 여자가 있어요."

"사귀는 여자요?" 내가 멀뚱멀뚱 그녀의 말을 반복했다.

베이커 양이 고개를 끄덕였다.

"저녁 식사 시간에 전화를 하지 않는 예의 정도는 갖춘 여자인 줄 알았는데. 안 그래요?"

그 말뜻을 파악하기도 전에 팔락이는 드레스 소리와 자박자박 가죽 장화 소리가 나더니 톰과 데이지가 식탁으로 돌아왔다.

"어쩔 수가 없었어요!" 데이지가 애써 활달한 척하며 소리쳤다.

그녀는 자리에 앉으면서 눈치를 살피듯 베이커 양과 나를 힐끔거리더니 말을 이었다. "잠깐 집 밖을 내다보았는데, 너무 낭만적이었어요. 잔디밭에 새 한 마리가 있었거든요. 아마 커너드나 화이트 스타 해운의 배를 타고 건너온 나이팅게일일 거예요. 그 새가 노래를 하면서 날아가는데……." 그녀의 목소리가 노래하듯 아름답게 울렸다. "낭만적이었어요. 안 그래요, 톰?"

"아주 낭만적이었지." 그가 대답했다. 그러고는 불편하다는 듯 내게 말했다. "저녁 식사 뒤에도 해가 남아 있으면 마구간을 보여주고 싶네."

안에서 다시 전화벨이 요란하게 울려댔다. 그러자 데이지가 톰에게 굳은 표정으로 고개를 흔들었다. 이후 마구간에 대한 이야기, 아니 실제로 모든 화제가 허공으로 사라졌다. 식탁에서 마지막 5분 동안 드문드문 있었던 일 중에서 기억나는 것이라고는 별 의미 없이 초에 다시 불을 붙인 것뿐이었다. 나는 모두의 얼굴을 똑바로 바라보고 싶은 마음이 굴뚝같았지만, 결국 모두의 시선을 피했다. 데이지와 톰이 무슨 생각을 하는지 감을 잡을 수가 없었다. 하지만 회의적인 태도로 완전 무장한 듯한 베이커 양조차 다섯 번째 손님이 긴박하게 불러대는 저 새된 금속성의 소리를 완전히 무시하지는 못했을 것이다. 어떤 기질의 사람에게는 그 상황이 아주 흥미진진했을지 모르지만,

나의 경우엔 본능적으로 당장이라도 경찰에 전화하고 싶은 심정이었다.

언급할 필요도 없이, 말에 대한 이야기는 더는 나오지 않았다. 톰과 베이커 양은 마치 시체를 바로 옆에 두고 밤샘이라도 하러 가는 사람들처럼 심각한 모습으로, 어스름 속에서 서너 발자국 떨어진 채 서재로 걸어 들어갔다. 나는 잘 듣지 못하는 사람인 양 짐짓 유쾌한 척 노력하면서 데이지를 따라 죽 이어진 베란다를 지나 정문 현관으로 걸어갔다. 깊어진 어둠 속에서 우리는 긴 고리버들 의자에 나란히 앉았다.

데이지는 새삼 그 사랑스러운 감촉을 느껴보려는 것처럼 두 손으로 자신의 얼굴을 감쌌다. 그녀의 시선이 벨벳 같이 부드러운 황혼 쪽으로 천천히 옮겨갔다. 격한 감정에 사로잡혀 있는 게 느껴졌다. 그래서 마음을 진정시켜 줄 요량으로 그녀의 딸에 대해 물었다.

"우리는 서로를 잘 알지 못해요, 닉." 그녀가 불쑥 말을 꺼냈다. "아무리 친척이지만 말이에요. 오빠는 내 결혼식에 오지도 않았잖아요."

"그땐 전쟁에서 아직 돌아오지 않았을 때였어."

"맞아요." 그녀가 잠시 망설였다. "그런데 아주 힘들었던 때가 있었어요. 그래서인지 이제 매사에 냉소적이 되었어요."

그녀에게 그럴 만한 이유가 있는 건 분명했다. 다른 말이 더 나오길 기다렸지만, 그녀는 더 이상 아무 말도 없었다. 잠시 뒤에 나는 조금 맥이 풀린 채 그녀의 딸에 대한 이야기로 돌아갔다.

"이제 아이가 말도 하고 먹기도 하고…… 다 하겠구나."

"그럼요." 그녀는 멍하니 나를 바라보았다. "닉, 아이가 태어났을 때 내가 뭐라고 했는지 말해 줄까요? 알고 싶어요?"

"그럼, 물론이지."

"그 얘기를 들으면 내가 매사에 어떤 생각을 갖고 사는지 알게 될 거예요. 음, 그러니까 우리 아이가 태어난 지 한 시간도 안 되었는데, 톰은 어디로 갔는지 보이지 않았어요. 그의 소재를 아무도 몰랐죠. 마취에서 깨어난 나는 완전히 버려진 기분이었어요. 간호사에게 곧바로 아들인지 딸인지 물어봤어요. 딸이라고 하더군요. 나는 고개를 돌려 울어버렸어요. 그러고는 '괜찮아요. 딸이라서 기뻐요. 그 애가 커서 바보가 되었으면 좋겠네요. 이런 세상에서는 아름답고 귀여운 바보가 되는 게 여자에게는 최고니까요' 라고 말했어요."

"어쨌든 내가 모든 걸 끔찍하게 생각한다는 걸 알겠지요?" 그녀가 확신에 찬 표정으로 말을 이어나갔다. "모두들 그렇게 생각해요. 가장 진보적인 사람들까지도. 그리고 난 알아요. 온갖 곳을 다 가보고, 온갖 걸 다 지켜보고, 온갖 짓을 다 해봤으니까요." 그녀의 눈이 마치 톰처럼 반항하는 빛을 띠었다. 그리고 스스로를 경멸하듯 섬뜩하게 웃었다. "닳고 닳았어요…… 오, 세상에! 난 닳고 닳은 여자라고요!"

그녀의 목소리가 끊기자 그녀에게 향한 내 관심과 믿음도 끊어졌다. 그녀가 했던 말이 근본적으로 위선이라는 느낌이 들었다. 마치 그날 저녁에 있었던 일 모두가 나에게서 동정심을 유발하기 위한 일종의 계략인 것 같아 기분이 좋지 않았다. 나는 기다렸다. 아니나 다를까, 잠시 후 그녀는 사랑스러운 얼굴에 능청맞은 미소를 띤 채 나를 바라보았다. 마치 그녀와 톰이 꽤 유명한 비밀 사교 클럽에 속해 있다고 주장이라도 하려는 것처럼 말이다.

안에서는 진홍색 방에 등불이 환하게 밝혀져 있었다. 긴 소파의 양쪽 끝에 나눠 앉은 채, 베이커 양이 긴 소파의 한쪽 끄트머리에 앉아 다른 쪽 끝에 앉은 톰에게 《새터데이 이브닝 포스트》를 소리 내어 읽어주고 있었다. 굴곡 없이 웅얼거리는 소리가 마음을 달래주듯 편안하게 흘러나왔다. 톰의 장화를 환하게 비추던 등불은 가을 낙엽 같은 노란빛의 그녀 머리카락에 닿자 흐릿해지더니, 종이를 따라가며 이내 반짝거렸다. 그녀의 가는 팔이 파르르 떨면서 페이지를 넘겼다.

우리가 들어서자 그녀가 잠시 조용히 있어 달라는 뜻으로 손을 들었다.

"다음 호에서 계속." 그녀가 잡지를 테이블 위에 가볍게 던지면서 말했다. 불안하게 무릎을 떨던 그녀가 벌떡 자리에서 일어났다.

"10시네." 천장에서 시계라도 찾아낸 듯 그녀가 불쑥 시간을 알렸다. "이 착한 아가씨는 잠을 자러 가야겠네요."

"조던은 내일 웨스트체스터에서 열리는 토너먼트에 출전한대요." 데이지가 말했다.

"아, 당신이 바로 그 조던 베이커[7]로군요."

이제야 왜 그녀의 얼굴이 눈에 익었는지 알았다. 애슈빌과 핫스프링스, 팜 비치 등에서 선수 생활을 하면서 찍은 많은 사진들 속에서 그녀 특유의 쾌활하면서도 경멸하는 듯한 표정을 본 적이 있었다. 그녀에 대한 다른 이야기, 비판적이고 언짢은 이야기도 들은 기억이 났지만, 정확히 무슨 내용이었는지는 이

---

7) 조던 베이커라는 이름은 조던 스포츠카와 베이커 전차의 명칭을 합성해서 만든 듯하다. 피츠제럴드는 골프 선수권 보유자 에디스 커밍스를 모델로 했다고 맥스웰 퍼킨스에게 이야기한 바 있다.

미 오래전에 잊어버렸다.

"그럼 먼저 일어날게요." 그녀가 다정하게 말했다. "8시에 깨워 줘요. 할 수 있죠?"

"깨워서 일어난다면."

"일어날 거예요. 잘 자요, 캐러웨이 씨. 다음에 또 봐요."

"당연히 또 보게 될 거야." 데이지가 단언했다. "사실 내가 중매를 설 생각이거든. 자주 들러요, 닉. 내가 어떻게든 둘을 엮어줄 테니까. 알잖아요……. 우연찮게 둘을 옷장에 가두어버린다거나, 보트에 태워 바다에 내보낸다거나, 뭐 그런 거요……."

"모두들 잘 자요." 베이커 양이 계단에서 소리쳤다. "난 한 마디도 못 들었어요."

"참 좋은 아가씨야." 잠시 후 톰이 말했다. "베이커 양이 이런 식으로 시골이나 떠돌아다니게 해서는 안 되는데."

"누가 그래서는 안 된다는 거죠?" 데이지가 차갑게 물었다.

"베이커의 가족이지."

"그 애의 가족이라곤 천 살쯤 된 친척 아주머니 한 분뿐이에요. 게다가, 이젠 닉이 그 애를 보살펴 줄 거라고요. 안 그래요, 닉? 그 애는 이번 여름엔 여기에서 주말 대부분을 보낼 거예요. 가정적인 분위기가 그 애에겐 아주 좋을 거라고 생각해요."

데이지와 톰이 잠시 동안 물끄러미 서로를 바라보았다.

"그녀가 뉴욕 출신인가?" 내가 재빨리 물어보았다.

"루이빌 출신이에요. 우린 순수했던 소녀 시절을 거기에서 함께 보냈어요. 우리의 아름답고 순수한……."

"당신, 베란다에서 닉에게 속을 다 털어놓은 건 아니지?" 톰이 갑자기 추궁하듯이 물었다.

"내가 그랬나?" 그녀가 나를 바라보았다. "잘 기억나지는 않지만, 아마도 북유럽 인종에 대해서 얘기한 것 같아요. 맞아요, 분명 그랬어요. 어쩌다 보니 그 이야기가 슬며시 시작됐는데, 우선 우리가 알아야 할 게…….”

“들은 얘기를 전부 믿지는 말게, 닉.” 톰이 내게 충고했다.

나는 전혀 들은 바가 없다고 가볍게 말했다. 그리고 몇 분 뒤 집으로 돌아가려고 자리에서 일어났다. 그들은 나와 함께 문 앞까지 와서는 화사하게 비추는 정사각형의 불빛 속에 나란히 섰다. 차에 시동을 거는데 갑자기 데이지가 다급하게 소리쳤다. “기다려요! 깜빡하고 물어보지 못한 게 있어요. 중요한 거예요. 오빠가 서부에서 약혼했다는 소식을 들은 적이 있는데?”

“그래, 맞아. 자네 약혼했다던데.” 톰이 친절하게 거들고 나섰다.

“그건 헛소문이야. 그러기엔 너무 가난뱅이인걸.”

“하지만 우린 들었어요.” 데이지가 우겼다. 그녀의 얼굴이 놀랍게도 꽃처럼 다시 환하게 피어나고 있었다. “세 사람한테나 들었는걸요. 그러니 틀림없어요.”

물론 그들이 무슨 말을 하는지 잘 알았지만, 결코 약혼 같은 건 한 적이 없었다. 사실 동부에 온 이유 중 하나도 곧 결혼하게 될 거라는 뜬소문 때문이었다. 소문 때문에 옛 여자 친구와 교제를 중단할 수도 없고, 그렇다고 소문이 자자하다고 해서 결혼을 할 의향도 없었던 것이다.

그들이 보여준 관심에 나는 약간 감동했다. 그래서 그들이 나와는 거리가 먼 부유층 사람이라는 것도 잠시 실감이 나지 않았다. 하지만 운전해서 돌아오는 내내 마음이 심란하고 언짢았다. 데이지가 하루빨리 아이를 안고 그 집에서 뛰쳐나와야 할 것 같았지만, 확실히 그녀에게는 그럴 마음이 없어 보였다.

톰으로 말하자면, '뉴욕에 사귀는 여자가 있다'는 것보다 책 한 권 때문에 우울해졌다는 사실이 더 놀라운 남자였다. 무슨 이유 때문인지는 몰라도 그는 진부한 사상의 언저리를 붙잡고 조금씩 야금야금 갉아먹고 있었다. 그 건장한 육체적 자만도 더 이상은 그의 독단적인 마음을 지탱해 줄 수 없다는 듯이.

도로변의 여관 지붕들, 그리고 붉은색 신형 주유기가 불빛을 받으며 자태를 뽐내고 있는 길가의 주유소에서는 이미 여름이 한층 깊어져 가고 있었다. 웨스트 에그에 있는 집에 도착했다. 차를 차고에 넣어 놓고, 마당에 버려진 잔디 고르는 기계 위에 잠시 앉아 있었다. 바람이 휙 불어왔다. 그 바람에 새들이 나무에 날개를 부딪히며 환한 밤을 소란스럽게 만들었다. 대지의 풀무가 개구리들에게 생명을 한껏 불어넣어 주는 가운데 그들이 내는 오르간 소리가 쉴 새 없이 울려 퍼졌다. 후다닥 움직이는 고양이의 실루엣이 달빛에 어른거렸다. 그것을 보려고 고개를 돌리다가, 나는 문득 혼자가 아니란 걸 깨달았다. 15미터 정도 떨어진 이웃한 대저택의 그림자 속에서 누군가가 모습을 드러낸 것이다. 그는 주머니에 두 손을 넣은 채 우두커니 서서 은빛 가루처럼 하늘을 가득 메운 별들을 보고 있었다. 뭔가 느긋한 움직임과 잔디밭에 발을 딛고 선 안정된 자세로 보아, 그가 개츠비 씨라는 걸 짐작할 수 있었다. 아마도 저 하늘에서 얼마만큼이 자기 몫인지를 가늠하려고 나온 모양이었다.

그에게 말을 걸기로 마음먹었다. 베이커 양이 저녁 식사 때 그에 대한 얘기를 했으니, 처음 소개를 하며 운을 떼는 데는 얼마간 도움이 될 터였다. 하지만 나는 그에게 말을 걸지 않았다. 갑자기 혼자 있는 걸 만족스러워 하는 듯한 암시를 그에게서 받았기 때문이다. 그는 어두운 바다를 향해 기이한 자세로 두 팔을 쭉 뻗고 있었다. 멀리 떨어져 있었지만, 그가 그 순간 떨고 있었다고 맹세코 자신할 수 있다. 무심결에 나도 바다 쪽을 힐끗 보았다. 아주 작은 초록색 불빛 하나가 멀리 부두 끝에서 희미하게 반짝거릴 뿐 다른 것은 아무것도 분간할 수가 없었다. 다시 한 번 개츠비를 보았을 때 그는 사라지고 없었다. 소란스러운 어둠 속에서 나는 다시 혼자가 되었다.

2장

　웨스트 에그와 뉴욕의 중간쯤 되는 곳에는 차도가 철로와 허둥지둥 만나 400미터 정도를 나란히 달리는 지점이 있다. 그건 어떤 황량한 지역을 비켜가기 위함인데, 그곳이 바로 잿더미의 계곡[8]이다. 재가 밀처럼 자라서 용마루와 야산, 괴이한 정원을 이루는 기상천외한 땅. 재가 집과 굴뚝, 피어오르는 연기 모양이 되었다가 마침내 엄청난 노력 끝에 잿빛 인간들의 형상으로까지 변하는 곳. 잿빛 인간들은 가루가 날리는 공기 속에서 희미하게 움직이다 부서져 내린다. 때때로 잿빛 자동차들이 눈에 보이지 않는 차로를 따라 천천히 기어가다가, 숨 가쁘게 끽 소리를 토해내며 정지한다. 곧이어 잿빛 인간들이 납으로 된 삽을 들고 우르르 몰려들어 자욱한 먼지 구름을 일으킨다. 뭔지 모를 작업이 벌어지지만 그 뿌연 장막에 가려 잘 보이지 않는다.

　그것도 잠시, 잿빛 대지와 그 위를 하염없이 떠도는 스산한

---

8) 플러싱 메도에 있는 곳으로 쓰레기와 잿더미로 가득 차 있다가 후에 1939년 세계 박람회장이 된 소택지를 가리킨다.

먼지 구름 너머로 T. J. 에클버그 박사의 두 눈이 보인다. T. J. 에클버그 박사의 거대하고 푸른 두 눈은 망막 지름이 거의 1미터에 이른다. 그 두 눈은 얼굴이 아니라, 존재하지 않는 콧등에 걸린 어마어마한 노란색 안경 너머로 밖을 내다보고 있다. 아마도 어떤 익살스러운 안과 의사가 퀸스 지역에서 손님을 불러모으려고 세워두었다가, 그 자신이 영원히 장님이 되어버렸거나, 깜빡 잊고 이사를 가버린 것이 분명했다. 그 눈은 오랜 시간 동안 페인트칠을 하지 않은 데다 햇볕과 비에 시달려 약간 바랬지만, 장엄한 이 쓰레기 매립지를 굽어보며 곰곰이 생각에 잠긴 듯한 모습이다.

잿더미 계곡의 한쪽으로는 작고 더러운 강이 흐르고 있었다. 거룻배가 지나가도록 도개교가 위로 올라가면, 기차의 승객들은 그 음울한 광경을 반 시간이나 지켜보아야 했다. 그렇지 않더라도 적어도 1분간은 거기에 항상 멈춰 섰는데, 내가 톰 뷰캐넌의 정부를 만나게 된 것도 바로 그 때문이었다.

톰에게 여자가 있다는 사실은 그를 아는 곳이면 어디든 파다하게 퍼져 있었다. 톰을 좀 아는 사람들은 그가 북적대는 카페에 여자를 끌고 나타난다는 사실에 언짢아했다. 그는 카페에 들어서면 테이블에 여자를 남겨 놓고, 어슬렁거리며 돌아다니다가 누구든 아는 사람을 만나면 실없는 잡담을 늘어놓곤 했다. 그 여자가 누군지 궁금하긴 했지만 꼭 만나고 싶은 마음은 없었다. 그런데 결국 만나고야 말았다. 어느 날 오후 톰과 함께 기차를 타고 뉴욕으로 가던 중, 기차가 잿더미 계곡에 멈추자 그가 벌떡 일어났다. 그러고는 내 팔을 부여잡고 거의 강제로 나를 기차에서 끌어내렸다.

"내리자고. 내 여자를 보여주고 싶어." 그가 막무가내로 우졌다.

그는 점심 때 진탕 퍼마신 듯했다. 나를 끌고 가겠다는 그의 결심은 거의 폭력에 가까웠다. 아마도 나 같은 녀석은 일요일 오후에 딱히 할 일도 없을 거라는 주제넘은 억측이었을 것이다.

그를 따라서 하얗게 칠해진 나지막한 철로 담장을 뛰어 넘었다. 에클버그 박사의 따가운 시선을 받으며 100미터 정도를 되돌아갔다. 보이는 건물이라고는 그 황무지 끄트머리에 놓인 작은 노란색 벽돌 건물 하나뿐이었다. 조촐한 번화가인 셈이었지만 인접한 곳에는 아무것도 없었다. 건물에 있는 상점 세 곳 중 하나는 세입자를 구하고 있었고, 다른 하나는 심야 영업을 하는 식당으로 잿더미 계곡의 차로와 연결되어 있었다. 세 번째가 자동차 정비소였다. '정비소. 조지 B. 윌슨. 자동차 매매 환영.' 톰을 따라서 그 정비소 안으로 들어갔다. 장사가 잘 되지 않아서인지 내부는 텅 비어 있었다. 보이는 차라고는 어두운 구석에서 먼지를 뒤집어쓴 채 웅크리고 있는 고물 포드 자동차뿐이었다. 이 유령 같은 자동차 정비소는 분명 속임수일 거야. 머리 위 어딘가에 멋지고 호화로운 아파트가 숨겨져 있을 거야. 그런 생각이 번뜩 스치고 지나갔다. 그때 가게 주인이 걸레 조각으로 손을 닦으며 사무실 문간에 나타났다. 금발에 생기 없고 무기력해 보였지만 잘생긴 편이었다. 우리를 보자 연푸른 그의 눈동자에서 어슴푸레 희망의 빛이 반짝거렸다.

"이이, 잘 있었나, 윌슨." 톰이 유쾌하게 그의 어깨를 살짝 치면서 말했다. "요즘 사업은 어때?"

"그저 그렇죠, 뭐." 윌슨이 맥없이 대답했다. "그런데 그 차는 언제 파실 겁니까?"

"다음 주에. 지금 우리 정비공이 손을 보고 있거든."

"거참 느려터졌네요, 그 사람."

"아니, 그런 사람이 아닐세. 자네가 그렇게 생각한다면, 다른 데 파는 게 낫지." 톰이 쌀쌀맞게 말했다.

"그런 뜻이 아닙니다. 저는 그냥……."

그의 목소리는 이내 사그라졌다. 톰은 조바심을 내며 정비소 주변을 힐끗거렸다. 그때 계단에서 쿵쿵 하는 발소리가 들려왔다. 곧이어 통통한 몸집의 여자가 사무실 문의 불빛을 가로막으며 나타났다. 삼십 대 중반의 약간 살집 있는 여자였지만, 여느 여자들에게서는 보기 힘든 육감적인 분위기를 풍기고 있었다. 물방울무늬의 검푸른 크레이프 원피스를 걸친 그녀의 얼굴은 아무리 보아도 미인은 아니었다. 하지만 마치 온몸의 신경들이 쉬지 않고 불을 지피듯이 생생한 활력이 넘쳐 보였다. 그녀는 천천히 미소를 지으며, 유령을 통과하듯 남편을 지나쳐 걸어오더니 달아오른 표정으로 톰의 눈을 마주보고 그와 악수했다. 그러고는 혀로 입술을 축인 뒤, 돌아보지도 않은 채 부드럽고 음탕한 목소리로 남편에게 말했다.

"의자 좀 가져오지 그래요. 이분들 앉으시게."

"아, 알았어." 서둘러 대답한 윌슨이 작은 사무실 쪽으로 달려갔고, 곧 벽의 시멘트 색깔에 묻혀 버렸다. 뿌연 재 먼지가 주변의 모든 것을 뒤덮은 것처럼 그의 검은 양복과 윤기 없는 머리카락마저 뒤덮고 있었다. 오직 그의 아내, 톰에게 바짝 다가서 있는 그 여자만 빼고 말이다.

"만나고 싶어. 다음 기차를 타도록 해." 톰이 열띤 음성으로 말했다.

"알았어요."

"지하 신문 가판대에서 만나."

그녀가 고개를 끄덕이며 그에게서 멀어지자 조지 윌슨이 의자 두 개를 들고 나타났다.

우리는 눈에 띄지 않게 도로 아래쪽에서 그녀를 기다렸다. 며칠 후면 독립 기념일이라서 그랬는지, 회색빛 머리의 깡마른 이탈리아계 아이가 선로를 따라 폭죽을 늘어놓고 있었다.

"지독한 곳이지, 안 그래?" 톰이 찌푸린 표정으로 에클버그 박사를 흘끔대며 말했다.

"끔찍하군."

"떠나는 게 그녀에게도 좋아."

"남편이 반대하지는 않나?"

"윌슨 말인가? 그 친구는 아내가 뉴욕으로 여동생을 만나러 간다고 생각해. 너무 멍청해서 자기가 살아 있는 줄도 모를걸."

그래서 톰 뷰캐넌과 그의 여자와 내가 함께 뉴욕에 갔다. 아니, 정확히 함께는 아니었다. 신중을 기하기 위해 윌슨 부인은 다른 객차에 탔다. 기차에 타고 있을지도 모르는 이스트 에그 사람들의 심기를 건드리지 않도록 톰은 그 정도는 양보하는 아량을 베풀었다.

그녀는 갈색 빛의 모슬린 드레스로 옷을 갈아입었는데, 톰이 뉴욕 승강장에 내려서 그녀를 도와줄 때 보니 조금 넓적한 엉덩이에 드레스가 팽팽하게 달라붙어 있었다. 그녀는 신문 가판대에서 《타운 태틀》[9] 한 부와 영화 잡지를 샀고, 역 안의 약국에서 콜드크림과 작은 병에 든 향수를 샀다. 우리는 떠들썩한 지상 차도로 올라와 택시 네 대를 그냥 보낸 다음, 회색 시트가 깔린 라벤더색의 새 차를 골랐다. 그러고는 택시를 타고 혼잡

---

9) 잡다한 스캔들을 다룬 1920년대의 잡지.

한 역사를 미끄러지듯 빠져나와 이글거리는 햇빛 속으로 들어갔다. 그때 그녀가 갑자기 창문에서 고개를 홱 돌리더니 몸을 앞으로 숙이면서 칸막이 유리를 가볍게 톡톡 두드렸다.

"저기 강아지들 있죠, 저 중에 한 마리를 갖고 싶어요." 그녀가 간절하게 말했다. "아파트에 한 마리 있으면 좋겠어요. 얼마나 근사한데요, 강아지가 있으면."

우리는 차를 후진시켜서 우스꽝스럽게도 존 D. 록펠러를 닮은 백발노인한테로 다가갔다. 그의 목에서 흔들거리는 바구니 안에는 종자를 알 수 없는 갓 태어난 강아지들이 웅크리고 있었다.

"품종이 뭐지요?" 노인이 택시의 창문 쪽으로 다가오자 윌슨 부인이 물었다.

"온갖 종류가 다 있습죠. 어떤 걸 원하십니까, 부인?"

"경찰견 같은 걸 갖고 싶어요. 그런 건 없는 것 같네요?"

노인이 잘 모르겠다는 표정으로 바구니를 힐끗 보더니, 손을 쑥 넣어서 바둥거리는 강아지 한 마리의 목덜미를 잡아 들어올렸다.

"그건 경찰견이 아니야." 톰이 말했다.

"맞습니다요. 정확히 경찰견은 아닙죠." 노인이 실망한 듯한 목소리로 말했다. "에어데일종에 더 가깝습니다요." 노인은 갈색 수건 같은 강아지의 등을 쓰다듬었다. "이 털 좀 보십시오. 이놈은 감기에 걸려서 귀찮게 하는 일은 절대 없을 겁니다요."

"귀여운 것 같아요." 윌슨 부인이 신이 나서 말했다. "얼마예요?"

"요놈 말입니까요?" 노인이 강아지를 자랑스러운 듯 바라보았다. "10달러는 주셔야겠는뎁쇼."

그 에어데일종 강아지는—놀랍게도 다리는 흰색이었지만 에어데일종과 관계가 있는 것만은 확실했다—금세 주인이 바뀌어 윌슨 부인의 무릎 위에 자리를 잡았다. 그녀는 기뻐 어쩔 줄 몰라 하며 추위에 잘 견딘다는 녀석의 털을 부드럽게 쓰다듬었다.

"수놈이에요, 암놈이에요?" 그녀가 세심하게 물었다.

"그 강아지요? 수놈입죠."

"암캐야." 톰이 단호하게 말했다. "자, 여기 돈 있소. 그걸로 열 마리는 더 살 수 있을 거요."

우리는 택시를 타고 5번가로 갔다. 부드럽고 따뜻해서 거의 목가적이라고 할 수 있는, 여름날의 일요일 오후였다. 하얀 양들이 떼거지로 길모퉁이에서 나타난다고 해도 그리 놀라울 것 같지 않았다.

"그만 세워줘. 여기서 내려야겠네." 내가 말했다.

"아니, 그러지 말게." 톰이 재빨리 가로막았다. "자네가 아파트에 올라가지 않으면 머틀이 섭섭해할 거야. 안 그래, 머틀?"

"맞아요." 그녀가 간청했다. "여동생 캐서린도 오라고 전화할게요. 아주 예쁘다고 소문이 자자한 아이에요."

"글쎄, 그러고는 싶지만……."

우리는 계속해서 센트럴 파크를 가로질러 웨스트 100번가 쪽으로 달려갔다. 하얗고 긴 케이크 조각같이 생긴 아파트들 앞에서 택시가 멈췄다. 왕궁으로 돌아온 왕족 같은 눈길로 동네를 휙 한번 훑어본 윌슨 부인은 개와 다른 물건들을 챙겨 들고 도도하게 안으로 들어갔다.

"매키 부부도 올라오라고 해야겠어요." 엘리베이터를 타고 올라가면서 그녀가 말했다. "아, 물론 동생한테도 전화하고요."

아파트는 꼭대기 층에 있었다. 작은 거실과 작은 식당, 작은 침실, 화장실 등이 딸린 작은 아파트였다. 태피스트리를 씌운 지나치게 큰 가구 세트 때문에 거실은 몹시 비좁았다. 이리저리 움직이다 보면 베르사유 정원에서 그네를 타고 있는 귀부인들 그림에 자꾸 발이 걸려 휘청거리기 일쑤였다. 액자라고는 과도하게 확대된 사진 한 장이 걸려 있었는데, 형체가 흐릿한 바위 위에 올라앉은 수탉 사진이었다. 그런데 멀리서 보니 수탉은 어느새 보닛으로 바뀌고, 그 밑에서 뚱뚱하고 늙은 부인 얼굴이 환하게 방을 내려다보고 있었다. 《타운 태틀》 지난 호 몇 권이 『베드로라 불리는 시몬』[10]과 브로드웨이의 스캔들을 다룬 작은 잡지들과 함께 테이블 위에 놓여 있었다. 윌슨 부인은 우선 개부터 신경을 썼다. 엘리베이터 보이가 마지못해 지푸라기가 가득 든 상자와 우유를 사러 갔다. 그리고 시키지도 않았는데 돌아올 때는 크고 딱딱한 강아지 비스킷 한 통도 함께 챙겨 왔다. 그중 하나가 그날 오후 내내 우유 접시 속에 담겨 형체도 없이 흐물흐물해질 바로 그 비스킷이었다. 그동안 톰은 잠겨 있던 찬장 문을 열고 위스키 한 병을 꺼냈다.

살면서 술에 취한 적이 단 두 번 있었는데, 그날 오후가 바로 그 두 번째였다. 8시가 넘도록 환한 햇살이 아파트에 가득했지만, 일어났던 모든 일이 흐릿하고 몽롱하기만 했다. 톰의 무릎 위에 올라앉은 윌슨 부인이 서너 사람에게 전화를 걸었다. 그런데 담배가 다 떨어져 할 수 없이 내가 길모퉁이에 있는 약국으로 담배를 사러 나갔다. 돌아와 보니 둘 다 사라지고 없었다.

---

10) 피츠제럴드가 싫어했던 로버트 키블의 대중소설(뉴욕, 듀턴, 1921). 피츠제럴드는 이 소설을 부도덕하다고 생각했다.

그래서 눈치껏 거실에 앉아서 『베드로라 불리는 시몬』을 읽었다. 내용이 엉터리인지 아니면 위스키에 취해서 그런 건지 아무리 읽어도 무슨 내용인지 머리에 들어오지 않았다.

톰과 머틀(첫 잔을 마신 뒤 윌슨 부인과 나는 서로를 이름으로 부르게 되었다)이 다시 나타나자마자, 손님들이 아파트 현관에 도착하기 시작했다.

여동생 캐서린은 서른 살쯤 된 호리호리한 몸매의 세속적인 여자였다. 끈적끈적한 빨간 단발머리에 덕지덕지 분을 바른 얼굴은 우유처럼 하얀 빛이었다. 그녀는 원래의 눈썹을 모두 뽑고 조금 삐딱하게 새로 눈썹을 그려 넣었는데, 예전 눈썹으로 돌아가려는 자연스러운 경향 때문인지 얼굴이 조금 지저분해 보였다. 또한 이리저리 움직일 때마다 팔에 찬 셀 수 없이 많은 자기 팔찌들이 끊임없이 아래위로 짤랑짤랑 울리는 소리를 냈다. 엘리베이터에서 내린 그녀가 집주인처럼 다급하게 들어서서는 마치 제 것인 양 가구를 둘러보는 바람에 순간 그녀가 여기에 사는 게 아닐까 하는 생각이 들었다. 하지만 그렇게 물어보자, 그녀는 과장되게 웃어 젖히고는 내 질문을 크게 반복하면서 자신은 여자 친구와 함께 호텔에 산다고 대답했다.

매키 씨는 아래층에 사는 창백한 얼굴의 여성스러운 남자였다. 방금 면도를 하고 왔는지 광대뼈에 하얀 비누 거품 얼룩이 묻어 있었다. 그는 방 안에 있는 모든 사람들에게 아주 정중하게 인사를 했다. 내게는 '예술적인 일'을 하고 있다고 일러주었는데, 나중에 그가 사진작가이며 벽에 혼령처럼 붙어 있는 윌슨 부인 어머니의 흐릿한 확대 사진이 그의 작품이라는 사실을 알게 되었다. 그의 아내는 예쁘기는 했지만 새된 목소리에 활기가 없고 짜증나는 스타일이었다. 그녀는 결혼한 이후 127번이나 남편의 사진 모델이 되었다고 내게 자랑스럽게 이야기했다.

윌슨 부인은 언제 옷을 갈아입었는지, 이제는 화려하게 꾸민 크림색 시폰 애프터눈 드레스를 차려입고는 계속 사각거리는 소리를 내면서 방 안을 쓸고 다녔다. 드레스의 영향 때문인지 그녀의 성격도 변해 있었다. 정비소에서 그렇게나 통통 튀던 활기는 어느새 지독한 오만으로 바뀌어 있었다. 그녀의 웃음, 그녀의 몸짓, 그녀의 과시는 매 순간 점점 더 강렬해졌다. 그녀의 존재가 커질수록 방은 점점 더 작아졌다. 마치 자욱한 연기 속에서 시끄럽게 끽끽대는 중심축을 중심으로 그녀가 빙글빙글 돌고 있는 것만 같았다.

그녀가 거드름을 피우듯 동생을 향해 소리쳤다. "얘, 그런 작자들은 매번 너를 속일 거야. 그들이 생각하는 건 그저 돈뿐이라니까. 지난주에 발을 좀 관리해 달라고 여자를 불렀는데, 그 여자가 준 청구서를 보고 얼마나 기가 막혔는지! 난 맹장 수술이라도 받은 줄 알았다니까."

"그 여자 이름이 뭐였어요?" 매키 부인이 물었다.

"에버하르트 부인이에요. 집집마다 돌아다니면서 사람들 발을 관리해 주는 여자죠."

"당신 드레스 멋진데요. 정말 훌륭해요." 매키 부인이 호들갑을 떨었다.

윌슨 부인은 경멸하듯 눈썹을 치켜올리면서 칭찬을 무시했다.

"그저 옛날 구닥다리 옷인데요, 뭘. 편하게 있을 때 가끔 걸치는 거죠."

"그래도 당신이 입으니까 근사해요. 정말이라니까요." 매키 부인이 끈질기게 매달렸다. "당신이 그런 포즈로 있는 걸 체스터가 찍으면 대단한 작품이 나올 것 같아요."

우리는 모두 잠자코 월슨 부인을 쳐다보았다. 그녀는 눈가에 흘러내린 머리카락 한 올을 집어 올리고는 우리를 보고 환하게 미소 지었다. 매키 씨는 고개를 갸우뚱한 채 유심히 그녀를 관찰한 뒤, 한 손을 들어 자신의 얼굴 앞에서 앞뒤로 천천히 움직였다.

"조명을 바꿔야겠습니다." 잠시 후 그가 말했다. "이목구비를 입체적으로 표현하고 싶군요. 그리고 뒤쪽 머리카락 부분도 살리고요."

"나라면 조명을 바꿀 생각은 하지 않겠어요." 매키 부인이 소리쳤다. "내 생각에 그건……"

그때 그녀의 남편이 "쉿!" 하고 말했고, 우리는 모두 다시 작품의 주인공을 바라보았다. 그때 톰 뷰캐넌이 크게 하품을 하면서 일어났다.

"매키 씨, 당신네 부부도 뭘 좀 마시지 그래요." 그가 말했다. "가서 얼음과 생수를 좀 더 가져와, 머틀. 모두들 곯아떨어지기 전에 말이야."

"얼음을 가져오라고 그 꼬마에게 얘기했는데." 머틀은 게으른 하인들 때문에 울화통이 터진다는 듯 눈썹을 치켜올렸다. "이 사람들은 말이야! 늘 잔소리를 해야 한다니까요."

그녀가 나를 보더니 실없이 웃었다. 그리고는 강아지에게로 달려가 정신없이 입을 맞춘 뒤, 마치 십여 명의 요리사가 자신의 명령을 기다리기라도 한 듯 부엌으로 허겁지겁 들어갔다.

"롱아일렌드에서 멋진 작품들을 만들있죠." 내키 씨가 사랑스럽게 말했다.

톰은 멍하니 그를 바라보았다.

"그중 두 점을 액자에 넣어서 아래층에 두었습니다."

"두 점이라니, 무슨 두 점?" 톰이 물었다.

"습작 두 점이요. 그중 하나에 '몬토크 곶—갈매기', 다른 하나에는 '몬토크 곶—바다' 라는 제목을 붙였지요."

여동생 캐서린이 소파로 와서 내 옆에 앉았다.

"당신도 롱아일랜드에 사세요?" 그녀가 물었다.

"웨스트 에그에 삽니다."

"어머, 그래요? 한 달 전쯤 그곳에서 열린 파티에 갔었는데. 개츠비라는 분의 집이었죠. 그분을 아세요?"

"바로 옆집에 살지요."

"글쎄, 그 사람이 빌헬름 황제의 조카나 사촌쯤 된다고 하던데요. 그 사람의 돈이 전부 거기에서 나온대요."

"그래요?"

그녀가 고개를 끄덕였다.

"무서운 사람이에요. 그런 사람과는 절대 가까이 하고 싶지 않아요."

내 이웃에 관한 그런 흥미진진한 정보는, 매키 부인이 갑자기 캐서린을 가리키는 바람에 중단되었다.

"체스터, 내 생각엔 당신이 이분과도 뭔가 할 수 있을 것 같아요." 그녀가 느닷없이 소리쳤지만, 매키 씨는 귀찮다는 듯이 고개만 까딱이고는 다시 톰에게로 관심을 돌렸다.

"가능하다면, 롱아일랜드에 관한 작업을 더 하고 싶습니다. 제가 바라는 건 그저 시작할 수 있게 해주시는 거죠."

"머틀에게 부탁해 봐요." 윌슨 부인이 쟁반을 들고 들어오자 톰이 호탕하게 웃음을 터뜨리며 말했다. "그녀가 소개장을 써 줄 테니까. 안 그래, 머틀?"

"뭘 해준다고요?" 그녀가 움찔하며 물었다.

"당신 남편에게 보내는 소개장을 매키 씨에게 써주지 그래? 매키 씨가 당신 남편에 대한 습작을 할 수 있게 말이야." 그는 소리 없이 입술을 오물거리며 '주유기 앞에 있는 조지 B. 월슨'이라는 말을 내뱉었다. "뭐 그런 식의 제목으로."

캐서린이 내게 몸을 숙여 귓속말로 속삭였다.

"저 두 사람 모두, 자기 배우자를 못 견뎌 해요."

"못 견뎌 하다니요?"

"참을 수 없어 한다고요." 그녀는 머틀과 톰을 번갈아 쳐다보았다. "아니, 못 견뎌 하면서 왜 같이 사냐고요? 나라면 당장 이혼하고 재혼하겠어요."

"머틀도 월슨을 싫어합니까?"

이에 대한 대답은 예상치 못한 곳에서 날아왔다. 대화를 엿듣던 머틀이 '물론이죠'라고 답한 것이었다. 강렬하고 노골적인 반응이었다.

"보셨죠?" 캐서린이 의기양양하게 소리쳤다. 그녀는 다시 목소리를 낮추었다. "사실 저 두 사람을 갈라놓고 있는 건 톰의 부인이에요. 그녀는 가톨릭 신자인데, 가톨릭에서는 이혼을 허락하지 않잖아요."

데이지는 가톨릭 신자가 아니었다. 그 교묘한 거짓말에 한 방 맞은 기분이었다.

캐서린이 말을 이었다. "저 둘이 결혼하면 사태가 진정될 때까지 잠시 서부에 가서 살 작정이래요."

"차라리 유럽으로 가는 게 더 나을 텐데요."

"어머, 유럽 좋아하세요? 얼마 전에 몬테카를로에 갔다 왔는데." 그녀가 호들갑스럽게 소리쳤다.

"그래요?"

“바로 작년이에요. 여자 친구랑 갔었죠.”

“오래 계셨나요?”

“아니오. 갔다가 바로 돌아왔어요. 마르세유도 잠깐 들렀죠. 출발할 때는 1천 200달러 넘게 가지고 갔는데, 특실에 있는 이틀 동안 홀랑 다 날려버렸어요. 돌아오면서 얼마나 고생을 했는지, 정말 생각하기도 싫어요. 세상에나, 그런 도시는 이제 지긋지긋해요!”

잠시 창문 밖으로 늦은 오후의 하늘이 보였다. 푸른 벌꿀 같은 지중해 빛으로 화려하게 피어나는 하늘. 그 순간 매키 부인의 날카로운 목소리가 나를 다시 방 안으로 불러들였다.

“저도 실수할 뻔했어요.” 그녀는 신이 나서 말했다. “여러 해 동안이나 나를 쫓아다니던 좀생이와 결혼할 뻔했죠. 그가 나보다 못하다는 건 알고 있었어요. ‘루실, 그 남자는 너보다 훨씬 못해’ 라고 모두들 얘기했으니까요. 하지만 체스터를 만나지 못했으면 그 남자가 어떻게든 날 차지했을 거예요.”

“하지만 적어도 당신은 그 사람과 결혼하지는 않았잖아요.” 머틀 윌슨이 머리를 아래위로 끄덕이면서 말했다.

“그래요. 결혼은 안 했죠.”

“난 했다고요.” 머틀이 종잡을 수 없는 표정으로 말했다. “그리고 그게 당신과 나의 차이예요.”

“그때 왜 그랬어, 언니? 아무도 강요하지 않았잖아.” 캐서린이 캐물었다.

머틀이 잠시 생각하더니 마침내 입을 열었다. “윌슨이 신사라고 생각했거든. 교양 있어 보인다고 생각했어. 하지만 내 발밑을 핥을 만한 자격도 없는 사람이었어.”

“언니는 한동안 형부한테 미쳐 있었어.” 캐서린이 말했다.

"내가 미쳐 있었다고!" 머틀이 도무지 믿을 수 없다는 표정으로 소리쳤다. "미쳐 있었다고 누가 그래? 저기 있는 저 남자만큼이나 그 사람은 내게 아무것도 아니었다고."

그녀가 갑자기 나를 가리키는 바람에 모두가 비난하듯이 나를 쳐다보았다. 나는 거기에 아무런 관련도 없다는 표시를 하려고 노력했다.

"미쳤던 건 내가 막 결혼했을 때뿐이야. 하지만 실수했다는 걸 바로 깨달았지. 그가 결혼식 때 다른 사람의 예복을 빌려 입고 온 거야. 나한테 한 마디 말도 없이 말이야. 그런데 어느 날 그가 외출했을 때 그 남자가 그걸 찾으러 왔지 뭐야. '아, 그게 당신 옷이었어요? 빌려 입었다는 얘기는 듣지 못했거든요'라고 말할 수밖에 없었지. 결국 그 남자에게 양복을 내어준 뒤, 드러누워서 오후 내내 펑펑 울었어."

"언니는 정말 헤어져야 해요." 캐서린이 내게 다시 말을 건넸다. "그 자동차 정비소 위층에서 11년이나 살았다고요. 톰은 언니의 첫사랑이에요."

두 번째 위스키가 나왔다. '마시지 않아도 마신 것과 똑같이 느끼는' 캐서린을 빼고, 이제 모두가 쉬지 않고 술을 달라고 했다. 톰이 벨을 눌러 관리인을 불러서는, 그 자체로 완벽한 저녁 식사가 된다는 유명한 샌드위치를 사오라고 내보냈다. 나는 밖으로 나가서 부드러운 황혼 속을 지나 공원을 향해 동쪽으로 걷고 싶었다. 하지만 나가려고 할 때마다 격렬하고 집요한 논쟁에 휘말리게 되어 마치 밧줄로 끌어 당겨지는 것처럼 의자 속에 파묻혔다. 어쩌면 높은 도심 하늘에 줄지어 늘어선 우리의 노란 창문들은, 어두워져가는 거리를 지나다 우연히 위를 올려다본 사람들에게 인간의 어떤 비밀스러운 이야기를 넌지시 알려주고 있는지도 모른다. 그리고 나 또한 그들 중 하나였다. 궁금해 하면서 그렇게 올려다보는 사람이었다. 나는 안에 있는 동시에 밖에 있었다. 고갈되지 않는 삶의 다양함에 매혹되는 동시에 혐오감도 느끼면서.

머틀이 자기 의자를 끌어당겨 내게 가까이 다가오더니, 갑자기 더운 입김을 내뿜으며 톰과 처음 만났던 이야기를 쏟아냈다.

"기차에 마주보고 앉는 자리가 두 좌석 있었어요. 거긴 항상 마지막까지 남아 있는 자리였죠. 바로 거기에서 톰을 만났어요. 여동생을 만나 하룻밤을 지내려고 뉴욕으로 가고 있을 때였어요. 톰은 연미복에 에나멜 가죽 구두를 신고 있었는데, 그이에게서 눈을 뗄 수가 없었어요. 하지만 그이가 나를 바라볼 때면 난 그이 머리 위에 있는 광고를 쳐다보는 척했어요. 기차가 역 안으로 들어서자 그이가 내 옆으로 다가왔어요. 그리고 흰 와이셔츠를 입은 가슴을 내 팔에 밀착시키는 거예요. 경찰을 부르겠다고 위협했지만, 톰은 그것이 거짓말이라는 걸 알고 있었어요. 그이랑 함께 택시를 탔는데 너무 흥분한 나머지 내가 지하철을 타고 있지 않다는 것도 깨닫지 못했죠. 그저 머릿속에 계속 맴도는 건 '영원히 사는 것도 아닌데 뭐, 영원히 사는 것도 아니잖아' 라는 생각뿐이었어요."

그녀가 갑자기 매키 부인 쪽으로 돌아서서는 방 안이 쩌렁쩌렁 울리도록 가식적인 웃음을 터뜨렸다. "이봐요." 그녀가 소리쳤다. "오늘 이 드레스를 벗으면 바로 당신에게 줄게요. 내일 다른 것을 또 살 테니까. 사야 할 것들의 목록을 전부 만들어야겠네. 마사지 기계와 웨이브 도구, 개 목걸이, 용수철 장치가 된 작고 깜찍한 재떨이 하나, 아, 그리고 어머니 무덤에 놓을

검정 비단 리본이 달린 화환도 하나. 여름 내내 가는 것으로. 이러지 말고 빨리 목록을 적어야겠어. 그래야 잊어버리지 않지."

9시였다. 그런 뒤 곧바로 손목시계를 확인한 것 같은데, 벌써 10시가 되어 있었다. 매키 씨는 사진 속의 전투병처럼 불끈 쥔 주먹을 무릎에 얹은 채 의자에서 잠들어 있었다. 손수건을 꺼내, 그의 뺨에 묻어 있어 오후 내내 신경이 쓰였던 마른 비누 거품 얼룩을 문질러 닦았다.

강아지는 테이블 위에 앉아 연기 때문에 잘 보이지 않는 방 안을 쳐다보면서, 이따금씩 희미하게 끙끙거렸다. 사람들이 사라졌다가 다시 나타났고, 어디론가 가기로 계획을 세웠다가는 서로 잊어버렸고, 또 서로를 찾아다니다 얼마 떨어지지 않은 곳에서 서로를 발견했다. 자정이 되어갈 무렵, 톰 뷰캐넌과 윌슨 부인은 얼굴을 마주대고 서서, 그녀가 데이지의 이름을 들먹일 권리가 있느냐를 놓고 열띤 논쟁을 벌였다.

"데이지! 데이지! 데이지!" 윌슨 부인이 악을 썼다. "내가 원하면 얼마든지 부를 수 있어! 데이지! 데이……"

그러자 능숙한 동작으로 순식간에 톰 뷰캐넌이 그녀의 코를 부러뜨렸다.

욕실 바닥에 피 묻은 수건들이 이리저리 나뒹굴었다. 야단치는 여인들의 목소리와 그런 혼란 너머로 길고도 요란한 고통의 울부짖음이 들려왔다. 매키 씨는 졸다가 깨어나 멍하게 문 쪽으로 걸어갔다. 그러고는 반쯤 가다 돌아서서는 눈앞의 광경을 바라보았다. 그의 아내와 캐서린이 구급상자를 들고 거실에 가득 들어찬 가구들에 이리저리 채여 비틀거리면서 비난과 위로를 동시에 쏟아내고 있었다. 소파 위에 널브러져 있는 고통의 당사자는 피를 줄줄 흘리면서도 베르사유 태피스트리 그림 위에 《타운 태틀》을 펼쳐서 덮어 놓으려고 애를 쓰는 중이었다. 매키 씨는 돌아서서 문밖으로 나갔다. 샹들리에에 걸려 있던 모자를 집어 들고 내가 그 뒤를 따랐다.

"언제 점심 식사하러 오세요." 엘리베이터 안에서 숨을 돌리며 그가 제안했다.

"어디서요?"

"어디서든지요."

"레버에서 손을 떼세요." 엘리베이터 보이가 신경질적으로 말했다.

"미안합니다. 건드리고 있는 줄 몰랐습니다." 매키 씨가 예의를 갖추어 말했다.

"좋습니다, 기꺼이 가지요." 내가 말했다.

……나는 그의 침대 바로 옆에 서 있었다. 그는 속옷 차림으로 침대 시트를 덮고 앉아, 손에는 커다란 사진 포트폴리오를 들고 있었다.

"〈미녀와 야수〉…… 〈고독〉…… 〈식료품점의 늙은 말〉…… 〈브루클린 다리〉…… ."

어느새 나는 펜실베이니아 역의 추운 지하 대합실에서 반쯤 잠든 채 누워 《트리뷴》 조간을 들여다보며 새벽 4시 기차를 기다리고 있었다.

3장

여름 밤 내내 이웃집에서는 음악이 흘러나왔다. 푸른 정원에서는 남자들과 여자들이 속닥거리면서 샴페인과 별빛 사이를 나방처럼 옮겨 다녔다. 나는 오후 만조 때면 그의 손님들이 뗏목 탑에서 다이빙을 하거나 해변의 뜨거운 모래 위에서 일광욕을 즐기는 모습을 지켜보았다. 그의 모터보트 두 척은 수상스키를 매달고 폭포수 같은 물거품을 일으키며 해협의 물살을 가르곤 했다. 주말에는 그의 롤스로이스가 아침 9시부터 자정을 훨씬 넘어서까지 시내를 오가며 버스처럼 손님들을 실어 날랐고, 스테이션왜건은 기차로 도착하는 사람들을 맞이하기 위해 노란 딱정벌레처럼 바지런히 움직였다. 월요일이 되면 임시 정원사를 포함해 8명의 하인들이 대걸레와 마루 청소용 솔, 망치, 정원용 절단기 등을 챙겨 들고 전날 밤에 망가진 곳들을 수리하며 하루 종일 고단하게 일했다.

금요일마다 뉴욕의 과일 가게에서 나무 상자 다섯 박스 분량의 오렌지와 레몬이 도착했는데, 월요일이면 그 오렌지와 레몬들은 반으로 자른 껍질이 되어 뒷문 밖에 피라미드처럼 쌓였다. 부엌에는 집사가 엄지손가락으로 작은 버튼을 200번 누르면 반 시간 안에 오렌지 주스 200잔을 짜낼 수 있는 기계가 있었다.

적어도 2주일에 한 번씩은 출장 연회업자들이 떼 지어 우르르 몰려와 수백 피트에 이르는 천막과 오색 전구들로 개츠비의 거대한 정원을 크리스마스트리처럼 만들었다. 뷔페 식탁에는 화려한 전채 요리에 갖가지 색깔의 샐러드, 향신료를 넣고 구운 햄, 밀가루를 발라 가무잡잡한 황금빛으로 구워낸 통돼지와 칠면조 요리 등이 차려졌다. 중앙 홀에는 진짜 청동 난간으로 바를 세웠는데, 거기에는 진과 증류주, 그리고 너무 오랫동안 잊혀져서 나이 어린 여자 손님들은 대부분 그 차이를 구분하지 못하는 코디얼 주(酒)가 있었다.

7시쯤에는 오케스트라가 도착했다. 빈약한 오중주 악단이 아니라 오보에와 트롬본, 색소폰과 비올, 코넷과 피콜로, 그리고 고음과 저음의 드럼들로 구성된 완벽한 오케스트라였다. 그때쯤이면 마지막까지 수영하던 사람들도 해변에서 돌아와 위층에서 옷을 갈아입었다. 뉴욕에서 온 차들은 차도 깊숙이 다섯 줄로 주차되어 있었다. 홀과 응접실, 베란다는 원색의 의상에 희한한 최신형 단발머리, 카스티야산(産)보다 더 화려한 숄을 두른 여자들로 인해 이미 눈이 부실 지경이었다. 바는 곧 사람들로 넘쳐난다. 사람들 사이로 둥둥 떠다니던 칵테일 쟁반들이 바깥 정원 구석구석까지 여러 차례 나가고, 재잘거리는 잡담과 웃음소리로 분위기가 활기를 띠기 시작한다. 가벼운 농담이 오가고, 서로를 소개해도 즉석에서 잊어버리는가 하면, 서로 이름도 모르는 여자들끼리 화기애애하게 대화를 나눈다.

지축이 기울어져 태양이 빛을 잃으면 불빛은 더욱 밝아진다.

이제 오케스트라가 가볍고 신나는 음악을 연주하고, 사람들의 목소리 톤이 한층 높아진다. 웃음은 시간이 갈수록 헤퍼져서, 농담 한 마디에도 금세 자지러진다. 속속 새로운 사람들이 도착하면서 사람들의 무리도 빠르게 변해간다. 여기서 흩어지면 동시에 저기서 모여든다. 벌써 이리저리 돌아다니는 사람들도 생긴다. 자신만만한 여자들인데, 똘똘 뭉쳐 있는 무리들 사이를 누비듯 지나다니며 그곳이 자기 중심무대인 듯 행복에 겨워한다. 흥분에 들떠 미끄러지듯 움직이는 그녀들의 얼굴과 목소리가 끊임없이 변하는 조명 아래서 시시각각 바뀐다.

그 접시 같은 여자들 중에서 흔들리는 오팔로 장식한 드레스를 입은 여자가 갑자기 칵테일 잔을 공중으로 높이 쳐들더니 과감하게 그것을 쏟아버리고는 괴짜 무용가 프리스코처럼 손을 흔들며 천막 무대로 나와 홀로 춤을 추기 시작한다. 순간 침묵이 흐른다. 오케스트라 지휘자는 그녀의 춤사위에 맞춰 리듬을 바꾼다. 그녀가 인기 쇼 프로그램인 〈폴리스〉에 나오는 질다 그레이의 대역이라는 헛소문이 돌자 주변에서 수군거리는 소리들이 터져 나온다. 드디어 파티가 시작된 것이다.

개츠비의 저택을 처음 방문한 날 저녁, 나는 아마도 정식으로 초대받은 몇몇 손님들 중 하나였을 것이다. 사람들은 초대를 받지 않았지만, 그곳에 왔다. 그들은 롱아일랜드로 데려다주는 자동차를 타고 어떻게든 개츠비의 저택 문 앞에 도착했다. 일단 발만 들여 놓으면 개츠비를 아는 누군가가 소개해 줄 터였다. 그런 후에는 놀이공원에서 하듯이 자유롭게 즐기면 되는 것이었다. 때때로 개츠비를 만나지 않고 왔다 가는 경우도 있었는데, 그런 단순한 마음을 갖고 파티에 온 것이 나름대로 입장권이라 할 수 있었다.

나는 정식으로 초대를 받았다. 청록색 제복을 입은 운전사가 토요일 아침 일찍 주인이 보낸 지극히 형식적인 초대장을 갖고 잔디밭을 가로질러 온 것이다. 그날 밤 그의 '조촐한 파티'에 참석해 준다면 다시없는 영광일 것이다, 나를 서너 번 본 적이 있으며, 오래전부터 초청하려는 의사가 있었지만 특별한 사정이 겹치는 바람에 그럴 수 없었다고 쓰여 있었다. 그리고 장중한 필체로 제이 개츠비라고 서명되어 있었다.

7시가 조금 지났을 무렵, 나는 흰 플란넬 정장을 차려입고 그의 잔디밭으로 건너갔다. 그리고 알지도 못하는 사람들이 이리저리 몰려다니는 가운데 조금 멋쩍게 어슬렁거렸다. 통근 열차에서 본 적이 있는 얼굴들이 여기저기에서 눈에 띄었다. 젊은 영국인 남자들도 상당수 무리에 끼어 있는 걸 보고는 깜짝 놀랐다. 모두 잘 차려입고 있었지만 뭔가 굶주린 듯한 표정이었고, 모두들 부유해 보이는 미국인들에게 간절한 목소리로 나지막하게 무엇인가를 이야기하고 있었다. 증권이나 보험, 자동차 같은 것들을 팔고 있는 것이리라 짐작했다. 그들은 아마도 고심 끝에 마침내 손쉬운 돈벌이 상대들을 찾았고, 몇 마디 말로 잘만 꼬드기기만 하면 많은 돈을 벌 수 있으리라 확신했을 것이다.

나는 도착하자마자 집주인을 찾아보려고 노력했다. 두세 사람에게 집주인의 소재를 물어보았지만, 그들은 깜짝 놀란 표정으로 나를 바라보더니 집주인에 대해서는 전혀 아는 바가 없다고 황급히 손사래를 쳤다. 나는 칵테일 테이블이 있는 쪽으로 슬금슬금 걸어갔다. 그곳은 독신 남성이 목적 없이 홀로 있는 것처럼 보이지 않고도 미적거릴 수 있는 정원 안의 유일한 장소였다.

어색함을 달래기 위해 한번 거나하게 마셔볼까 하는데, 조던 베이커가 집 안에서 나오는 것이 눈에 띄었다. 그녀는 대리석 계단 꼭대기에 서서 몸을 약간 뒤로 젖힌 채 경멸하는 듯한 시선으로 정원을 내려다보고 있었다.

반가운 사람이든 아니든 간에, 친근한 말 한 마디라도 건네려면 그 사람에게 다가가야 할 필요가 있었다. "안녕하세요!" 나는 그녀에게 다가가면서 소리쳤다. 정원을 가로지르는 내 목소리가 부자연스럽게 크게 들렸다.

"당신이 여기 있을지도 모른다고 생각했어요. 옆집에 사신다고 한 게 생각나서……." 내가 계단 위로 올라가자 그녀가 멍한 표정으로 대답했다. 이제부터 나를 잘 돌봐주겠다고 약속이라도 하듯 그녀가 내 손을 무감각하게 잡았다. 그러고는 계단 아래에 서 있는 노란 드레스의 두 아가씨들이 하는 말에 귀를 기울였다.

"안녕하세요! 당신이 승리하지 못해서 아쉬워요!" 그들이 함께 소리쳤다. 골프 토너먼트에 대한 이야기였다. 그녀는 지난주에 열렸던 결승전에서 패했던 것이다.

"당신은 우리가 누군지 모르겠지만, 한 달 전쯤에 여기에서 당신을 본 적이 있어요." 노란 드레스를 입은 아가씨 중 한 명이 말했다.

"그 뒤로 머리 염색을 하셨네요." 조던이 그들에게 대꾸했고 니는 발걸음을 옮기기 시작했다. 하지만 그 아가씨들이 무심히 지나쳐가는 바람에, 그녀의 말은 일찍 떠오른 달에 대고 하는 격이 되고 말았다. 출장 요리사의 바구니에서 막 꺼낸 저녁 식사같이 생긴 달이었다. 조던이 황금빛으로 잘 그을린 날씬한 팔로 내게 팔짱을 껴왔다. 우리는 계단을 내려가 정원 주변을 어슬렁거렸다. 칵테일 쟁반이 황혼을 가로질러 우리 쪽에서 맴돌았다. 우리는 노란 드레스를 입은 아가씨 두 명과, 웅얼거리듯 자신을 소개한 남자들 세 명과 함께 식탁에 둘러앉았다.

"이런 파티에 자주 오세요?" 조던이 옆에 있는 아가씨에게 물었다.

"당신을 만났던 파티가 마지막이었어요." 그 아가씨가 자신 있는 목소리로 재빨리 대답했다. 그러고는 자신의 친구에게 고개를 돌렸다. "너도 그렇지, 루실?"

루실도 그렇다고 했다.

"이런 데 오면 좋아요." 루실이 말했다. "내가 뭘 하든 상관하지 않으니까, 항상 재밌게 보낼 수 있어요. 지난 번 여기에 왔을 때는 의자에 걸려 드레스가 찢어졌는데, 그 사람이 이름과 주소를 물어보는 거예요. 그리고 일주일도 안 돼서 크루아리의 양장점에서 보낸 소포를 받았는데, 그 안에 새 이브닝드레스가 들어 있었어요."

"그걸 받았어요?" 조던이 물었다.

"그야 물론이죠. 오늘밤 입으려고 했는데 가슴 부분이 너무 커서 수선을 해야 했어요. 라벤더색 구슬이 달린 옅은 푸른색 드레스인데, 자그마치 265달러짜리예요."

"그런 식으로 행동하는 사람은 뭔가 수상한 데가 있어요. 어느 누구와도 문제를 일으키고 싶지 않은 거죠." 또 다른 아가씨가 열심히 설명했다.

"누가 그렇다는 겁니까?" 내가 물었다.

"개츠비요. 어떤 사람이 그러는데……."

두 아가씨와 조던이 비밀 이야기라도 하듯 함께 몸을 앞으로 숙였다.

“어떤 사람이 그러는데, 그가 사람을 죽인 적도 있대요.”

순간 모두에게 짜릿한 전율이 흘렀다. 자기 소개를 웅얼거리며 하던 그 세 남자도 몸을 수그리고 열심히 듣고 있었다.

“그건 아닌 것 같아. 전쟁 때 활동했던 독일 스파이라는 게 더 맞는 말일걸.” 루실이 의심스럽다는 투로 주장했다.

세 남자 중 하나가 그 말에 수긍하듯이 고개를 끄덕였다.

“독일에서 그와 함께 자라서, 그에 대해서는 모든 걸 다 알고 있는 사람한테 그런 말을 들은 적이 있습니다.” 그가 자신 있게 말했다.

“어머, 아니에요. 그럴 리가 없어요.” 첫 번째 아가씨가 소리쳤다. “그는 전쟁 중에 미군에 있었는걸요.” 우리의 믿음이 다시 그녀에게로 옮겨가자 그녀가 신이 나서 몸을 앞으로 숙이며 말했다. “이따금씩 주변에 아무도 없다고 생각할 때 그가 어떤 표정을 짓는지 한번 살펴보세요. 사람을 죽인 게 틀림없다고요.”

그녀는 눈을 가늘게 뜨면서 몸서리를 쳤다. 루실도 몸을 부르르 떨었다. 우리는 모두 고개를 돌려 두리번거리며 개츠비를 찾았다. 세상일에 그다지 수군거리지 않던 사람들이 그에 대해서 수군거리는 것은 그가 뭔가 낭만적인 추측을 불러일으킨다는 증거였다.

첫 번째 저녁 식사(자정이 지나면 식사가 한 번 더 나올 것이다)가 나오고 있었다. 조던은 내게 자신의 일행과 자리를 함께하자고 제안했다. 그들은 정원 반대편의 식탁 주변에 모여 있었다. 부부 세 쌍과 조던의 파트너인 고집 센 대학생이 자리하고 있었는데, 그는 아주 심하게 빈정대는 사람이었다. 조만간 조던이 자신에게 굴복할 것이라고 믿고 있는 듯 보였다. 그들은 이리저리 어슬렁거리지 않고 근엄하게 똘똘 뭉쳐 있었는데, 마치 시골의 차분한 위엄을 대변하고 있는 듯한 분위기를 풍겼다. 웨스트 에그 사람들에게 애써 보조를 맞추고는 있지만 휘황찬란한 환락의 분위기 속에서 도무지 경계를 늦추지 못하는 이스트 에그 사람들의 전형적인 모습이었다.

"우리 나가요." 그럭저럭 별 재미 없이 반 시간을 보낸 뒤 조던이 속삭였다. "여긴 나한테 너무 고상하네요."

우리는 일어섰다. 그녀는 집주인을 찾아보고 오겠다고 대학생에게 설명했다. 내가 아직 주인을 만나보지 못했다는 핑계를 대면서. 그 말이 내게는 조금 불편하게 들렸다. 대학생은 냉소적이고 침울한 표정으로 고개를 끄덕였다.

맨 처음 바를 둘러보았다. 사람들로 북적거리기는 했지만 개츠비는 없었다. 그녀가 계단 위로 올라가 죽 훑어보았지만 그는 역시 보이지 않았고, 베란다에도 마찬가지로 없었다. 그러다가 어딘지 중요해 보이는 문을 열고 고딕 양식의 천장이 높은 서재 안으로까지 들어가게 되었다. 영국산 참나무로 멋들어지게 장식한 그곳은 마치 외국의 유적을 통째로 옮겨 온 듯한 모습이었다.

그곳에서는 뚱뚱한 중년 남자가 올빼미 눈 같은 커다란 안경을 쓰고 약간 술에 취한 듯 긴 테이블 끝에 걸터앉아 서가를 불안정하게 바라보고 있었다. 우리가 들어서자 그는 들뜬 표정으로 휙 돌아서더니 조던을 머리에서 발끝까지 꼼꼼히 훑어보았다.

"어떻게 생각하시오?" 그가 성급하게 물었다.

"뭐가요?"

그가 서가 쪽을 향해 손을 흔들었다.

"저거요. 사실 확인할 필요도 없소. 내가 다 확인했으니까. 저건 진짜요."

"책들 말인가요?"

그가 고개를 끄덕였다.

"정말 진짜요. 페이지랑 모든 게 다 있으니까. 나는 튼튼하고 좋은 마분지로 만든 가짜라고 생각했지. 그런데 확실히 진짜라니까. 페이지들이며…… 그리고 여기, 여기를 보시오."

우리가 미심쩍게 쳐다보는 것도 당연하다는 듯이 그가 책장으로 달려가더니 『스토더드 강의록』 제1권[11]을 들고 왔다.

"보시오!" 그가 의기양양하게 소리쳤다. "이건 진짜 인쇄물이란 말이오. 내가 속은 거지. 이 친구는 정말 데이비드 벨라스코[12] 같은 인물이요. 대단한 위업이지. 세상에, 얼마나 철두철미한지! 정말 굉장한 리얼리즘 아니오? 언제 멈춰야 하는지도 알고 있소. 자, 여기 페이지를 칼로 자르지도 않았소. 아, 그런데 당신들은 무슨 일이오? 왜 여기까지 온 거요?"

그가 내게서 책을 홱 낚아채더니 서둘러 책장에 다시 꽂아 놓았다. 하나라도 빠지면 서재 전체가 무너져 버릴지도 모른다고 중얼거리면서.

"누가 당신들을 데려왔소?" 그가 캐물었다. "아니면 당신들이 알아서 그냥 온 거요? 나는 누군가가 데려왔지. 대부분의 사람들이 그렇지만."

조던은 아무런 대답도 하지 않은 채 그를 흥미롭다는 듯이

---

11) 존 L. 스토더드는 '존 L. 스토더드 강의록'이라는 표제로 삽화가 그려진 여행 서적 15권을 썼다. 로체스터 근처에 있는 디킨스의 집, '개즈 힐'이 제9권에 삽화로 그려져 있다고 한다.
12) 데이비드 벨라스코(1853~1931). 현실적인 무대장치로 유명했던 브로드웨이의 제작자.

조심스럽게 바라보았다. 그가 계속 말을 이어나갔다.

"난 루스벨트라는 여자가 데려왔소. 클로드 루스벨트 부인. 혹시 그 부인을 아시오? 지난밤 어디선가 부인을 만났지. 난 일주일 동안 내내 이렇게 취한 상태였소. 서재에 앉아 있으면 정신이 좀 들까 했는데."

"그래서 정신이 좀 드셨나요?"

"약간은 그런 것 같소. 아직은 알 수가 없지. 여기 온 지 한 시간밖에 되지 않았는걸. 내가 책에 대해서 이야기했던가요? 저것들은 진짜요. 저것들은……."

"이미 얘기하셨어요."

우리는 그와 정중히 악수를 나누고 밖으로 나갔다.

이제 정원의 천막에서는 무도회가 열리고 있었다. 나이 든 남자들은 어린 아가씨들을 안은 채 볼썽사납게 영원히 끝나지 않을 것처럼 빙글빙글 돌고 있었고, 잘 어울리는 커플들은 구석에서 서로 몸을 얼싸안고 비비 꼬면서 능숙하게 돌아가고 있었다. 상당수의 아가씨들은 혼자 춤을 추거나 오케스트라에서 벤조나 타악기 연주자들을 거들고 있었다. 자정 무렵이 되자 흥겨운 분위기가 더욱 고조되었다. 유명한 테너 가수가 이탈리아어로 노래를 부르는가 하면, 악명 높은 알토 가수 한 명은 재즈를 불렀다. 그러는 와중에 정원 구석구석에서 사람들의 '곡예'가 벌어졌다. 행복한 웃음소리가 여름 하늘로 공허하게 울려 퍼졌다. 어떤 쌍둥이 자매는 의상까지 차려입고 유치한 연기를 했는데, 알고 보니 노란 드레스를 입고 있던 그 두 아가씨였다. 샴페인이 핑거볼보다도 더 큰 잔에 그득히 담겨 나왔다. 달이 더 높이 떠올랐다. 해협 위에 둥실 떠 있는 삼각형 모양의 은빛 비늘이 잔디밭 위에서 퉁퉁거리며 터져 나오는 둔탁한 밴

조 소리에 맞춰 조금씩 떨고 있었다.

나는 여전히 조던 베이커와 함께 있었다. 우리는 내 나이 또래의 남자와, 별 일 아닌데도 걸핏하면 감당하기 힘든 웃음을 터뜨리는 소란스러운 아가씨 한 명과 함께 테이블에 앉아 있었다. 이제는 나 자신도 즐기고 있었다. 이미 핑거볼만한 커다란 잔으로 샴페인을 두 잔 마신 상태였다. 눈앞의 모든 풍경이 뭔가 중요하고 근원적이며 심오하게 바뀐 기분이었다.

소란이 잠시 잠잠해지자, 테이블에 함께 있던 남자가 나를 보며 미소를 지었다.

"얼굴이 낯이 익군요. 혹시 전쟁 때 제1사단 소속 아니었나요?" 그가 공손하게 말했다.

"아, 네, 맞습니다. 제28보병대대 소속이었어요."

"저는 1918년 6월까지 제16대대[13]에 있었습니다. 전에 어디선가 뵌 적이 있다고 생각했는데, 맞군요."

우리는 비가 많이 오는 우중충한 프랑스의 작은 마을들에 대해 잠시 이야기를 나누었다. 그가 이 부근에 사는 건 분명했다.

---

13) 피츠제럴드 자신의 원고에는 '제3사단, 제9기관총대대, 제7보병대대'라고 수정되어 있었다. 이에 대해 브루콜리는 다음과 같이 정리했다. "1918년 6월 3일, 닉의 제9기관총대대는 샤토 티에리에 있었고 개츠비의 제7보병대대는 도시를 방어하기 위해 남쪽 강둑에 전진 배치되었다. 두 부대는 제3사단에 소속되어 있었다.(…) '아르곤 숲 전투' 즉 뫼즈 아르곤 공세 전투(1918년 9월 25일~11월 13일)에서는 미군 병력이 핵심적인 역할을 수행했다. 개츠비의 제3사단이 뫼즈 아르곤 전투에서 싸웠다 해도, 그건 아르곤 숲에서부터 전선의 반대쪽 끝에 있는 뫼즈 지역에서였다. 하지만 초판에서는 아르곤에서의 용맹성을 높이 사서 개츠비와 닉의 사단인 제1사단이 퍼싱 장군으로부터 표창장을 수여받았다고 나온다. 피츠제럴드가 닉과 개츠비의 부대를 수정하여 그 두 사람이 샤토 티에리에서 서로 만났으리라는 가능성을 열어 놓았지만, 그렇게 되면 개츠비가 아르곤 숲에 있었을 가능성이 희박해진다. 이런 모순이 있더라도 개츠비가 전쟁과 관련해 거짓말을 한다고는 볼 수 없다. 소설 속에는 그런 지적이 나오지 않는다."

얼마 전 수상 비행기를 샀으며 내일 아침에 시승해 볼 작정이라고 이야기했기 때문이다.

"함께 할까요, 친구? 여기 해변 바로 근처에 있는데요."

"몇 시쯤에요?"

"그쪽이 편한 시간이면 언제든지 좋습니다."

그의 이름을 막 물어보려는 찰나에 조던이 주위를 둘러보며 미소 지었다.

"이제 기분이 좀 좋아지셨나 보네요?" 그녀가 물었다.

"훨씬 낫군요." 나는 새로 사귄 친구에게 다시 고개를 돌렸다.

"좀 이상한 파티예요. 주인을 만나보지도 못했거든요. 저는 저기 너머에 삽니다." 그러고는 손을 들어 잘 보이지 않는 먼 울타리 쪽을 가리켰다. "이 집 주인인 개츠비라는 분이 운전사를 통해서 초대장을 보냈더군요."

그러자 한동안 그가 이해할 수 없다는 표정으로 나를 쳐다보았다.

"제가 개츠비인데요." 그가 불쑥 말을 꺼냈다.

"뭐라고요!" 내가 소리쳤다. "아, 실례했습니다."

"그쪽이 안다고 생각했소, 친구. 이거 주인 노릇을 제대로 하지 못해 큰일이군요."

그는 이해한다는 듯이 미소를 지었다. 아니, 그건 이해하는 것 이상의 친근한 미소였다. 일생에서 몇 번 경험하기 어려운, 영원한 확신을 약속하는 듯한 그런 보기 드문 미소였다. 순간적으로 영원의 세계와 마주했다가—혹은 마주한 듯 보였다가는—곧 거부할 수 없는 무한한 애정을 담아 상대방에게 집중하는 그런 미소. 또한 당신이 이해받고 싶은 만큼 당신을 이해하고 있으며, 당신이 스스로를 믿고 싶은 만큼 당신을 믿고 있으며, 당신이 전하고 싶은 만큼 최고의 좋은 인상을 받았다고 확인시켜 주는 그런 미소였다. 그런데 바로 그 순간 미소가 사라졌다. 대신 그 자리에는 서른한두 살가량의 기품 있지만 다소 거칠어 보이는 젊은 남자가 있었다. 격식을 차린 그의 말투는 자칫 우스꽝스럽게 느껴지기도 했다. 사실 그가 자신을 소개하기 전까지는 그가 말을 세심하게 골라서 쓰고 있다는 인상을 강하게 받고 있었다.

개츠비 씨가 자신이 누구인지 밝히자마자, 집사가 황급히 그에게 다가와 시카고에서 전화가 왔다고 알렸다. 그는 우리 모두에게 일일이 짧은 목례를 하면서 실례하겠다고 말했다.

"필요한 게 있으면 뭐든 말씀해 주세요, 친구." 그가 내게 각듯이 말했다. "실례하겠습니다. 나중에 다시 뵙지요."

그가 자리를 떠나자마자 나는 서둘러 조던에게 몸을 돌렸다. 내가 깜짝 놀랐다는 것을 그녀에게 알려야 할 것 같았다. 개츠비 씨가 혈색 좋고 살찐 중년 남자일 거라는 나의 예상과는 너무나 달랐기 때문이다.

"어떤 사람입니까? 혹시 알고 있어요?" 내가 캐물었다.

"그냥 개츠비라는 사람이죠."

"내 말은 어디 출신이냐는 거지요. 그리고 직업은 뭡니까?"

"이제 당신도 그 주제에 관심을 갖기 시작하셨군요." 그녀는 입가에 엷은 미소를 띠었다. "언젠가 자신이 옥스퍼드 출신이라고 내게 얘기한 적이 있어요."

그의 배경이 희미하게 그려지기 시작했다. 그러나 그녀가 다음 말을 내뱉는 순간 사라져 버렸다.

"하지만 난 믿지 않아요."

"왜요?"

"모르겠어요. 그저 그 사람이 거기에 다녔던 것 같지가 않아요."

그녀의 어조 어딘가에서 '그가 사람을 죽인 적이 있대요'라고 말한 한 아가씨의 말이 떠올라서 더욱 호기심이 발동했다. 개츠비가 루이지애나의 습지대나 뉴욕의 이스트사이드 남쪽 출신이라고 해도 의심 없이 받아들였을 것이다. 얼마든지 그럴 수 있었다. 하지만 그렇게 어딘지 모르는 곳에서 뻔뻔스럽게 떠돌던 젊은 남자가 롱아일랜드 해협에 궁전 같은 대저택을 구입한다는 것은 있을 수 없는 일이었다. 적어도 시골 출신이라 세상 물정에 어두운 나의 관점에서는 그랬다.

"아무튼 그는 대규모의 파티들을 열고 있어요." 조던이 구체적으로 말하기를 꺼려 하는 도시인답게 주제를 바꾸며 말했다. "그리고 나는 이런 큰 파티가 좋아요. 뭔가 은밀한 느낌이랄까, 작은 파티에서는 도무지 프라이버시가 없잖아요."

그때 베이스 드럼이 쿵 하는 소리를 냈다. 갑자기 오케스트라 지휘자의 목소리가 떠들썩한 정원 위로 쩌렁쩌렁 울려 퍼졌다.

"신사 숙녀 여러분, 개츠비 씨의 요청에 따라 블라디미르 토스토프의 최신작을 연주해 드리겠습니다. 이 곡은 지난 5월 카네기홀에서 큰 주목을 받았던 작품입니다. 신문을 읽으신 분은 아시겠지만, 엄청난 센세이션을 일으킨 곡이었죠." 그가 유쾌한 미소를 지으며 공손하게 덧붙였다. "상당한 센세이션이었지요!" 그러자 모두가 웃음을 터뜨렸다.

"자, 블라디미르 토스토프의 〈세계 재즈의 역사〉라는 곡입니다." 그가 활기차게 대사를 마무리 지었다.

토스토프가 만든 곡이 어떤 음악인지를 파악하기란 쉽지 않았다. 바로 그때 내 눈길이 개츠비에게 쏠렸기 때문이다. 그는 대리석 계단에 홀로 서서 사람들의 무리를 흡족한 시선으로 바라보고 있었다. 그의 잘 그은 얼굴은 탱탱하고 매력적으로 보였고, 짧은 머리는 매일 다듬은 듯 말쑥했다. 그에게서는 어떤 악의도 보이지 않았다. 혹시 그가 술을 마시지 않아서 손님들과 다르게 보이는 건 아닌가 생각했다. 유쾌하게 떠드는 소리가 커질수록 그가 더 빈틈없어 보였기 때문이다. 〈세계 재즈의 역사〉 연주가 끝나자, 여자들이 강아지처럼 즐거워하며 남자들의 어깨에 머리를 기댔다. 어떤 여자들은 남자들의 팔, 심지어는 모여 있는 사람들 속으로 기절하는 척 장난스럽게 쓰러지기도 했다. 누군가 뒤에서 잡아주리라는 걸 알고서 말이다. 하지만 어느 누구도 개츠비를 향해선 몸을 던지지 않았고, 프랑스식 단발머리를 한 여자들 중 아무도 개츠비의 어깨를 건드리지 않았으며, 노래 부르는 사람들 중에서도 개츠비를 끼워주는 사람은 아무도 없었다.

"실례하겠습니다."

개츠비의 집사가 갑자기 우리 곁으로 다가왔다.

"베이커 양이시죠?" 그가 물었다. "실례합니다만, 개츠비 씨가 베이커 양과 따로 이야기를 나누고 싶어 하십니다."

"저하고요?" 그녀가 놀라서 소리쳤다.

"예, 그렇습니다."

그녀가 놀랍다는 듯 내게 눈썹을 치켜올려 보이면서 천천히 일어서더니 집사를 따라 집 안으로 들어갔디. 그녀는 이브닝드레스를 입고 있었다. 다른 옷을 입었을 때도 마찬가지였지만, 마치 운동복을 입은 것 같았다. 맑고 싱그러운 아침, 처음 골프를 배우러 골프 코스를 걸어가는 사람처럼, 그녀의 움직임에는 경쾌함이 있었다.

이제 나는 혼자가 되었고, 시계는 거의 2시를 가리키고 있었다. 테라스 위에 나와 있는 창 많고 길쭉한 방에서 분명치는 않지만 뭔가 흥미로운 소리가 흘러나왔다. 조던의 파트너였던 대학생은 이제 합창단의 두 아가씨와 분만에 관한 이야기를 하면서 나를 끌어들이려고 끈덕지게 매달리고 있었다. 나는 그를 피해 집 안으로 들어갔다.

큰 방은 사람들로 가득했다. 노란 드레스를 입은 아가씨 중 한 명이 피아노를 치고 있었다. 그 옆에서는 유명한 합창단 출신으로, 빨간 머리에 키가 큰 젊은 여자가 노래를 부르고 있었다. 샴페인을 상당히 많이 마신 탓인지 그녀는 노래를 부르는 도중에 터무니없게도 세상만사가 너무도 슬프다고 결론 내린 듯, 흐느껴 울기까지 했다. 그녀는 노래를 잠시 멈출 때마다 숨을 헐떡이며 흐느꼈고, 그런 뒤에는 떨리는 소프라노로 다시 노래를 시작했다. 눈물이 그녀의 뺨을 따라 흘러내렸다. 그것도 막힘없이 줄줄 흐르는 게 아니라, 두껍게 칠해서 뭉친 속눈썹과 만나 잉크 빛으로 변색되어 검은 실개천처럼 느리게 흘러내린 것이었다. 누군가 그녀를 보고 얼굴에 그려진 검은 음표에 맞추어 노래를 부르는 모양이라고 우스갯소리를 하자, 그녀는 양손을 쳐들더니 의자에 쓰러져 술에 취한 채로 깊이 잠들어 버렸다.

"남편이란 작자와 싸워서 그래요." 옆에 있는 여자가 내게 설명해 주었다.

주위를 둘러보았다. 남아 있는 대부분의 여자들은 이제 남편이란 사람들과 싸우고 있었다. 조던의 일행이었던 이스트 에그에서 온 두 부부들도 다툼 끝에 서로 흩어져 있었다. 남편들 중 하나가 젊은 여배우에게 강한 호기심을 보이며 말을 걸자, 그의 부인이 무관심한 척 품위를 유지하며 웃어넘기려고 하다가 결국엔 완전히 이성을 잃고 측면 공격을 퍼부었다. 잠시 말이 끊어진 틈을 타서 뾰족한 다이아몬드처럼 날을 세운 채 남편 곁에 불쑥 나타나서는 그의 귀에 대고 "당신이 약속했잖아요!"라고 소리를 지른 것이다.

집에 가고 싶어 하지 않는 것은 곁눈질하는 남자들에게만 국한된 일이 아니었다. 이제 홀은 안타깝게도 술에 취하지 않은 두 남자와 머리끝까지 화가 난 그들의 부인이 차지하고 있었다. 부인들은 약간 흥분된 목소리로 서로를 위로하고 있었다.

"그이는 내가 좀 즐기려고만 하면 집에 가려고 들어요."

"세상에나, 그렇게 이기적인 일이 어디 있겠어요."

"우리는 항상 제일 먼저 자리를 뜬다니까요."

"우리도 그래요."

"글쎄, 오늘밤은 우리가 거의 마지막이라고." 남자들 중 하나가 멋쩍어 하며 말했다. "오케스트라는 반 시간 전에 이미 떠났어."

남편들의 행동이 정말 말할 수 없이 고약하다며 부인들이 한목소리를 냈지만, 결국 실랑이는 금세 끝나버리고, 두 부인들 모두 발버둥 치다가 어둠 속으로 끌려 나갔다.

홀에서 모자를 기다리고 있는데, 서재 문이 열리면서 조던 베이커와 개츠비가 함께 나왔다. 그는 그녀에게 뭔가 마지막 말을 하고 있었다. 그러나 몇몇 사람이 그에게 작별 인사를 하기 위해 다가서자 그의 열정적인 태도가 순간 딱딱하게 굳으면서 형식적으로 바뀌었다.

조던의 일행이 현관에서 조바심하며 그녀를 불렀지만, 그녀는 잠시 멈춰 서서 나와 악수를 했다.

"방금 아주 놀라운 이야기를 들었어요." 그녀가 속삭였다. "우리가 저기에 얼마나 있었나요?"

"글쎄, 한 시간쯤요."

"그건…… 정말 믿어지지가 않아요." 얼빠진 표정으로 그녀가 반복했다. "하지만 말하지 않겠다고 맹세했으니 어쩌죠? 당신 애만 태우게 됐네요." 그녀는 내 얼굴에 대고 우아하게 하품을 했다. "언제 한번 놀러 오세요. ……전화번호부에…… 시고니 하워드 부인이라는 이름으로…… 우리 이모거든요." 그녀는 서둘러 나가면서 그렇게 말했다. 그리고는 갈색 손을 흔들며 쾌활하게 인사하고 문 앞에 있는 일행 속으로 사라졌다.

처음 방문한 주제에 너무 늦게까지 남아 있는 게 약간 쑥스러워서, 개츠비를 빙 둘러싸고 모여 있던 마지막 손님들의 대열에 슬며시 끼어들었다. 개츠비에게 초저녁부터 그를 찾아다녔다고 설명하며 정원에서 그를 알아보지 못해 미안하다고 사과하고 싶었다.

"천만에, 별말씀을." 그가 부드럽게 말했다. "그런 생각은 하지도 말아요, 친구." '친구'라는 친근한 표현보다도 안심시키듯 내 어깨를 스쳐 지나가는 그의 손길이 더 친밀하게 느껴졌다. "그리고 내일 아침 수상 비행기를 타기로 한 거 잊지 마십시오. 9시입니다."

그때 집사가 그의 어깨 뒤에서 말했다.

"필라델피아에서 전화가 왔습니다."

"알았어. 곧 가지. 금방 가겠다고 이야기해 주게……. 자, 그럼 안녕히 가십시오."

"네. 안녕히 계세요."

"안녕히 주무세요." 그가 미소를 지었다. 마지막으로 가는 사람들 속에 내가 끼어 있는 것이 마치 그가 항상 바랐던 일인 것처럼 기분 좋게 다가오는 미소였다. "안녕히 주무세요, 친구…… 잘 자요."

그러나 계단을 걸어 내려가보니 파티가 아직 다 끝나지 않았다는 걸 알게 되었다. 현관에서 15미터 정도 떨어진 곳에 헤드라이트 십여 개가 희한하고 떠들썩한 광경을 환하게 비추고 있었다. 도로 바로 옆 도랑에 신형 쿠페가 처박혀 있었던 것이다. 오른쪽 차체가 들려 있고 바퀴 하나가 떨어져 나간 상태였다. 개츠비의 차고를 떠나 채 2분도 되지 않아 당한 사고였다. 아마도 뾰족하게 튀어나와 있는 벽에 부딪혀 바퀴가 빠져버린 듯했다. 호기심에 찬 운전자 대여섯 명이 상당한 관심을 보이며 주위로 모여들었다. 하지만 길에 세워둔 그들의 차가 도로를 막고 있었기 때문에 뒤따라 온 차들이 날카로운 경적을 계속 울려댔다. 가뜩이나 복잡한 상황이 그 소리 때문에 더욱 소란스러웠다.

긴 더스터 코트를 입은 남자가 파손된 차에서 내리더니 길 한가운데에 서서, 당황스럽지만 어딘지 유쾌한 듯한 표정으로 차와 타이어, 그리고 타이어와 구경꾼들을 번갈아 보았다.

"어라, 도랑에 빠져버렸잖아." 그가 말했다.

그 사실에 그는 상당히 놀란 듯 보였다. 그 모습이 예사롭지 않아 자세히 보니 개츠비의 서재에 있던 바로 그 남자였다.

"어떻게 된 일입니까?"

그가 어깨를 으쓱했다.

"나는 기계에 관해서는 아무것도 모릅니다." 그는 단정적으로 말했다.

"하지만 어쩌다 저렇게 됐나요? 벽을 들이박았나요?"

"내게 묻지 마세요." 그 사건에 전혀 아무런 책임도 없다는 듯이 올빼미 눈이 말했다. "운전에 대해서는 거의 아는 바가 없어요. 모르는 거나 다름없죠. 아무튼 사고는 일어났고, 그게 제가 아는 전부입니다."

"아니, 운전을 잘 못하시면 밤에 운전대를 잡지 말았어야죠."

"난 운전하려고 하지도 않았어요." 그가 분에 차서 소리쳤다. "그럴 생각도 없었다니까요."

구경꾼들은 놀라서 어안이 벙벙했다.

"자살이라도 하고 싶으셨나요?"

"그냥 바퀴뿐이었으니 천만다행이군요! 운전도 못하는 사람이 운전할 생각조차 없이 **차를 몰다니!**"

"이해를 못하는군요." 갑자기 죄인처럼 되어버린 그가 설명했다. "내가 운전한 게 아니라고요. 차 안에 다른 사람이 있단 말입니다."

그의 갑작스러운 발표에 사람들은 충격을 받았고, 곧이어 쿠페의 문이 흔들리는가 싶더니 천천히 문이 열리면서 '아, 아—!' 하고 긴 신음 소리가 들렸다. 군중은—이제는 정말 군중이 되어 있었다—무의식적으로 뒤로 물러났다. 차 문이 벌컥 열리자, 안에 있던 누군가가 깜짝 놀란 듯 잠시 멈칫거리는 것이 보였다. 그러더니 얼굴이 창백해진 사람이 파손된 차에서 비틀거리며 서서히 조금씩 모습을 드러냈다. 그는 마치 맞지도 않는 커다란 무용 슈즈를 신고 시험 삼아 발을 디뎌보는 것처럼 천천히 차에서 걸어 나왔다.

헤드라이트의 환한 빛에 눈이 부시고 계속 울려대는 경적 소리에 얼이 빠진 듯, 그 허깨비 같은 남자는 더스터 코트를 입은 남자를 알아볼 때까지 잠시 동안 불안하게 흔들거리며 서 있었다.

"뭐가 문제요?" 그가 태연하게 물었다. "기름이 떨어졌나?"

"이것 보세요!"

손가락들 대여섯 개가 빠져버린 바퀴를 가리켰다. 그는 그것을 잠시 뚫어져라 쳐다본 뒤 마치 그 바퀴가 하늘에서 떨어진 건 아닌지 의심스럽다는 듯 위를 올려다보았다.

"바퀴가 떨어져 나갔습니다." 누군가가 설명했다.

그가 고개를 끄덕였다.

"처음엔 차가 멈춘 것도 몰랐소."

일시적인 침묵. 그런 다음 그가 긴 한숨을 내쉰 뒤 어깨를 펴면서 단호한 어조로 말했다.

"주유소가 어디 있는지 누가 좀 알려줄 순 없겠소?"

적어도 십여 명의 사람들이, 그들 중 일부는 그보다 조금 나아 보이기는 했지만, 차에 더 이상 바퀴가 붙어 있지 않다고 그에게 설명해 주었다.

"뒤로 물러서시오." 잠시 후 그가 소리쳤다. "차를 뒤로 빼야겠소."

"하지만 바퀴가 없다니까요!"

그가 망설였다. "시도해 봐서 나쁠 건 없잖소." 그가 말했다.

빵빵거리는 경적소리가 더욱 커지고 있었다. 나는 돌아서서 잔디밭을 가로질러 집으로 발길을 돌렸다. 그러다가 힐끗 한 번 뒤를 돌아보았다. 웨이퍼 같은 가느다란 달이 개츠비의 집 위에서 빛나고 있었다. 예나 다름없이 멋진 밤을 장식하는 그 달은 여전히 불이 환한 그의 정원에 가득 울려 퍼졌던 파티의 소란과 떠들썩한 웃음소리에도 꿋꿋하게 자기 자리를 지키고 있었다. 문득 텅 빈 공허가 그의 집 창문들과 커다란 대문에서부터 흘러나와, 현관에 서서 손을 들고 정중하게 작별 인사를 하고 있는 집주인에게 완벽한 고독을 안겨주고 있는 듯한 느낌이 들었다.

지금까지 내가 쓴 것을 읽어보니, 몇 주일의 간격을 두고 사흘 밤 동안 일어났던 사건들에 내가 너무 깊게 빠져 있었던 것 같은 인상을 준다. 그러나 그 일들은 다사다난했던 여름에 일어난 그저 우연한 사건들에 지나지 않는다. 훨씬 나중까지도 나는 개인적인 일들에 더 열중해 있었다.

나는 대부분의 시간 동안 일을 했다. 이른 아침, 태양이 내 그림자를 서쪽으로 드리우면, 프로비티 신탁 회사를 향해 뉴욕 남쪽 하얀 건물들 사이로 서둘러 내려갔다. 젊은 증권업자들을 비롯한 다른 직원들과 허물없는 사이가 되었고, 그들과 어울려 어둡고 북적대는 식당에서 작은 돼지고기 소시지, 으깬 감자, 커피 등으로 점심 식사를 했다. 심지어 뉴저지에 살고 있는 경리과 여직원과 잠깐 연애도 했다. 그러나 그녀의 오빠가 나를 못마땅한 눈초리로 바라보는 게 마음에 걸려 그녀가 휴가를 떠난 7월에 조용히 관계를 끝냈다.

저녁 식사는 대개 예일 클럽에서 했다. 어떤 이유인지는 모르지만, 그때가 하루 중 가장 우울한 시간이었다. 그런 뒤 위층에 있는 도서관에 올라가 투자와 유가증권에 대해 열심히 공부했다. 클럽에는 으레 소란스러운 사람들이 있게 마련이지만, 그들이 도서관에 올라오는 일은 결코 없기 때문에 그곳은 공부하기에 최적의 장소였다. 공부를 마친 뒤 날이 푸근한 밤이면 매디슨 가를 천천히 걸어 내려가 오래된 머리 힐 호텔을 지나고 33번가를 넘어서 펜실베이니아 역까지 갔다.

뉴욕, 그곳이 안겨 주는 그 홍미진진하고 짜릿한 느낌이 좋아지기 시작했다. 쉴 새 없이 스쳐 지나가는 남자들과 여자들, 자동차들이 들뜬 시선에 만족감을 안겨 주었다. 때로는 5번가를 걷다가 군중 속에서 아름다운 여자들을 골라 몇 분 동안 그들의 삶 속으로 들어가는 상상을 하기도 했다. 그 누구도 알아채거나 거절할 수 없는 일이었다. 이따금씩, 내 마음속에서는, 후미진 거리의 길모퉁이에 있는 그들의 아파트로 그들 뒤를 따라가곤 했다. 그들은 문을 통과해 아늑한 어둠 속으로 사라지기 전에 돌아서서 내게 미소를 지어주었다. 매혹적인 대도시의 황혼 속에서 때로는 사무치는 외로움을 느꼈고, 다른 사람들에게서도 그런 느낌을 받았다. 식당에서 보낼 혼자만의 저녁 시간을 기다리며 창문 앞에서 어슬렁대는 가난한 젊은 직원들, 밤과 삶의 가장 강렬한 순간들을 허비하면서 황혼 속에 서 있는 그 젊은 직원들에게서 말이다.

다시 8시가 되어, 극장가를 향해 갈 택시들이 부릉부릉 엔진 소리를 내며 40번가의 어두운 도로에 다섯 줄로 서 있을 때면, 나는 우울한 기분에 빠져들었다. 택시에 탄 사람들은 택시가 떠나기를 기다리는 동안 서로에게 기대어 노래를 부르는가 하면 들리지 않는 농담에 웃음을 터뜨리기도 했다. 택시 안에서는 불을 붙인 담배가 뭔지 이해할 수 없는 원을 그렸다. 그러면 나 또한 홍겨운 분위기에 젖어 들어 그들과 함께 은밀한 즐거움을 나누고 있다고 상상하며 그들의 행운을 빌어주었다.

한동안 조던 베이커를 보지 못했다. 그리고 한여름이 되어서야 그녀를 다시 만났다. 처음 그녀를 만날 때는 괜히 우쭐해져서 함께 여러 곳을 돌아다녔다. 그녀는 골프 챔피언이었고, 모든 사람이 그녀의 이름을 알고 있었다. 그런데 뭔가가 더 있었다. 실제로 사랑에 빠진 건 아니었지만 그녀에 대해서 어떤 애정 어린 호기심 같은 것이 있었다. 세상을 향한 그녀의 얼굴, 지루한 듯 도도해 보이는 그 표정이 뭔가를 숨기고 있는 듯했다. 처음에는 아닐지 모르지만, 가식적인 태도에는 결국 뭔가 감추는 게 있기 마련이다. 그리고 어느 날, 그것이 무엇인지 알게 되었다. 우리가 워릭 지역의 한 하우스 파티에 함께 갔을 때였다. 그녀가 빌린 차의 뚜껑을 열어둔 채로 차를 빗속에 세워두었는데, 그 사실을 속이고 거짓말을 한 거였다. 그때 갑자기 데이지의 집에서 식사를 하던 그날 밤, 가물가물 떠오를 듯하다가 사라져버렸던 그녀에 대한 가십거리가 기억났다. 그녀가 처음으로 큰 골프 토너먼트 대회에 참가했을 때, 거의 신문에 오르내릴 뻔한 큰 사건이 있었다. 준결승전에서 그녀가 나쁜 위치에 놓여 있던 공을 다른 위치로 바꾸었다는 주장이 제기된 것이었다. 그 사건은 커다란 스캔들이 되었다가 어찌어찌 무마되었다. 캐디가 자신의 진술을 거두어들였고, 다른 유일한 증인도 어쩌면 자신이 잘못 봤을지도 모른다고 물러선 것이었다. 하지만 그 사건과 그 이름은 내 마음속에 오래도록 남아 있었다.

조던 베이커는 영리하고 약삭빠른 사람들을 본능적으로 멀리 했다. 이제 보니 그것은 그녀가 규범을 피해가는 것이 불가능한 곳에서 오히려 더 편안함을 느끼기 때문이었다. 그녀는 구제할 수 없이 부정직한 사람이었다. 그녀는 불리한 입장에 놓이는 것을 못 견뎌 했다. 아마도 그런 골프 대회에서처럼 내키지 않는 상황과 만났을 때 세상을 향해 차갑고 거만한 미소를 날리는 동시에 자신의 강하고 활기 넘치는 몸의 욕구를 충족시키기 위해 그런 어린 나이임에도 속임수를 쓰기 시작한 모양이다.

그렇다고 내게 별로 달라질 건 없었다. 여자의 부정직함은 결코 심하게 나무랄 일이 아닌 것이다. 나는 그저 유감스러운 일일 뿐이라고 생각했고, 곧 잊어버렸다. 우리가 자동차 운전에 대해서 이상한 대화를 나누게 된 것도 바로 그 하우스파티에서였다. 그 대화는 그녀가 일꾼들 곁을 너무나 가까이 지나가는 바람에 차의 펜더 부분이 한 일꾼의 겉옷 단추를 딸깍 건드렸을 때 시작되었다.

"운전 실력이 참 형편없네요." 내가 항의하듯 말했다. "좀 더 조심하든지, 아니면 운전을 아예 그만두세요."

"조심하고 있어요."

"아니요, 그렇지 않아요."

"그럼, 다른 사람들이 조심하면 되죠." 그녀가 가볍게 받아쳤다.

"그게 무슨 말입니까?"

"사람들이 길에서 비켜나면 되잖아요. 사고는 혼자 일으키는 게 아니라고요." 그녀가 우겼다.

"당신과 똑같이 조심성 없는 누군가를 만났다고 생각해 보세요."

"그러지 않기를 바라야죠." 그녀가 대답했다. "난 조심성 없는 사람들은 딱 질색이에요. 그래서 당신을 좋아하는 거라고요."

햇빛에 바랜 듯한 그녀의 잿빛 눈은 똑바로 앞을 보고 있었지만, 그녀는 교묘하게 우리 관계를 바꾸어 놓고 있었다. 나는 순간 그녀를 사랑한다고 생각했다. 하지만 나는 생각이 느린 사람이었다. 게다가 욕망을 제어하는 내면의 규칙들로 머릿속이 가득 차 있었다. 우선은 고향에 얽혀 있는 남녀 관계를 확실히 정리해야 한다는 걸 알고 있었다. 일주일에 한 번씩 그녀에게 편지를 쓰면서 '사랑하는 닉'이라는 서명을 꼬박꼬박 붙였지만, 그녀에 대해 생각나는 것이라고는 테니스를 칠 때 그녀의 윗입술에 코밑수염처럼 희미하게 맺히는 땀방울 정도가 고작이었다. 아무튼 그런 모호한 관계를 적당히 끊지 않고서는 결코 자유로워질 수 없는 것이다.

모든 사람이 기본적인 덕목은 적어도 하나씩 갖추고 있다고 생각하는데, 나에게도 그런 덕목이 있다. 바로 내가 알고 있는 정직한 사람 중 하나에 내가 속해 있다는 것이다.

4장

바닷가 마을에 교회 종이 댕댕 울려 퍼지는 일요일 아침, 사교계 인사들과 그 연인들이 개츠비의 저택으로 다시 모여들었다. 그들은 정원에서 요란한 웃음을 터뜨리며 이야기꽃을 피우고 있었다.

"그는 밀주업자[14]예요." 칵테일과 꽃 사이를 어슬렁거리며 돌아다니던 젊은 부인들이 말했다. "한번은 자기가 폰 힌덴부르크[15]의 조카이자 악마와 육촌간이라는 걸 알아낸 사람을 죽였대요. 여보, 장미 한 송이만 꺾어주세요. 아, 그리고 저 크리스털 잔에 마지막으로 조금만 더 따라줄래요?"

한번은 그해 여름 개츠비의 저택에 왔던 사람들의 이름을 열차 시간표의 여백에 적어놓은 적이 있었다. 이제는 낡아서 접힌 데가 다 해져 버린 그 시간표에는 '1922년 7월 5일까지 유효함'이라고 적혀 있었다. 비록 낡긴 했지만 거기에 석힌 흐릿

---

14) 영어로는 bootlegger, 금주법 시대(1920~1933)에 불법적으로 술을 판매했던 사람. 불법 위스키 판매상이 부츠에 병을 숨겼던 사실에서 유래되었다.
15) 제1차 세계대전 당시 독일의 장군이었으며 이후 독일의 대통령이 되었다.

한 이름들은 충분히 알아볼 수 있다. 개츠비의 환대를 받았지만 그에 대해서는 아는 것이 전혀 없었던 그 사람들에 대한 기억을 어렵사리 끄집어내기보다는 그들의 이름을 열거하는 편이 그들을 설명하는 데 훨씬 나을 듯하다.

이스트 에그에서는 체스터 베커 부부와 리치 부부, 예일 대학 시절에 알고 지냈던 번슨이라는 남자, 그리고 작년 여름 메인 주에서 익사한 웹스터 시벳 박사가 왔었다. 그리고 혼빔 부부와 윌리 볼테어 부부, 그리고 항상 구석에 모여 있다가 누군가 가까이 다가가기만 하면 염소처럼 코를 벌름거리던 블랙번 가족이 있었다. 또한 이스메이 부부와 크리스티 부부(아니, 차라리 휴버트 아우어바흐와 크리스티 씨의 부인이라고 하는 편이 낫겠다), 그리고 소문에 의하면 어느 겨울 오후 별 다른 이유도 없이 머리카락이 솜처럼 하얘졌다는 에드거 비버도 왔었다.

클래런스 엔다이브도 이스트 에그에서 왔던 것으로 기억한다. 그는 무릎 아래까지 오는 헐렁한 반바지를 입고 딱 한 번 왔었는데 정원에서 에티라는 건달과 싸움을 벌였다. 롱아일랜드에서 더 멀리 떨어진 지역에서는 치들 부부와 O. R. P 슈레이더 부부, 조지아 출신의 스톤월 잭슨 에이브럼 부부, 그리고 피시가드 부부와 리플리 스넬 부부가 왔었다. 스넬은 교도소에 들어가기 전 사흘간 거기에 있었는데, 너무 취해서 자갈 진입로에 쓰러져 있다가 율리시스 스웨트 부인의 차에 오른손이 깔리기도 했다. 댄시 부부도 왔었고, 예순이 훨씬 넘은 S. B. 화이트베이트, 모리스 A. 플링크, 해머헤드 부부, 그리고 담배 수입업자인 벨루가와 그의 여자들도 왔었다.

웨스트 에그에서는 폴 부부와 멀레디 부부, 세실 로벅, 세실 쇼언, 주 의회 상원의원인 굴릭, '필름스 파 엑셀랑스' 영화사를 경영하던 뉴턴 오키드, 에크하우스트, 클라이드 코언, 돈 S. 슈워츠(아들), 그리고 아서 맥카티 등이 왔었는데, 모두 어떤 식으로든 영화 산업과 관련을 맺고 있던 사람들이었다. 캐틀립 부부와 벰버그 부부, 그리고 나중에 자기 아내를 목 졸라 죽인 범죄자 멀둔과 형제지간이었던 G. 얼 멀둔도 왔었다. 광고주 다 폰타노도 왔었고, 에드 리그로스와 제임스 B.('썩을 놈의 배짱' 이라는 별명을 가진) 페릿, 드 종 부부, 어니스트 릴리 등은 모 두 도박을 하러 온 사람들이었다. 페릿이 정원을 어슬렁거리는 게 보이면, 그건 그가 돈을 몽땅 날렸다는 의미였고, 그가 가진 연합 철도회사의 주가가 다음 날 상승가를 기록하지 않으면 안 된다는 신호였다.

클립스프링어라는 이름의 남자는 그곳에 너무 자주 들락거 려서 '하숙생'으로 불리기도 했는데, 그에게 다른 집이 있었는 지조차 의심스러울 정도였다. 연극계 사람들로는 거스 와이즈, 호레이스 오도너번, 레스터 마이어, 조지 덕위드, 프랜시스 불 등이 있었다. 또 뉴욕에서 온 사람들로는 크롬 부부와 배키슨 부부, 데니커 부부, 러셀 베티, 코리건 부부, 켈러허 부부, 듀어 부부, 스컬리 부부, S. W. 벨처, 스머크 부부, 지금은 이혼한 젊 은 퀸 부부, 그리고 타임스 스퀘어에서 달리는 지하철 앞으로 뛰어들어 자살한 헨리 L. 팔미토 등이 있었다.

베니 매클리너핸은 항상 아가씨 네 명과 함께 도착했는데, 그 아가씨들은 매번 다른 사람들이었지만, 너무나 똑같이 생겨 서 전에도 거기에 왔던 것 같은 느낌이 들었다. 그들의 성확한 이름은 잊어버렸지만, 아마도 재클린, 아니면 콘수엘라, 아니 면 글로리아, 아니면 주디, 아니면 준이었던 것 같다. 그들의 성은 꽃이나 달[月]처럼 감미로운 이름들이거나, 혹은 미국의 대자본가 같은 근엄한 이름들이었다. 다그쳐 물으면, 아마도 그들과 친척지간이라고 고백했을지도 모른다.

또한 이들 외에도 포스티나 오브라이언이 적어도 한 번은 거기에 왔었고, 베데커가 여자들, 전쟁 중에 총에 맞아서 코가 날아간 젊은 브루어, 그리고 얼브럭스버거 씨와 그의 약혼녀 하그 양, 아디타 피츠피터스, 한때 미국 재향군인회 회장이었던 P. 주웨트 씨, 운전기사로 보이는 남자와 함께 나타난 클로디아 힙 양, 그리고 우리가 공작이라고 불렀던 어떤 왕자가 있었던 것으로 기억한다. 그때는 그의 이름을 알았을지 모르지만, 이제는 잊어버렸다.

이 모든 사람들이 그해 여름 개츠비의 저택을 방문했다.

7월 하순의 어느 날 아침 9시, 개츠비의 멋진 자동차가 자갈이 많은 차도를 덜컹거리며 올라와서는 우리 집 앞에 멈추었다. 그러더니 갑자기 3음계가 뒤섞인 멜로디를 경적으로 울려댔다. 그의 파티에 두 번 갔었고, 그와 수상 비행기를 함께 탔으며, 그가 다급하게 불러내 그의 해변을 이따금 사용한 적은 있었지만, 그가 나를 찾아온 것은 처음이었다.

"잘 잤소, 친구? 오늘 나와 점심 식사나 합시다. 같이 타고 가죠."

그는 자동차 흙받기 위에서 균형을 잡고 있었다. 미국인 특유의 재치 넘치는 동작이었다. 그것은 젊은 시절에 뭔가 무거운 것을 들어보지 않아서 나올 수 있는 동작이기도 하겠지만, 가끔 벌이는 긴장된 게임에서 비롯된 우아한 습관이라고도 볼 수 있었다. 이런 특성은 곰상스러운 태도 속에서 안절부절 못하며 자꾸 들썩이는 그의 행동에서도 드러났다. 발로 뭔가를 툭툭 차거나 조바심을 내듯이 주먹을 쥐었다 폈다 하면서 그는 잠시도 가만히 있질 못했다.

자동차를 감탄하는 듯한 눈길로 바라보자 그가 말했다.

"근사하죠, 안 그래요, 친구?" 내가 더 잘 볼 수 있도록 그가 차에서 뛰어내렸다. "전에 본 적이 있지 않나요?"

본 적이 있었다. 모두가 본 적이 있었을 것이다. 짙은 크림색에 니켈 장식이 빛나는 엄청나게 긴 차체 안에는 보란 듯이 놓인 모자 상자와 음식 상자, 도구 상자들이 여기저기 불룩하게 튀어나와 있고, 미로 같은 앞쪽 유리는 태양 빛을 반사해 여러 층으로 된 빛의 계단을 만들어내고 있었다. 여러 겹으로 된 유리창 뒤, 녹색 가죽 온실에 앉아서 우리는 시내로 출발했다.

지난 한 달 간 그와 아마도 대여섯 번 이상 만나 이야기를 나눈 것 같지만, 실망스럽게도 그에 대해 흥미로운 이야깃거리는 거의 발견하지 못했다. 그래서 막연하게나마 그가 중요한 인물일 것이라는 첫인상은 점점 사라지고 없었다. 그저 이웃하고 있는 화려한 여인숙의 주인 정도로만 생각될 뿐이었다.

그러던 차에 당혹스럽게도 함께 차를 타게 된 것이다. 웨스트 에그에 미처 도착하기 전, 개츠비가 우물쭈물 말끝을 얼버무리면서 캐러멜 색 양복바지의 무릎 부분을 톡톡 두드리기 시작했다.

"여봐요, 친구." 그가 불쑥 말을 꺼냈다. "음, 날 어떻게 생각합니까?"

그의 난데없는 질문에 약간 당황해서 그런 질문에 대충 어울리는 말들을 에둘러 하기 시작했다.

"그쪽에게 내가 살아온 이야기를 들려주고 싶군요." 내 말을 자르며 그가 이야기했다. "주변 이야기들 때문에 나에 관해 잘못된 생각을 하지 않았으면 해서요."

자신의 집에서 오가는 수많은 대화 속에 양념처럼 가미되는 자신에 대한 괴이한 비난들을 그는 잘 알고 있었던 것이다.

"신에게 맹세코 진실을 이야기하겠습니다." 그가 갑자기 오른손을 들어 신의 심판을 기다리는 듯한 동작을 했다. "나는 중서부의 부유한 집안 출신입니다. 지금은 부모님 두 분 다 돌아가셨지요. 미국에서 자랐지만 교육은 옥스퍼드에서 받았습니다. 선조들이 모두 오랜 세월 그곳에서 교육을 받았기 때문이지요. 가문의 전통입니다."

그가 곁눈질로 나를 힐끔 쳐다보았다. 조던 베이커가 왜 그가 거짓말을 하고 있다고 철석같이 믿었는지 그제야 알 것 같았다. 그는 '교육은 옥스퍼드에서'라는 말을 마치 과거의 근심거리인 양 허겁지겁 집어삼키듯이 말했다. 어찌 들으면 목이 멘 듯 들리기도 했다. 한 번 의심하기 시작하니 그의 모든 이야기가 산산이 부서져 내리는 느낌이었다. 결국 그에게 뭔가 수상쩍은 구석은 없는지 의구심이 생겼다.

"중서부의 어느 쪽입니까?" 내가 무심코 물었다.

"샌프란시스코요."

"그렇군요."

"가족이 모두 죽어서 상당한 유산을 상속받았지요."

마치 가족의 갑작스러운 죽음에 대한 기억이 그를 여전히 괴롭히고 있는 것처럼 그의 목소리가 엄숙해졌다. 그래서 그가 혹여 나를 놀리고 있는 건 아닌지 잠시 의심했지만, 그를 힐끗 보고서는 그렇지 않다는 걸 깨달았다.

"그 뒤 파리, 베네치아, 로마 등 유럽의 모든 수도에서 인도의 젊은 영주처럼 살았습니다. 루비 같은 보석들을 수집하고, 맹수 사냥을 하고, 그림도 조금 그렸지요. 나 자신만을 위한 일들이었습니다. 그러면서 오래전에 겪었던 아주 슬픈 기억들을 잊어버리려고 노력했습니다."

어이가 없어서 웃음이 터져 나오려는 것을 간신히 참았다. 닳고 닳아서 진부하기 짝이 없는 그의 말들은 아무런 감흥을 주지 못했다. 그저 터번을 두른 '주인공'이 호랑이를 잡으려고 불로뉴 숲을 돌아다니며 여기저기 톱밥을 흘리고 다니는 이미지만 떠오를 뿐이었다.

"그러다 전쟁이 일어났어요. 저에게는 커다란 구원이었죠. 죽으려고 무진장 애를 썼습니다. 하지만 마법에 걸린 듯 삶이 이어졌지요. 전쟁이 시작될 때 중위로 임명되었습니다. 아르곤 숲 전투에서 기관총 대대의 남은 병사들을 이끌고 앞으로 너무 멀리 전진하는 바람에 보병 부대와 800미터 정도 벌어지게 되었어요. 루이스식 기관총 16정을 갖고 130명이 그곳에서 이틀 밤낮을 버텼습니다. 마침내 보병대대가 왔을 때, 시체 더미에서 독일 3개 사단의 계급장을 발견했지 뭡니까. 나는 소령으로 승진했고, 모든 연합군 정부로부터 훈장을 받았습니다. 심지어 몬테네그로 공화국에서도요. 저 아드리아 해에 있는 작은 몬테네그로 공화국에서까지 말입니다!"

작은 몬테네그로 공화국! 그 말을 목청껏 힘주어 외치며 그가 미소와 함께 고개를 끄덕였다. 몬테네그로가 겪은 고난의 역사를 이해하고 몬테네그로 국민들의 용감한 투쟁에 공감한다는 듯한 미소였다. 몬테네그로의 작지만 따뜻한 마음으로부터 그러한 감사의 표시를 받게 된 그곳의 모든 국가적 상황들을 완벽하게 인식하고 있는 듯한 미소였다. 어느새 불신은 매혹 속에 가라앉았다. 마치 십여 권의 잡지를 허둥지둥 들쳐본 것 같은 느낌이었다.

그가 주머니를 뒤지더니 리본에 매달린 금속 조각을 내 손바닥에 떨어뜨렸다.

"몬테네그로에서 받은 겁니다."

놀랍게도 그것은 진짜 같아 보였다. 메달 모양을 따라 '오데리 디 다닐로' [16]와 '몬테네그로, 니콜라스 렉스'라고 둥글게 적혀 있었다.

"뒤집어 보세요."

"제이 개츠비 소령, 비범한 용기를 기리며." 뒤에 적힌 대로 따라 읽었다.

"내가 항상 지니고 다니는 게 여기 또 있습니다. 옥스퍼드 시절의 기념품이지요. 트리니티 대학에서 찍은 겁니다. 내 왼쪽에 있는 사람이 지금의 동커스터 백작이지요."

블레이저 운동복을 입은 대여섯 명의 젊은이들이 여러 첨탑들을 배경으로 아치형 길에서 빈둥거리고 있는 사진이었다. 지금보다 약간 젊어 보이는 개츠비가 손에 크리켓 배트를 들고서 있었다.

그렇다면 모두가 사실이었다. 베니스의 그랜드 운하에 있는 그의 궁전 같은 저택에 호화롭게 걸려 있는 호랑이 가죽이 눈앞에 어른거리는 듯했다. 애끓는 고뇌를 진홍빛의 화려함으로

---

16) '몬테네그로에는 다닐로 훈장이라는 것이 있습니다. 혹시 그것이 어떻게 생겼는지 알아봐 주실 수 있나요? 미국인에게 수여된 우대 훈장에 영어 제명이 새겨져 있는지, 그리고 매우 서툴게 제작된 메달을 진짜처럼 보이게 하는 어떤 다른 방법이 있는지 등에 대해서요.' (피츠제럴드가 퍼킨스에게, 1924년 12월) 매우 서툴게 제작된 (위조) 메달이지만 진짜처럼 보이게 하는 것은 확실히 피츠제럴드가 의도한 목적이었다. 하지만 '모든 연합군 정부로부터 훈장을 받았습니다.'라는 개츠비의 주장에도 막상 그가 내민 것은 가장 있음직하지 않는, 비현실적인 메달이었다. 그의 겸손함이라고 봐야 할지 허풍이나 장난으로 봐야할지는 알 수 없는 부분이다.

달래보고자 루비 상자를 여는 그의 모습도 어슴푸레 떠올랐다.

"오늘 어려운 부탁을 하나 하려고 합니다." 그가 만족스러운 표정으로 기념품들을 주머니에 넣으며 말했다. "그래서 그쪽이 나에 대해서 좀 알아야 한다고 생각했지요. 그쪽이 나를 그저 하찮고 보잘 것 없는 사람이라고 생각할까 봐서요. 보다시피, 나는 대개 낯선 사람들 속에 있습니다. 내게 있었던 슬픈 일들을 잊으려고 여기저기 떠돌아다니기 때문이죠." 그는 잠시 망설이다가 말했다. "그게 뭔지는 오늘 오후에 듣게 될 겁니다."

"점심 식사를 하면서 말인가요?"

"아니, 그 이후에 말입니다. 우연히 그쪽이 베이커 양과 차를 마시기로 했다는 걸 알게 되었습니다."

"혹시 베이커 양과 사랑에 빠졌다는 뜻인가요?"

"아닙니다, 친구. 그렇지 않아요. 하지만 베이커 양이 친절하게도 이 문제에 관해 당신에게 이야기해 주기로 했습니다."

그가 말한 '이 문제'가 무엇인지 도무지 감을 잡을 수 없었지만, 그것이 궁금하기보다는 오히려 화가 치밀었다. 기껏 제이 개츠비 씨에 대한 이야기나 하자고 조던에게 차를 마시자고 했던 게 아니었다. 암만 해도 그가 말한 부탁은 아주 황당한 것이리라는 생각이 들었다. 잠시 동안, 북적거리는 그의 정원에 발을 들여놓은 것이 후회스러웠다.

그는 더는 아무 말도 하지 않았다. 시내가 가까워지자 그의 행동거지가 더 반듯해졌다. 우리는 붉은 띠를 두른 원양 선박들이 정박해 있는 루스벨트 항구[17]를 지나, 자갈이 깔린 빈민가

---

17) 브루콜리에 따르면 그 이름이 뭔가를 분명 암시하는 것 같지만, 이곳의 위치를 확인할 수는 없으며 실제 항구와 일치하지도 않는다. 피츠제럴드는 롱아일랜드라는 실제적인 지도 위에 신화적인 지도를 부분적으로 겹쳐 놓았다.

를 빠르게 달려갔다. 그곳에 줄지어 늘어선 어두침침한 술집들은 1900년대에 지어져 색이 많이 바래고 퇴색했지만 아직은 사람들이 종종 드나들고 있었다. 곧 잿더미 계곡이 양 옆으로 펼쳐졌다. 그곳을 지나가는데, 자동차 정비소에서 숨을 헐떡거리며 열심히 펌프질을 하는 윌슨 부인의 모습이 힐끗 보였다.

자동차의 펜더를 날개처럼 펼쳐 따사로운 햇빛을 가르며 애스토리아 지역을 반쯤 지나쳤을 때였다. 고가도로의 기둥 사이를 요리조리 빠져나가고 있는데, '탓, 탓, 타탓!' 하는 익숙한 오토바이 소리가 들렸다. 뒤를 돌아보니 오토바이를 탄 경찰관 한 명이 쏜살같이 우리 차 옆으로 달려오고 있었다.

"괜찮아요, 친구." 개츠비가 말했다. 우리는 속도를 늦추었다. 개츠비는 지갑에서 하얀 카드를 한 장 꺼내더니 경찰의 눈 앞에 대고 흔들었다.

"아, 됐습니다." 경찰관이 경례를 하며 말했다. "다음번에는 알아 모시겠습니다, 개츠비 씨. 죄송합니다!"

"그게 뭐였습니까? 옥스퍼드 사진이었나요?" 내가 물었다.

"언젠가 경찰 국장의 부탁을 들어준 적이 있었지요. 그때부터 매년 크리스마스카드를 보내 오더군요."

커다란 다리 위에서는 들보 사이로 비치는 햇살이 달리는 차 위로 끝없이 너울거리는 그림자를 만들어내고 있었다. 다리를 넘어 강 건너 도시가 보였다. 그것은 냄새 없는 돈으로 만들어지길 희망하는, 하얗게 쌓인 각설탕 덩어리 같았다. 퀸스보로 다리에서 보이는 그곳은 항상 처음 보는 도시, 마치 세상의 모든 신비와 아름다움을 보여주겠다는 열정적인 첫 약속처럼 언제나 새롭게 다가왔다.

꽃으로 뒤덮인 영구차가 우리 곁을 지나갔다. 커튼을 내린 마차 두 대와 고인의 친구들이 탄 좀 더 화사한 마차들이 그 뒤를 따랐다. 윗입술이 가느다란 유럽 남동부 출신의 고인 친구들이 슬픈 눈으로 우리를 내다보았다. 그토록 우울한 휴일에, 그들이 개츠비의 멋진 자동차를 보게 된 것은 그나마 다행스러운 일이었다. 블랙웰 섬을 지나는데, 백인 운전사가 운전하는 리무진 한 대가 우리 곁을 지나갔다. 차 안에는 근사하게 차려입은 흑인 셋, 그러니까 젊은 남자 둘과 여자 하나가 앉아 있었다. 그들이 달걀노른자 같은 커다란 눈알을 희번덕거리며 경쟁하듯이 거만하게 우리를 쏘아보자 나는 크게 소리 내어 웃었다.

'이 다리를 넘어왔으니 이제 무슨 일이든 일어날 수 있어.' 나는 마음속으로 생각했다. '그게 무슨 일이든……'

심지어 개츠비라는 존재마저도 특별히 놀랄 일은 아니었다.

떠들썩한 정오였다. 선풍기가 열심히 돌아가는 42번가의 지하 레스토랑에서 개츠비와 점심 식사를 하기로 했다. 바깥 거리의 눈부심을 떨쳐 버리려고 눈을 깜빡이고 있는데, 대기실에서 누군가와 이야기를 나누고 있는 개츠비의 모습이 어렴풋이 눈에 들어왔다.

"캐러웨이 씨, 이분은 내 친구 울프심 씨[18]입니다."

몸집이 작고 코가 납작한 유대인이 커다란 머리를 들어 나를 바라보았다. 그의 양쪽 콧구멍에 무성하게 자라 있는 멋진 코털이 보였다. 잠시 후 어슴푸레한 어둠 속에서 자그마한 그의

---

18) 유명한 도박사 아널드 로스스타인을 모델로 하고 있다. "『위대한 개츠비』에서는…… 언제나 내게 인상 깊었던 작은 초점에서 시작을 하지요. 예를 들면, 아널드 로스스타인과 나의 만남입니다."(피츠제럴드가 코리 포드에게, 1937년 7월)

두 눈을 발견했다.

"……그래서 그를 한번 쳐다보았지." 울프심 씨가 열심히 내 손을 흔들면서 말했다. "다음에 내가 어떻게 했을 것 같나?"

"무슨 말씀이신지요?" 내가 정중하게 물었다.

그러나 그가 말을 하는 상대는 내가 아님이 분명했다. 내 손을 내려놓은 뒤 그의 인상적인 코가 개츠비를 향해 있었기 때문이다.

"캐츠포에게 돈을 건네며 말했지. '좋아, 캐츠포. 그가 입을 다물기 전에는 한 푼도 주지 마.' 그랬더니 그 작자가 바로 그 자리에서 입을 다물더군."

개츠비가 우리 두 사람의 팔을 잡아끌며 레스토랑 안으로 들어갔다. 울프심 씨는 뭔가 새로운 말을 막 시작하려다가 삼키고는 몽유병에라도 걸린 듯 멍하니 딴 생각에 빠져 들었다.

"하이볼을 드릴까요?" 수석 웨이터가 와서 물었다.

"멋진 식당이군." 천장에 그려진 장로교풍의 천사 그림을 보면서 울프심 씨가 말했다. "하지만 난 길 건너편이 더 좋아!"

"그래요. 하이볼로 주시오." 개츠비가 대답했다. 그런 다음 울프심 씨에게 말했다. "저 건너편은 너무 더워요."

"덥고 좁은 건…… 맞아. 하지만 추억이 가득한 곳이야." 울프심 씨가 말했다.

"거기가 어디인가요?" 내가 물었다.

"옛날 메트로폴입니다."

"옛날 메트로폴이라." 울프심 씨가 침울한 표정으로 생각에 잠겼다. "죽거나 떠나버린 얼굴들로 가득한 곳이지. 이제는 영원히 사라진 친구들로 가득해. 내 목숨이 붙어 있는 한, 로지가 그곳에서 총에 맞았던 그날 밤을 잊을 수 없을 거요. 테이블에는 우리 여섯 명이 앉아 있었지. 로지는 저녁 내내 많이 먹고 마셨소. 거의 아침이 되었을 때 웨이터가 수상쩍은 표정으로 로지에게 다가오더니, 누군가 밖에서 그와 얘기를 나누고 싶다는 거요. '알았어.' 로지는 그렇게 말하고 일어나려고 했소. 내가 그를 의자에 끌어 앉혔지. '로지, 얘기하고 싶은 놈들이 있으면 여기 안으로 들어오라고 해. 제발, 자네는 바깥으로 나가지 말게.' 그때가 새벽 4시였소. 블라인드를 올렸으면 햇빛을 볼 수도 있었겠지."

"그래서 그가 나갔나요?" 내가 순진하게 물었다.

"물론, 나갔지." 울프심 씨의 코가 분하다는 듯이 나를 향해 번득였다. "그가 문가에서 돌아서더니 이렇게 말했소. '저 웨이터가 내 커피 치우지 못하게 해!' 라고. 그런 다음 그가 보도로 나가자 그놈들이 그의 불룩한 배에 총을 세 발 쏘고는 차를 몰고 달아났지."

"그중 네 명이 전기의자에서 사형 당했지요." 내가 기억을 더듬으며 말했다.

"베커를 포함하면 다섯이지." 그의 콧구멍이 흥미롭다는 듯이 내게로 방향을 돌렸다. "당신, 사업 연줄을 찾고 있는 걸로 아는데."

'사업'과 '연줄'이라는 두 단어가 나란히 언급되자 나는 깜짝 놀랐다. 개츠비가 나를 대신해 대답했다.

"아, 아닙니다. 이분은 그 사람이 아닙니다." 그가 소리쳤다.

"아니라고?" 울프심 씨는 실망한 표정이었다.

"이분은 그냥 친구예요. 그 이야기는 다른 때 하자고 말씀드렸잖아요."

"미안하오. 내가 사람을 잘못 봤군 그래." 울프심 씨가 말했다.

육즙이 풍부한 다진 고기 요리가 도착하자, 울프심 씨는 옛날 메트로폴의 감상적인 분위기는 잊어버린 채 쩝쩝거리며 게걸스럽게 먹기 시작했다. 그러는 동안에도 그는 눈을 두리번거리며 아주 천천히 실내를 둘러보았는데, 바로 뒤에 있는 사람들을 자세히 살펴보기 위해 몸을 한 번 휙 돌리는 것으로 한 바퀴 둘러보기를 끝냈다. 아마도 내가 없었더라면, 우리 식탁 밑도 한 번 짧게 훑어봤을지 모른다.

"이봐요, 친구." 개츠비가 내 쪽으로 몸을 기울이며 말했다. "오늘 아침 차 안에서 그쪽을 좀 언짢게 한 건 아닌지 걱정이 되는군요."

그가 다시 미소를 지었지만, 이번에는 그 미소에 넘어가지 않았다.

"난 비밀을 좋아하지 않아요." 내가 대답했다. "왜 당신이 솔직히 나서서 원하는 것을 얘기하지 않는지 이해가 되지 않는군요. 꼭 베이커 양을 통해야만 하는 이유가 뭔가요?"

"아, 숨기는 건 없어요." 그가 장담하듯이 말했다. "베이커 양은 그쪽도 알겠지만, 훌륭한 선수입니다. 옳지 않은 일은 그 어떤 것도 하지 않을 사람이죠."

그가 갑자기 시계를 보고는 벌떡 일어나더니, 울프심 씨와 나만 식탁에 남겨둔 채 서둘러 식당을 나갔다.

"전화할 데가 있어서 그렇소." 울프심 씨가 개츠비를 눈으로 좇으며 말했다. "멋진 친구지, 안 그래요? 잘생겼고, 완벽한 신사잖소."

"그렇죠."

"그는 오그스포드 출신이오."

"아!"

"영국의 오그스포드 대학을 다녔지. 오그스포드 대학을 아시오?"

"들어봤습니다."

"세계에서 가장 유명한 대학 중 하나라오."

"개츠비와 알고 지낸 지 오래되셨나요?" 내가 물었다.

"몇 년 됐소." 그가 만족스러운 표정으로 대답했다. "전쟁 직후 운 좋게도 그와 알게 되었소. 그와 한 시간 정도 이야기를 나누고 나니 정말 교육을 잘 받은 사람이라는 걸 알게 됐지. 그래서 속으로 생각했소. '집에 데려가서 아내와 누이에게 소개시키고 싶은 사람이구나.' 라고 말이오." 그는 잠시 말을 멈추었다. "내 커프스단추를 보고 있군요."

실제로 커프스단추를 본 것이 아니었는데, 이제는 정말 그것을 보게 되었다. 상아색의 묘하게 친근한 소재로 만들어진 것이었다.

"사람의 어금니로 만든 최고급품이지." 그가 알려주었다.

"아, 그래요!" 나는 그것을 꼼꼼히 살펴보았다. "아주 흥미로운 발상이군요."

"그렇소." 그가 코트 밑으로 소매를 치켜올렸다. "아무튼 개츠비는 여자에 관해서 아주 조심스러운 편이지. 친구의 아내에게는 눈길조차 주지 않으려고 하니까."

그가 본능적으로 신뢰하는 대상이 식탁으로 돌아와 앉자, 울프심 씨는 커피를 서둘러 후루룩 마시더니 자리에서 일어났다.

"점심 잘 먹었소. 눈치 없이 계속 있다가 미움 받기 전에, 두 젊은 친구들끼리 이야기를 나누도록 난 일어나지."

"서두르지 마세요, 마이어 씨." 개츠비가 성의 없이 말했다.

울프심 씨는 축복의 기도라도 하듯이 손을 들어 올렸다.

"고맙지만, 난 세대가 다른 사람이오." 그가 점잖게 말했다. "당신네들은 여기 앉아서 이야기를 나눠요. 스포츠와 여자와 뭐 그런 것들……." 나머지 말들은 손을 휘젓는 것으로 대신했다. "내 나이 이제 쉰이오. 그러니 더 이상 당신네들 일에 주제넘게 나서지 않겠소."

그가 악수를 하고 돌아서는데 그의 비극적인 코가 가늘게 떨리는 게 보였다. 순간 내가 그의 기분을 상하게 한 건 아닌지 염려되었다.

"그는 가끔 아주 감상적이 되곤 하지요." 개츠비가 설명했다. "오늘은 그런 감상적인 날 중 하나예요. 뉴욕에서는 아주 소문난 괴짜랍니다. 브로드웨이에 살지요."

"그럼 배우인가요?"

"아니오."

"치과의사인가요?"

"마이어 울프심 씨가요? 천만에요. 그는 도박사예요." 개츠비는 잠시 주춤거리다가 차분하게 덧붙였다. "1919년 월드 시리즈 결과를 조작했던 사람[19]이 바로 저분이랍니다."

"월드 시리즈를 조작했다고요?"

정말 충격적이었다. 물론 1919년 월드 시리즈의 결과가 조

---

19) '블랙 삭스' 사건을 말한다. 1919년 그해 월드 시리즈에서 우승할 것이라고 예상됐던 시카고 화이트 삭스의 선수들이 신시내티 레즈에게 시리즈 우승을 '몰아주기로' 하고 전문 도박사 패거리들에게서 돈을 받았던 사건이다. (시카고 선수들의 서투른 솜씨가 너무 명백히 드러나는 바람에, 두 번째 시합 뒤에 작가인 링 라드너가 그들이 있던 기차 침대칸을 통과해 걸어가면서 다음과 같은 노래를 불렀다고 한다. "나는 영원히 야구 시합을 몰아주고 있다네.") 아널드 로스스타인은 그 사건을 조작하지 않았으나 그걸 사전에 미리 알아내 거기에 내기를 걸었다는 것이 역사가들의 합의된 의견이다.

작되었던 일은 기억난다. 하지만 나는 지금까지 그것을 그저 어쩔 수 없이 일어났던 일, 불가피한 일련의 사건들이 빚은 결과로만 여겨왔다. 마치 금고를 폭파하는 은행 강도처럼 어느 한 사람이 나서서 어떤 목적을 위해 5천만 명이나 되는 사람들의 믿음을 농락할 수 있으리라고는 결코 생각해 본 적이 없었다.

"어떻게 그런 일이 있을 수 있나요?" 잠시 뒤에 내가 물었다.

"그저 기회를 잡은 거지요."

"그런데 왜 감옥에 가지 않은 거죠?"

"그는 잡히지 않아요, 친구. 영리한 사람이거든요."

내가 점심 값을 계산하겠다고 고집했다. 웨이터가 거스름돈을 가져오는데, 북적거리는 방의 반대편 쪽에서 톰 뷰캐넌의 모습이 보였다.

"잠시 나와 함께 가시죠. 인사시켜 드릴 사람이 있어요." 내가 말했다.

톰이 우리를 보더니 벌떡 일어서서 우리 쪽으로 성큼성큼 걸어왔다.

"그동안 어디 있었나?" 그가 매우 반가워하며 말했다. "자네가 연락하지 않아서 데이지가 몹시 화났어."

"이분은 개츠비 씨야, 그리고 여기는 뷰캐넌 씨."

그들은 간단히 악수를 나누었다. 긴장과 당혹감에 사로잡힌 듯한 어색한 표정이 개츠비의 얼굴에 떠올랐다.

"자네, 그동안 어떻게 지냈나? 무슨 일로 이렇게 먼 곳까지 식사를 하러 온 거야?" 그가 내게 물었다.

"개츠비 씨와 점심 식사를 같이 했네."

나는 개츠비 쪽으로 몸을 돌렸지만, 그는 이미 그곳에 없었다.

　1917년 10월의 어느 날이었어요…….

　(그날 오후 조던 베이커는 플라자 커피숍에서 등받이가 높은 의자에 허리를 꼿꼿이 세운 채 앉아 이야기를 시작했다.)

　……인도와 잔디밭을 오락가락하면서 여기저기 어슬렁거리며 걷고 있었죠. 나는 잔디밭을 걷는 게 더 좋았어요. 영국제 구두를 신고 있었는데 바닥에 고무굽이 달려 있어서 부드러운 흙을 밟는 감촉이 마음에 들었거든요. 또 새로 산 체크무늬 스커트가 바람에 조금씩 날렸어요. 그럴 때마다 집집마다 걸린 붉고, 하얗고, 푸른 깃발들이 빳빳하게 펼쳐지면서 못마땅하다는 듯이 '탁, 탁, 탁' 소리를 냈지요.

　제일 큰 깃발과 제일 큰 잔디밭은 데이지 페이네 것이었어요. 당시 열여덟 살이었던 데이지는 나보다 두 살이 더 많았는데, 루이빌에 있는 모든 아가씨들 중에서 단연코 인기가 제일 많았지요. 하얀 드레스를 즐겨 입었고 작고 하얀 로드스터를 타고 다녔어요. 데이지네 집 전화는 하루 종일 쉬지 않고 울려 댔어요. 한껏 들뜬 테일러 기지의 젊은 장교들이 '한 시간만이라도, 제발!'이라고 외치면서 매일 밤 그녀를 독차지할 수 있는 특권을 달라고 하소연하는 전화들이었죠.

　그날 아침 데이지네 집 맞은편을 지나가는데, 그녀의 하얀색 로드스터 자동차가 도로 연석 옆에 서 있더군요. 그녀는 내가 전에 한 번도 본 적이 없는 어떤 중위와 차 안에 앉아 있었어요. 서로에게 너무나 열중한 나머지, 내가 두세 걸음 정도 가까이 다가갈 때까지도 그녀는 날 알아보지 못했어요.

　"안녕, 조던. 이리 가까이 와줄래?" 그제야 나를 발견한 데이지가 뜻밖에도 내 이름을 부르더군요.

그녀가 내게 말을 걸어주자 순간 우쭐한 기분이 들었어요. 나보다 나이 많은 아가씨들 중에서 데이지를 가장 우러러보았거든요. 그녀는 내게 붕대를 만들러 적십자사에 갈 거냐고 묻더군요. 나는 그렇다고 했지요. 그럼 자기가 그날은 갈 수 없다고 전해주겠느냐고 물었어요. 데이지가 말하는 동안 그 장교는, 모든 아가씨들이 언젠가 한 번쯤은 꼭 받아보고 싶은 그런 눈길로 데이지를 바라보았어요. 내게는 매우 낭만적으로 보였기 때문에 지금까지도 그 일이 기억나요. 그 장교가 바로 제이 개츠비였어요. 그후 4년 넘게 그를 다시 본 적이 없어요. 심지어 롱아일랜드에서 그를 만난 뒤에도 같은 사람이라는 걸 깨닫지 못했죠.

그때가 1917년이었어요. 이듬해에는 내게도 남자 친구가 몇 명 생겼고, 토너먼트에 나가기 시작해서, 데이지를 자주 만나지 못했어요. 그녀는 나이가 약간 더 많은 남자들과 어울려 다녔어요. 그런데 데이지에 관한 이상한 소문이 나돌았어요. 어느 겨울밤 해외로 떠나는 군인을 배웅하러 뉴욕으로 가려고 가방을 꾸리다가 어머니에게 들켰다는 거예요. 결국 그녀는 가지 못했고, 몇 주 동안 가족들과 말도 하지 않고 지냈지요. 그 후 그녀는 더 이상 군인들을 만나지 않았어요. 대신 절대 군대에 갈 수 없는 평발에 근시인 젊은 남자들 몇 명하고만 돌아다녔어요.

다음 해 가을 그녀는 다시 전처럼 명랑해졌어요. 그리고 휴전 협정 이후 사교계에 데뷔하더니, 2월에는 뉴올리언스 출신의 남자랑 약혼한다는 얘기도 돌았어요. 그런데 6월에 시카고 출신의 톰 뷰캐넌과 결혼을 한 거예요. 루이빌에서는 일찍이 보기 힘든 화려하고 거창한 결혼식이었지요. 그는 네 대의 자동차로 100명의 사람들을 몰고 와서는, 멀바흐 호텔의 한 층을 통째로 빌렸어요. 그리고 결혼식 전날에는 데이지에게 35만 달러짜리 진주 목걸이를 선물했어요.

나는 신부 들러리였어요. 그래서 피로연 30분 전에 신부를 데리러 데이지의 방으로 올라갔지요. 그녀는 꽃무늬 드레스를 입고 6월의 밤처럼 사랑스럽게 침대에 누워 있었어요. 그런데 엉망으로 취해 있는 거예요. 한 손에는 소테른 병을 들고 다른 손에는 편지를 쥐고 말이에요.

"날 축하해 줘." 그녀가 중얼거렸어요. "전에는 한 번도 마셔본 적이 없는데, 아, 정말 좋네. 아주 즐거워."

"무슨 일이야, 데이지?"

나는 겁이 났어요. 정말로요. 그렇게 취한 여자를 본 적이 없었거든요.

"여기, 받아." 그녀는 침대 위에 놓여 있던 쓰레기통을 마구 뒤지더니 진주 목걸이를 꺼냈어요. "아래층에 내려가서 누가 됐든 주인에게 돌려줘. 그리고 데이지가 마음이 바뀌었다고 모두에게 말해. '데이지가 마음이 바뀌었대요' 라고 말이야!"

그녀는 울기 시작했어요. 울고, 울고, 또 울었어요. 나는 달려 나가 데이지 엄마의 하녀를 데리고 왔어요. 그러고는 문을 잠그고 찬물을 가득 채운 욕조에 그녀를 집어넣었어요. 그녀는 편지를 손에서 놓으려 하지 않았어요. 그것을 욕조에까지 가지고 들어가서 젖은 공처럼 될 때까지 꼭 움켜쥐고 있더군요. 그것이 눈처럼 하얗게 부서지는 것을 보고서야 비눗갑에 내려놓는 걸 허락했어요.

데이지는 더 이상 아무 말도 하지 않았어요. 우리는 그녀에게 암모니아 냄새를 맡게 해서 정신을 차리게 한 뒤 이마에 얼음을 대주고, 드레스의 후크를 다시 채웠어요. 30분 뒤, 우리는 방에서 아무렇지도 않게 걸어 나왔어요. 데이지의 목에는 진주 목걸이가 걸려 있었고, 사건은 그렇게 완전히 끝났지요. 다음 날 5시, 그녀는 조금의 동요도 없이 톰 뷰캐넌과 결혼했고, 남태평양으로 석 달 간 신혼여행을 떠났어요.

그들이 신혼여행에서 돌아온 뒤 샌타바버라에서 그들을 만났어요. 그런데 그녀처럼 남편에게 미쳐 있는 여자를 본 건 처음이에요. 남편이 잠시 방을 나가기만 해도 그녀는 '톰 어디 갔어?' 하면서 불안하게 두리번거렸어요. 그리고 그가 다시 나타날 때까지 얼빠진 표정으로 앉아 있었지요. 그녀는 종종 모래사장에 앉아 무릎에 그의 머리를 얹고 손가락으로 그의 눈가를 어루만지며 행복에 겨운 눈길로 한참 동안 바라보곤 했어요. 그들 부부의 모습은 정말 감동적이었어요. 생각만 해도 흐뭇해서 가만히 웃음 짓게 되는 그런 모습이었죠. 그게 8월이었어요. 내가 샌타바버라를 떠나고 일주일 뒤 어느 날 밤, 톰이 벤투라 도로에서 화차를 들이받아 차의 앞바퀴가 떨어져 나가는 사고를 당했어요. 그와 함께 차에 타고 있던 여자도 팔이 부러지는 바람에 몇몇 신문에 기사가 실렸지요. 그녀는 샌타바버라 호텔의 객실 청소부였어요.

다음 해 4월, 데이지가 딸을 낳았어요. 그들은 프랑스에 1년 동안 가 있었죠. 나는 어느 해 봄 칸에서, 그리고 그 이후에 도빌에서 그들을 만났어요. 그런 뒤 그들은 시카고로 돌아와 그곳에 정착했어요. 데이지는 당신도 알다시피 시카고에서 유명했어요. 그들은 방탕한 패거리들과 몰려 다녔는데, 모두가 젊고 부유하고 제멋대로인 사람들이었지요. 하지만 데이지는 평판이 정말 완벽했어요. 그건 그녀가 술을 마시지 않기 때문일 거예요. 진탕 퍼마시는 사람들 속에서 술을 마시지 않는 것은 큰 이점이죠. 말을 아낄 수 있는 데다, 시간을 봐가면서 조금 변칙적인 행동도 할 수 있으니까요. 모두가 곤드레만드레 취해서 보지도, 신경 쓰지도 않을 때 말이죠. 아마도 데이지는 바람 피울 생각 같은 건 결코 하지 않았던 것 같아요……. 그러나 그녀의 목소리에는 뭔가 심상찮은 구석이 있긴 했죠.

그리고 6주 전 쯤, 그녀는 몇 년 만에 처음으로 개츠비라는 이름을 들은 거예요. 기억나요? 내가 당신에게 웨스트 에그의 개츠비를 아느냐고 물었잖아요. 당신이 집으로 돌아가고 난 뒤 데이지가 내 방으로 올라와 나를 깨워서는 묻는 거예요. "개츠비라니, 그게 누구야?" 나는 잠에 취한 채 그에 대해 설명했고, 데이지는 평소와는 다른 낯선 목소리로 자신이 알던 그 남자가 분명하다고 말했어요. 그제야 그녀의 하얀 차에 타고 있던 그 장교가 개츠비였다는 것을 알았지요.

조던 베이커가 이 모든 이야기를 마친 것은 이미 우리가 30분 전에 플라자 호텔을 나와 사륜구동의 2인승 마차를 타고 센트럴 파크를 지나고 있을 때였다. 해는 벌써 영화배우들이 사는 웨스트 5번가의 아파트 아래로 지고 있었다. 풀밭의 귀뚜라미들처럼 일찍부터 모여 있던 아이들의 청량한 목소리가 뜨거운 황혼을 뚫고 짜랑짜랑 올라왔다.

나는 아라비아의 족장이라네
그대의 사랑은 나의 것이라네.
밤에 그대가 잠들면

"이상한 우연이었군요." 내가 말했다.

"하지만 그건 전혀 우연이 아니었어요."

"그게 무슨 말입니까?"

"개츠비는 데이지가 만 바로 건너편에 살고 있기 때문에 그 저택을 구입한 거예요."

그렇다면 그 6월의 어느 날 밤 그가 동경했던 것이 그저 별들만은 아니었던 것이다. 그는 목적 없이 그저 화려하기만 했던 자궁에서 이제 막 태어나, 내게 생생하게 다가오고 있었다.

"그는 알고 싶어 해요." 조던이 말을 이어나갔다. "당신이 언젠가 오후에 데이지를 당신 집으로 초대한 뒤 그를 불러줄 수 있는지 말이에요."

그의 너무나도 소박한 요구에 충격을 받았다. 자그마치 5년을 기다렸고, 무심히 스쳐 지나가는 나방들에게 별빛을 나누어주는 대저택을 구입했다. 그것이 고작 어느 날 오후에 낯선 이의 정원으로 '건너오기' 위해서였다니!

"그가 그런 사소한 것을 부탁하려고 내게 이 모든 이야기를 들려주었다는 말입니까?"

"그는 두려워해요. 너무나 오랫동안 기다려왔고요. 그는 당신의 기분을 상하게 할지도 모른다고 생각했어요. 알다시피 그는 내면의 의지가 무척 강한 사람이에요."

뭔가 마음에 걸리는 깃이 있었다.

"왜 당신에게는 만남을 주선해 달라고 하지 않는 겁니까?"

"그는 데이지에게 자기 저택을 보여주고 싶어 해요." 그녀가 설명했다. "그리고 당신이 바로 그의 이웃이잖아요."

“아!”

“그는 언젠가는 데이지가 자신의 파티에 오지 않을까 내심 기대했던 것 같아요. 하지만 그녀는 오지 않았어요. 그러자 사람들에게 은근슬쩍 그녀를 아느냐고 물어보기 시작했어요. 그리고 그가 처음 발견한 사람이 바로 나였죠. 그의 무도회에 나를 초청했던 바로 그날 밤이었어요. 그가 어떻게 데이지 얘기를 끌어냈는지, 그 기가 막힌 언변을 들려주지 못하는 게 아쉽네요. 물론 나는 뉴욕에서 오찬을 하자고 제안했어요……. 그런데 그는 굉장히 화가 난 것 같더군요. 개츠비는 이렇게 말했어요. ‘나는 어떤 일이든 부적절하게 하고 싶지 않습니다. 그녀를 옆집에서 만나길 원합니다’ 라고요.”

“당신이 톰의 각별한 친구라고 말하자, 그는 그런 모든 생각을 포기하려 했어요. 혹시라도 데이지의 이름이 나오나 싶어 몇 년 동안 시카고 신문을 꾸준히 읽었던 모양이지만, 그는 톰에 관해서는 많이 알지 못하더군요.”

이제 주위는 어두워졌다. 마차가 작은 다리 아래로 내려섰을 때, 나는 조던의 황금빛 어깨를 팔로 가만히 감싸 안아 내 쪽으로 끌어당겼다. 그리고 저녁을 함께하자고 말했다. 갑자기 더 이상 데이지와 개츠비 생각이 나지 않았다. 이 깔끔하고 용감하며 편협한 여자, 보편적인 회의주의에 빠져 있는 여자, 내 팔 안에 기분 좋게 몸을 의지하고 있는 이 여자에게 모든 생각이 집중되었다. 자극적인 흥분 속에서 귓가를 때리는 말이 있었다. ‘오로지 쫓기는 자와 쫓는 자, 바쁜 자와 지친 자가 있을 뿐이다.’

“데이지의 삶에도 뭔가가 있어야 해요.” 조던이 내게 중얼거렸다.

"그녀는 개츠비를 만나고 싶어 합니까?"

"데이지는 이 일을 모르고 있어요. 그녀가 아는 걸 개츠비가 원하지 않아요. 당신은 그저 그녀에게 차를 마시자고 초대만 하면 되는 거예요."

어둑어둑한 나무들의 장벽과 59번가의 화려한 건물들을 지났다. 은은하고 희미한 불빛이 공원 안을 비추고 있었다. 개츠비와 톰 뷰캐넌과 달리, 어두운 건물의 처마 밑이나 눈부신 간판들 속에서 희미하게나마 얼굴이 떠오르는 여자가 내겐 없었다. 그래서 옆에 있는 여자를 끌어당기며 팔에 더욱 힘을 주었다. 그녀는 희미하게 냉소적인 미소를 지었다. 나는 그녀를 내 얼굴 쪽으로 더 가까이 바짝 끌어당겼다.

5장

　그날 밤 웨스트 에그의 집에 돌아왔을 때, 잠시 동안 집이 불타고 있는 게 아닌가 걱정스러웠다. 2시였는데도 반도 전체가 불빛으로 환하게 빛나고 있었다. 어둠 속에서 모습을 드러낸 관목 숲은 비현실적으로 번득였고, 길가의 전선들도 가늘게 늘어져 반짝거렸다. 모퉁이를 돌아서자 그것이 개츠비의 저택에서 나오는 불빛임을 알아차렸다. 꼭대기 탑에서부터 지하까지 집 안 전체에 불이 밝혀져 있었던 것이다.

　처음에는 또다시 파티가 열리는 것이려니 생각했다. 신나는 파티가 막판에 이르러 '술래잡기'나 '정어리 상자 놀이' 같은 게임으로 변해서 온 집 안이 떠들썩해진 것이라고 여겼다. 하지만 아무 소리도 들리지 않았다. 그저 나무를 스치는 바람 소리뿐이었다. 바람에 전선이 날리면서 불빛이 깜빡거려 마치 집이 어둠 속에서 윙크를 하는 것처럼 보였다. 택시가 부르릉거리며 사라지자 개츠비가 정원을 가로질러 내게로 걸어오는 것이 보였다.

　"집이 꼭 세계 박람회장 같군요." 내가 말했다.

“그래요?” 그가 멍하니 그쪽으로 시선을 돌렸다. “방들을 좀 둘러보고 있었어요. 자, 코니 아일랜드로 갑시다, 친구. 내 차로요.”

“너무 늦은 시간인데요.”

“그러면, 수영장에 풍덩 뛰어드는 건 어떻습니까? 그러고 보니 여름 내내 사용해 본 적이 없군요.”

“전 잠을 좀 자야겠어요.”

“아, 그래요.”

그가 애써 열망을 억누르며 나를 바라보면서 뭔가를 기다렸다.

“베이커 양과 얘기를 나누었습니다.” 잠시 후 내가 입을 열었다. “내일 데이지에게 전화를 걸어, 우리 집에서 차 한 잔 하자고 초대해 보지요.”

“아, 그거 좋네요.” 그가 무심코 말했다. “그쪽에게 폐를 끼치고 싶지 않지만.”

“당신은 언제가 좋아요?”

“그쪽은 언제가 좋은가요?” 그가 재빨리 말을 덧붙였다. “정말 그쪽을 귀찮게 해드리고 싶지 않습니다.”

“모레는 어떨까요?”

그가 잠시 생각에 잠겼다. 그런 뒤에 못마땅하다는 듯이 말했다. “잔디를 깎아야겠군요.”

우리는 둘 다 잔디를 내려다보았다. 덥수룩한 우리 잔디밭이 끝나는 곳과, 더 짙은 색의 잘 가꿔신 그의 잔디밭이 시작되는 곳의 경계가 확연히 눈에 들어왔다. 혹시 그가 우리 집 잔디밭을 두고 말한 건 아닐까 생각했다.

“상의드릴 일이 하나 더 있습니다.” 그가 모호하게 말하고는 머뭇거렸다.

"차라리 며칠 더 미루고 싶은 건가요?" 내가 물었다.

"아, 그런 것이 아닙니다. 적어도……." 그는 말을 시작할 듯 말 듯 계속 더듬거렸다. "저기, 내 생각에는…… 음, 저기, 친구, 그쪽은 그다지 돈을 많이 벌지는 못하지요, 안 그래요?"

"아주 많지는 않지요."

그 말에 안심이 되었는지, 그가 좀 더 자신감을 갖고 말을 이어나갔다.

"그럴 거라고 생각했습니다. 실례했다면 용서하세요……. 그쪽도 알다시피 난 본업 외에 작은 사업을 하고 있는데, 이해하시겠지만 부업 같은 것이죠. 만약 수입이 그다지 많지 않다면…… 그쪽 하는 일이 증권 파는 일이죠, 그렇죠, 친구?"

"그렇다고 할 수 있죠."

"그렇다면, 그쪽이 관심을 가질 만하겠군요. 시간도 많이 뺏기지 않을 테고, 돈도 제법 쏠쏠히 모을 수 있을 테니까요. 조금 은밀한 종류의 일이긴 합니다만."

지금 와서 깨닫는 사실이지만, 만약 그런 상황이 아니었다면 그 대화는 내 삶의 위기가 되었을지도 모른다. 하지만 그 제안은 도움에 보답하겠다는 의미임이 너무도 분명했기 때문에 거절하지 않을 수 없었다.

"지금도 너무 바빠요." 내가 말했다. "정말 고맙지만, 더 이상 일을 맡을 수가 없어요."

"울프심 씨와 연관된 일이 아닙니다." 그는 점심 식사 때 언급했던 '연줄' 때문에 내가 뺀다고 생각하는 게 분명했다. 그래서 그런 것이 아니라고 그를 납득시켰다. 개츠비는 내가 먼저 대화를 시작하기를 바라면서 잠시 더 기다렸지만, 나는 다른 것에 온통 신경이 집중되어 있어서 아무런 반응도 할 수가 없었다. 하는 수 없이 그는 내키지 않는 듯한 발걸음을 집으로 향했다.

그날 밤 머리가 어찔어찔하면서도 행복했다. 나는 현관에 들어서면서부터 깊은 잠 속으로 빠져 들어갔다. 그래서 개츠비가 코니 아일랜드에 갔는지 안 갔는지, 혹은 집에 눈부시게 불을 켜놓고 얼마나 오랫동안 '방을 둘러보았는지'는 잘 모르겠다. 다음 날 아침 데이지에게 전화를 걸어 차를 마시러 오라고 초대했다.

"톰은 데리고 오지 마." 내가 그녀에게 주의를 주었다.

"뭐라고요?"

"톰은 데리고 오지 말라고."

"'톰'이 누군데요?" 그녀가 순진하게 물었다.

약속된 날은 비가 퍼부었다. 11시에 우비를 입은 남자가 잔디 깎는 기계를 끌고 와서는 현관문을 두드리며, 개츠비 씨가 우리 집 잔디를 깎으라고 자신을 보냈다고 말했다. 그로 인해 핀란드 가정부에게 다시 오라고 말하는 걸 잊고 있었다는 사실이 기억났다. 그 길로 차를 몰고 웨스트 에그 마을로 들어가 하얗게 칠해진 질척한 골목들 사이에서 그녀를 찾아냈다. 그리고 찻잔과 레몬과 꽃을 샀다.

꽃은 필요 없었다. 2시에 셀 수 없이 많은 꽃병들과 함께 온실 하나를 옮겨 온 듯한 식물들이 개츠비의 집으로부터 보내졌기 때문이다. 한 시간 뒤 현관문이 삐걱 열리면서 하얀 플린넬 정장에 은색 셔츠와 금색 넥타이를 한 개츠비가 허겁지겁 들어왔다. 그의 얼굴은 창백했고, 잠을 자지 못한 탓인지 눈 밑이 거무스레했다.

“준비는 잘 되어가나요?” 들어서기 무섭게 그가 물었다.

“잔디를 말하는 거라면, 보기 좋은데요.”

“무슨 잔디요?” 그가 멍하니 물었다. “아, 마당의 잔디.” 그는 창문 밖을 내다보았지만, 그 표정으로 보아 아무것도 눈에 들어오지 않는 것 같았다.

“아주 좋아 보이네요.” 그가 모호하게 대답했다. “어느 신문에서 그러는데 4시쯤에는 비가 그칠 거라네요. 아마 《더 저널》[20]이었던 것 같아요. 자, 그럼 차 마실 때…… 필요한 건 다 있나요?”

그를 식료품실 안으로 데리고 들어갔다. 그곳에서 그는 핀란드 여자를 못마땅한 눈초리로 쳐다보았다. 우리는 함께, 델리에서 사온 레몬 케이크 열두 조각을 꼼꼼히 살폈다.

“이 정도면 괜찮을까요?” 내가 물었다.

“아, 물론이죠. 물론이고말고요. 아주 훌륭해요!” 그러고는 그가 기운 없이 덧붙였다. “…… 친구.”

3시 반쯤에는 빗줄기가 가늘어지면서 축축한 안개가 되었고, 그 사이로 간간이 가느다란 빗방울이 이슬처럼 떠다녔다. 개츠비는 멍한 눈길로 클레이의 《경제학》을 뒤적거리다가, 부엌 바닥을 뒤흔드는 핀란드 여자의 발소리에 움찔 놀라는가 하면, 마치 눈에 보이지 않는 놀라운 일이라도 밖에서 펼쳐지고 있는 것처럼 이따금씩 흐릿한 창문 쪽을 뚫어지게 응시했다. 마침내 자리에서 벌떡 일어선 그가 기운 없는 목소리로 집에 가겠다고 말했다.

“왜 그러세요?”

"아무도 오지 않을 겁니다. 시간이 너무 늦었어요!" 다른 곳에서 그 시간에 중요한 약속이라도 있는 듯 그가 시계를 보았다. "이렇게 하루 종일 기다릴 수는 없습니다."

"바보처럼 굴지 말아요. 아직 4시 2분 전이에요."

내가 그를 밀기라도 한 것처럼 개츠비는 기운 없이 털썩 주저앉았다. 그와 동시에 차가 우리 집 샛길로 접어드는 소리가 들렸다. 우리는 둘 다 벌떡 일어섰다. 나는 약간 난처해하면서 마당으로 나갔다.

빗방울이 떨어지는 앙상한 라일락 나무 아래로 덮개가 없는 큰 자동차가 차도를 따라 올라오고 있었다. 차가 멈추었다. 라벤더 색의 삼각 모자를 쓴 데이지가 얼굴을 옆으로 살짝 기울여 환하게 황홀한 미소를 지으면서 나를 바라보았다.

"정말 여기에 사는 거예요, 닉?"

그녀의 발랄한 목소리는 즐거운 파장을 일으키며 빗속에 활기를 불어넣고 있었다. 데이지의 말이 채 도착하기 전에 잠시 동안 귀를 쫑긋 세워 오르락내리락하는 그 행복한 파장을 따라가지 않을 수 없었다. 파란 물감으로 곱게 그려 놓은 선처럼 촉촉한 머리카락 한 올이 그녀의 뺨에 달라붙어 있었다. 차에서 나오는 그녀를 도우려고 잡은 손도 반짝이는 빗방울로 촉촉이 젖어 있었다.

"나를 사랑하게 된 거예요?" 그녀가 내 귀에 대고 나지막한 목소리로 말했다. "아니면 왜 혼자 와야 하는 거죠?"

"그거 랙런트 성[21]의 비밀이야. 운전사에게는 다른 곳에 갔다가 한 시간 뒤에 오라고 해."

---

21) 마리아 애지워스가 쓴 19세기 소설.

"한 시간 뒤에 와요, 퍼디." 그런 다음 그녀가 진지하게 속삭였다. "저 사람 이름이 퍼디예요."

"휘발유 때문에 코에 문제라도 생긴 거야?"

"그런 것 같지 않은데요?" 그녀가 순진하게 대답했다. "왜요?"

우리는 안으로 들어갔다. 놀랍게도 거실에는 아무도 없었다.

"거참, 웃긴 일이네." 내가 소리쳤다.

"뭐가 웃겨요?"

그때 가볍고 공손하게 현관문을 두드리는 소리가 나자 그녀가 고개를 돌렸다. 나는 밖으로 나가 문을 열었다. 시체처럼 창백한 얼굴의 개츠비가 코트 주머니에 아령이라도 쥐고 있는 것처럼 손을 푹 찔러 넣고는 물웅덩이에 서서 슬픈 눈길로 나를 바라보고 있었다.

여전히 손을 코트 주머니에 넣은 채 그는 나를 지나쳐 방으로 성큼성큼 걸어 들어갔다. 그러고는 줄에 묶인 인형처럼 몸을 홱 돌리더니 거실 쪽으로 사라졌다. 그건 조금도 웃기지 않았다. 가슴이 크게 쿵쾅거리는 걸 느끼며 굵어지는 빗줄기를 막기 위해 현관문을 닫았다.

잠시 아무 소리도 들리지 않았다. 그런 뒤 거실에서 목이 멘 듯한 중얼거림과 약간의 웃음소리가 흘러나왔다. 짐짓 꾸며낸 듯 청아한 데이지의 목소리가 들렸다.

"다시 만나서 정말 반가워요."

그리고 다시 정적. 그것이 끔찍하게 지속되었다. 홀에서 딱히 할 게 없어서 거실로 들어갔다.

여전히 손을 주머니에 찔러 넣은 개츠비가 아주 편안하고 심지어 권태롭기까지 하다는 억지스러운 표정을 지으며 벽난로에 기대 서 있었다. 고개를 너무 많이 뒤로 젖혀서 고장 난 벽난로 시계의 앞부분을 누르고 있었다. 그런 자세로 선 채 그는 심란한 표정으로 데이지를 바라보았다. 딱딱한 의자 끝에 앉아 있는 데이지는 놀라서 어쩔 줄 모르는 중에도 우아함을 잃지 않고 있었다.

"우린 일전에 한번 만난 적이 있지요." 개츠비가 중얼거렸다. 그의 시선이 잠시 나를 향했다. 입술은 애써 웃으려고 노력했지만 잘 되지 않는 듯 살짝 벌어져 있었다. 그 순간 그의 머리에 눌려 시계가 위험스럽게 기울어졌지만, 다행히도 그가 몸을 돌려 떨리는 손으로 시계를 붙잡아서 바로 세웠다. 그런 뒤 개츠비는 엉거주춤 의자에 앉아 소파 팔걸이에 팔꿈치를 대고 손으로 턱을 괴었다.

"시계를 건드려 미안합니다." 그가 말했다.

이제는 내 얼굴도 열대의 뜨거운 열기에 달아오른 것처럼 화끈거리기 시작했다. 머릿속에 맴도는 수천 가지 생각들 중에서 단 한 개의 평범한 말 한 마디도 끄집어 낼 수가 없었다.

"구닥다리 시계인데요, 뭘." 내가 멍청하게 말했다.

우리 모두 마치 시계가 바닥에 떨어져 산산조각이라도 났다고 믿는 것 같았다.

"우린 몇 년 동안 만나지 못했죠." 최대한 무미건조한 목소리로 데이지가 말했다.

"올 11월이면 5년이지요."

개츠비의 기계적인 대답에 다시 모두가 잠깐 동안의 침묵 속으로 빠져들었다. 가까스로 부엌에서 차 준비하는 걸 도와달라고 제안해서 두 사람 모두 자리에서 일어섰지만, 그 순간 악마처럼 핀란드 여자가 쟁반에 차를 담아 들어왔다.

반갑게 찻잔과 케이크가 오가는 중에도 자연스럽게 예의범

절 같은 것이 갖추어졌다. 데이지와 내가 이야기를 나누는 동안, 개츠비는 그늘 속으로 물러나 불편하고 긴장된 시선으로 우리 두 사람을 세심하게 번갈아 지켜보았다. 하지만 평온을 유지하는 게 이 만남의 목적이 아니었으므로, 나는 기회를 잡아 실례를 청하며 자리에서 일어섰다.

"어디 가십니까?" 순간 개츠비가 깜짝 놀라 물었다.

"곧 돌아올게요."

"가시기 전에 할 말이 있습니다."

그가 부엌으로 허겁지겁 따라 들어오더니 문을 닫고는, "오, 맙소사!" 하고 처량하게 중얼거렸다.

"왜 그래요?"

"오, 이건 정말 대단한 실수예요." 그가 머리를 설레설레 흔들었다. "오, 끔찍해요. 정말 끔찍한 실수예요."

"그저 당황했을 뿐이에요. 그게 다입니다." 그리고 다행스럽게도 한 마디 더 덧붙였다. "데이지도 당황했고요."

"그녀가 당황했어요?" 그가 믿을 수 없다는 듯이 내 말을 반복했다.

"당신만큼이나 당황했어요."

"그렇게 크게 말하지 마세요."

"어린 아이처럼 구는군요." 내가 참지 못하고 소리쳤다. "그뿐만 아니라 아주 무례해요. 데이지가 저렇게 계속 혼자 앉아 있는데 말입니다."

그가 손을 들어 내 말을 막았다. 그러고는 잊지 못할 비난의 눈초리로 나를 쏘아보더니 조심스럽게 문을 열고 거실로 돌아갔다.

밖으로 나가 뒷길을 걸었다. 30분 전에 개츠비가 초조한 마음으로 돌아다녔을 그 길이었다. 그리고 옹이진 검은 거목을 향해 뛰어갔다. 나무의 무성한 잎사귀들이 비를 피할 수 있는 우산 역할을 해주었다. 또다시 비가 퍼붓고 있었다. 개츠비의 정원사가 잘 손질해 주었지만 아직은 가지런하지 못한 우리 잔디밭에는 작은 진흙 웅덩이들과 마치 선사시대의 것 같은 습지들이 넘쳐나고 있었다. 나무 아래에서는 개츠비의 거대한 저택 외에는 딱히 볼 것이 없었기 때문에 교회 첨탑을 보는 칸트처럼 반 시간 동안 그 저택을 바라보고 있었다. 한 양조업자가 10년 전, 당시의 유행에 맞춰 지은 건축물이었다. 그 양조업자가 주변에 있는 작은 집들의 주인에게 지붕을 모두 초가지붕으로 바꾼다면 5년 치의 세금을 대신 내주겠다고 제안했다는 이야기가 떠돌았다. 아마도 그 주인들이 거절한 탓에 가문을 세워보려는 그의 계획이 틀어졌을 것이다. 그는 곧 건강마저 악화되었다. 그의 자식들은 검은 화환을 문에서 치우기도 전에 집을 팔아버렸다. 미국인들은 심지어 자발적으로 농노가 되려 하면서도 언제나 집요하게 소작농이 되는 길을 고집해 왔던 것이다.

30분 뒤, 해가 다시 떠올랐다. 식료품 차가 개츠비 집 하인들의 저녁 식사 재료들을 싣고 그의 집 앞 차도를 올라왔다. 장담하건대, 분명 개츠비는 한 술도 뜨지 못할 것이다. 한 하녀가 저택의 위쪽 창문을 열기 시작했다. 하나씩 하나씩 창문들을 열면서 나타나더니, 커다란 중앙 내닫이창에서는 몸을 앞으로 기울여 생각에 잠긴 얼굴로 정원에 침을 퉤 뱉었다. 이제 돌아갈 시간이었다. 비가 계속 내릴 때는 그 소리기 꼭 그 두 사람이 중얼거리는 소리처럼 들렸다. 이따금씩 감정의 돌풍이 일어나면 그 소리가 더 높아지고 커지기도 하면서 말이다. 하지만 빗소리가 사라지고 새로운 침묵이 찾아오자 그 침묵이 집 안에도 내려와 있는 듯한 느낌이 들었다.

집 안으로 들어갔다. 부엌에서 스토브를 밀어 넘어뜨리지만 않았다 뿐이지 온갖 소란을 다 떤 뒤였다. 하지만 그들에게는 어떤 소리도 들리지 않은 것 같았다. 뭔가 질문을 했거나, 지금 막 하고 있는 것처럼 그들은 양쪽 소파 끝에 앉아 서로를 바라보고 있었다. 당황스러운 기색은 전부 사라지고 없었다. 데이지의 얼굴은 눈물범벅이었다. 내가 들어서자 그녀는 벌떡 일어나더니 거울 앞으로 다가가 손수건으로 얼굴을 닦기 시작했다. 그저 당혹스러워만 하던 개츠비에게도 큰 변화가 있었다. 말 그대로 그는 환하게 빛나 보였다. 기쁨의 말이나 몸짓은 없었지만 새로운 행복감이 그에게서 퍼져 나와 작은 방을 가득 채우고 있었다.

"아, 잘 있었어요, 친구?" 마치 만난 지 몇 년 된 사람처럼 그가 말했다. 잠시 그가 달려와서 악수를 하려는 건 아닐까 생각했다.

"비가 그쳤어요."

"아, 그래요?" 내 이야기를 듣고서야 방 안이 햇빛에 반짝거린다는 것을 깨달은 그가 기상 예보관처럼, 그리고 다시 찾아온 빛의 열렬한 수호성인처럼 환하게 미소 지었다. 그러고는 그 소식을 데이지에게 전했다. "어떻게 생각해요? 비가 그쳤대요."

"기뻐요, 제이." 가슴 저린 아픔과 슬픔에 복받쳐 목이 멘 그녀는 예상치 않은 기쁨을 간신히 전달했다.

"그쪽과 데이지를 우리 집에 초대하고 싶군요." 그가 말했다. "데이지에게 집을 구경시켜 주고 싶어요."

"그런데 제가 함께 가도 될까요?"

"물론이죠, 친구."

데이지는 세수를 하기 위해 위층으로 올라갔다. 내 초라한 수건이 생각났지만, 손쓰기에는 이미 때가 늦어버리고 말았다. 그러는 동안 개츠비와 나는 잔디밭에서 기다렸다.

"우리 집, 참 근사해 보이지 않아요?" 그가 흐뭇하게 말했다. "집 앞 전체가 햇빛을 받아 반짝거리는 모습을 보세요."

내가 정말 멋진 장관이라고 맞장구를 쳤다.

"그렇죠." 그의 시선이 아치형 현관과 네모진 탑들을 죽 스치고 지나갔다. "저 집을 살 돈을 모으는 데 고작 3년밖에 걸리지 않았어요."

"재산을 상속받은 거라고 생각했는데요."

"아, 맞아요, 친구. 그랬죠." 그가 곧바로 대답했다. "하지만 큰 공황 속에서 돈을 거의 다 잃었어요……. 전쟁이라는 공황이요."

그는 자기가 무슨 말을 하고 있는지도 거의 모르는 눈치였다. 왜냐하면 무슨 사업을 하느냐고 내가 묻자, "그건 내 문제지요"라고 대답하는 것을 보면 말이다. 하지만 그 순간 그는 그것이 적절한 대답이 아니라는 사실을 즉시 깨달았다.

"아, 여러 가지 일을 해왔어요." 그가 재빨리 말을 수정했다. "제약 사업도 하고, 석유 사업도 했었죠. 하지만 지금은 둘 다 하지 않습니다." 그가 조금 더 관심을 갖고 나를 바라보았다.

"혹시 지난밤에 내가 제안했던 내용에 대해서 생각해 본 겁니까?"

내가 미처 대답하기도 전에, 데이지가 집에서 나왔다. 그녀의 옷에 두 줄로 달린 놋쇠 단추들이 햇빛을 받아 반짝거렸다.

"저기 있는 저 엄청난 저택이에요?" 그녀가 손으로 개츠비의 집을 가리키며 소리쳤다.

"어때요, 마음에 들어요?"

"오, 아주 좋아요. 하지만 저런 곳에서 어떻게 혼자 사는지 모르겠네요."

"밤낮으로 항상 재미있는 사람들이 가득하지요. 흥미로운 일을 하는 사람들이요. 유명 인사들도 있답니다."

우리는 해협을 따라서 난 지름길을 택하지 않고 도로 아래로 내려와 커다란 뒷문으로 들어갔다. 데이지는 주변 환경에 매혹된 듯 끊임없이 중얼거리면서, 하늘을 배경으로 윤곽을 과시하고 있는 멋진 봉건시대 건축물의 이모저모에 대해 경탄해 마지 않았다. 아름다운 정원과 노란 수선화들의 이채로운 향기, 산사나무와 자두 꽃들의 부박한 향기, 인동덩굴의 은은한 금빛 향기 등에 찬사를 보냈다. 대리석 계단에 이르렀을 때는 현관을 드나드는 화려한 드레스들의 분주함이나 소란스러움 없이 나무에서 새 소리만 들리는 게 조금 이상하게 여겨졌다.

모두 안으로 들어가, 마리 앙투아네트풍의 음악실과 왕정복고풍의 살롱을 돌아보았다. 마치 우리가 지나갈 때까지 숨을 죽이며 조용히 있으라는 명령을 받고 손님들이 모든 소파와 테이블마다 숨어 있는 것만 같았다. 개츠비가 '머턴 대학 도서실'이라고 적힌 서재의 문을 닫았을 때는 올빼미 눈을 한 남자의 유령 같은 웃음소리를 실제로 들은 것 같은 착각에 빠지기도 했다.

우리는 위층으로 올라가, 장미와 라벤더 색 비단으로 꾸며진데다 싱그러운 꽃들로 생기를 더해준 침실들, 드레스룸, 당구장, 움푹 들어간 욕조들이 있는 욕실 등을 돌아보았다. 그러다가 부스스한 머리에 파자마 차림을 한 남자가 바닥에서 운동을하고 있는 방으로 불쑥 들어가게 되었다. '하숙생'인 클립스프링어였다. 그날 아침 해변에서 뭔가를 찾는 사람처럼 부지런히 돌아다니는 모습을 보았던 참이었다. 마침내 침실과 욕실, 애덤 양식[22]의 서재로 이루어진 개츠비의 호화 스위트룸에 들어섰다. 우리는 그 방에 앉아 그가 벽장에서 꺼내 온 샤르트뢰즈 술을 한 잔씩 마셨다.

그는 데이지에게서 한시도 눈을 떼지 못했다. 그녀의 사랑스러운 눈길이 어떻게 반응하느냐에 따라 그의 모든 소유물들이 재평가되고 있는 것 같았다. 이따금씩 그 자신도 방 안의 물건들을 몽롱하게 응시하곤 했다. 믿어지지는 않지만 실제로 그녀가 눈앞에 있는 이상 그 어떤 물건도 더는 진짜가 아니라는 듯한 표정이었다. 한 번은 거의 계단에서 굴러 떨어질 뻔하기도 했다.

그의 침실은 다른 방들과 비교해 제일 수수한 편이었다. 순금으로 장식된 화장 도구를 늘어놓은 화장대만이 예외였다. 데이지는 뛸 듯이 기뻐하며 브러시를 들고 머리를 매만졌다. 개츠비는 자리에 앉아서 눈을 가리고 웃기 시작했다.

"아, 정말 웃기네요, 친구." 그가 아주 재미있다는 듯이 말했다. "아, 할 수가 없어요…… 말을 하려고 해도 도저히……."

그는 확실히 두 단계를 지나 세 번째 단계로 들어서고 있었다. 당혹스러움과 이루 말할 수 없는 기쁨의 단계를 거쳐, 그녀의 존재에 대한 경이로움에 휩싸여 있는 것이다. 그는 그렇게 오랫동안 마음속에 품어왔고, 죽도록 꿈꿔왔으며, 상상할 수도 없는 열정으로 이를 악물고 기다려왔던 순간을 맞이하고 있었다. 이제, 그는 그 반작용으로 너무 많이 감겨버린 시계처럼 서

____

22) 스코틀랜드 출신 건축가이자 가구 디자이너인 로버트와 제임스 애덤의 고전적인 양식.

서히 풀리고 있는 중이었다.

잠시 후 침착함을 되찾은 그가 수많은 정장과 실내복, 넥타이, 셔츠들이 보관되어 있는 커다란 장롱 두 짝의 문을 활짝 열어젖혔다. 그 안에는 벽돌더미 여남은 개를 포개 놓은 것처럼 옷들이 차곡차곡 쌓여 있었다.

"영국의 한 친구가 옷을 사서 보내주고 있어요. 봄과 가을 시즌이 시작될 때마다 특별히 엄선한 것들을 보낸답니다."

그는 셔츠 더미 하나를 잡아 끄집어내더니 셔츠를 하나씩 우리 앞에 던지기 시작했다. 얇은 리넨 셔츠와 두꺼운 실크 셔츠, 곱게 짠 플란넬 셔츠 등이 접힌 부위가 펼쳐지면서 테이블 위로 떨어졌다. 다양한 색의 셔츠들이 테이블을 어지럽게 뒤덮었다. 감탄하고 있는 우리 앞에 그가 더 많은 셔츠들을 꺼내왔고, 화려하고 부드러운 셔츠들이 더 높이 쌓여갔다. 산호색, 밝은 녹황색, 라벤더 색, 엷은 오렌지색, 그리고 줄무늬, 소용돌이무늬, 체크무늬 등의 모든 셔츠에는 진한 남색의 머리글자가 새겨져 있었다. 갑자기 데이지가 이상한 소리를 내면서 셔츠 속에 머리를 파묻고 격렬하게 울기 시작했다.

"정말 아름다운 셔츠들이네요." 그녀는 구슬프게 흐느꼈다. 두꺼운 셔츠 더미에 파묻혀서 희미해진 목소리로 그녀가 말했다. "너무 슬퍼요. 이렇게 아름다운 셔츠는…… 한 번도 본 적이 없으니까요."

집을 돌아본 뒤에는 마당과 수영장, 수상 비행기, 그리고 정원에 만발한 한여름 꽃들을 볼 예정이었다. 하지만 개츠비의 집 창문에서 내다보니 다시 비가 내리고 있었다. 하는 수 없이 우리는 이리저리 출렁이는 해협의 파도를 바라보며 나란히 서 있었다.

"안개가 없었다면 만 건너편에 있는 당신 집을 볼 수 있었을 텐데." 개츠비가 말했다. "저 부두 끝에는 언제나 초록색 불빛이 밤새 빛나고 있지요."

데이지가 갑자기 그에게 팔짱을 껴왔지만, 개츠비는 방금 자신이 한 말에 푹 빠져 있는 듯 별 반응을 보이지 않았다. 아마도 그 초록색 불빛의 거대한 의미가 이제 막 영원히 사라져버렸다고 여기는지도 모른다. 그와 데이지를 갈라놓았던 그 엄청난 거리에 비하면 이제는 그녀가 손에 닿을 만큼, 달 주위에서 반짝이는 별만큼이나 가까워진 느낌인 것이다. 다시 부두에서 초록색 불빛이 반짝이기 시작했다. 이제 매혹의 대상 중 하나가 줄어든 셈이다.

나는 반쯤 어둠에 잠긴 방을 돌아다니며 형체가 분명하지 않은 다양한 물건들을 구경하기 시작했다. 문득 그의 책상 너머 벽에 걸린, 요트 복장을 하고 있는 어떤 노인의 커다란 사진이 눈에 들어왔다.

"이분은 누구시죠?"

"그분요? 댄 코디 씨입니다, 친구."

그 이름이 왠지 낯설게 들리지 않았다.

"그분은 이미 돌아가셨어요. 몇 년 전까지 저와 막역한 사이였죠."

책상 위에는 역시 요트 복장을 하고 있는 작은 개츠비의 사신이 있었다. 반항하듯이 머리를 뒤로 젖히고 있었는데, 대략 열여덟 살 무렵에 찍은 사진인 것 같았다.

"어머, 이거 마음에 들어요." 데이지가 소리쳤다. "이 올백 머리요! 당신, 올백 머리를 했었다고 말한 적 없잖아요……. 요트도 그렇고요."

"이것 좀 보세요," 개츠비가 재빨리 화제를 돌렸다. "여기 당신에 대한…… 신문에서 오려낸 기사들이 많아요."

그들은 나란히 서서 그것을 들여다보았다. 내가 루비를 보여 달라고 막 말하려는데 전화벨이 울렸고, 개츠비가 전화를 받았다.

"응……. 아, 지금은 얘기하기가 좀…… 글쎄, 지금은 곤란 하다고, 친구…… 내가 작은 도시라고 말했을 텐데……. 작은 도시란 게 어디인지는 그가 알겠지……. 글쎄, 디트로이트를 작 은 도시라고 생각한다면 그는 우리에게 아무 쓸모가 없어……."

그가 전화를 끊었다.

"빨리 이리 와 봐요!" 데이지가 창가에서 소리쳤다.

비는 여전히 내리고 있었지만, 서쪽에서는 벌써 어둠이 갈라 져 나와 바다 위에 거품처럼 뭉게뭉게 피어오른 구름들을 핑크 빛, 황금빛으로 물들이고 있었다.

"저걸 좀 봐요." 그녀가 속삭였다. 그리고 잠시 후 한 마디 덧붙였다. "저 핑크빛 구름 하나를 가져다가 당신을 태운 뒤 이 리저리 밀고 다니고 싶어요."

그쯤에서 나는 그만 돌아가려고 했지만, 그들은 나를 보내주 지 않았다. 아마도 내가 함께 있어서 둘만의 시간이 좀 더 만족 스럽게 느껴졌는지도 모른다.

"이렇게 하는 게 좋겠네요." 개츠비가 말했다. "클립스프링 어에게 피아노를 치게 합시다."

그는 '유잉!' 하고 이름을 부르며 방에서 나갔다. 그리고 몇 분 뒤 약간 지친 모습의 당혹감을 감추지 못하는 한 젊은 남자 와 함께 들어왔다. 뿔테 안경에 성긴 금발 머리를 한 그는 이제

목 부분이 트인 '스포츠 셔츠'를 단정하게 받쳐 입고 흐릿한 면바지에 스니커즈를 신고 있었다.

"우리가 운동을 방해한 건 아닌가요?" 데이지가 공손하게 물었다.

"아니, 전 자고 있었습니다." 클립스프링어 씨가 화들짝 놀라며 소리쳤다. "그러니까, 자고 있다가, 일어나서……."

"클립스프링어는 피아노를 연주해요." 개츠비가 그의 말을 자르면서 말했다. "그렇죠, 유잉? 안 그래요, 친구?"

"잘 치지는 못합니다. 아니, 거의 연주를 못해요……. 연습을 통 못했는데……."

"모두 아래층으로 내려갑시다." 개츠비가 다시 끼어들었다. 그가 스위치를 탁 켜자, 잿빛 창문들이 사라지고 집 전체가 불빛으로 환해졌다.

음악실로 들어간 개츠비는 피아노 옆에 하나 있는 전등을 켰다. 그러고는 떨리는 손으로 데이지 담배에 불을 붙여준 뒤 방 반대편에 있는 소파에 그녀와 함께 앉았다. 거기에는 홀에서 흘러나와 바닥을 어슴푸레 반사하는 불빛 말고는 빛이라고 할 게 없었다.

〈사랑의 보금자리〉를 연주한 클립스프링어가 의자에서 몸을 돌리더니 희미한 어둠 속에서 불안한 듯 개츠비를 찾았다.

"보시다시피 연습을 통 안 했어요. 연주할 수 없다고 말씀드렸잖아요. 통 연습을 못해서……."

"그렇게 떠들어대지 말고, 친구." 개츠비가 명령하듯 말했다. "그냥 연주해 봐요."

　　아침에도,

저녁에도,
우리 즐겁지 않은가요……

밖은 바람 소리로 요란했다. 해협을 따라서 희미하게 천둥소리가 울렸다. 이제 웨스트 에그의 불빛들이 모두 켜져 있었다. 전차는 사람들을 싣고 뉴욕을 출발해 빗속을 가르며 집을 향해 돌진하고 있었다. 인간 내면에 깊은 변화가 일어나는 시간이었다. 공중에 흥분이 감돌았다.

한 가지는 확실해, 그 어느 것보다도
부자는 더 부자가 되고 가난한 자는…… 아이를 얻는다네
그 동안에
그러는 사이에……

작별 인사를 하려고 다가갔을 때 개츠비의 얼굴에 다시금 당혹스러운 표정이 떠오르는 것을 보았다. 마치 현재의 달콤한 행복에 대해 희미한 의구심이 일어난 것처럼 말이다. 거의 5년의 세월이 아닌가! 그날 오후 데이지가 넝쿨째 굴러들어오긴 했지만, 분명 그가 꿈꾸었던 순간에 못 미친 부분이 있었을 것이다. 그녀가 뭔가를 잘못해서 그런 게 아니라, 그의 환상이 지닌 거대한 생명력 때문에. 그것은 그녀를 넘어서 모든 것을 초월하고 있었다. 그는 창조적 열정으로 자신의 모두를 그것에 쏟아붓고, 거기에 또 다른 환상을 덧붙이는가 하면, 여기저기에 떠도는 모든 찬란한 깃털들로 화려하게 장식했다. 어떤 순수함과 열정도 그가 유령 같은 마음속에 무수히 쌓아 놓은 그 환상에 비할 수가 없을 것이다.

　다시 그를 봤을 때는 조금 그 분위기에 적응한 듯한 모습이었다. 개츠비는 그녀의 손을 꼭 잡고 있었다. 그리고 그녀가 그의 귀에 대고 뭔가를 나지막하게 속삭이자 감정이 북받치는 표정으로 그녀를 향해 몸을 돌렸다. 오르락내리락 뜨거운 열정을 쏟아내는 그녀의 목소리가 그를 단번에 사로잡은 것 같았다. 왜냐하면 그 목소리는 아무리 꿈꾸어도 부족함이 없는 불멸의 노래였으니까.

　그들은 잠시 나의 존재를 잊어버린 듯했다. 하지만 곧 데이지가 위를 올려다보고는 손을 내밀었다. 개츠비는 아직도 나를 알아보지 못했다. 한 번 더 그들을 바라보았고, 그들도 강렬한 기운에 사로잡힌 시선으로 멀리서 내 시선을 마주했다. 나는 방을 나와 대리석 계단을 내려가 빗속으로 들어갔다. 그곳에 그들을 남겨둔 채로.

6장

그 무렵 어느 날 아침, 뉴욕에서 한 젊은 기자가 개츠비를 찾아와 뭔가 할 말이 없느냐고 물었다.

"무엇에 대해 말입니까?" 개츠비가 공손하게 물었다.

"그러니까…… 밝힐 만한 내용이면 무엇이든지요."

어리둥절하게 5분이 지난 뒤 드러난 사실은, 그 기자가 사무실에서 우연히 개츠비의 이름을 들었다는 것이다. 어떤 상황에서 그의 이름이 거론되었는지는 잘 모른다. 아마도 말하는 이가 그 상황을 밝히지 않았거나, 혹은 자세히 알지 못했는지도 모른다. 아무튼 그날 젊은 기자는 쉬는 날이었는데도, 가상하게 '그 일을 알아보러' 급히 달려온 것이었다.

되는 대로 찔러본 것이었지만, 그 기자의 본능은 옳았다. 개츠비의 환대를 받고 그 결과 그의 과거에 대한 정통한 소식통이 된 수많은 사람들이 퍼뜨린 개츠비의 악명은 여름 내내 부풀려져서 이제 거의 신문의 기삿거리가 될 만한 수준에 이르렀다. '캐나다로 이어진 지하 밀주 파이프라인'[23]이라는 당대의 전설들이 그에게 붙여졌다. 집이 아닌 집처럼 생긴 배에 살면

서 롱아일랜드 해안을 오르락내리락 은밀하게 오고간다는 소
문도 끈질기게 그를 따라다녔다. 왜 이런 소문들을 노스다코타
출신의 제임스 개츠가 만족스럽게 여기는지에 대해서는 설명
하기가 쉽지 않다.

　제임스 개츠, 그것은 실제로, 적어도 법률상으로는 그의 이
름이었다. 그는 열일곱 살 때 이름을 바꾸었다. 그것은 앞으로
다가올 밝은 미래를 감지했던 바로 그 특별한 순간이었다. 그
리고 그 순간은 댄 코디의 요트가 슈피리어 호수의 가장 위험
한 얕은 여울에 닻을 내리는 것을 목격한 때이기도 했다. 그날
오후 허름한 초록색 저지 셔츠와 면바지를 입고 해변을 어슬렁
거리고 있었던 것은 분명 제임스 개츠였다. 하지만 배를 빌려
'투올로미' 호(號)까지 노를 저어 가서 댄 코디에게, 30분 뒤면
바람을 만나 배가 박살날지도 모른다고 알려준 것은 이미 제이
개츠비였다.

　어쩌면 그는 그 이름을 오랫동안 준비해 놓고 있었는지도 모
른다. 그의 부모는 무능하고 실패한 농사꾼들이었다. 그의 상
상력 속에선 결코 그들을 진짜 부모로 받아들일 수가 없었다.
사실, 롱아일랜드 웨스트 에그의 제이 개츠비는 그 자신의 이
상적인 생각에서 나온 인물이었다. 말 그대로 하느님의 아들이
었고, 하느님 아버지의 사업, 즉 방대하고 상스럽고 저속한 아
름다움을 추구하는 사업에 관여했다. 그래서 열일곱 살 소년이
만들어냈음직한 바로 그런 종류의 제이 개츠비를 만들었고, 그
개념에 끝까지 충실했다.

　일 년 넘게 그는 슈피리어 남쪽 호숫가에서 조개잡이와 연어

---

23) 금주법 시대에 밀주가 지하 파이프를 통해 캐나다에서 미국으로 들어오고
　　있다는 소문이 퍼졌었다.

잡이 같은 일로 숙식을 해결하며 힘겹게 살아가고 있었다. 격한 노동과 게으른 생활을 반복하는 동안 그는 자연스럽게 갈색으로 잘 그을린 단단한 몸을 갖게 되었다. 여자를 일찍부터 알았지만, 그들이 그를 망쳐놓는다고 생각해 여자들을 경멸하기 시작했다. 어린 처녀들은 무지해서 경멸했고, 다른 여자들은 그가 지나친 자기도취 속에서 당연하게 받아들이는 것들에 대해 히스테리를 부려서 경멸했다.

하지만 그의 마음은 끊임없이 소용돌이치는 혼돈 속에 있었다. 밤에 잠자리에 들 때마다 아주 기괴하고 몽환적인 발상이 자주 나타났다. 시계가 세면대에서 째깍거리고 촉촉한 달빛이 마루 위에 엉켜 있는 옷들을 흠뻑 적시는 동안, 형언할 수 없이 눈부신 우주가 그의 머릿속에서 빙빙 돌며 나타났다. 매일 밤 졸음이 몰려와 그런 생생한 장면을 에워싸서 망각 속으로 밀어넣기 전까지, 환상은 계속해서 더해갔다. 한동안 이런 몽상들은 그가 마음껏 상상할 수 있는 배출구가 되어 주었다. 그것은 현실이 환상처럼 비현실적인 것이 될 수 있다는 흐뭇한 암시이자, 세상이라는 바위가 요정의 날개 위에서도 안전하게 세워질 수 있다는 약속이었다.

댄 코디를 만나기 몇 달 앞서, 그는 희망찬 미래에 대한 어떤 본능적 요구에 이끌려 미네소타 주 남부에 있는 작은 루터교 세인트올라프 대학에 갔다. 그곳에는 고작 2주일 머물렀는데, 운명의 북소리, 아니, 그보다는 자신의 운명에 대한 대학의 잔인한 무관심에 실망한 데다, 생계를 위해 하던 청소부 일에 몹시 진력이 난 탓이었다. 결국 그는 슈피리어 호수로 다시 돌아왔다. 그리고 뭔가 할 일을 찾아 어슬렁거리고 있던 바로 그날, 댄 코디의 요트가 호숫가 얕은 곳에 닻을 내렸던 것이다.

당시 쉰 살이었던 댄 코디는 네바다 주의 은광 지대와 유콘 강, 그리고 1875년 이래 수요가 급증한 모든 광산이 만들어낸 인물이었다. 몬태나 주의 구리 사업으로 억만장자가 된 그는 몸은 팔팔했지만 마음은 허해지고 있었다. 많은 여자들이 이것을 눈치채고 그에게서 돈을 뜯어내려고 달려들었다. 신문 기자였던 엘라 카이가 그의 약점을 이용해 맹트농 부인[24] 노릇을 하면서 그를 요트에 태워 바다로 내보낸 것과 관련한 별로 유쾌하지 않은 사건은 1902년 허풍 떨던 언론의 단골 기사였다. 그리고 5년 동안 이곳저곳 아름다운 해안들을 따라 항해를 하던 그가 바로 그날 제임스 개츠의 운명이 되어 리틀걸 만에 모습을 드러낸 것이었다.

노에 기댄 채 난간이 달린 갑판을 올려다본 젊은 개츠에게 그 요트는 세상의 영광과 아름다움을 대신하고 있었다. 그는 아마도 코디에게 미소를 지어 보였을 것이다. 미소를 지을 때 사람들이 자신을 좋아해 준다는 사실을 그도 잘 알고 있었으리라. 어쨌든 코디는 그에게 몇 가지 질문을 했고(여기에서 그는 새로운 이름을 생각해냈다), 그러는 와중에 그가 민첩하고 대단히 야심만만한 젊은이라는 것을 알게 되었다. 며칠 뒤 코디는 그를 덜루스로 데리고 가서 푸른색 코트와 하얀 면바지 여섯 벌, 그리고 요트 모자를 사주었다. 그리고 '투올로미' 호가 서인도 제도와 바르바리 해안을 향해 떠날 때, 개츠비도 함께 떠났던 것이다.

개츠비는 뭔지 모르는 애매모호한 개인 업무를 담당하게 되었다. 코디와 함께 있는 동안 그는 차례로 집사가 되었다가, 친

______

24) 프랑수아 도비뉴(1635~1719). 루이 14세의 두 번째 아내이며 옥좌 바로 뒤의 권력이었던 맹트농 후작부인을 말한다.

구도 되었다가, 선장, 비서, 심지어 경비원의 역할까지 도맡았다. 댄 코디는 술에 취하면 자신이 얼마나 방탕한 짓을 하는지 잘 알고 있었으므로 만일의 사태에 대비해 개츠비에게 점점 더 많이 의지하게 되었다. 그런 관계는 5년간 지속되었고, 그동안 보트는 미 대륙을 세 차례나 돌았다. 그것은 어느 날 밤 엘라 카이가 보스턴에서 보트에 올라타고, 그로부터 일주일 뒤 댄 코디가 불의의 죽음을 당하지 않았다면 영원히 계속되었을 항해였다.

개츠비의 침실에 걸려 있던 그의 초상화가 기억난다. 희끗희끗한 머리와 혈색 좋은 얼굴에 딱딱하고 공허한 표정을 하고 있던 남자. 미국 역사의 한 시기 동안 서부 개척기의 매춘굴과 술집의 거칠고 난폭한 분위기를 동부 해안에 가져다 심은 선구적인 난봉꾼이었다. 개츠비가 술을 거의 마시지 않는 것도 코디의 간접적인 영향 때문이었다. 때때로 유쾌한 파티 도중에 여자들이 그의 머리를 어루만지며 샴페인을 바르는 경우가 종종 있긴 했지만, 그 자신은 술을 가까이 하지 않는 버릇을 들였다.

그는 코디에게서 유산을 물려받았다. 2만 5천 달러의 유산이었다. 하지만 그 돈을 받지는 못했다. 자신에게 불리하게 작용했던 법적 장치를 결코 이해하지 못했고, 남은 수백만 달러는 고스란히 엘라 카이에게로 돌아갔다. 그에게 유일하게 남겨진 것은 적절한 교육뿐이었다. 제이 개츠비라는 흐릿한 윤곽이 한 인간의 실체로 채워진 것이다.

개츠비가 내게 이 모든 이야기를 들려준 것은 훨씬 나중의 일이었다. 하지만 지금 여기에 이 이야기를 쓰는 건 전혀 사실이 아닌 그의 조상에 대한 터무니없는 소문들을 불식시키고자 하는 생각에서다. 게다가 내게 이 이야기를 들려준 때는, 그가 한 말을 전부 믿어야 할지 말아야 할지 오락가락하며 혼란스러워하던 시기였다. 그래서 개츠비가 한숨 돌리는 동안, 그런 오해들을 말끔히 해소하기 위해 이 짧은 휴식기를 이용한 것이다.

그의 연애 문제에 관여하는 것도 잠시 휴식기에 들어가 있었다. 그를 보지도, 전화로 목소리를 듣지도 못한 채 몇 주가 흘렀다. 나는 대개 뉴욕에서 조던과 여기저기 돌아다니거나 그녀의 노쇠한 이모의 비위를 맞추면서 지냈다. 그러던 어느 일요일 오후 그의 집을 찾아갈 일이 생겼다. 그런데 거기에 도착한 지 2분도 되지 않아 누군가가 한잔 하자며 톰 뷰캐넌을 끌고 개츠비를 찾아왔다. 당연히 깜짝 놀랐지만, 더욱 놀라운 것은 그런 일이 전에는 한 번도 없었다는 사실이다.

일행은 세 명으로, 말을 타고 왔다. 톰과 슬론이라는 남자, 그리고 갈색 승마복을 입은 예쁜 여자 한 명으로, 그녀는 전에 그곳에 온 적이 있었다.

"만나 뵙게 돼서 기쁘군요." 현관에 서서 개츠비가 말했다. "찾아와 주서서 감사합니다."

그들이 자기 말에 신경이라도 쓴다는 듯한 말투라니!

"자, 앉으세요. 궐련이나 시가를 피우시지요." 그는 분주하게 돌아다니더니 종을 울렸다. "마실 것을 좀 가져오겠습니다."

그는 톰이 그곳에 있다는 사실에 많이 신경이 쓰이는 눈치였다. 하지만 어쨌든 그들에게 뭔가를 대접하기 전까지는 마음이 편치 않았을 것이다. 특히 그곳에 들른 그늘의 목적이 바로 그것 때문이라는 것을 어렴풋이나마 알고 있었기 때문이다. 슬론 씨는 아무것도 원하지 않았다. 레몬에이드를 드릴까요? 아니오, 괜찮습니다. 샴페인이라도 조금? 아니오, 고맙지만…… 전

됐습니다……. 미안하군요.

"승마는 좋았습니까?"

"이 부근의 길이 아주 좋더군요."

"자동차들 때문인 듯한데……."

"그렇지요."

억누를 수 없는 충동에 이끌려 개츠비가 처음 소개 받아 인사를 나눈 톰에게로 몸을 돌렸다.

"전에 어디선가 만나 뵌 적이 있는 것 같은데요, 뷰캐넌 씨."

"아, 네." 무뚝뚝하면서도 최대한 예의를 갖추어 톰이 말했지만, 기억하지 못하는 게 분명했다. "그랬죠. 기억이 납니다."

"대략 2주 전이었어요."

"맞아요. 닉과 함께 계셨죠."

"부인을 알고 있습니다." 개츠비가 공격적으로 말을 이어 나갔다.

"그래요?"

톰이 내게 몸을 돌렸다.

"자네, 이 근처에 사나, 닉?"

"바로 옆집이야."

"그래?"

대화에 끼지 못한 슬론 씨는 거만하게 소파에 몸을 기대고 앉아 있었다. 여자도 아무 말도 하지 않고 있었는데, 하이볼을 두 잔 마신 뒤부터는 예상 외로 사근사근해졌다.

"개츠비 씨, 우리 모두 다음 파티에 오려고 하는데, 어떠세요?" 그녀가 제안했다.

"아, 물론 좋지요. 여러분을 모신다면 영광입니다."

"아주 친절하시군요." 슬론 씨는 그다지 고마워하지 않는 눈치였다. "자, 이제 슬슬 집으로 출발해야 할 것 같군요."

"서두르지 마십시오." 개츠비가 그들을 붙잡았다. 이제 스스로 자제력을 되찾은 그는 톰을 좀 더 살펴보길 원했다. "조금만 더…… 좀 더 계시다 저녁 식사를 하고 가시죠. 뉴욕에서 이렇게 손님들이 찾아오셔도 전 별로 놀라지 않거든요."

"저랑 같이 저녁 드시러 가는 건 어때요? 두 분 다요." 여자가 간청하다시피 말했다.

거기에는 나도 포함되어 있었다. 슬론 씨가 자리에서 일어났다.

"갑시다." 그가 말했다. 그녀에게만 한 말이었다.

"제발요, 두 분과 같이 가면 정말 좋겠어요. 방이 얼마나 많은데요." 그녀가 고집을 부렸다.

개츠비는 궁금해하는 표정으로 나를 바라보았다. 그는 가고 싶어 했지만, 슬론 씨가 달가워하지 않는다는 사실은 모르는 눈치였다.

"죄송하지만 저는 못 가겠는데요." 내가 말했다.

"그러면, 당신만이라도 같이 가요." 그녀가 개츠비를 집중적으로 공략했다.

슬론 씨가 그녀의 귀에 대고 뭐라고 중얼거렸다.

"지금 출발하지 않으면 늦을 거예요." 그녀가 고집을 꺾지 않고 큰 소리로 말했다.

"저는 말이 없습니다." 개츠비가 말했다. "군대에서는 타봤지만, 말을 산 적이 없거든요. 차로 여러분을 따라가야겠군요. 잠시만 실례하겠습니다."

남은 우리는 현관 밖으로 나왔다. 슬론과 여자가 저만치 따로 떨어져 열띤 대화를 나누기 시작했다.

"맙소사, 저 남자가 정말로 오려나 보군. 저 여자가 원하지 않는 걸 왜 모르지?" 톰이 말했다.

"여자가 원한다고 말하고 있잖아."

"저녁에 큰 파티가 열릴 텐데, 저 사람은 거기에 참석하는 사람들을 아무도 모를 거야." 톰이 눈살을 찌푸렸다. "도대체 저 작가가 어디서 데이지를 만났는지 모르겠군. 하느님 맙소사, 내가 너무 고지식한 건지 모르지만, 요즘 여자들은 너무 많이 나돌아 다닌다니까. 저렇게 온갖 이상한 녀석을 만나고 다니니 말이야."

갑자기 슬론 씨와 여자가 계단 아래로 내려와 말에 올라탔다.

"갑시다." 슬론 씨가 톰에게 말했다. "늦었어요, 가야 합니다." 그러고는 내게 말했다. "기다리지 못하고 간다고 전해주세요. 그래주시겠지요?"

톰과 나는 악수를 나누고, 나머지 사람들과는 냉랭하게 목례만 주고받았다. 그들은 황급히 차도를 내려갔다. 모자와 얇은 코트를 손에 들고 개츠비가 현관에 나타났을 때는, 이미 그들이 8월의 무성한 나뭇잎 아래로 사라진 뒤였다.

데이지가 혼자 나돌아 다닌다는 사실에 톰의 마음이 동요된 것은 분명했다. 그 다음 토요일 밤 개츠비의 파티에 그가 그녀와 함께 참석한 것을 보면 말이다. 또한 그해 여름 열렸던 다른 개츠비의 파티들 중에서 유독 그 파티가 기억에 남는 걸 보면, 아마도 그날 밤 그의 존재가 어떤 이상한 중압감으로 작용했던 모양이다. 똑같은 사람들, 적어도 똑같은 부류의 사람들이 있었고, 넘쳐나는 샴페인이나 다양하고 이상한 소동들도 전과 똑같았다. 하지만 전에는 느끼지 못했던 불쾌함과 불편함이 감돌고 있었다. 아니면 그저 내가 벌써 그것에 익숙해져 버린 탓일 지도 모른다. 자체적인 기준과 나름의 거창한 인물들이 있어서 그 스스로 완벽한 세상이 되어버린 웨스트 에그에 익숙해져 버린 탓일지도, 혹은 완벽함에 대한 자각이 없어서 다른 무엇과 도 견줄 수 없게 된 웨스트 에그에 이미 길들여져 버린 때문일지도 모른다. 이제 나는 데이지의 눈을 통해서 다시 웨스트 에그를 바라보고 있었다. 힘들게 노력해서 적응하게 된 대상을 새로운 시선으로 바라본다는 것은 서글픈 일이다.

그들은 황혼 무렵에 도착했다. 활기 넘치는 사람들 사이를 함께 어슬렁거리고 있을 때 데이지가 기교 넘치는 목소리로 중얼거렸다.

"여기는 정말 나를 들뜨게 하는군요." 그녀가 속삭였다. "오늘밤 나와 키스하고 싶으면 언제든 알려줘요, 닉. 기꺼이 응할 테니까. 그저 내 이름만 말해주세요. 아니면 그린카드를 제시하든가. 내가 그린카드를 줄……."

"주변을 둘러보세요." 개츠비가 소리쳤다.

"둘러보고 있는 중입니다. 아주 멋진 시간을 보내고……."

"말로만 들었던 저 수많은 사람들의 얼굴을 좀 보세요."

톰이 거만한 시선으로 사람들을 죽 둘러보았다.

"우리가 별로 돌아다니질 않아서요. 사실, 여기 있는 사람들 아무도 모르겠군요." 톰이 말했다.

"아마도 저 숙녀 분은 아시겠지요." 개츠비가 하얀 자두나무 아래에, 거의 인간이라고 하기 어려울 만큼 난초처럼 우아하게 앉아 있는 한 화려한 여자를 가리켰다. 톰과 데이지는 영화 속에 나오는 유령 같은 스타를 알아볼 때 흔히 짓게 되는, 그런 믿기 어렵다는 특이한 표정을 지으면서 그녀를 바라보았다.

"정말 멋져요." 데이지가 말했다.

"그녀에게 몸을 숙이고 있는 남자가 감독입니다."

그는 매우 정중하게 두 사람을 이 모임 저 모임에 데리고 다녔다.

"이쪽은 뷰캐넌 부인……. 그리고 뷰캐넌 씨……." 그리고 잠깐 주저하다가 개츠비가 덧붙였다. "폴로 선수시지요."

"아, 아니에요. 아닙니다." 톰이 재빨리 부인했다.

하지만 그날 밤 내내 톰이 '폴로 선수'로 통한 것을 보면, 그 말이 개츠비의 마음에 든 것이 분명했다.

"이렇게나 많은 유명 인사들을 만나기는 처음이에요." 데이지가 감탄했다. "저 사람, 내가 좋아하는 사람인데, 이름이 뭐였더라? 코가 파란 저 사람이요."

개츠비가 이름을 알려주며, 그저 변변치 않은 제작자라고 덧붙였다.

"글쎄, 아무튼 저 사람이 좋아요."

"폴로 선수가 아니었으면 좋을 뻔했어." 톰이 유쾌하게 말했다. "그러면 사람들 신경 쓰지 않고 이 모든 유명 인사들을 구경할 수 있었을 텐데 말이야."

데이지와 개츠비가 춤을 추었다. 그가 우아하게 정통 폭스트롯을 추는 모습에 깜짝 놀랐던 기억이 난다. 전에는 그가 춤추는 것을 한 번도 본 적이 없었다. 그러고 나서 그들은 우리 집으로 걸어가 30분 동안 계단에 앉아 있었다. 그동안 나는 그녀의 요청에 따라 정원에서 망을 보았다. "불이 나거나 홍수라도 나면 어떡해요. 하느님이 하시는 일은 모르는 거잖아요." 그녀는 그렇게 설명했다.

저녁 식사를 하기 위해 함께 앉아 있을 때, 잊고 있었던 톰이 나타났다. "저쪽 사람들과 함께 식사를 해도 괜찮겠지? 한 친구가 꽤나 재미있는 얘기를 늘어놓고 있어서 말이야." 그가 말했다.

"그러세요." 데이지가 상냥하게 대답했다. "주소를 적어 두고 싶다면 여기 작은 금색 연필이 있어요……." 잠시 후 주위를 죽 둘러본 그녀가 내게, 저쪽의 아가씨는 '품위는 없지만 예쁘다'고 말해 주었다. 개츠비와 단둘이 있었던 30분을 제외하면 그녀가 파티를 별로 즐기지 못한다는 걸 알 수 있었다.

특히 우리가 앉아 있는 곳은 얼큰하게 술에 취한 사람들이 많은 테이블이었다. 그것은 내 실수였다. 2주 전 개츠비가 전화를 받으러 갔을 때 유쾌한 시간을 보냈던 바로 그 사람들이 그 테이블에 앉아 있었던 것이다. 당시에는 그들과 함께 하는 시간이 즐거웠는데 이제는 역겹기 그지없었다.

"베데커 양, 괜찮으세요?"

내가 말을 건 아가씨는 내 어깨에 기대려고 했지만, 뜻대로 되지 않은 상태였다. 내 질문을 받자 그녀는 똑바로 앉더니 눈을 동그랗게 떴다.

"뭐라고?"

육중한 몸집의 둔해 보이는 한 여자가 내일 동네 클럽에서 함께 골프나 치자고 데이지를 꼬드기고 있다가 불쑥 베데커 양을 두둔하고 나섰다.

"아, 베데커 양은 이제 괜찮아요. 칵테일 대여섯 잔을 들고 나면 항상 저렇게 고함을 지르곤 한다니까요. 그만 마시라고 얘기했건만."

"난 손도 대지 않았어요." 비난을 받은 아가씨가 맥없이 주장했다.

"당신이 고함치는 소리를 들었어요. 그래서 여기 시벳 박사에게 '선생님의 도움이 필요한 사람이 있네요'라고 말했다고요."

"아주 고마운 일이군요." 그녀의 다른 친구가 그다지 고마워하지 않는 표정으로 말했다. "하지만 당신이 베데커의 머리를 수영장에 처넣어서 옷을 흠뻑 젖게 만들었잖아요."

"내가 제일 싫어하는 게 바로 수영장에 머리를 처넣는 거야." 베데커 양이 중얼거렸다. "한번은 뉴저지에서 나를 거의 익사시킬 뻔했다고."

"그러니까 그만 마셔야 해요." 시벳 박사가 나무라듯 말했다.

"당신 일이나 신경 써요!" 베데커 양이 고래고래 소리를 질렀다. "손을 떨고 있잖아요. 당신한테는 절대로 수술을 받지 않겠어요!"

그런 식이었다. 마지막으로 기억나는 것은 데이지와 함께 서서 영화감독과 배우를 쳐다보았던 일이다. 그들은 아직도 하얀 자두나무 아래에 있었다. 그들의 얼굴은 거의 맞닿아 있었는데 그 사이로 흐릿하고 가느다란 달빛이 비쳤다. 그는 그날 저녁 내내 매우 천천히 느린 속도로 그녀를 향해 몸을 굽히고 있는 것 같다는 생각이 들었다. 결국 우리는 그가 목표 지점까지 몸을 굽혀서 그녀의 볼에 키스하는 것을 볼 수 있었다.

"그녀가 좋아요. 사랑스러운 것 같아요." 데이지가 말했다.

그러나 나머지 사람들은 그녀의 마음에 들지 않았다. 그것은 어떤 제스처가 아니라 감정이었기 때문에 논쟁할 여지가 없었다. 그녀는 웨스트 에그, 즉 브로드웨이가 롱아일랜드의 어촌 마을에 만들어 놓은 이 전례 없는 '장소'에 섬뜩해하고 있었다. 또한 자신의 오래된 완곡어법에는 상당히 짜증스럽게 느껴지는 그곳의 투박한 활기에 섬뜩해했고, 아무것도 아닌 무(無)를 좇아 지름길이라며 우르르 몰려다니는 사람들의 너무나도 허황된 운명에 섬뜩해했다. 도저히 이해할 수 없는 그러한 단순성에서 그녀는 끔찍하게 혐오스러운 뭔가를 느꼈다.

톰 부부의 차가 오기를 기다리는 동안 그들과 함께 집 앞 계단에 앉아 있었다. 집 앞은 어두웠다. 밝은 현관 불빛만이 부드럽고 컴컴한 새벽 속으로 사방 1미터 정도의 정방형 빛을 던지고 있었다. 때때로 블라인드 너머 드레스룸에서 그림자 하나가 움직이는가 싶으면 곧이어 다른 그림자가 나타났고, 그렇게 끊임없이 그림자들이 등장해 보이지 않는 거울을 보며 입술을 바르고 분을 찍어 발랐다.

"도대체 그 개츠비라는 작자는 누구야? 밀주업계의 거물인가?" 느닷없이 불쑥 톰이 물었다.

"그런 말은 어디서 들었어?" 내가 물었다.

"들은 게 아니라 내가 생각한 거야. 최근에 나타난 많은 신흥 부자들은, 자네도 알다시피 밀주업계의 거물들이잖아."

"개츠비는 아니야." 내가 짧게 대답했다.

그는 잠시 침묵을 지켰다. 도로의 자갈들이 그의 발밑에서 지그럭거렸다.

"아무튼 이렇게 별난 사람들을 모두 모으느라고 애 깨나 썼겠어."

미풍이 불어와 데이지의 흐릿한 잿빛 모피 깃을 살짝 흔들었다.

"적어도 우리가 아는 사람들보다는 훨씬 흥미롭잖아요." 그녀가 애써 좋게 말하려고 노력했다.

"당신은 별로 흥미로워하는 것 같지 않던데?"

"아니에요, 흥미로웠어요."

톰은 웃으면서 나를 돌아보았다.

"저 아가씨가 찬물로 샤워 좀 시켜 달라고 부탁했을 때 데이지의 표정 봤나?"

데이지는 음악에 맞추어 허스키하고 리드미컬한 목소리로 속삭이듯 노래를 부르기 시작했다. 전에는 한 번도 내비친 적이 없고, 다시는 결코 내비치지 않을 그런 의미를 구절구절 담아서 풀어내는 노래였다. 멜로디가 높아지면 콘트랄토 가수가 하듯이 그 음을 따라서 그녀의 목소리가 달콤하게 부서졌고, 음정이 변할 때마다 그녀의 따스한 인간적인 매력이 조금씩 공기 중으로 퍼져나갔다.

"초대를 받지 않고 온 사람들이 많았어요." 그녀가 불쑥 말을 꺼냈다. "그 아가씨도 초대 받지 않은 사람이었고요. 그런 사람들이 그냥 힘으로 밀고 들어온 건데, 그가 워낙 예의 바르다보니 거절하지 못한 거죠."

"그가 누구고 뭐하는 작자인지 알고 싶군." 톰이 말했다. "내가 반드시 알아내고 말 거야."

"지금 당장 얘기해 줄 수 있어요." 그녀가 대답했다. "그는 약국을 소유하고 있어요. 아주 많은 약국을요. 그 사람이 혼자 힘으로 이룬 거죠."

리무진이 미적거리면서 느리게 차도를 올라왔다.

"잘 자요, 닉." 데이지가 말했다.

그녀의 시선이 나를 떠나 불 켜진 계단 꼭대기로 옮겨갔다. 열린 문으로 슬프고도 아름다운 왈츠 소곡 〈새벽 3시〉가 흘러나오고 있었다. 격식 없이 자유로운 개츠비의 파티에는, 그녀가 속한 세계에서는 전혀 찾아볼 수 없는 낭만적인 가능성이 존재하고 있었다. 그녀를 다시 안으로 불러들일 것 같은 유혹적인 노래가 잔잔히 흘러나오는 저곳에선 과연 무슨 일이 벌어지고 있을까? 또한 어둑하고 헤아릴 수 없는 시간 속에서 이제 무슨 일이 벌어질 것인가? 아마도 믿기지 않는 손님, 말할 수 없이 귀하고 감탄해마지 않는 사람, 마법처럼 딱 마주치는 순간 한번 힐끗 눈길을 주는 것만으로도 개츠비의 흔들림 없는 저 5년간의 시간을 하얗게 잊을 수 있도록 해주는, 정말로 눈부시게 아름다운 아가씨가 도착할지도 모른다.

나는 그날 밤 늦게까지 남아 있었다. 개츠비가 시간이 날 때까지 기다려달라고 부탁했던 것이다. 수영하던 무리들이 추위에 덜덜 떨면서도 의기양양한 표정으로 어두운 해변에서 달려 올라올 때까지, 머리 위 여러 객실들의 불빛이 꺼질 때까지, 나는 정원을 이리저리 배회했다. 이윽고 그가 계단에서 내려왔다. 그의 잘 그은 얼굴 피부는 평상시와는 다르게 유난히 팽팽해 보였고, 두 눈은 밝게 빛났지만 지쳐 보였다.

"데이지는 좋아하지 않았어요." 그가 갑자기 말문을 열었다.

"아니, 좋아했어요."

"좋아하지 않았어요. 즐거워하지 않았다고요." 그가 고집스럽게 말했다.

그는 침묵했다. 말할 수 없이 의기소침해진 것을 느낄 수 있었다.

"그녀가 너무 멀게 느껴져요. 이해를 시키기가 힘들군요." 그가 말했다.

"춤 이야기를 하시는 건가요?"

"춤이라니요?" 손가락을 튕기면서 흥겹게 추었던 그 모든 춤들은 전혀 그의 안중에 없었다. "이봐요, 친구, 춤은 중요하지 않아요."

그는 데이지가 톰에게로 가서 '당신을 전혀 사랑하지 않아요'라고 말하기를 원하고 있었다. 그녀가 그 한 마디 말로 지난 4년간의 기억을 말끔히 지우고 나면 좀 더 현실적인 대책을 세울 수 있으리라 여겼다. 그중 하나는, 그녀가 자유로워지면 루이빌로 함께 돌아가 그녀의 집에서 결혼식을 올리는 것이었다. 마치 5년 전 그때로 돌아간 것처럼 말이다.

"그런데 데이지는 내 말을 이해하지 못해요. 과거에는 그렇지 않았는데. 그렇게 여러 시간 동안 앉아서……."

그가 갑자기 말을 중단하더니, 과일 껍질과 버려진 선물, 짓밟힌 꽃들이 너저분하게 널려 있는 적막한 길을 이리저리 걷기 시작했다.

"나라면 데이지에게 너무 많은 것을 요구하지 않겠어요. 과거를 반복할 수는 없습니다." 내가 조심스럽게 말했다.

"과거를 반복할 수 없다고요?" 그가 믿기지 않는다는 표정으로 소리쳤다. "천만에, 그럴 수 있습니다. 그렇고말고요!"

그는 마치 집 주변 어두운 그림자 속에, 그의 손이 닿지 않는 가까운 곳 어딘가에 과거가 웅크리고 있기라도 한 것처럼 주위를 미친 듯이 두리번거렸다.

"모든 것을 예전과 똑같은 상태로 돌려놓을 겁니다." 그가 고개를 끄덕이며 단호하게 말했다. "그녀도 알게 될 거예요."

그는 과거에 대해서 많은 이야기를 들려주었다. 그 이야기들을 통해, 개츠비가 아마도 스스로에 대한 어떤 특별한 관념, 데이지를 사랑하게 만든 그 관념을 회복하고 싶어 한다는 것을 알 수 있었다. 그 이후로부터 그의 삶은 혼돈과 무질서에 빠져 허우적거렸다. 만약 그가 출발 지점으로 되돌아가 그것을 다시 천천히 시작할 수만 있다면, 그렇다면 그 관념이 무엇인지를 밝혀낼 수 있으리라고 그는 굳게 믿고 있었다…….

……5년 전 8월의 어느 날 밤, 그들은 낙엽이 떨어지는 거리를 걷고 있었다. 나무들이 없고 달빛을 받아 보도가 하얗게 빛나는 곳에 이르러, 그들은 걸음을 멈추고 서로를 향해 몸을 돌렸다. 일 년에 두 번, 계절이 바뀔 때마다 나타나는 그 알 수 없는 흥분에 휩싸인 서늘한 밤이었다. 집집마다 흘러나오는 잔잔한 불빛들이 어둠 속에서 콧노래를 흥얼거리고, 별들이 소란스럽게 복닥거리고 있었다. 개츠비는 보도블록들이 실제로 사닥다리 모양으로 쌓여 있어서 나무 위 비밀스런 장소로까지 이어진 듯한 주변의 모습을 곁눈질로 힐끔 쳐다보았다. 혼자라면 올라갈 수 있으리라. 그리고 일단 거기에 오르면 삶의 젖꼭지를 빨면서 비할 데 없는 경이로운 젖을 쭉쭉 들이킬 수 있으리라.

데이지의 하얀 얼굴이 가까이 다가오자 그의 심장이 더 빨리 뛰었다. 데이지에게 키스를 하고, 이루 말할 수 없는 그의 엄청난 환상을 곧 사라지게 될 그녀의 숨결과 영원히 엮어 놓게 되면, 그의 마음이 결코 다시는 신의 마음과 같이 두근대며 뛰놀지 않으리라는 것을 그는 잘 알고 있었다. 그래서 그는 잠시 동안 별에 부딪혀 나는 소리굽쇠 소리를 좀 더 들으며 기다렸다. 그런 다음 그녀에게 키스했다. 그의 입술이 닿자 그녀는 꽃처럼 활짝 피어났고, 그렇게 탄생한 화신은 완벽했다.

그외 모든 이야기를 듣는 동안, 특히 그의 지독한 감상주의 속에서, 내게 어떤 기억 하나가 떠올랐다. 오래전에 어니신가 들은 적이 있는 알쏭달쏭한 리듬, 잃어버린 말들의 단편들이었다. 마치 놀란 숨을 내뱉는 것보다 더 힘든 일이라도 되는 양, 잠시 동안 입 안에서 하나의 문장이 맴돌면서 입이 벙어리처럼

벌어졌다. 하지만 소리는 나오지 않았고, 내가 기억해 낼 뻔했
던 문장은 영원히 전달되지 못했다.

벌어졌다. 하지만 소리는 나오지 않았고, 내가 기억해 낼 뻔했
던 문장은 영원히 전달되지 못했다.

7장

개츠비의 저택에 불이 켜지지 않은 어느 토요일 밤은, 그에
대한 나의 호기심이 최고조에 이른 날이었다. 밑도 끝도 없이
애매하게 시작되었던, 그의 화려한 트리말키오식 생활은 이제
종지부를 찍고 있었다. 잔뜩 기대에 부풀어 그의 집 앞에 나타
났던 자동차들이 잠깐 머물렀다가는 금세 툴툴거리며 돌아가
버린다는 걸 알게 된 것이다. 혹시 아픈 건 아닌지 의아해하며
그의 집을 방문했다. 난데없이 악당 같은 얼굴의 낯선 집사가
수상쩍은 눈초리로 현관에서 나를 맞았다.

"개츠비 씨가 아프신가요?"

"아뇨." 그는 잠시 미적미적 뜸을 들이다가 마지못해 "선생
님"이라고 한 마디 덧붙였다.

"한동안 뵙지 못해서 조금 걱정이 되는군요. 캐러웨이가 찾
아왔었다고 전해주십시오."

"누구요?" 그가 무뚝뚝하게 물었다.

"캐러웨이입니다."

"캐러웨이요. 알겠습니다. 그렇게 전하죠."

그러고는 쾅 문을 닫아버렸다.

우리 집 핀란드인 가정부가 알려준 바에 따르면, 개츠비는 일주일 전 집안의 모든 하인들을 해고하고 새 하인들 대여섯으로 교체했는데, 그들은 웨스트 에그 마을에 한 번도 오지 않고 상인들과 흥정하는 일도 없이 전화로 식품을 적당히 주문한다고 했다. 식료품점 소년은 그 집 부엌이 꼭 돼지우리 같더라고 전했고, 마을의 대체적인 의견은 새로 온 사람들은 전혀 '하인'들이 아니라는 것이었다.

다음 날 개츠비가 내게 전화를 걸었다.

"떠날 생각입니까?" 내가 물었다.

"아닙니다, 친구."

"하인들을 모두 해고했다고 들었는데요."

"뒷말을 하지 않을 사람들이 필요했어요. 데이지가 자주 찾아오거든요. 주로 오후에 말입니다."

결국 그녀의 못마땅해 하는 시선에, 흡사 대형 여관 같던 그의 저택이 카드로 만든 집처럼 맥없이 주저앉아 버린 셈이었다.

"그들은 울프심 씨가 돌보아 주고 싶어 하는 사람들입니다. 모두 형제자매 같은 사이죠. 과거에 작은 호텔을 운영하기도 했고요."

"그렇군요."

그는 데이지의 부탁으로 전화를 한 것인데, 내일 그녀의 집에 점심 식사를 하러 오지 않겠느냐는 전갈을 전했다. 베이커 양도 올 거라고 했다. 30분 뒤 데이지가 직접 전화를 걸었고, 내가 갈 수 있다고 하자 약간 안심하는 눈치였다. 뭔가 낌새가 보였다. 하지만 그들이 이번에 큰 소동을 벌이리라고는 믿지 않았다. 특히 개츠비가 정원에서 대충 이야기했던 그와 같은 참혹한 소동이라면 더더욱 아닐 것이다.

　다음 날은 거의 여름의 끝자락임에도 가장 더운 날이라 할 만큼, 그야말로 푹푹 찌는 무더운 날씨였다. 내가 탄 기차가 터널 속을 통과해 햇빛으로 나오자, 내셔널 비스킷 회사의 뜨거운 기적 소리만이 부글부글 끓는 정적을 뚫고 날카롭게 울려댔다. 객차의 밀짚 좌석은 뜨거워진 열기 때문에 금세라도 타버릴 지경이었다. 내 옆에 앉아 있던 여자는 하얀 블라우스 속으로 조심조심 땀을 흘리다가, 급기야 손에 쥔 신문이 손가락 사이에서 축축해지자, 처량한 비명을 지르며 깊은 열기 속에 맥없이 축 늘어졌다. 그 바람에 그녀의 지갑이 바닥에 툭 하고 떨어졌다.

　"오, 저런!" 그녀가 놀라 숨을 헉 하고 짧게 들이마셨다.

　나는 귀찮은 마음을 애써 누르며 허리를 굽혀 지갑을 집어서는 그녀에게 건네주었다. 다른 뜻이 없다는 것을 보여주기 위해서 지갑 끄트머리를 살짝 잡고 팔을 쭉 뻗어 들었지만, 그녀를 비롯해 주변의 모든 사람들이 하나같이 의심의 눈초리로 나를 쏘아보았다.

　"정말 덥네요!" 차장이 친숙한 손님들에게 인사를 건네며 말했다. "대단한 날씨예요……! 더워요……! 더워요……! 더워요……! 여러분, 더우시죠? 날씨가 너무 덥네요……."

　차장이 내 정기 승차권에 거뭇한 땀자국을 묻혀 내게 다시 돌려주었다. 이런 폭염 속에서라면, 그가 누구를 잡고 뜨거운 입술에 입을 맞추던, 혹은 누군가가 그의 가슴팍에 머리를 기대 넓적한 셔츠 주머니를 축축하게 만들던 누구 하나 신경이라도 쓰겠는가!

　……개츠비와 함께 뷰캐넌의 집 현관 앞에서 잠시 기다리는

사이, 홀 안에서 불어오는 희미한 바람에 실려 전화벨 소리가
들려왔다.

"주인어른의 시체라고요?" 집사가 수화기에 대고 소리쳤다.
"죄송합니다만, 마님, 그건 해드릴 수가 없습니다……. 오늘 낮
에는 너무 더워서 건드릴 수조차 없어요!"

그러나 그는 "네…… 네…… 한번 알아보겠습니다"라고 말
하며 전화를 끊었다.

잠시 후 집사가 땀으로 번들거리는 얼굴로 우리에게 다가와
뻣뻣한 밀짚모자를 받아들었다.

"마님은 응접실에서 기다리고 계십니다!" 그렇게 말하며 그
는 불필요하게 손으로 방향을 가리켰다. 워낙 덥다보니 그런
쓸데없는 동작들이 모두 짜증스럽게 느껴졌다.

방은 차양으로 그늘지게 만들어 어둡고 서늘했다. 데이지와
조던이 커다란 소파에 비스듬히 누워 있었다. 부드러운 선풍기
바람에 옷자락이 날리지 않도록 하얀 드레스를 지그시 누르고
있는 폼이 마치 은빛 조각상 같았다.

"움직일 수가 없어요." 그들이 동시에 말했다.

햇볕에 그은 피부에 하얗게 파우더를 바른 조던의 손을 잠시
살짝 쥐었다 놓았다.

"우리의 운동선수, 톰 뷰캐넌 씨는?" 내가 물었다.

그와 동시에 홀에서 전화 통화를 하고 있는 그의 걸걸하고
허스키한 목소리가 나지막하게 들려왔다.

개츠비는 진홍색 카펫 중앙에 서서 넋이 나간 채 주위를 두
리번거리고 있었다. 그를 본 데이지가 재미있다는 듯이 사랑스
럽게 웃었다. 소량의 파우더 가루가 그녀의 가슴에서 폭 하고
솟아올라 허공으로 흩어졌다.

"소문을 듣자 하니, 지금 톰의 애인한테서 전화가 왔다는군
요." 조던이 속삭였다.

우리는 침묵을 지켰다. 바짝 약이 올라 한층 높아진 목소리
가 홀에서 흘러 나왔다. "알았어, 그러면 당신에게 절대 차를
팔지 않겠어……. 당신에게 그럴 의무도 전혀 없으니까…….
그리고 점심시간에 이렇게 나를 성가시게 하는 건 도저히 참을
수가 없군그래!"

"수화기를 막고 저런다니까요." 데이지가 빈정대며 말했다.

"아니야, 그렇지 않아. 저건 진짜 거래야. 우연히 알게 되었
지." 내가 말했다.

그때 톰이 문을 벌컥 열고는 잠시 동안 그 우람한 몸으로 문
을 가로막고 서 있더니 곧 허겁지겁 방으로 들어왔다.

"개츠비 씨!" 그가 싫은 내색을 애써 감추며 넓고 평평한 손
을 내밀었다. "만나서 반갑군요…… 닉도…….

"시원한 음료 좀 만들어주세요." 데이지가 소리쳤다.

톰이 다시 방에서 나가자, 데이지가 벌떡 일어나 개츠비에게
로 다가가더니 그의 얼굴을 끌어당겨 입술에 키스했다.

"사랑하는 거 알고 있지요?" 그녀가 속삭였다.

"다른 숙녀가 함께 있다는 걸 잊었나 봐요." 조던이 말했다.

데이지가 미심쩍은 표정으로 돌아보았다.

"너도 닉에게 키스하려무나."

"저렇게 저속하고 천박할 수가!"

"난 신경 안 써!" 데이지가 벽난로 앞 벽놀 마루 위에서 탭
댄스를 추기 시작했다. 그러다 더운 열기를 깨달았는지 죄 지
은 사람처럼 소파에 털썩 주저앉았다. 바로 그때 갓 세탁한 옷
을 입은 듯 단정한 차림새의 유모가 작은 소녀를 데리고 방으

로 들어왔다.

"오, 소중한 아가!" 그녀가 팔을 내밀면서 부드럽게 속삭였다. "사랑하는 엄마에게 와보렴."

유모의 손을 놓은 아이가 방을 가로질러 뛰어와 수줍게 그녀의 옷 속으로 파고들었다.

"오, 소중한 나의 아기! 엄마가 너의 금빛 머리에 분가루를 묻히지는 않았니? 자, 이제 일어나서 인사를 해야지."

개츠비와 나는 차례로 몸을 굽혀 아이가 억지로 내민 작은 손을 잡았다. 인사를 마친 개츠비는 깜짝 놀란 얼굴로 아이에게서 시선을 떼지 못했다. 이 아이의 존재에 대해 이전까지는 실제로 믿지 않았던 것 같았다.

"점심 식사 전에 옷을 갈아입었어요." 아이가 데이지 쪽으로 얼굴을 돌리면서 말했다.

"엄마가 너를 자랑하고 싶어서 그런 거야." 데이지가 아이의 하얀 목에 난 주름에다 얼굴을 묻었다. "너는 꿈이야. 아주아주 작고 귀여운 꿈."

"네, 엄마." 아이가 차분하게 말했다. "조던 아줌마도 하얀 옷을 입었네요?"

"엄마 친구들이 마음에 드니?" 데이지가 아이의 몸을 돌려 개츠비와 마주 보게 했다. "아저씨들이 멋지지 않니?"

"아빠는 어디 계세요?"

"얘는 아빠를 닮지 않았어요. 나를 닮았죠. 머리카락이며 얼굴이며 나랑 똑같아요." 그녀가 설명했다.

데이지는 소파로 돌아가 앉았다. 유모가 앞으로 나와 아이의 손을 잡았다.

"가자, 패미."

"안녕, 아가야!"

아이는 가고 싶지 않은 듯 뒤를 힐끔거렸지만 공손하게 유모의 손을 잡고 방에서 나갔다. 곧이어 얼음이 가득 차서 딸각거리는 진 리키 네 잔을 앞세우고 톰이 돌아왔다.

개츠비가 잔을 하나 집어 들었다.

"아주 시원해 보이는군요." 긴장한 표정이 역력한 그가 입을 열었다.

우리는 기다렸다는 듯이 술을 시원하게 오래도록 들이켰다.

"태양이 매년 더 뜨거워지고 있다고 어디선가 읽은 적이 있지요." 톰이 신이 나서 말했다. "얼마 안 가 지구가 태양 쪽으로 빨려 들어갈지도 모르죠……. 아니, 잠깐만…… 정반대던가? 해마다 태양이 더 식어가고 있다는 거였나?"

톰이 개츠비에게 제안했다. "밖으로 나가시죠. 집 구경을 합시다."

나는 그들과 함께 베란다로 나갔다. 뜨거운 열기에 잠겨 있는 초록빛 해협 위에는 상쾌한 바다를 향해 느릿느릿 나아가는 작은 돛단배 한 척이 있었다. 개츠비의 시선이 잠시 그 배를 따라 천천히 움직였다. 그러고는 곧 손을 들어 만 건너편을 가리켰다.

"나는 당신네 바로 건너편에 살고 있습니다."

"그렇군요."

우리의 시선이 장미 화단과 뜨거운 잔디밭, 그리고 해안가에 쌓여 있는 잡초 덤불로 옮겨갔다가 다시 먼 바다로 이어졌다. 날개처럼 활짝 퍼진 돛단배의 하얀 돛이 서늘한 파란 하늘을 배경으로 천천히 움직였다. 앞에는 부채꼴 모양으로 물결치는 바다와 평화로운 섬들이 무수히 흩어져 있었다.

"재미있어 보이네요." 톰이 고개를 끄덕이며 말했다. "한 시간 정도 저 배를 타고 함께 바다로 나가고 싶군요."

우리는 역시나 더위를 막으려고 어둡게 해놓은 식당에서 점심을 먹고, 불안한 유쾌함 속에서 차가운 흑맥주를 들이켰다.

"오늘 오후에는 뭘 하면 좋을까요?" 데이지가 소리쳤다. "그리고 내일은, 그리고 앞으로 30년 뒤에는?" 데이지가 소리쳤다.

"우울한 소리 하지 마요." 조던이 말했다. "가을에 날씨가 서늘해지면 모든 게 괜찮아질 거예요."

"하지만 지금은 너무 덥잖아." 금세라도 울음이 터질 듯한 얼굴로 데이지가 고집을 부렸다. "게다가 모든 게 뒤죽박죽이야. 우리 그러지 말고 모두 시내로 나가요!"

열기를 뚫고 나온 그녀의 목소리가 무의미한 언어에 간신히 형태를 부여하고 있었다.

"마구간을 차고로 개조한다는 얘기를 들어보셨지요?" 톰이 개츠비에게 말했다. "하지만 차고를 마구간으로 개조한 건 내가 최초랍니다."

"누가 시내로 나가실래요?" 데이지가 계속 고집스럽게 우겼다. 개츠비의 시선이 그녀 주변에서 맴돌았다. "아, 당신 정말 멋져요." 그녀가 소리쳤다.

두 사람의 시선이 부딪쳤다. 그들은 그 공간 속에 단둘이 있는 것처럼 한동안 서로를 뚫어지게 응시했다. 그녀가 힘겹게 식탁 밑으로 눈을 돌렸다.

"당신은 언제나 정말 멋져요." 그녀가 반복해서 중얼거렸다.

데이지는 그를 사랑한다는 의미로 그렇게 이야기한 것이었는데, 톰 뷰캐넌이 그만 이를 알아차리고 말았다. 그는 큰 충격을 받은 듯, 깜짝 놀라 입을 약간 벌린 채 개츠비를 쳐다보다가, 다시 데이지를 바라보았다. 그녀가 오래전에 알고 있던 누군가였음을 이제야 깨달은 듯한 그런 표정이었다.

"당신은 광고에 나오는 남자를 닮았어요." 그녀가 순진하게도 계속 말을 이어 나갔다. "당신도 알지요, 광고의 그 남자……."

"좋아." 톰이 재빨리 끼어들었다. "나도 시내에 가고 싶어졌어. 자, 가자고……. 우리 모두 시내로 갑시다."

그는 벌떡 일어섰다. 개츠비와 아내를 바라보는 눈빛이 여전히 번득이고 있었다. 아무도 움직이지 않았다.

"자, 갑시다!" 그의 냉정한 태도가 조금씩 흔들렸다. "아니, 왜 이래요? 시내로 가려면 빨리 출발해야지."

애써 화를 참느라 손을 부들부들 떨면서 그는 마지막 남은 흑맥주 잔을 집어 입으로 가져갔다. 데이지의 목소리를 뒤로한 채 우리는 자리에서 일어나 타는 듯이 달아오른 자갈 차도로 나왔다.

"그냥 가려고요? 이렇게요? 우선 담배라도 한 대 피우고 가지 그래요?" 그녀가 툴툴거렸다.

"모두들 점심 내내 피워댔는데, 뭐."

"아이, 즐겁게 보내자고요. 불평하기에는 너무 더운 날씨예요." 그녀가 간청하듯이 말했다.

톰은 아무 대답도 하지 않았다.

"그럼, 마음대로 하세요. 가자, 조던." 그녀가 말했다.

그들이 나갈 채비를 하기 위해 위증으로 올라가 있는 동안 우리 남자 셋은 뜨거운 자갈들을 발로 이리저리 툭툭 차며 그곳에 서 있었다. 은빛 초승달이 벌써 서쪽 하늘에 모습을 드러냈다. 개츠비는 뭔가 말을 꺼내려다가 마음을 바꾸었지만, 톰이 몸을 홱 돌려 그를 마주보자 그제야 입을 열었다.

"이곳에 마구간이 있습니까?" 그가 간신히 질문을 던졌다.

"도로 아래로 400미터 정도 내려가면 있지요."

"아."

짧은 침묵.

"시내로 나가다니 도대체 무슨 생각인지 모르겠군." 톰이 성질을 부리며 말했다. "하여간 여자들 머릿속에는 허황된 생각뿐이라니까……."

"뭐 마실 거라도 가져갈까요?" 위층 창문에서 데이지가 소리쳤다.

"내가 위스키를 갖고 갈게." 톰이 대답하고는 집 안으로 들어갔다.

개츠비가 굳은 표정으로 나를 향해 몸을 돌렸다.

"이 집에서는 아무 말도 할 수가 없군요, 친구."

"데이지의 목소리에는 신중함이 없어요." 내가 말했다. "그 애 목소리는……." 나는 잠시 머뭇거렸다.

"그 목소리는 돈으로 가득하지요." 느닷없이 개츠비가 말을 꺼냈다.

바로 그거였다. 이전에는 결코 깨닫지 못했던 것이다. 데이지의 목소리는 돈으로 가득했다. 그 안에서 오르내리는 무한한 매력, 짤랑짤랑 소리, 심벌즈의 노래…… 저 높은 곳 하얀 궁전에 있는 왕의 딸, 황금으로 감싼 아가씨……

톰이 1쿼트짜리 술병을 타월로 감싼 채 밖으로 나왔다. 곧이어 금속 느낌의 천으로 된 꼭 끼는 아담한 모자를 쓰고 팔에는 가벼운 망토를 든 데이지와 조던이 따라 나왔다.

"모두 내 차로 갈까요?" 개츠비가 제안했다. 차의 녹색 가죽 시트가 뜨겁게 달궈져 있었다. "그늘에 세워둘 걸 그랬군요."

"그거 변속 기어요?" 톰이 물었다.

"그렇습니다."

"그럼, 당신이 내 쿠페를 운전하시오. 내가 당신 차를 몰고 시내로 갈 테니."

그의 제안이 개츠비에게는 썩 마음에 들지 않았다.

"차에 기름이 별로 없을 텐데요." 개츠비가 반대했다.

"기름은 충분하오." 톰이 계량기를 보면서 허풍스럽게 말했다. "기름이 떨어지더라도 가게에 들르면 되잖소. 요즘엔 가게에서 뭐든 살 수 있으니까."

이런 의미 없는 말들이 오간 뒤 잠시 정적이 흘렀다. 데이지는 눈살을 찌푸리면서 톰을 쳐다보았다. 그 순간, 확실히 친숙하지는 않지만 어디선가 말로는 들어본 적이 있는 것 같은 모호하고 어렴풋한, 뭐라 형언할 수 없는 표정이 개츠비의 얼굴을 스치고 지나갔다.

"자, 어서, 데이지." 개츠비의 차 쪽으로 그녀를 밀어붙이면서 톰이 말했다. "이 곡마단 마차에 태워주지."

톰이 차 문을 열었지만, 데이지는 그의 팔 안에서 빠져 나왔다.

"당신은 닉과 조던과 함께 가요. 우린 쿠페를 타고 따라갈게요."

그녀가 개츠비에게 가까이 다가가 그의 코트를 손으로 살짝 만졌다. 나는 톰과 조던과 함께 개츠비의 차 앞좌석으로 들어갔다. 톰이 익숙하지 않은 기어를 주춤거리며 쑥 앞으로 빌사, 차가 숨 막힐 듯한 열기 속으로 쏜살같이 출발했다. 뒤에 남겨진 그들의 모습은 금세 시야에서 사라져버렸다.

"봤나?" 톰이 캐묻듯이 말했다.

"뭘 말인가?"

조던과 내가 내내 알고 있었다는 것을 그제야 깨달은 듯 그가 나를 날카롭게 쏘아보았다.

"날 아주 멍청하다고 생각하지, 안 그런가?" 그가 말했다. "어쩌면 그럴지도 모르지. 그렇지만 내겐…… 미래를 내다보는 투시력 같은 게 있어서 내가 뭘 해야 하는지를 알지. 아마도 자넨 믿지 못하겠지만, 과학적으로 따지자면……."

그는 순간 말을 멈추었다. 이론적으로 깊은 수렁에 빠질 것 같은 위험천만의 순간, 그는 가까스로 위기에서 빠져나와 뒤로 물러섰다.

"그자에 대해서 조금 알아봤네." 잠시 후 톰이 다시 입을 열었다. "이럴 줄 알았으면 더 깊이 들어가 보는 건데……."

"점쟁이한테라도 가봤다는 말인가요?" 조던이 익살스럽게 물었다.

"뭐라고? 점쟁이라니?" 어리둥절하게 쳐다보는 그를 보고 우리는 웃음을 터뜨렸다.

"개츠비에 관해서요."

"개츠비에 관해서라고? 아니, 그런 게 아냐. 내 말은 그자의 과거를 조사하고 있었다니까."

"그러면 그가 옥스퍼드 출신이라는 걸 알아냈겠군요." 조던이 한 수 거들 듯이 말했다.

"옥스퍼드 출신이라니!" 그가 믿을 수 없다는 표정으로 말했다. "무슨 그런 말도 안 되는 소리를! 그자는 핑크색 정장을 입고 있다고."

"그렇지만 옥스퍼드 출신이 맞아요."

"흥, 뉴멕시코에 있는 옥스퍼드겠지." 톰이 경멸하듯이 코웃음을 쳤다. "아니면 뭐 그런 비슷한 곳이든가."

"이봐요, 톰. 그렇게 고상한 척하는 사람이 왜 그를 점심 식사에 초대한 거죠?" 조던이 뾰로통한 표정으로 물었다.

"데이지가 초대한 거라고. 결혼하기 전부터 그 작자를 알고 있었다는데, 홍, 어디서 알았는지 알게 뭐람!"

이제 모두가 조금씩 술에서 깨면서 짜증이 나기 시작했고, 그걸 감안해 우리는 한동안 조용히 침묵을 지켰다. 잠시 후 T. J. 에클버그 박사의 빛바랜 두 눈이 도로 아래쪽에서 나타나자, 차에 기름이 없다는 개츠비의 말이 문득 생각났다.

"시내에 갈 만큼은 충분히 있어." 톰이 말했다.

"하지만 바로 저기 정비소가 있잖아요. 이 찌는 듯한 더위 속에서 오도 가도 못하게 되면 어떡해요." 조던이 반대했다.

그러자 톰이 급하게 브레이크를 밟았고, 우리는 뿌옇게 먼지를 일으키며 월슨 정비소의 간판 밑에 끼익 하고 미끄러지듯 멈춰 섰다. 조금 있자니, 주인이 점포 안에서 나타나 퀭한 눈으로 차를 바라보았다.

"기름 좀 넣어 주게." 톰이 거칠게 소리쳤다. "안 그러면 우리가 무엇 때문에 여기 멈추었겠나? 경치 감상하려고?"

"몸이 아파서요." 월슨이 미동도 하지 않고 말했다. "하루 종일 아팠지요."

"뭐가 문젠가?"

"완전히 지쳤습니다."

"그럼 내가 직접 하란 말인가?" 톰이 다그쳤다. "전화 목소리는 아주 말짱하더구먼."

그늘진 문가에 기대 있던 월슨이 간신히 몸을 움직여, 거친 숨을 몰아쉬면서 기름 탱크 뚜껑을 열었다. 햇빛에 비친 그의 얼굴은 푸르뎅뎅했다.

"점심 식사를 방해하려고 했던 건 아닙니다." 그가 말했다. "하지만 돈이 정말로 급해서요. 당신이 옛날 차를 어떻게 하실지 궁금했고요."

"이 차는 어떤가? 지난주에 샀는데." 톰이 물었다.

"노란색 차가 아주 멋지네요." 주유기 손잡이를 잡아당기면서 윌슨이 말했다.

"사고 싶소?"

"좋은 기회지요." 윌슨이 희미하게 미소를 지었다. "하지만 괜찮습니다. 다른 차로 돈을 벌 수 있을 겁니다."

"무엇 때문에 갑자기 돈이 필요한데?"

"이곳에 너무 오래 있었어요. 떠나고 싶습니다. 서부에 가고 싶어요. 아내도 그렇고요."

"자네 부인도 가고 싶어 한다고!" 톰이 깜짝 놀라 소리쳤다.

"아내가 그런 얘기를 한 지는 벌써 10년이나 된걸요." 그가 햇빛에 부신 눈을 손으로 가리면서 잠시 주유기에 몸을 기댔다. "그리고 이제는 아내가 원하든 말든 떠날 겁니다. 제가 데리고 떠날 거예요."

쿠페가 먼지를 날리며 우리 옆을 휙 하고 지나갔다. 살랑살랑 흔드는 손이 보였다.

"얼마요?" 톰이 거칠게 물었다.

"이틀 전에 웃기는 사실을 알게 되었어요." 윌슨이 말했다. "바로 그것 때문에 떠나려는 겁니다. 그래서 차 문제로 당신을 귀찮게 했던 거고요."

"얼마냐니까?"

"1달러 20센트입니다."

무자비하게 쏟아지는 열기에 머리가 혼란스러워진 나는 잠시 불쾌해진 마음을 추스른 뒤에야 윌슨이 지금까지는 톰에게 혐의를 두고 있지 않다는 것을 깨달았다. 윌슨은 머틀이 그와 동떨어진 다른 세계의 삶을 누려왔다는 것을 발견하고 그 충격에 병이 난 것이었다. 나는 윌슨과 톰을 번갈아 쳐다보았다. 톰 역시 채 한 시간 전에 그와 비슷한 걸 발견한 당사자인 것이다. 문득, 지능이나 인종의 차이는 아픈 사람과 건강한 사람의 차이에 비하면 아무것도 아니라는 생각이 들었다. 심하게 아파 보이는 윌슨의 얼굴은 흡사 그가 어느 불쌍한 소녀를 임신시킨 용서받을 수 없는 죄인인 것처럼 말할 수 없이 초라한 표정이었다.

"이 차를 넘기지." 톰이 말했다. "내일 오후에 보내겠소."

그 지역은 오후의 눈부시게 충만한 햇빛 속에서조차 항상 뭔지 모르게 마음을 불안하게 만드는 구석이 있었다. 나는 무언의 경고를 받은 듯 고개를 휙 뒤로 돌렸다. 잿더미 계곡 위로 T. J. 에클버그 박사의 거대한 두 눈이 이쪽을 바라보고 있었다. 하지만 잠시 후, 채 6미터도 떨어지지 않은 곳에서, 유난히 강렬하게 우리를 지켜보고 있는 다른 두 눈을 발견했다.

정비소 위층 창문 중 하나의 커튼이 약간 옆으로 밀쳐져 있고, 그 옆에 선 머틀 윌슨이 차를 뚫어지게 내려다보고 있었다. 너무 열중한 채 보고 있어서 그녀는 다른 누군가가 자신을 바라보고 있다는 걸 알아차리지 못했다. 현상된 사진 위로 느리게 나타나는 피사체처럼, 그녀의 얼굴에 여러 감정들이 천천히 스쳐 지나갔다. 그녀의 표정은 희한하게도 낯설지가 않았다. 여자들의 얼굴에서 종종 볼 수 있는 것이지만, 머틀 윌슨의 표정은 뭐라 설명할 수 없이 공허하고 불가사의했다. 그러나 마침내 질투와 공포로 커진 그녀의 두 눈이 톰이 아니라 조던 베이커에게 고정되어 있다는 사실을 깨달았다. 조던을 그의 아내라고 착각했던 것이다.

단순한 사람에게는 마음의 혼란보다 더 큰 혼란이란 없는 법이다. 차가 달리는 동안 톰은 지독한 공황 상태에 빠져 있었다. 한 시간 전까지만 해도 확실히 자기 수중에 있다고 여겼던 아내가 정부와 함께 느닷없이 그의 통제를 벗어나고 있는 것이다. 그는 윌슨 정비소를 떠나 데이지를 따라잡기 위해 본능적으로 액셀을 밟았다. 애스토리아를 향해 시속 80킬로미터 속도로 달리자, 마침내 고가도로의 거미줄 같은 교각 사이를 느긋하게 달리고 있는 파란색 쿠페가 눈에 들어왔다.

"50번가 근처에 있는 큰 영화관들이 시원해요." 조던이 제안했다. "사람들이 다 떠나버린 뉴욕의 여름 오후는 정말 좋거든요. 무언가 아주 감각적이랄까. 완전히 무르익은 느낌이에요. 마치 온갖 종류의 기이한 과일들이 손에 막 떨어지려고 하는 것처럼요."

'감각적'이라는 단어가 톰의 마음을 더 불안하게 뒤흔들어 놓고 말았다. 하지만 그가 미처 항의하기도 전에 쿠페가 멈춰 섰다. 데이지가 차를 옆에 대라고 우리에게 신호를 보냈다.

"어디로 갈까요?" 그녀가 소리쳤다.

"영화를 보는 건 어때요?"

"너무 더워." 그녀가 불평했다. "당신들은 거기 가세요. 우리는 여기저기 돌아다니다가 나중에 합류할게요." 데이지가 약간의 재치를 발휘하며 말했다. "어느 길모퉁이에서 만나요. 담배 두 대를 피우고 있는 사람을 보면 나인 줄 알아차려요."

"여기서 그런 얘기나 하고 있을 순 없어." 뒤에서 트럭이 악담을 퍼붓듯 경적을 울려대자 톰이 조바심을 내며 말했다. "센트럴파크 남쪽, 플라자 호텔 앞까지 나를 따라와."

톰은 몇 번이나 고개를 돌려 그들의 차를 확인했다. 차들이 많아져서 그들의 차가 늦어지면 다시 시야에 들어올 때까지 속도를 늦추곤 했다. 그는 그들이 자칫 옆길로 빠져 자기 삶에서 영원히 달아나 버릴까 봐 두려웠던 것 같다.

하지만 그들은 그렇게 하지 않았다. 그리고 어느새 우리는 플라자 호텔 스위트룸의 객실을 예약하는 불가사의한 단계를 밟고 있었다.

떠들썩한 논쟁이 길게 이어지다가 마침내 떼 지어 방으로 우르르 들어가는 쪽으로 결론이 났는데, 대체 무슨 내용으로 논쟁을 벌였는지는 잘 기억이 나지 않는다. 다만 내 속옷이 축축한 뱀처럼 다리에 감기고 식은 땀방울이 방울방울 맺혀 등에서 흘러내렸다는 육체적인 기억만큼은 생생하다. 객실을 예약하자는 의견은 애초에 욕실 다섯 개를 빌려서 냉수욕을 하자는 데이지의 제안으로부터 시작되었다가, 급기야 '박하 칵테일을 마실 만한 장소'로까지 구체화된 것이었다. 우리는 저마다 '기막힌 생각'이라고 반복해 이야기하면서 당혹스러워 하는 호텔 프런트 직원에게 동시에 떠들어댔다. 그러고는 스스로 아주 재미있는 사람들이라고 생각했다. 아니, 어쩌면 그렇게 생각하는 척만 했는지도 모른다…….

방은 컸지만 질식할 것만 같았다. 벌써 4시였지만, 창문을 열어도 센트럴파크의 관목 숲에서는 뜨거운 바람만 불어왔다. 데이지가 거울로 가서 우리에게 등을 돌리고 선 채로 머리를 매만졌다.

"근사한 스위트룸이군요." 조던이 감탄하듯이 속삭이자 모두가 웃음을 터뜨렸다.

"창문을 더 열어요." 데이지가 돌아서지도 않고 명령하듯이 말했다.

"창문이 더 없는데?"

"그럼, 전화해서 도끼를 달라고……"

"더위를 잊어버리면 되는 거지." 톰이 짜증스럽다는 투로 말했다. "불평하니까 열 배는 더 더워지잖아."

그가 타월로 감싼 위스키 병을 풀어서 테이블 위에 놓았다.

"데이지를 좀 내버려 두지 그래요, 친구?" 개츠비가 말했다. "시내로 오자고 한 건 당신이었잖소."

잠시 침묵이 흘렀다. 못에 걸려 있던 전화번호부가 미끄러져 바닥에 떨어지자, 조던이 '죄송합니다'라고 속삭였지만, 이번에는 아무도 웃지 않았다.

"내가 집을게요." 내가 말했다.

"벌써 집었습니다." 개츠비가 전화번호부의 끈이 끊어진 것을 보고는 흥미롭다는 듯이 '흠!' 하고 중얼거리며 책을 의자 위에 던져 놓았다.

"그게 당신의 그 고상한 표현이죠, 안 그렇소?" 톰이 쏘아붙이듯 말했다.

"뭐가 말입니까?"

"그 '친구' 어쩌고 하는 말 말이야. 그건 도대체 어디서 주워들은 거요?"

"자, 이봐요, 톰." 거울에서 빙 돌아서며 데이지가 말했다. "당신이 인신공격이나 할 거면 난 여기에 단 1분도 더 있지 않겠어요. 전화를 걸어서 박하 칵테일에 넣을 얼음이나 주문해 줘요."

톰이 수화기를 든 순간, 눌려 있던 열기가 소리로 폭발되어 나왔다. 아래층 무도회장에서 멘델스존의 〈결혼행진곡〉 중 거창한 화음이 우렁차게 흘러나오고 있었던 것이다.

"이런 더위 속에서 결혼을 하다니 말도 안 돼요!" 조던이 우울한 표정으로 말했다.

"하지만…… 나도 6월 중순에 결혼했잖아." 데이지가 기억을 더듬었다. "6월에 루이빌에서! 누군가가 기절했었어. 기절한 사람이 누구였지요, 톰?"

"빌록시." 톰이 짧게 대답했다.

"빌록시라는 남자였어요. '블록스' 빌록시. 상자를 만드는 사람이었죠. 사실이에요. 테네시 주 빌록시 출신이었대요."

"사람들이 그 사람을 우리 집으로 실어 왔어요." 조던이 데이지를 거들었다. "우리가 교회에서 바로 두 집 건너 살았거든요. 그가 3주 동안이나 머무는 바람에 결국엔 아빠가 집에서 나가달라고 말했어요. 그가 떠난 다음 날 아빠가 돌아가셨지요." 잠시 후에 그녀가 덧붙였다. "물론 두 사건 사이에는 아무 연관도 없지만요."

"나도 멤피스 출신의 빌 빌록시와 알고 지냈는데." 내가 말했다.

"그가 바로 블록스 빌록시의 사촌이에요. 떠나기 전에 그의 가족사를 전부 알게 되었거든. 그는 내가 요즘도 사용하는 퍼트용 알루미늄 골프 클럽을 주고 갔어요."

결혼식이 시작되면서 음악 소리가 삯아늘었다. 이제는 창가에서 긴 환호성이 들리더니, 큰 소리로 '그렇지……. 그래……. 그래!' 라는 외침이 여러 차례 반복되다가, 마침내 무도회가 시작되었는지 재즈가 흘러나오기 시작했다.

"우리가 늙어가나 봐요." 데이지가 말했다. "젊었다면 일어나서 춤을 추었을 텐데."

"빌록시를 생각해서 참아요." 조던이 데이지에게 주의를 주었다. "그런데 도대체 어디서 그를 알게 된 거예요, 톰?"

"빌록시 말이오?" 톰이 대화에 집중하려고 애쓰면서 말했다. "전에는 몰랐소. 그는 데이지의 친구였지."

"내 친구가 아니었어요." 데이지가 고개를 저었다. "전에는 만난 적이 없었는걸요. 그는 자가용을 타고 내려왔어요."

"글쎄, 그가 당신을 안다고 했다니까. 루이빌에서 함께 자랐다는 거야. 에이서 버드가 마지막 순간에 데리고 와서는 이 사람도 초대할 수 있느냐고 묻더군."

조던이 미소를 지었다.

"아마도 무전여행으로 집에 가는 길이었나 보네요. 예일 대학교 다닐 때 당신 학년에서 회장이었다고 내게 이야기하던데요."

톰과 나는 서로를 멍하니 쳐다보았다.

"빌록시가?"

"일단 우리 학교에는 회장이란 게 없는데……."

개츠비가 불안한 듯 바닥을 발로 툭툭 건드리자, 톰이 느닷없이 그에게 시선을 돌렸다.

"그런데 말이지요, 개츠비 씨. 당신은 옥스퍼드 출신이라고 알고 있는데요."

"정확히는 아닙니다."

"아, 맞아요. 아무튼 내가 듣기로는 옥스퍼드에 다녔다던데요?"

"그래요……. 거기 다녔지요."

짧은 침묵. 그런 다음 톰이 의심스럽다는 투로 무례하게 툭 한 마디를 내뱉었다.

"빌록시가 뉴헤이번에 다니던 무렵에 당신도 거기를 다녔겠군요."

또다시 짧은 침묵. 그때 웨이터가 노크를 하고 으깬 박하와 얼음을 가지고 들어왔다. 그러나 '감사합니다'라는 웨이터의 말에도, 부드럽게 문이 닫히는 소리에도, 침묵은 좀처럼 깨지지 않았다. 마침내 중요한 사실이 밝혀질 순간이었다.

"거기 다녔다고 말씀드렸지요." 개츠비가 말했다.

"나도 들었소. 하지만 그게 언제인지 알고 싶소."

"1919년이었습니다. 다섯 달만 머물렀어요. 그러니 실제로는 옥스퍼드 출신이라고 할 수 없습니다."

우리도 자신처럼 불신하는 눈치인지 알아보려고 톰이 주변을 둘러보았다. 하지만 우리는 모두 개츠비를 바라보고 있었다.

"휴전 조약 이후 일부 장교들에게 주어졌던 기회였지요." 그가 말을 이었다. "영국이나 프랑스에 있는 어느 대학으로든 갈 수가 있었어요."

나는 일어서서 그의 등을 가볍게 톡톡 두드려주고 싶었다. 이전에 경험했던 그에 대한 완벽한 신뢰가 다시 한 번 되살아났다.

데이지가 희미하게 미소를 지으며 일어나더니 테이블로 걸어갔다.

"위스키를 따요, 톰." 그녀가 명령하듯이 말했다. "박하 칵테일을 만들어줄게요. 그러면 그토록 멍청해 보이지는 않겠지요……. 이 박하 좀 보세요!"

"잠깐 기다려봐. 개츠비 씨에게 하나 더 묻고 싶어." 톰이 말했다.

"얼마든지요." 개츠비가 정중하게 대답했다.

"도대체 우리 가정에 무슨 분란을 일으키려고 하는 거요?"

마침내 모든 사실이 공공연하게 드러나자 개츠비는 만족스러운 표정을 지었다.

"그가 분란을 일으키는 게 아니에요." 데이지가 절박하게 두 사람을 바라보았다. "당신이 분란을 일으키고 있잖아요. 제발 조금만 자제해요."

"자제하라고!" 도무지 믿기지 않는다는 표정으로 톰이 소리쳤다. "어디서 왔는지 알지도 못하는 작자가 자기 아내에게 수작을 걸도록 그냥 뒤로 물러나서 지켜만 보라고! 그건 절대 안 되는 일이지. 글쎄, 당신이 그렇게 생각한다면 나는 제외시켜 줘……. 흥, 요즘 사람들이 가정생활과 가족제도를 비웃기 시작하는데, 다음에는 모든 걸 다 내팽개치고 흑인과 백인 사이에 인종 간 결혼이라도 할 모양이구만."

말도 안 되는 소리를 횡설수설 늘어놓느라 얼굴이 벌겋게 달아오른 톰은 스스로 문명의 마지막 보루에 홀로 서 있는 듯한 모습이었다.

"여기 있는 우리는 모두 백인인데요." 조던이 중얼거렸다.

"내가 별로 인기가 없다는 건 알아. 거창한 파티를 열지도 않으니까. 친구를 사귀려면 자기 집을 돼지우리로 만들어야 하나 보지……. 이 현대 사회에서는 말이야."

다른 사람들처럼 나도 화가 나긴 했지만, 그가 입을 열 때마다 웃음이 나오려고 했다. 난봉꾼에서 도덕군자로의 변모는 그렇게도 너무나 완벽했다.

"당신에게 할 말이 있어요, 친구……." 개츠비가 입을 열었다. 데이지는 그가 무슨 말을 하려는지 눈치챘다.

"제발 그만둬요!" 그녀가 곤혹스러워하며 말허리를 잘랐다. "이제 모두 집에 가요. 집으로 가는 게 어때요?"

"그거 좋은 생각이군." 내가 일어섰다. "자, 톰, 일어나지. 아무도 술을 마시고 싶어 하지 않으니."

"개츠비 씨가 나한테 할 말이 무언지 알고 싶네."

"당신 부인은 당신을 사랑하지 않습니다." 개츠비가 말했다. "데이지는 당신을 결코 사랑하지 않아요. 그녀는 나를 사랑합니다."

"당신 미쳤군, 정말 미쳤어!" 톰이 버럭 소리를 질렀다.

개츠비도 흥분해서 벌떡 일어섰다.

"데이지는 결코 당신을 사랑하지 않았습니다. 아시겠어요?" 그가 소리쳤다. "내가 가난했기 때문에, 나를 기다리다 지쳤기 때문에 당신과 결혼했을 뿐입니다. 그건 끔찍한 실수였어요. 그녀는 진심으로 나 이외에는 결코 누구도 사랑한 적이 없단 말입니다!"

이 시점에서 조던과 나는 그곳을 나오려고 했지만, 톰과 개츠비는 우리가 남아 있어야 한다고 서로 경쟁하듯 단호하게 주장했다. 마치 그들 둘 다 감출 게 아무것도 없으며, 그들의 감정을 간접 경험하는 것이 무슨 큰 특권이라도 되는 것처럼 말이다.

"거기 앉아, 데이지." 톰이 아버지같이 근엄한 목소리를 내려 했지만 잘 되지 않았다. "도대체 이게 다 무슨 일이야? 모두 듣고 싶어."

"무슨 일인지는 내가 다 이야기했잖아요?" 개츠비가 말했다. "5년 동안 벌어진 일인데……. 당신만 모르고 있었어요."

톰이 갑자기 데이지에게로 몸을 돌렸다.

"이자를 5년 동안이나 만나고 있었단 말이야?"

"만난 게 아닙니다." 개츠비가 말했다. "아니, 우리는 만날 수가 없었어요. 하지만 그동안 서로를 줄곧 사랑했습니다. 당신만 모르고 있었던 거지요. 이따금씩 웃음이 나오기도 하더군요." 하지만 개츠비의 눈에서는 웃음기를 찾아볼 수 없었다. "당신이 모르고 있다는 걸 생각하면 말입니다."

"아, 그게 전부였소?" 톰이 두툼한 손가락을 성직자처럼 톡톡 두드리면서 의자에 등을 기댔다.

"당신은 미쳤어!" 톰이 소리쳤다. "5년 전에 벌어진 일에 대해서는 내가 할 말이 없어. 왜냐하면 그때는 데이지를 몰랐으니까……. 당신은 뒷문으로 식료품 배달이나 하다가 데이지에게 접근했겠지. 하지만 그 나머지는 전부 빌어먹을 거짓말이야. 데이지는 결혼할 때 나를 사랑했고 지금도 나를 사랑한단 말이야."

"아닙니다." 개츠비가 고개를 저으며 말했다.

"아니, 데이지는 날 사랑해. 이따금씩 머릿속으로 바보 같은 생각을 해서 자기가 무슨 짓을 하는지 모른다는 게 문제지." 톰이 점잔을 빼며 말했다. "더군다나 나도 데이지를 사랑하오. 어쩌다 한 번쯤 진탕 마시고 놀면서 바보짓을 하지만, 나는 언제나 돌아오지. 언제나 진심으로 데이지를 사랑하고 있소."

"당신 정말 역겨워요." 데이지가 소리쳤다. 그녀가 나를 향해 몸을 돌렸다. 한 옥타브를 낮춘 그녀의 목소리가 방 안을 가득 채웠다. 소름 끼치는 경멸이 담긴 목소리였다. "우리가 왜 시카고를 떠났는지 알아요? 저 진탕 마시고 놀았던 이야기가 오빠에게 알려지지 않았다는 게 놀랍네요."

개츠비가 걸어가서 데이지 바로 옆에 섰다.

"데이지, 이제 다 끝났어요." 그가 진지하게 말했다. "이제 그런 건 아무 상관이 없어요. 그냥 남편에게 진실을 이야기해요. 결코 사랑하지 않았었다고. 그러면 모든 게 영원히 지워질 거요."

그녀가 그를 멍하니 바라보았다. "그럼…… 어떻게 내가 그를 사랑할 수 있었겠어요……. 그게 가능이나 했겠어요?"

"당신은 결코 그를 사랑하지 않았소."

그녀가 잠시 주저했다. 그러고는 호소하는 듯한 눈길로 조던과 나를 바라보았다. 마치 자신이 무슨 짓을 하고 있는지 그제야 깨달은 듯한, 그리고 그것은 지금까지 전혀 의도해 본 적도 없는 일이었다는 듯한 모습이었다. 하지만 이제 일은 벌어진 것이다. 되돌리기에는 너무 늦어버렸다.

"나는 결코 저이를 사랑하지 않았어요." 그렇게 말했지만 그녀에겐 주저하는 기색이 역력했다.

"카피올라니[25]에서도 아니었어?" 톰이 갑자기 물었다.

"그래요."

아래층 무도회장으로부터 숨 막힐 듯 희미한 음악 소리가 뜨거운 공기의 파도를 타고 흘러들어왔다.

"당신 신발이 젖을까봐 펀치볼[26]에서 내가 당신을 안고 내려오던 그날도 아니었어……? 그래, 데이지?" 그의 어조에는 허스키한 부드러움이 감돌았다.

"제발 그러지 말아요." 그녀의 목소리는 냉랭했지만, 적의는 사라져버렸다. 데이지는 개츠비를 쳐다보았다. "저기, 제이."

---

25) 하와이의 섬 오아후에 있는 공원.
26) 오아후 북쪽에 있는 분지.

그녀가 말했다. 담배에 불을 붙이려는 그녀의 손이 떨리고 있었다. 갑자기 그녀가 담배와 불이 붙은 성냥을 카펫에 팽개쳐 버렸다.

"아, 당신은 너무 많은 걸 원해요!" 그녀가 개츠비에게 소리쳤다. "지금은 당신을 사랑해요……. 그걸로 충분하지 않나요? 지나가 버린 건 어쩔 수 없잖아요." 그녀가 무기력하게 흐느끼기 시작했다. "한때는 저이를 사랑했어요. 하지만 당신도 사랑했고요."

개츠비가 두 눈을 천천히 떴다가 감았다.

"나도 사랑했었다고? 나도?" 그가 되풀이했다.

"그것도 거짓말이야." 톰이 잔인하게 말했다. "그녀는 당신이 살아 있다는 것도 몰랐소. 그러니까……. 데이지와 나 사이에는 당신이 결코 알 수 없는 일들이 있소. 우리 둘 다 결코 잊을 수 없는 일들이지."

그 말들이 개츠비의 몸을 물어뜯는 것 같았다.

"데이지와 단둘이 이야기하고 싶어요. 그녀가 지금 너무 흥분해서……." 개츠비가 말했다.

"단둘이 이야기하더라도 내가 톰을 결코 사랑하지 않았다고는 말할 수 없어요." 그녀가 애처로운 목소리로 인정했다. "그건 사실이 아니니까요."

"당연히 사실일 리가 없지." 톰이 고개를 끄덕였다.

그녀가 남편에게로 몸을 돌렸다.

"당신한테는 그게 아주 중요하다는 듯한 말투군요." 그녀가 말했다.

"물론 중요하지. 지금부터는 내가 당신을 더 잘 보살펴 줄 테니까."

"당신은 이해하지 못하고 있소." 개츠비가 약간 당황스럽다는 듯이 말했다. "당신은 더 이상 데이지를 보살피지 않아도 됩니다."

"보살피지 않아도 된다고?" 톰이 눈을 크게 뜨고는 껄껄 웃었다. 그는 이제 자제할 수 있는 여유를 되찾은 듯했다. "왜 그렇지?"

"데이지가 당신을 떠날 테니까."

"말도 안 되는 소리."

"아니, 그럴 거예요." 그녀가 눈에 띄게 힘겨워하며 말했다.

"데이지는 날 떠나지 않아!" 톰이 갑자기 개츠비를 향해 공격적인 말들을 쏟아냈다. "손가락에 끼워줄 반지도 훔쳐야 하는 야비한 사기꾼한테는 절대로 보낼 수 없지."

"정말 참을 수 없군요!" 데이지가 소리쳤다. "아, 제발, 우리 밖으로 나가요."

"그나저나 당신은 도대체 누구요?" 톰이 계속 몰아붙였다. "마이어 울프심과 어울리는 패거리인 건 나도 우연히 알게 되었지. 당신 사업에 대해 좀 조사했거든. 내일 좀 더 알아봐야겠군그래."

"마음대로 하시오, 친구." 개츠비가 아무렇지도 않다는 듯 말했다.

"당신이 말하는 '약국'[27]의 정체도 알아냈지." 그가 우리를 돌아보며 재빨리 말했다. "저자와 울프심이란 작자는 이곳과 시카고에 있는 뒷골목 약국을 많이 사늘여서 에틸알고올을 판매하지. 그게 저 작자의 작은 재주 중 하나야. 처음 보자마자

---

27) 금주법 시대에는 약국에서 처방전에 따라 위스키를 판매할 수 있었다. 그래서 많은 약국들이 밀주업자의 활동 영역이 되기도 했다.

밀주업자라고 짐작했는데 내가 그리 틀린 건 아니었어.”

“그게 어때서요?” 개츠비가 정중하게 말했다. “당신 친구 월터 체이스도 그런 일에 가담하는 걸 결코 부끄러워하지 않는 것 같던데요.”

“당신은 그가 곤경에 처했는데도 내버려 두었지, 안 그래? 한 달 넘게 뉴저지 감옥에 가 있도록 내버려 두었잖소. 맙소사! 월터가 당신에 대해 하는 말을 들었어야 하는데.”

“그는 완전 무일푼이 되어 우리에게 왔죠. 돈 좀 만지게 되니까 아주 기뻐하더군요, 친구.”

“자꾸 친구, 친구 하지 마!” 톰이 소리를 질렀다. 개츠비는 아무 말도 하지 않았다. “월터는 당신을 도박법으로 걸려들게 할 수도 있었어. 하지만 울프심이 겁을 주는 바람에 그만 입을 다물었지.”

친숙하지는 않지만 이제는 알 수 있는 표정이 개츠비의 얼굴에 다시 떠올랐다.

“저 약국 사업은 그저 푼돈이지.” 톰이 천천히 말을 이었다. “지금 당신은, 월터가 무서워서 내게 말도 못하고 있는 뭔가를 꾸미고 있어.”

나는 데이지를 힐끗 쳐다보았다. 그녀는 겁에 질려 개츠비와 남편을 번갈아 바라보았다. 그리고 나는 보이지 않는 어떤 흥미로운 물체를 턱 끝에 올려놓고 이제 막 균형을 잡기 시작한 조던에게로 시선을 던졌다. 그런 다음 개츠비에게로 다시 몸을 돌렸는데, 그의 표정을 본 순간 그만 깜짝 놀라고 말았다. 그는 마치 ‘사람을 죽인’ 것 같은 표정을 짓고 있었던 것이다. 물론 이것은 그의 정원에서 사람들이 쑥덕거리던 그에 대한 비방들을 전혀 감안하지 않고 하는 말이다. 잠시 동안 그의 얼굴에 드리워진 것은 바로 그런 기상천외한 표현으로밖에는 설명할 수 없는 표정이었다.

그 표정은 곧 사라졌다. 그리고 그는 데이지에게 열심히 이야기를 늘어놓기 시작했다. 모든 것을 부정하고 아직 나오지 않은 비난들까지 들먹이며 자신을 변호했다. 하지만 그가 말을 하면 할수록 그녀는 점점 더 움츠러들었다. 결국 그는 포기하고 말았다. 오후가 무심히 흘러 지나가는 가운데 스러진 꿈만이 외로이 분투하고 있었다. 방 건너편의 잃어버린 목소리를 향해, 더 이상 존재하지 않는 것을 만져보려 애쓰면서, 절망도 모른 채 암울하게 홀로 나아가고 있었다.

그 목소리가 집에 가자고 다시 애원했다.

"제발, 톰! 더 이상 견딜 수가 없어요."

겁에 질린 두 눈은 그녀의 의도가 무엇이었든, 그녀의 용기가 무엇이었든, 이제 확실히 모든 게 사라져버렸음을 말해 주고 있었다.

"당신 둘이 먼저 집으로 출발해, 데이지. 개츠비 씨의 차로 말이야." 톰이 말했다.

그녀가 놀라서 톰을 쳐다보았지만, 톰은 관대하게 아량을 베풀 듯이 경멸적으로 덧붙였다.

"어서 가라고. 저자가 더 이상 당신을 귀찮게 하지는 않을 거야. 자기의 주제넘은 애정행각이 끝난 걸 깨달았을 테니까."

그들은 아무 말도 없이 휙 나가버렸다. 마치 유령처럼 우리의 연민으로부터 순식간에 사라져버렸다.

잠시 후 톰이 일어서서 따지도 않은 위스키 병을 타월로 감싸기 시작했다.

"이거 마시겠나? 조던?……닉?"

나는 대답하지 않았다.

"닉?" 그가 다시 물었다.

"뭐라고?"

"좀 마시겠느냐고."

"아니……. 오늘이 내 생일이라는 게 방금 기억났어."

나는 서른 살이 되었다. 내 앞에 새로운 10년이라는 불길하고 위협적인 미래가 펼쳐진 것이다.

저녁 7시, 우리는 톰과 함께 쿠페를 타고 롱아일랜드로 출발했다. 의기양양해진 톰은 껄껄 웃으며 쉬지 않고 뭔가를 떠들어댔지만, 그의 목소리는 보도의 낯선 소음이나 머리 위 고가도로의 소란만큼이나 조던과 내게 멀게 느껴졌다. 사람이 공감하는 데는 한계가 있는 법이다. 우리는 그들의 비극적인 논쟁이 뒤에 남겨진 도시의 불빛들과 함께 희미하게 사라져가는 데 만족했다. 서른, 그것은 외로운 10년, 독신 남성의 줄어든 지식 목록, 열정이라는 이름의 얇아진 가방, 숱이 빠진 머리 같은 것들을 예고하는 나이였다. 그러나 내 옆에는 조던이 있었다. 조던은 데이지와 달리, 말끔히 잊힌 꿈을 해를 넘겨가면서까지 간직하지 않을 만큼 현명한 여자였다. 어두운 다리를 건너는데, 그녀의 가냘픈 얼굴이 내 재킷의 어깨 위로 나른하게 떨어졌다. 서른 살이라는 가공할 만한 무시무시한 충격이 그녀의 손길에 위안을 받으며 사라져갔다.

그렇게 우리는 서늘해지는 황혼을 가르며 죽음을 향해 계속 달려갔다.

잿더미의 계곡 바로 옆에서 카페를 운영하는 젊은 그리스인 미카엘리스가 사건 심리의 주요 증인이었다. 그는 더위 속에서

5시가 넘도록 잠을 자다가 일어나 어슬렁거리며 자동차 정비소로 갔다. 그리고 그곳 사무실에서 조지 윌슨이 끙끙 앓고 있는 것을 발견했다. 윌슨은 그의 희미한 머리 색깔만큼이나 낯빛이 창백했고, 온몸을 부들부들 떠는 것이 확실히 많이 아파 보였다. 미카엘리스가 침대로 가서 누우라고 권했지만, 그러면 일거리를 많이 놓칠 거라며 윌슨이 마다했다. 이웃 청년이 그를 그렇게 타이르고 있는 동안 머리 위에서는 뭔가 큰 소동이 벌어지는 소리가 들렸다.

"아내를 저 위에 가두어두었어. 모레까지는 가둬둘 거야. 그런 다음에 우리는 여길 떠날 생각이네." 윌슨이 차분하게 설명했다.

미카엘리스는 깜짝 놀랐다. 그들은 4년 동안 이웃으로 지냈지만, 윌슨의 입에서 그런 말이 나오리라고는 짐작조차 할 수 없었던 것이다. 그는 대개 지쳐 있는 편이었다. 일을 하지 않을 때에는 문간 의자에 앉아 도로를 지나가는 차들과 사람들을 멍하니 바라보았고, 누가 그에게 말이라도 걸면 언제나 사람 좋은 표정을 지으면서 흐리멍덩하게 웃곤 하던 사람이었다. 그는 자기 아내에게 휘둘리는 남자였지, 줏대 있는 남편은 되지 못했다.

그래서 미카엘리스는 도대체 무슨 일이 벌어진 건지 알아보려고 했지만, 윌슨은 한 마디도 하지 않았다. 오히려 그에게 의심스러운 시선을 던지면서 특정한 날, 특정한 시간대에 무슨 일을 했는지 꼬치꼬치 캐물었다. 미카엘리스가 슬슬 기분이 나빠지려는 찰나, 노동자 몇 명이 정비소 앞을 지나 그의 카페를 향해 가는 바람에 그 자리를 피할 수 있었다. 그는 나중에 다시 정비소를 찾아갈 생각이었지만, 깜빡 잊어버리고 그렇게 하지 않았다. 7시가 조금 지나 그가 다시 밖으로 나왔을 때 아까 그와 나누었던 대화가 생각났다. 마침 그때 정비소의 아래층에서 큰 소리로 욕을 퍼붓는 윌슨 부인의 목소리가 들려왔기 때문이다.

"때려봐!" 그녀가 소리치는 게 들렸다. "때려눕혀 보라고, 이 더럽고 짜증나는 겁쟁이야!"

잠시 후 그녀는 고래고래 소리를 지르고 손을 휘저으며 어스름 속으로 달려 나갔다. 그러나 그가 문을 나서기도 전에 이미 상황은 끝나버렸다.

신문에서 이름 붙인, 이른바 그 '죽음의 자동차'는 멈추지 않았다. 그 차는 짙어지는 어둠 속에서 튀어나와 잠시 동안 비극적으로 비틀거리다가, 다음번 길모퉁이를 돌아 시야에서 사라져버렸다. 마브로 미카엘리스는 자동차 색깔조차 확신하지 못했다. 처음 경찰관에게는 연녹색이었다고 이야기했다. 뉴욕쪽으로 가던 다른 차가 100미터쯤 지나서 멈추더니, 운전자가 끔찍한 죽음을 맞이한 머틀 윌슨이 누워 있는 곳으로 서둘러 되돌아왔다. 그녀는 걸쭉하고 검붉은 피가 끈적끈적하게 먼지와 뒤섞여 있는 도로 위에 엎어져 있었다. 미카엘리스와 그 운전자가 제일 먼저 그녀에게로 다가갔다. 하지만 그들이 땀에 젖어 여전히 축축해져 있는 머틀의 블라우스 앞섶을 찢어 열어젖히자 왼쪽 가슴이 몸에서 떨어져 나와 축 늘어진 채 덜렁거리고 있었다. 그 바로 밑에 있는 심장 소리는 더 이상 들어볼 필요도 없었다. 마치 오랫동안 쌓아온 엄청난 생명력을 포기하느라 숨이 조금 막혔던 듯, 그녀의 입은 크게 벌어져 있었고 입가는 조금 찢겨져 있었다.

상당히 멀리 떨어진 거리에서도 차 서너 대가 서 있고 사람들이 몰려 있는 것이 보였다.

"자동차 사고가 났군!" 톰이 말했다. "그거 잘됐어. 드디어 윌슨에게 일거리가 조금 생길 테니 말이야."

톰은 속도를 줄였지만, 차를 세울 의도는 없어 보였다. 그런데 좀 더 가까이 다가가면서, 정비소 문 앞에 입을 다문 채 심각한 표정을 짓고 있는 사람들을 보자 그는 자기도 모르게 브레이크를 밟았다.

"한번 보고 가지." 그가 미심쩍어하면서 말했다. "그냥 한번만."

정비소 안에서는 공허하게 울부짖는 소리가 끊임없이 흘러나오고 있었다. 우리가 쿠페에서 나와 문 쪽으로 걸어갈 때쯤에는 그 소리가 신음 소리와 함께 가쁜 숨을 몰아쉬면서 '오, 세상에, 이럴 수가!' 라는 한탄으로 바뀌고 있었다.

"심각한 문제가 있군그래." 톰이 흥분해서 말했다.

가까이 다가간 톰이 까치발을 들어, 둘러선 사람들 머리 위로 정비소 안을 들여다보았다. 그 안에는 머리 위에 흔들리는 철제 등갓 속에 노란 등불 하나만이 켜져 있었다. 갑자기 톰이 목구멍에서 거친 소리를 내뱉더니 힘센 팔로 난폭하게 사람들을 밀어젖히며 길을 열었다. 사람들이 불평을 늘어놓으며 웅성거리다가는 다시 모여들었다. 한동안은 아무것도 보이지 않았다. 그러다 새로 온 구경꾼들이 줄을 흐트러뜨리는 바람에 조던과 내가 갑자기 안으로 밀려들어 가게 되었다.

기기에는 머틀 윌슨의 시체가, 마치 이 더운 밤에 오한으로 떠는 사람처럼 담요와 담요로 겹겹이 싸인 채 벽 옆에 있는 작업대 위에 놓여 있었다. 우리에게 등을 보이고 있는 톰은 꼼짝 않고 시체를 내려다보고 있었다. 그의 옆에는 교통 경찰이 땀을 뻘뻘 흘리며 작은 노트에다 이름들을 썼다 고쳤다 하는 것이 보였다. 처음에는 텅 빈 정비소 안을 시끄럽게 울리는 높은 신음 소리가 어디에서 나는지 알 수가 없었다. 그러다 사무실의 높은 문턱에서 양손으로 문설주를 잡고 몸을 앞뒤로 흔들어대고 있는 윌슨을 보았다. 어떤 사람이 그에게 낮은 목소리로 이야기를 하면서 몇 번인가 그의 어깨에 손을 얹고 위로해주려고 했지만, 윌슨은 아무것도 보지도, 듣지도 못하는 것 같았다. 그의 시선이 흔들리고 있는 전등에서 시체가 놓여 있는 벽 옆의 작업대로 천천히 떨어졌다가는 다시 전등으로 휙 돌아갔다. 그는 쉬지 않고 큰 소리로 고통스러운 울음소리를 토해냈다.

"오, 세상에, 이럴 수가! 오, 세상에, 이럴 수가! 오, 이럴 수가! 오, 세상에, 이럴 수가!"

이윽고 톰이 고개를 들더니 생기 없는 시선으로 자동차 정비소를 빙 둘러본 뒤 경찰관을 향해 우물우물 두서없는 말을 건넸다.

"마—브……." 경찰관이 말했다. "……오……."

"아니요, 로……." 남자가 고쳐 말해 주었다. "마—브—로……."

"내 말 좀 들어봐요!" 톰이 거칠게 말했다.

"르……" 경찰관이 중얼거렸다. "오……"

"지……"

"지……" 톰의 넓적한 손이 경찰관의 어깨를 느닷없이 움켜쥐자 그제야 경찰관이 올려다보았다. "용건이 뭐요?"

"어떻게 된 일입니까? 말 좀 해주세요."

"차에 치었어요. 즉사했습니다."

"즉사." 경찰을 쳐다보면서 톰이 되풀이했다.

"여자가 도로로 달려 나갔습니다. 그 개자식은 차를 멈추지도 않았다는군요."

"차가 두 대였어요." 미카엘리스가 말했다. "하나는 내려오고, 하나는 올라가고…… 아시겠죠?"

"어디로 갔다고요?" 경찰관이 예리하게 물어보았다.

"각자 갈 길로 갔어요. 글쎄, 윌슨 부인은……." 그가 손을 담요 쪽으로 반쯤 들어 올리다가 멈추더니 옆구리 쪽으로 내렸다. "윌슨 부인은 저쪽으로 달려 나갔는데, 뉴욕에서 내려오던 차가 부인을 그대로 들이받았어요. 아마 시속 5, 60킬로미터는 됐을 거예요."

"이곳 지명이 뭡니까?" 경찰관이 물었다.

"이름 같은 건 없어요."

피부색이 밝고 잘 차려입은 흑인이 가까이 다가왔다.

"노란 차였어요." 그가 말했다. "크고 노란 차. 신형이고요."

"사고를 목격했나요?" 경찰관이 물어보았다.

"아니요. 하지만 그 차가 나를 지나쳐서 시속 60킬로미터도 넘는 속도로 도로를 달려 내려갔어요. 8, 90킬로미터는 됐을 거예요."

"이리로 와서 이름을 알려 주시오. 자, 비켜요. 이 사람 이름을 적어야 하니까."

이런 대화의 몇 마디 말이 사무실 문에 서서 흔들거리고 있던 윌슨에게 들린 것이 틀림없었다. 갑자기 헐떡이는 신음 소리 속에 새로운 말이 끼어들었다.

"어떻게 생긴 차였는지는 말해 줄 필요도 없어! 나는 그게 어떤 차인지 알고 있으니까!"

톰의 윗옷 아래로 어깨 근육이 팽팽해지는 게 보였다. 그는

재빨리 윌슨에게로 걸어가더니 그의 두 팔을 단단히 움켜잡
았다.

"정신 바짝 차려야 해." 그가 무뚝뚝한 목소리로 달래듯이
말했다.

윌슨의 시선이 톰에게로 향했다. 그는 놀라서 발끝으로 벌떡
일어서려 했다. 톰이 그를 똑바로 붙잡아 주지 않았다면 무릎
을 꿇고 쓰러졌을 것이다.

"들어보게." 톰이 윌슨을 약간 흔들며 말했다. "뉴욕에 갔다
가 방금 도착했어. 우리가 이야기했던 쿠페를 타고 오는 길이
지. 오늘 오후에 내가 운전하던 노란 차는 내 차가 아니야. 알
아듣겠어? 오후 내내 그 차는 본 적도 없어."

흑인과 나만이 톰이 말하는 것을 들을 수 있을 만큼 가까이
있었지만 경찰관이 그의 말투에서 무언가를 감지하고는 날카
로운 시선으로 바라다보았다.

"그게 무슨 소리요?" 그가 캐물었다.

"나는 이 사람 친구입니다." 톰이 고개를 돌렸지만 손은 윌
슨의 몸을 꼭 잡고 있었다. "이 친구가 사고를 낸 차를 안다는
군요……. 노란 차였답니다."

무언가 희미한 직감을 느꼈는지 경찰관이 톰을 의심의 눈초
리로 쳐다보았다.

"그런데 당신 차 색깔은 뭡니까?"

"파란색 차입니다. 쿠페."

"우리는 뉴욕에서 방금 왔습니다." 내가 말했다.

우리 조금 뒤에서 따라오던 운전자가 이를 확인해 주자 경찰
관은 돌아서 가버렸다.

"자, 다시 정확하게 이름을 적어야 하니……."

톰이 윌슨을 인형처럼 번쩍 들어서 사무실 안으로 데리고 들어간 다음 의자에 앉혀 놓고 돌아왔다.

"누구, 여기 와서 저 사람과 함께 있어 주시오." 톰이 갑자기 위압적으로 말했다. 그는 가장 가까이에 서 있던 두 사람이 서로를 힐끗 쳐다보더니 마지못해서 사무실 안으로 들어가는 것을 내내 바라보았다. 그런 다음 문을 닫고는 작업대 테이블 쪽에서 시선을 피하며 한걸음에 내려왔다. 내 곁을 가까이 지나가면서 그가 속삭였다. "나가자고."

남의 이목을 의식하면서, 그가 양팔로 세게 사람들을 밀치며 아직 흩어지지 않고 모여 있는 군중 속에다 길을 만들어냈다. 반 시간 전, 실낱같은 희망을 갖고 부른 의사가 가방을 손에 든 채 허겁지겁 우리를 지나쳐 갔다.

길모퉁이를 넘어갈 때까지 톰은 천천히 운전했다. 그런 다음 발에다 세게 힘을 주기 시작했다. 쿠페는 밤을 가로지르며 질주했다. 잠시 후 낮고 허스키한 흐느낌 소리가 들렸다. 그의 얼굴을 타고 흘러 내리는 눈물이 보였다.

"망할 놈의 겁쟁이!" 그가 훌쩍거렸다. "차를 세우지도 않았어."

뷰캐넌 부부의 집이 바스락거리는 어두운 나무들 사이로 갑자기 우리 앞에 모습을 드러냈다. 톰은 현관 베란다 옆에 차를 세우고 2층을 올려다보았다. 창문 두 개가 덩굴 사이에서 불빛을 쏟아내고 있었다.

"데이지는 집에 있군." 그가 말했나. 자에서 내리는데 그가 나를 힐끗 보더니 눈살을 약간 찌푸렸다.

"닉, 자네는 웨스트 에그에다 내려줄 걸 그랬군. 오늘 밤에는 우리가 할 수 있는 일이 없는데 말이야."

그에게 어떤 변화가 일어났다. 그는 차분하고 결연하게 말하고 있었다. 현관까지 달빛에 젖은 자갈밭을 걸어가면서 톰은 모든 상황을 간단한 몇 마디로 처리했다.

"전화로 자네가 집에 타고 갈 택시를 부르겠네. 기다리는 동안 자네와 조던은 부엌에 가서, 저녁을 차려달라고 하게. 생각이 있으면 말이야." 그가 문을 열었다. "들어가자고."

"괜찮아. 택시를 불러준다니 고맙군. 밖에서 기다리도록 하지."

조던이 내 팔에 손을 얹었다.

"들어가지 않을래요, 닉?"

"아뇨, 괜찮아요."

나는 조금 메스꺼워서 혼자 있고 싶었다. 하지만 조던은 잠시 더 머뭇거렸다.

"이제 겨우 9시 반이에요." 그녀가 말했다.

다시 그 안으로 들어가다니, 넌덜머리가 날 것 같았다. 하루 동안 이들 모두를 지긋지긋할 정도로 겪었다. 갑자기 조던도 지긋지긋해졌다. 그녀는 내 표정에서 뭔가를 느꼈음에 틀림없었다. 불쑥 돌아서더니 현관 계단을 뛰어올라 집 안으로 들어가 버렸기 때문이다. 손으로 머리를 감싸 쥐고 몇 분 동안 앉아 있었다. 안에서 집사가 전화로 택시를 부르는 소리가 들렸다. 정문에서 기다리려고 천천히 차도를 걸어 내려갔다.

20미터도 채 가지 않아 내 이름을 부르는 소리가 들리더니 개츠비가 관목 숲 사이에서 걸어 나왔다. 바로 그 순간 아주 섬뜩한 기분이 들었다. 달빛 아래에서 빛나는 그의 핑크색 정장 외에는 다른 아무것도 생각나지 않았기 때문이다.

"뭐 하는 겁니까?" 내가 물었다.

"그냥 여기 서 있어요, 친구."

어쨌든, 그건 비열한 행동인 것 같았다. 어쩌면 톰의 집을 털려고 했었는지도 모른다. 그의 뒤에 있는 어두운 관목 숲 속에서 험악한 얼굴들, '울프심의 부하들'의 얼굴을 본다고 해도 놀라지 않았을 것이다.

"도로에서 사고가 난 걸 봤어요?" 잠시 뒤에 그가 물었다.

"네."

그는 잠시 망설였다.

"그 여자는…… 죽었습니까?"

"그래요."

"그럴 것 같았습니다. 데이지에게도 그렇게 이야기했죠. 충격은 한꺼번에 받는 게 더 낫지요. 데이지는 아주 잘 견디고 있어요."

데이지의 반응만이 그의 유일한 관심사인 것 같았다.

"샛길로 해서 웨스트 에그에 도착했습니다." 그가 계속 말했다. "그 차는 내 차고에 두었어요. 아무도 우리를 보지 못한 것 같지만, 물론 확신할 수는 없지요."

그 순간엔 그가 너무나도 혐오스러웠기 때문에 그의 잘못이라고 말해 줄 필요조차 느끼지 못했다.

"그 여자는 누구였나요?" 그가 물었다.

"윌슨 부인이에요. 남편이 정비소 주인이고요. 도대체 어쩌다 벌어진 일입니까?"

"글쎄, 내가 핸들을 돌리려고 했지만……." 그는 갑자기 말을 멈췄다. 순간 나는 사건의 진실을 깨달았다.

"데이지가 운전하고 있었나요?"

"그래요." 그가 잠시 뒤에 말했다. "하지만 내가 운전했다고 말할 겁니다. 아시다시피, 뉴욕을 떠날 때 데이지는 신경이 아주 날카로워져 있었어요. 그래서 운전이라도 하면 마음이 가라 앉을 거라고 생각했지요. 한데 마주 오는 차를 지나치려고 하는 바로 그 순간 그 여자가 우리에게 뛰어들었어요. 모든 일이 순식간에 벌어졌어요. 그 여자는 우리에게 뭔가 말을 하려고 했던 것 같아요. 우리를 아는 사람이라고 생각한 듯합니다. 데이지가 처음에는 그 여자를 피해서 다른 차 쪽으로 핸들을 돌렸다가 겁을 먹고 다시 돌린 거예요. 내 손이 핸들에 닿는 순간 충격이 느껴졌어요. 아마 즉사했을 겁니다.”

“가슴이 찢겨……”

“그만해요, 친구.” 그가 움찔했다. “어쨌든…… 데이지는 계속 액셀을 밟았어요. 차를 멈추게 하려고 했지만, 그럴 수가 없었습니다. 결국은 내가 핸드 브레이크를 당겼어요. 그러고 나서야 데이지는 내 무릎으로 쓰러졌고, 그 다음부터는 내가 계속 운전했습니다.”

잠시 후 그가 덧붙였다. “데이지는 내일이면 다 괜찮아질 겁니다. 여기서 기다리면서 톰이 오늘 오후의 불쾌한 일로 데이지를 귀찮게 하지는 않는지 살펴볼 생각이에요. 그녀는 자기 방 안에서 문을 잠그고 있어요. 톰이 난폭한 행동을 하려는 기미를 보이면 등불을 껐다 켜기로 했지요.”

“그 애에게 손대지 않을 겁니다.” 내가 말했다. “그 친구는 지금 데이지는 안중에도 없거든요.”

“나는 그를 신뢰하지 않아요, 친구.”

“얼마나 기다릴 작정입니까?”

“필요하다면, 밤새도록요. 어쨌든, 그들이 모두 잠들 때까지는요.”

그때 새로운 생각이 내게 떠올랐다. 데이지가 운전했다는 사

실을 톰이 알게 됐다고 가정해 보자. 어쩌면 그는 어떤 인과관
계가 있다고 생각할지도 몰랐다. 또는 다른 뭔가를 생각해 낼
지도 몰랐다. 나는 집을 쳐다보았다. 아래층에는 창문 두세 개
가 빛나고 있었고 2층 데이지의 방에서는 핑크색 불빛이 흘러
나왔다.

"여기서 기다려요." 내가 말했다. "소동이 일어날 징조가 있
는지 보고 오겠습니다."

나는 잔디밭의 가장자리를 따라 돌아가서 자갈밭을 조용하
게 가로지른 다음 발끝으로 베란다의 계단을 올라갔다. 응접실
의 커튼이 열려 있었고 방이 비어 있는 게 보였다. 석 달 전 그
6월의 밤에 우리가 저녁 식사를 했던 현관을 가로질러, 식료품
실 창문으로 짐작되는 직사각형의 작은 불빛 쪽으로 다가갔다.
블라인드가 내려져 있었지만 창문턱에 난 틈새를 발견했다.

데이지와 톰이 부엌 식탁에 서로 마주보고 앉아 있었다. 그
들 사이에는 식어버린 닭튀김 접시와 에일 두 병이 놓여 있었
다. 그는 식탁 건너편에서 그녀에게 열심히 뭔가를 이야기하고
있었고, 그런 가운데 진지하게 손을 뻗어 그녀의 손을 감쌌다.
이따금씩 그녀가 그를 올려다보며 동의한다는 듯 고개를 끄덕
였다.

그들은 행복해 보이지 않았고, 어느 누구도 닭고기나 에일에
손을 대지 않았다. 그렇지만 그들은 불행해 보이지도 않았다.
그 장면에는 분명히 자연스럽고 친밀한 분위기가 감돌았고, 누
구든 그 모습을 보면 그들이 지금 함께 뭔가를 모의하는 중이
라고 짐작했을 것이다.

현관을 발끝으로 걸어 나오는데 택시가 어두운 도로를 따라
집 쪽으로 오는 소리가 들렸다. 개츠비가 아까 그 자리에서 그

대로 기다리고 있었다.

"그쪽은 조용합니까?" 그가 걱정스럽게 물었다.

"그래요. 아주 조용해요." 내가 주저하면서 말했다. "당신도 집에 가서 좀 자는 게 좋겠어요."

그는 고개를 흔들었다.

"데이지가 잠들 때까지 이곳에서 기다리고 싶습니다. 잘 자요, 친구."

그는 윗옷 주머니에 손을 넣고는, 마치 나의 존재가 신성한 불침번의 의무를 모독하고 있다는 듯이 결연하게 돌아서서 집을 다시 살피기 시작했다. 나는 혼자 달빛 아래 서서 텅 빈 어둠 속을 지켜보고 있는 그를 뒤로 한 채 그곳을 빠져 나왔다.

8장

밤새 잠을 이룰 수가 없었다. 해협의 안개 경보는 쉬지 않고 신음하듯 울려댔고, 나는 기괴한 현실과 무시무시하고 야만적인 꿈 사이에서 가위에 눌려 뒤척거렸다. 새벽녘 개츠비 집 앞 차도로 택시가 올라오는 소리를 듣고 벌떡 일어나 옷을 입기 시작했다. 그에게 해줄 말, 그에게 경고해 줄 말이 떠올랐던 것이다. 아침까지 기다리면 너무 늦을 것이다.

그 집 잔디밭을 가로질러 가니 현관문이 여전히 열려 있고, 낙담한 것인지 졸린 것인지 개츠비가 홀 안에 있는 테이블에 기댄 채 축 늘어져 있는 게 보였다.

"아무 일도 없었어요." 그가 힘없이 말했다. "계속 기다렸더니, 4시쯤 데이지가 창가에 와서 잠깐 서성이다가 불을 끄더군요."

우리가 담배를 찾아 큰 방들을 뒤지고 돌아다니던 그날 밤처럼 그의 집이 그토록 거대하게 느껴졌던 적은 없었던 것 같다. 대형 천막 같은 커튼을 옆으로 확 밀어젖히고는, 전기 스위치를 찾아 크기를 가늠할 수 없는 넓고 어두운 벽을 더듬거리고 다녔다. 그러다 내가 유령같이 불쑥 나타난 피아노에 발이 걸려 건반 위로 쾅 넘어지기도 했다. 어느 곳을 가든 믿을 수 없을 정도로 먼지투성이였고, 꽤 여러 날 동안 환기를 하지 않은 듯 방마다 곰팡내가 났다. 마침내 처음 보는 테이블 위에서 담뱃갑 하나를 발견했는데, 그 안에는 메마르고 딱딱해진 담배 두 개비가 들어 있었다. 우리는 응접실의 프랑스식 창문을 활짝 열어젖히고 앉아서 어둠 속으로 담배 연기를 내뿜었다.

"떠나야 합니다." 내가 말했다. "그들이 당신 차를 분명 추적해 낼 거예요."

"떠나라고요? 지금 말입니까, 친구?"

"일주일 정도 애틀랜틱시티나 몬트리올에 가 있도록 해요."

그는 조금도 그럴 마음이 없었다. 데이지가 뭘 하려는지 알지 못하는 상태에서 그녀 곁을 떠나는 것은 그에겐 있을 수 없는 일이었다. 나는 마지막 희망을 꽉 부여잡고 있는 그에게 차마 떠나라고 등을 떠밀 수가 없었다.

그가 댄 코디와 함께했던 젊은 시절의 이상한 이야기를 들려준 것도 바로 이날 밤이었다. '제이 개츠비'라는 환상이 톰의 악랄한 공격으로 유리처럼 산산이 깨져버리고 그 비밀스러웠던 길고 화려한 쇼가 막을 내리면서 비로소 그가 진실을 말하게 된 것이다. 이제 그는 무엇이든 거리낌 없이 털어놓을 수 있었겠지만, 다른 무엇보다도 데이지에 관해서 이야기하고 싶어 했다.

그녀는 개츠비가 처음으로 알게 된 '멋진' 아가씨였다. 그 동안 뭔지 모르는 다양한 수완을 발휘해 다른 멋진 여성들과도 많이 사귀어봤지만, 그와 그들 사이에는 항상 눈에 보이지 않는 철조망 같은 게 가로놓여 있었다. 그러나 데이지에게는 그를 혹하게 하는 매력이 있었다. 처음에 그는 테일러 기지[28]의 다른 장교들과 함께 그녀의 집에 갔지만, 그 다음부터는 혼자 찾아갔다. 그는 놀라움을 금할 수가 없었다. 그렇게 아름다운 집은 지금까지 본 적이 없었던 것이다. 하지만 거기에 숨 막힐 듯이 강렬한 분위기를 더해준 것은 바로 데이지가 그 집에 살고 있다는 사실이었다. 물론 부대의 야영 막사가 그에게 시큰둥한 것처럼 데이지는 그 집을 대수롭지 않게 여겼다. 하지만 그곳에는 잘 무르익은 신비로움이 가득 차 있었다. 위층에는 다른 침실들보다 더 아름답고 멋진 침실들이 숨어 있을 것만 같았고, 복도를 따라서는 즐겁고 행복한 일들이 곧 벌어질 것만 같았다. 그 안에는 라벤더 속에 버려진 케케묵은 낭만이 아니라, 금년에 출시된 번쩍거리는 신형 자동차처럼, 혹은 시들지 않은 싱싱한 꽃들로 장식된 무도회처럼 새롭고 향기로운 로맨스가 기다리고 있을 것만 같았다. 많은 남자들이 이미 데이지에게 눈독을 들인다는 것도 그를 흥분시키는 요인이었다. 그녀의 가치가 더 높아 보였기 때문이다. 집안 곳곳에서 열에 들뜬 다른 남자들의 그림자와 목소리가 그녀를 부르고 있는 것만 같았다.

하지만 그가 데이지의 집에 발을 들여놓은 것 자체가 그야말로 엄청난 이변이라는 사실을 잘 알고 있었다. 제이 개츠비로서 그의 미래가 아무리 창창하다 하더라도, 현재 그는 경력도 없고 돈도 한 푼 없는 빈털터리 청년에 지나지 않았다. 그를 비호해 주는 투명 망토가 언제 어디서 어깨 밑으로 스르르 흘러내릴지는 아무도 모르는 일이었다. 그래서 그는 그에게 주어진

---

28) 켄터키 주, 루이빌 근처에 있다. 피츠제럴드 자신이 한때 주둔한 적이 있었으며 이곳에서 젤다 세이어를 만났다.

시간을 최대한으로 활용해서 자신이 원하는 것을 탐욕스럽고 무자비하게 거머쥐었다. 마침내 10월 어느 날 밤 그는 그녀를 가졌다. 실제로는 그녀의 손조차 건드릴 수 없는 처지였기에 더욱 그녀를 갈망했던 것이다.

그는 스스로를 경멸했을지도 모른다. 거짓 구실로 그녀를 차지한 게 확실했기 때문이다. 있지도 않은 수백만 달러의 재산을 들먹였다는 게 아니라 데이지에게 교묘하게 안도감을 심어 주었다는 얘기다. 그는 자신을 그녀와 같은 계층의 사람이라고 믿게 만들었다. 그녀를 충분히 보살펴 줄 수 있다는 암시를 주면서 말이다. 그러나 사실상 그에게는 그런 능력이 없었다. 그를 뒷받침해 줄 풍족한 가문도 없었고, 게다가 매정한 정부의 변덕스러운 결정으로 당장 세계 어딘가로 보내질지 모르는 처지였다.

하지만 그는 스스로를 경멸하지 않았다. 그리고 사태는 예상치 못한 방향으로 흘러갔다. 아마도 애초의 의도는 가질 수 있는 것을 모두 챙긴 뒤 훌쩍 떠나버리는 것이었겠지만, 이제 그는 성배(聖杯)의 추종자가 되어 있었다. 데이지가 특별하다는 건 알았지만, '멋진' 여자가 얼마나 특별할 수 있는지는 미처 깨닫지 못했던 것이다. 그녀는 아무것도 아닌 개츠비를 떠나서 자신의 부유한 집 안으로, 부유하고 풍족한 삶 속으로 사라져버렸다. 개츠비는 그녀와 결혼이라도 한 것 같은 느낌이었지만, 단지 그것뿐이었다.

이틀 뒤, 그들이 다시 만났을 때, 어쩐지 배신감이 들면서 숨막힐 듯 괴로운 감정에 빠져든 쪽은 바로 개츠비였다. 그녀의 집 현관은 돈으로 치장된 화려함을 뽐내며 별처럼 빛나고 있었다. 그녀가 그를 향해 몸을 돌리고, 그가 신비롭고 사랑스러운 그녀의 입술에 입맞춤을 할 때, 긴 고리버들 의자가 멋지게 삐거덕거렸다. 감기에 걸린 그녀의 목소리는 전보다 더 허스키하고 매력적이었다. 개츠비는 부유함 속에 간직된 젊음과 신비, 그녀가 걸친 많은 옷들의 청신함, 그리고 가난한 자들의 격렬한 투쟁 너머에서 안락하고 당당하게, 은처럼 빛나고 있는 데이지를 보며 완전히 압도되는 느낌이었다.

"내가 그녀를 사랑한다는 걸 깨닫고 얼마나 놀랐는지 말로 다 할 수가 없어요, 친구. 잠시 동안이나마 데이지가 나를 차버렸으면 하고 바랄 정도였으니까요. 하지만 그녀는 그러지 않았어요. 그녀도 나와 사랑에 빠져 있었죠. 데이지는 자기가 모르는 다른 것들을 알고 있다는 이유로 나를 똑똑하다고 생각했어요……. 아무튼 그땐 야망 같은 건 깡그리 잊어버리고 매 순간 사랑에 더 깊게 빠져 들어갔어요. 갑자기 모든 게 의미가 없어졌지요. 데이지와 앞으로의 일을 얘기하면서 즐거운 시간을 보낼 수 있는데 다른 대단한 일들을 해봐야 무슨 소용이 있겠습니까?"

외국으로 떠나기 전날 오후, 개츠비는 데이지를 팔에 안고 오랫동안 말없이 앉아 있었다. 추운 가을날이라 방에는 불을 지폈고, 그녀의 두 뺨은 발그레하게 물들어 있었다. 간간이 그녀가 움직일 때마다 그는 팔의 위치를 조금씩 바꾸었고, 한번은 그녀의 빛나는 검은 머리카락에 입을 맞추기도 했다. 마치 다음 날 예정된 긴 이별을 위해 추억을 깊이 간직하려는 것처럼, 그들은 그날 오후 내내 평온하게 보냈다. 그들이 사랑했던 한 달 동안, 그녀가 코트에 싸인 그의 어깨에 가만히 입을 맞춘 그 순간만큼, 그리고 깊이 잠든 사람에게 하듯 그가 그녀의 손가락 끝을 살짝 건드린 그 순간만큼, 서로에게 더 가까웠던 적은, 서로 더 깊이 마음이 통했던 적은 일찍이 없었다.

그는 전쟁을 치르면서 대단한 활약을 펼쳤다. 전선으로 나가기도 전에 육군 대위로 진급했고, 아르곤 전투에 뒤이어 소령이 되면서 사단의 기관총 대대 사령관으로 임명된 것이다. 휴전 조약 이후 미친 듯이 고향으로 돌아가려고 애썼지만, 행정 착오인지 오해 때문인지 그 대신 옥스퍼드로 가게 되었다. 그는 몹시 불안했다. 데이지의 편지들 속에는 초조함과 절망이 넘쳐나고 있었다. 그녀는 그가 돌아올 수 없는 이유를 납득하지 못했다. 외부세계의 압력 속에서 그녀는 개츠비의 존재를 바로 곁에서 느끼고 싶어 했고, 그녀의 선택이 결국 옳다는 것을 재확인하고 싶어 했다.

데이지는 젊었고, 그녀의 잘 꾸며진 세계는 난초들의 향기와 유쾌하고 즐거운 속물근성의 냄새로 가득했다. 슬픔과 삶에 대한 암시를 담아 오케스트라들은 그 해의 곡들을 연주해댔다. 색소폰이 구슬픈 소리로 〈빌 스트리트 블루스〉[29]의 절망적인 넋두리를 밤새도록 연주하는 동안 금색과 은색 구두 100여 켤레는 반짝이는 먼지를 일으키고 다녔다. 차를 마시는 어슴푸레한 시간이면 방들은 언제나 이런 은근하고 달콤한 열기로 쉬지 않고 들썩였고, 무도회장 주변에서는 구슬픈 트럼펫 소리에 흩날리는 장미 꽃잎처럼 새로운 얼굴들이 여기저기 떠돌아다녔다.

이런 혼란스러운 세계를 접하면서 데이지는 다시 본격적으로 사교 무대에 나서기 시작했다. 갑자기 하루에 대여섯 명의 남자와 대여섯 차례의 데이트를 즐기는가 하면, 새벽에는 침대

---

29) 1917년 W. C. 핸디가 작곡한 유명한 노래.

옆 시들어가는 난초들 사이에서 구슬과 레이스 장식이 달린 이브닝드레스를 잔뜩 구긴 채 바닥에 앉아 꾸벅꾸벅 졸고 있기 일쑤였다. 하지만 언제나 그녀의 마음속에서는 무언가 결단을 요구하는 소리가 있었다. 그녀는 지금 당장 삶이 안정된 형태를 갖추기를 원했다. 그리고 그런 삶은 사랑과 돈같이 매우 현실적인 외부의 힘에 의해서 완성되어야 하는 것이었다.

그러한 힘은 봄이 한창 무르익었을 무렵 톰 뷰캐넌의 등장으로 실현되었다. 그의 배경과 신분에는 건전한 무게감이 있었고, 그것이 데이지를 우쭐하게 만들었다. 물론 약간의 안도감과 함께 약간의 갈등도 있었을 것이다. 하지만 결국, 개츠비가 아직 옥스퍼드에 머무는 동안 데이지의 편지가 그에게 도착했다.

이제 롱아일랜드에 새벽이 찾아왔다. 우리는 돌아다니면서 아래층 나머지 창문들을 열어 집 안을 어슴푸레한 금빛으로 가득 채웠다. 나무 그림자가 이슬 위로 후두두 떨어졌고, 유령처럼 조용하던 새들이 푸른 나뭇잎 사이에서 노래를 부르기 시작했다. 바람이 거의 불지 않는 공기 중에 느리고 기분 좋은 움직임이 감지되는 것으로 보아 오늘도 선선하고 좋은 날씨가 될 것 같았다.

"데이지는 남편을 결코 사랑하지 않았을 겁니다." 개츠비가 창문에서 몸을 빙 돌리며 도전적인 눈빛으로 나를 쳐다보았다. "기억해야 해요, 친구. 데이지가 어세 오후엔 몹시 흥분 상태였다는 걸요. 그자가 겁을 주는 식으로 이야기했잖아요. 마치 나를 싸구려 사기꾼 같아 보이게 만들었지요. 그 바람에 데이지는 자기가 무슨 말을 하고 있는지 거의 알지도 못했어요."

　그가 침통한 표정으로 자리에 앉았다.

　"물론 아주 잠시, 신혼 초에는 그를 사랑했을 수도 있어요. 그래도 그때조차 나를 더 사랑했습니다. 알겠어요?"

　갑자기 그가 별난 말을 꺼냈다.

　"어쨌든, 그건 개인적인 문제이지요."

　도대체 그게 무슨 말일까? 판단을 내릴 수 없는 상황에 대해 그가 강하게 집착하고 있다고 할밖에는 달리 그 말을 이해할 방도가 없었다.

　그가 프랑스에서 돌아왔을 때 톰과 데이지는 아직 신혼여행 중이었다. 그는 비참한 기분에 휩싸인 채 마지막 남은 군대 봉급을 탈탈 털어 억누를 수 없는 충동에 이끌려 루이빌을 찾았다. 그곳에서 일주일 간 머물며, 11월의 그날 밤 그들의 발소리가 타박거렸던 그 거리들을 다시 걸어보고, 그녀의 하얀 차로 운전하며 다녔던 외딴 장소들을 다시 찾아가보았다. 데이지의 집이 그에게는 다른 어떤 집들보다 언제나 더 신비롭고 명랑해 보였던 것처럼, 비록 그녀는 떠나버렸지만 이 도시도 그의 생각 속에서는 우수 어린 아름다움으로 가득 차 있었다.

　그는 루이빌을 떠났다. 좀 더 열심히 뒤져보면 어디선가 데이지를 발견할 수 있을 것만 같기에, 그녀를 뒤에 남겨두고 떠나는 것만 같았다. 이제 그는 무일푼이었고, 일반 객차는 무더웠다. 개츠비는 객차의 열린 연결 복도로 나가서 접는 의자에 앉았다. 역이 미끄러지듯 멀어지면서 낯선 건물들의 뒷모습이 눈앞에 스쳐 지나갔다. 봄의 들판으로 나오자 노란 전차가 잠시 동안 경주하듯 나란히 달렸다. 어쩌면 전차에 탄 사람들은 어느 때인가 우연히 거리를 지나가다가 창백하고 매혹적인 그녀의 얼굴을 보았을지도 모른다. 선로가 구부러졌고 이제는 기차가 태양에서 멀어져 가고 있었다. 태양이 더 낮게 가라앉으면서, 그녀가 숨을 쉬던 저 사라져가는 도시 위에 축복을 내리듯 햇살이 잔잔히 퍼져나가고 있었다. 마치 한 움큼의 공기라도 움켜잡으려는 것처럼, 그녀와 함께했던 멋진 장소의 한 귀퉁이라도 간직하려는 것처럼, 개츠비는 필사적으로 손을 뻗었다. 하지만 이제 눈물로 흐려진 그의 눈에는 모든 게 너무 빨리 지나가고 있었다. 그는 자신이 그 도시에서 가장 생기 넘치고 가장 좋은 것을 영원히 잃어버렸음을 깨달았다.

우리가 아침 식사를 끝마치고 현관으로 나간 때는 9시였다. 밤새 날씨가 급격하게 바뀌어 공기 중에 벌써 가을의 기운이 감돌고 있었다. 개츠비의 예전 하인 중 마지막으로 남아 있던 정원사가 계단 아래로 다가왔다.

"오늘 수영장 물을 빼려고 합니다, 개츠비 씨. 금방 나뭇잎들이 떨어지기 시작할 테고, 그러면 언제나 파이프에 문제가 생기거든요."

"오늘은 하지 말게." 개츠비가 대답했다. 그러고는 사과하듯이 내게로 몸을 돌렸다. "이봐요, 친구. 내가 여름 내내 저 수영장을 한 번도 사용한 적이 없다고 얘기했던가요?"

나는 시계를 쳐다보며 일어섰다.

"12분 후면 기차 시간이군요."

하지만 시내로 가고 싶지 않았다. 업무에 그럴듯한 노력을 들일 만한 가치도 없었지만, 그보디 디한 이유가 있었나. 개츠비를 떠나고 싶지 않았던 것이다. 나는 그 기차를 놓치고 다음 기차까지 놓친 후에야 일어설 수 있었다.

"전화할게요." 마침내 내가 입을 열었다.

"그래요, 친구."

"정오쯤에 전화하죠."

우리는 계단을 천천히 걸어 내려갔다.

"아마 데이지도 전화할 겁니다." 마치 내가 그의 말에 동의해주기를 바라는 것처럼, 개츠비는 나를 간절히 쳐다보았다.

"그럴 겁니다."

"그럼, 잘 가요."

우리는 악수를 나누었고 나는 집 쪽으로 걸음을 옮겼다. 울타리에 도착하기 직전에 무언가 할 말이 생각나서 돌아섰다.

"그놈들은 죄다 썩어빠졌어요." 나는 잔디밭 너머로 외쳤다. "당신은 그 빌어먹을 녀석들 전부를 다 합친 것보다 더 가치 있는 사람입니다."

내가 그렇게 말했던 것이 지금까지도 기쁘다. 처음부터 끝까지 나는 그를 인정하지 않았기 때문에, 그것이 그에게 해주었던 유일한 찬사였다. 처음에는 그가 공손하게 고개를 끄덕였다. 그러다 마치 우리가 줄곧 그런 사실에 도취되어 공모라도 해왔던 것처럼 그의 얼굴에 모두 이해한다는 듯 환한 미소가 퍼져 나갔다. 개츠비가 입은 정장의 화려한 핑크색이 하얀 계단을 배경으로 밝은 색깔의 반점이 되었다. 문득 3개월 전, 이 오래된 저택을 처음 찾았던 날 밤이 생각났다. 잔디밭과 차도에는 개츠비를 부도덕한 인물이라고 수군거리던 얼굴들로 가득 차 있었다. 그때 그는 저 계단에 서서 자신이 꾸던 불멸의 꿈을 감춘 채 그들에게 손을 흔들어 작별 인사를 보내고 있었다.

나는 그의 환대에 감사했다. 우리는 언제나 그의 환대에 대해 감사하다고 말했다. 나도, 다른 사람들도 말이다.

"안녕." 내가 소리쳤다. "아침 식사 잘했어요, 개츠비."

뉴욕 시내로 와서, 그칠 줄 모르는 엄청난 양의 주식 시세표를 작성하려고 한동안 애쓰다가 회전의자에 앉은 채 잠이 들었다. 정오 직전 걸려온 전화에 깨어났다. 벌떡 일어나서 보니 이마에 식은땀이 배어나오고 있었다. 조던 베이커였다. 그녀는 종종 이 시간에 전화했다. 정해진 시간 없이 호텔과 클럽과 자기 집을 전전하는 그녀의 불확실한 일정 때문에 내게 연락할 다른 방법을 찾기가 어려웠다. 전화선을 타고 오는 그녀의 목소리는 대부분, 골프장의 초록색 잔디 조각이 사무실 창문으로 미끄러져 날아드는 것처럼 신선하고 시원하게 느껴졌지만, 오늘 아침 그녀의 목소리는 거칠고 메마르게 들렸다.

"데이지 집에서 나왔어요." 그녀가 말했다. "지금은 햄스테드에 있어요. 오늘 오후에 사우스햄튼으로 내려갈 작정이에요."

데이지의 집을 떠나는 것이 아마도 약삭빠른 짓이었겠지만 그런 행동에 짜증이 났다. 그리고 그녀의 다음 말에는 마음마저 굳어버렸다.

"어젯밤에 당신은 내게 다정하지 않았어요."

"그런 상황에서 그것이 뭐가 그렇게 중요합니까?"

잠시 동안 침묵이 흘렀다. 그런 다음 그녀가 다시 말했다.

"그렇지만…… 당신을 만나고 싶어요."

"나도 만나고 싶습니다."

"사우스햄튼에 가지 말고 오후에 시내로 갈까요?"

"아니……, 오늘 오후는 안 될 것 같아요."

"잘 알았어요."

"오늘 오후에는 불가능해요. 여러 가지로……."

우리는 한동안 그렇게 이야기하다가 갑자기 아무 말도 하지 않게 되었다. 어느 순간 딸깍, 하는 날카로운 소리와 함께 전화가 끊어졌지만 우리 중 누가 먼저 끊었는지는 모른다. 하지만 나는 신경 쓰지 않았다. 만약 그녀와 결코 다시 이야기할 수 없게 된다 하더라도, 그날만큼은 그녀와 한가롭게 차를 마시며 이야기를 나눌 수가 없었다.

몇 분 뒤 개츠비의 집으로 전화를 걸었지만, 통화 중이었다. 나는 네 번이나 더 시도했다. 마침내 화가 치민 전화 교환원이 디트로이트에서 걸려 온 장거리 전화 때문에 계속 통화 중이라고 알려주었다. 열차 시간표를 꺼내어 3시 50분 열차에 작게 동그라미를 쳤다. 그런 다음 의자에 기대 뭔가를 생각해 보려고 노력했다. 시계가 막 정오를 쳤다.

그날 아침 기차를 타고 잿더미의 계곡을 지날 때 일부러 객차의 반대편으로 건너갔다. 그곳에는 하루 종일 호기심에 찬 무리가 몰려 있을 것 같았다. 아마도 아이들은 먼지 속에서 검은 얼룩들을 찾아내려 할 테고, 수다스러운 누군가는 계속 반복해서 이야기를 떠벌리려 할 것이다. 당연히 그러다가 점차 현실성이 약해져서 어느 틈엔가 이야깃거리가 바닥을 드러낼 것이고, 머틀 윌슨의 비극적 절망도 결국 잊히게 될 터였다. 이제 이쯤해서 약간 앞으로 돌아가, 전날 밤 우리가 떠난 뒤 정비소에서 무슨 일이 벌어졌는지 이야기하고 싶다.

경찰은 여동생 캐서린의 소재를 파악하는 데 어려움을 겪었다. 그날 밤, 그녀는 술을 마시지 않는다는 자신의 규칙을 깨뜨린 것이 틀림없었다. 왜냐하면 그곳에 도착했을 때는 술에 취해 제정신이 아니어서 구급차가 벌써 플러싱으로 떠났다는 사실을 이해하지 못했기 때문이다. 얼마 뒤 그 사실을 깨닫자, 구급차가 떠난 것이 마치 이 사건의 가장 참을 수 없는 부분인 양 곧 기절해 버렸다. 친절해서인지 궁금해서인지, 어떤 사람이 그녀를 자기 차에 싣고 언니의 시신이 지나간 길을 따라가 주었다.

자정이 훨씬 넘어서까지 새로운 사람들이 속속 몰려와서 정비소 앞은 시끌벅적 소란스러웠다. 그 동안에도 조지 윌슨은 사무실 안의 소파에 앉아 계속 몸을 앞뒤로 흔들고 있었다. 한동안 사무실 문이 열려 있어서 정비소 안으로 들어온 사람이면 누구나 그 안을 들여다볼 수밖에 없었다. 마침내 누군가가 참으로 애통한 일이라고 혀를 차며 사무실 문을 닫아주었다. 미카엘리스와 다른 서너 명이 그와 함께 있었다. 처음에는 네댓 명이었는데, 나중에는 두세 명만 남았다. 조금 뒤에 미카엘리스가 마지막으로 남아 있는 낯선 사람에게 15분만 더 기다려 달라고 부탁하고는, 자기 가게로 돌아가서 커피 한 주전자를 끓여 왔다. 그런 다음, 혼자 그곳에서 새벽까지 윌슨과 같이 있었다.

3시쯤 윌슨의 두서없는 중얼거림에 변화가 일어났다. 그는 점점 차분해지더니 어느 순간 노란 차에 관해서 이야기하기 시작했다. 노란 차가 누구의 것인지 알아낼 방법이 있다고 외친 뒤, 두 달 전에 자기 아내가 얼굴에 타박상을 입고 코가 부풀어 오른 채 시내에서 돌아온 적이 있었다고 불쑥 내뱉었다.

하지만 자기가 말을 해놓고는, 순간 주춤하더니 곧 신음 소리를 내며 '오, 하느님 맙소사!' 라고 내뱉고 다시 울부짖기 시작했다. 미카엘리스가 그의 생각을 딴 데로 돌리려고 어쭙잖은 시도를 했다.

"조지, 결혼한 지는 얼마나 됐어요? 자, 저기, 잠시 가만히 앉아서 내가 묻는 말에 대답해 보세요. 결혼한 지는 얼마나 되었어요?”

“12년.”

“아이들은 없나요? 자, 조지, 가만히 앉아 계세요……. 제가 묻고 있잖아요. 아이들은 없나요?”

단단한 갈색 풍뎅이들이 희미한 등불에 탕 하고 계속 부딪혔다. 바깥 도로를 따라 차들이 질주하는 소리가 들릴 때마다 미카엘리스는 몇 시간 전에 멈추지 않고 뺑소니를 친 차의 소리를 듣는 듯했다. 그는 정비소 안으로는 들어가고 싶지 않았다. 시체가 놓였던 작업대에 얼룩이 져 있었기 때문이다. 그래서 불편하지만 사무실 주변에서 서성거렸고, 그 덕분에 아침이 되기도 전에 사무실 안에 무슨 물건이 있는지 다 알게 되었다. 그러는 동안 이따금씩 윌슨 곁에 앉아서 그를 좀 더 진정시키려고 애썼다.

“가끔씩이라도 가던 교회가 있나요, 조지? 오랫동안 나간 적이 없더라도 말이지요. 내가 교회에 전화를 걸어서 목사님께 오시라고 할 수도 있어요. 함께 이야기를 나누면 도움이 될 거예요.”

“아무 데도 안 다녀.”

“이런 때를 위해서라도 교회에 다니셔야 해요, 조지. 틀림없이 한 번은 교회에 갔었겠지요. 교회에서 결혼하지 않았나요? 조지, 내 말 좀 들어보세요. 교회에서 결혼하지 않았어요?”

“그건 오래전이지.”

대답하려는 노력 때문에 몸을 흔들던 리듬이 깨졌다. 잠시 동안 그는 조용했다. 그런 다음 반쯤은 아는 것 같고 반쯤은 당혹스러워하는, 이전과 똑같은 표정이 그의 희미한 시선에 다시 떠올랐다.

“거기 서랍 안을 들여다봐.” 그가 책상을 가리키면서 말했다.

“어떤 서랍요?”

“저 서랍…… 저거.”

미카엘리스가 자기 쪽에서 가장 가까이 있는 서랍을 열었다. 그 안에는 은으로 된 작고 값비싼 가죽 개줄이 들어 있었다. 새 것처럼 보였다.

“이거요?” 미카엘리스가 그것을 들어 올리며 물었다.

윌슨이 그걸 보더니 고개를 끄덕였다.

“어제 오후에 그걸 발견했어. 아내가 뭐라고 변명하긴 했지만, 무언가 수상한 물건이라는 걸 알고 있었지.”

“부인이 이걸 사셨다는 뜻인가요?”

“아내는 그걸 포장지로 싸서 화장대 위에 놓아두었더군.”

미카엘리스는 그게 뭐가 이상한지 알 수 없었다. 그는 윌슨에게 그의 아내가 개줄을 살 만한 이유를 십여 개나 대주었다. 하지만 윌슨은 이미 머틀로부터 그와 똑같은 설명을 들은 적이 있는 것 같았다. 그가 다시 ‘오, 하느님 맙소사!’ 를 중얼거리기 시작했기 때문이다. 위로하던 미카엘리스의 말들이 허공 속으로 사라져버렸다.

“그러니까 그놈이 아내를 죽인 거야.” 윌슨이 말했다. 그의 입이 갑자기 쩍 벌어졌다.

“누가 그랬다고요?”

“알아낼 방법이 있어.”

“무서워요, 조지.” 미카엘리스가 말했다. “아저씨는 제정신이 아니어서 지금 무슨 말을 하고 있는지도 모르고 있는 거예요. 아침까지 가만히 앉아 있는 게 좋겠어요.”

"그놈이 죽였다고."

"그건 사고였어요, 조지."

윌슨은 고개를 저었다. 눈을 가늘게 뜨고 입을 약간 벌린 채 아주 요란하게 '흠!' 하고 유령 같은 소리를 냈다.

"나는 알아." 그가 단호하게 말했다. "나는 남의 말을 잘 믿는 사람이고 어느 누구에게도 해를 끼칠 생각이 없어. 하지만 내가 뭘 알게 될 때에는 진짜 아는 거야. 그 차에 있던 자였어. 아내가 그놈에게 뭔가 말하려고 달려 나간 건데, 그놈은 차를 세우려고도 하지 않았어."

미카엘리스도 그걸 목격했지만, 특별한 의미가 있다는 생각은 떠오르지 않았다. 윌슨 부인이 어떤 특정한 차를 세우려고 했다기보다는 남편에게서 달아나던 중이었다고 믿고 있었던 것이다.

"부인이 왜 그러셨겠어요?"

"앙큼한 여자였어." 마치 그게 질문의 대답인 것처럼 윌슨이 말했다. "아, 아, 아……."

그가 다시 몸을 흔들기 시작했고, 미카엘리스는 손으로 개줄을 비비 꼬면서 서 있었다.

"제가 전화를 걸어드릴 친구는 몇 있겠지요, 조지?"

쓸데없는 희망이었다. 윌슨에게 친구가 없다는 걸 그도 거의 확신하고 있었다. 아내만 해도 그에게는 벅차고 넘쳤으니까. 조금 뒤 그는 창문에 푸른빛이 되살아나 방 안이 바뀌면서 새벽이 멀지 않았다는 걸 깨닫고는 기뻐했다. 5시쯤, 밖이 충분히 밝아지자 등불을 꺼버렸다.

윌슨의 생기 없는 시선이 밖에 있는 잿더미의 계곡 쪽으로 향했다. 작은 잿빛 구름들이 환상적인 모양으로 미약한 새벽바람에 이리저리 날리고 있었다.

"내가 아내에게 말했어." 오랜 침묵 뒤에, 그가 중얼거렸다.
"나를 속일 수는 있어도 하느님을 속일 수는 없다고. 아내를 창
가로 데리고 갔어." 그가 가까스로 일어나 뒤쪽 창가로 걸어가
서는 얼굴을 창에 대고 기댔다. "그리고 내가 말했지. '하느님
은 당신이 해온 짓, 당신이 해온 모든 일들을 알고 계셔. 당신
이 나는 속일 수 있을지 몰라도 하느님을 속일 수는 없어!' 라
고.'"

뒤에 서 있던 미카엘리스는 그가 T. J. 에클버그 박사의 두
눈을 응시하고 있는 걸 알고는 깜짝 놀랐다. 어둠이 사라져가
면서, 어렴풋하게 그 거대한 모습이 드러나기 시작한 것이다.

"하느님이 모든 걸 보고 계셔." 월슨이 되풀이했다.

"저건 광고예요." 미카엘리스가 그를 설득하려고 했다. 무엇
때문인지 월슨은 창문에서 떨어져 나와 잠시 방 안을 돌아보았
다. 하지만 금세 다시 창유리에 얼굴을 가까이 대고, 어스름을
향해 고개를 끄덕이면서 그곳에 오랫동안 서 있었다.

6시가 되자 미카엘리스는 지쳐버렸다. 그래서 밖에 차가 멈
추는 소리를 듣자 반가운 마음이 들었다. 다시 오겠다고 약속
했던 전날 밤의 밤샘꾼들 중 하나였다. 그래서 세 사람을 위한
아침 식사를 요리했지만 그 남자와 둘이서만 먹었다. 월슨은
이제 더 조용해졌고, 미카엘리스는 잠을 자러 집으로 갔다. 네
시간 뒤에 깨어나서 정비소로 서둘러 돌아와 보니, 월슨은 사
라지고 없었다.

나중에 밝혀진 월슨의 행적을 보면—그는 계속 걸어 다녔
는데—, 루즈벨트 항구에 갔다가 개즈힐까지 가서는 커피 한

잔과 결국 먹지도 않을 샌드위치를 샀다. 정오 때까지도 개즈 힐[30]에 도착하지 못한 것을 보면, 그는 피곤해서 천천히 걸었던 게 틀림없었다. 여기까지는 그가 어떻게 시간을 보냈는지 어렵 지 않게 설명할 수 있었다. '약간 미치광이처럼 행동하는' 남자 를 본 아이들이 있었고, 도로변에서 그 남자가 자신들을 이상 하게 쳐다봤다던 운전사들이 나타났다. 그런 다음 세 시간 동 안 그의 자취가 묘연했다. '알아낼 방법이 있다'고 미카엘리스 에게 했던 말에 의거해, 경찰관은 월슨이 노란 차를 탐문하면 서 주변의 정비소를 여기저기 다니며 그 시간을 보냈다고 추정 했다. 하지만 그를 봤다는 정비소 사람이 한 명도 나서지 않은 걸로 봐서, 아마도 자신이 알고 싶어 하는 바를 찾아내는 더 쉽 고 확실한 방법을 발견했는지도 몰랐다. 2시 반쯤에 그는 웨스 트 에그에 도착해서 개츠비의 집으로 가는 길을 누군가에게 물 었다. 그때쯤에는 그가 이미 개츠비의 이름을 알고 있었다.

2시, 수영복 차림의 개츠비는 수영장에 있을 테니 누군가 전 화하면 알려달라고 집사에게 말을 남겼다. 그는 여름 내내 손 님들이 즐겁게 이용했던 공기 매트리스를 가지러 차고에 들렀 고, 운전사가 그를 도와 매트리스에 바람을 넣었다. 그런 다음 그는 어떤 상황이 와도 오픈카를 꺼내 놓지 말라고 지시했다. 그런데 운전사로선 이상한 일이었다. 오른쪽 앞 펜더를 수리할 필요가 있었기 때문이다.

---

30) 브루콜리에 의하면, 개즈힐은 1920년대 롱아일랜드의 어떤 지도에서도 그 위치를 찾을 수 없었다. 그러므로 개즈힐은 피츠제럴드가 만든 '신화적 지명' 의 일부로서, 명백히 '개츠비'를 암시하는 것으로 보인다. (그리고 개츠비는 총을 암시한다.) 또한 셰익스피어의 희곡 『헨리 4세』 제1부에 나오는 할 왕자 가 가짜로 폴스타프를 강탈하는 장소이기도 하다.

개츠비는 매트리스를 어깨에 메고 수영장으로 출발했다. 가는 도중 한 번 멈춰 서서 매트리스의 위치를 약간 바꾸었다. 그래서 운전사가 도움이 필요한지 물어보았지만, 그는 고개를 젓고 노랗게 물들어 가는 나무들 사이로 곧 사라져버렸다.

어떤 전화 메시지도 도착하지 않았지만, 집사는 졸지도 않고 4시까지 전화를 기다렸다. 혹시 전화가 왔더라도, 그건 받을 사람이 없어지고 난 훨씬 나중의 일이었다. 나는 개츠비 자신도 전화가 오리라는 걸 믿지 않았다고 생각한다. 아마도 더 이상 그런 건 신경 쓰지 않았을 것이다. 그리고 만약 그게 사실이라면, 개츠비는 분명 자신을 감싸주던 예전의 따뜻한 세상이 사라졌으며, 단 하나의 꿈을 갖고 그토록 오랫동안 살아왔던 것에 대해 스스로 값비싼 대가를 치렀다고 느꼈을 것이다. 그는 분명 무시무시한 나뭇잎들 사이로 비친 낯선 하늘을 올려다보고는 장미가 얼마나 기괴하게 보일 수 있는지, 거의 가꾸지 않은 잔디밭 위에 비치는 햇빛이 얼마나 생경한지 깨닫고는 몸을 부르르 떨었을 것이다. 새로운 세계, 현실감이 없는 물질적인 세계에서 가련한 유령들은 공기를 마시듯 꿈을 들이마시면서 우연처럼 주변을 떠도는 법이다…… 형체도 구분할 수 없이 희끄무레한 나무들 사이를 지나 소리 없이 그에게 다가가는 저 무시무시한 잿빛 환영처럼.

운전사가 —울프심의 부하들 중 하나였다— 총소리를 들었다. 그는 나중에 총소리에 대해 그리 심각하게 생각하지 않았다고 말했다. 나는 역에서 곧바로 개츠비의 집으로 운전해 갔다. 내가 불안해하며 현관 계단을 뛰어 올라간 것이 그들에게는 위급함을 알리는 첫 신호가 되었다. 하지만 그 순간 모두가 뭔가를 직감하고 있었다고 확신한다. 아무 말 없이 운전사, 집사, 정원사와 나, 우리 넷은 수영장으로 허겁지겁 내려갔다.

한쪽 끝에서 나오는 맑은 물이 다른 쪽 끝에 있는 배수구 쪽으로 조용히 흘러갔기 때문에 물의 움직임은 거의 보이지 않을 정도로 희미했다. 물결이라고도 할 수 없는 미세한 잔물결들로 인해, 개츠비를 실은 매트리스는 불규칙적으로 수영장 아래를 향해 움직이고 있었다. 수면에 거의 물결을 일으키지 못하는 한 점의 작은 바람이었지만, 의도하지 않았던 짐을 싣고 의도하지 않았던 방향으로 흘러가는 매트리스를 흔들어 놓기에는 충분했다. 물 위에 떠 있던 나뭇잎 더미가 바람에 밀려 매트리스와 살짝 부딪히자, 컴퍼스로 그려 놓은 듯 가느다란 붉은 동그라미가 물 위에 흔적을 남겼다.

우리가 개츠비를 메고 집 쪽으로 출발한 뒤에 정원사가 잔디밭으로부터 얼마 떨어지지 않은 곳에서 윌슨의 시체를 발견했다. 그렇게 대학살은 막을 내렸다.

9장

2년이 지난 후 그날의 나머지 시간과 그날 밤, 다음 날에 대한 기억은 경찰과 사진사, 신문기자들이 개츠비 집의 현관을 뻔질나게 들락날락거렸다는 것뿐이다. 정문에 로프를 쳐서 경찰관이 구경꾼들을 막았지만, 아이들은 곧 우리 집 마당을 통해 그 집으로 들어갈 수 있다는 걸 알아냈다. 그래서 수영장 주변에는 언제나 입을 딱 벌린 채 옹기종기 모여 있는 아이들이 몇 명씩 있었다. 그날 오후 형사인 듯 보이는 사람이 자신만만한 태도로 윌슨의 시체를 굽어보면서 '미치광이'라는 표현을 사용했는데, 운 좋게도 그 말이 다음 날 아침 신문기사의 기조로 자리 잡았다.

그런 기사들의 대부분은 악몽이었다. 증거도 없이 추측만으로 신나게 써대는 기괴한 기사들은 대개 사실이 아니었다. 검시 때 미카엘리스의 증언에 따라 윌슨이 지기 이네를 의심했다는 문제가 불거졌는데, 그 때문에 이 사건 전체가 곧 선정적인 풍자거리로 이용되리라는 예감이 들었다. 하지만 뭔가 할 말이 있을 것 같은 캐서린은 한 마디도 하지 않았다. 그녀는 놀라울 정도의 성품을 보여주었다. 잘 다듬어 그린 눈썹 아래 단호한 눈빛으로 흘끔흘끔 곁눈질을 하면서, 언니는 개츠비를 한 번도 만난 적이 없으며, 남편과 더할 나위 없이 행복했고, 그 어떤 나쁜 행동도 한 적이 없다고 증언했던 것이다. 캐서린은 스스로 확신에 차서 마치 그런 의심 자체로도 견딜 수 없다는 듯 손수건에 얼굴을 묻고 울었다. 그리하여 월슨이 '슬픔에 빠져 미쳐버린' 사람으로 격하되면서 사건은 단순하게 처리되었다. 그리고 거기서 사건은 그대로 마무리되었다.

하지만 이 모든 게 허무하고 부질없는 것 같았다. 나 혼자만 개츠비의 편이라는 걸 알게 되었기 때문이다. 참사 소식을 웨스트 에그 마을에 전화해 알린 순간부터, 그에 관한 억측과 실질적인 질문은 모두 내 담당이 되었다. 처음에는 놀랍고 당황스러웠다. 그런데 어느 순간, 그가 저렇게 숨이 끊어져서 움직이지도, 말하지도 못하고 누워 있으니, 이제부터는 나라도 나서야 한다는 생각이 들었다. 왜냐하면 어느 누구도 관심을 가지지 않았으니까. 대개 마지막 순간에는 누구나 조금씩 개인적 관심을 갖게 마련인데, 개츠비에게는 아무도 그러지 않았다.

그를 발견한 지 반 시간 뒤에 나는 데이지에게 본능적으로 아무 망설임 없이 전화했다. 하지만 그녀와 톰은 그날 오후 일찌감치 여행 가방까지 챙겨서 멀리 떠나버린 상태였다.

"주소도 남기지 않았습니까?"

"네."

"언제 돌아오는지 아시나요?"

"모릅니다."

"어디에 있는지도 모르십니까? 정말 연락할 방법이 없나요?"

"모르겠습니다. 말씀드릴 수 없네요."

나는 개츠비를 위해 누군가라도 찾아내고 싶었다. 그가 누워 있는 방에 들어가서 위로해 주고 싶었다. "내가 당신을 위해 누군가를 찾아낼게요, 개츠비. 걱정 말아요. 그냥 나를 믿어요. 당신을 위해 누구라도 찾아낼 테니……."

마이어 울프심의 이름은 전화번호부에 없었다. 집사가 브로드웨이에 있는 그의 사무실 주소를 가르쳐주었고, 전화 안내원에게 문의했지만 전화번호를 알아냈을 때쯤엔 5시가 훨씬 지나서 그런지 아무도 전화를 받지 않았다.

"다시 걸어주시겠습니까?"

"벌써 세 번째 걸었어요. 매우 중요한 일입니다."

"미안합니다. 아무도 없는 것 같아요."

응접실로 돌아왔을 때, 그곳을 가득 메운 수많은 사람들은 그저 잠깐 들른 손님, 공적인 일을 처리하러 온 사람들이라는 생각이 들었다. 그들이 시트를 내리고 놀란 눈으로 개츠비를 쳐다보고 있을 때에도, 그의 애처로운 목소리가 내 머릿속에 계속 울려 퍼지고 있었다.

'이봐요, 친구. 나를 위해 누군가를 찾아주세요. 열심히 애써 달란 말입니다. 나 혼자서는 다 감당해낼 수가 없어요.'

누군가 내게 질문을 하기 시작했지만, 나는 그를 피해서 위층으로 올라가 잠겨 있지 않은 그의 책상 서랍을 서둘러 뒤졌다. 그는 내게 자기 부모가 죽었다고 확실하게 이야기한 적이 없었다. 그러나 아무것도 없었다. 오직 댄 코디의 사진만이 잊힌 폭력의 상징으로 벽에서 내려다보고 있을 뿐이었다.

다음 날 아침 나는 집사 편에 울프심에게 보내는 편지를 뉴욕으로 보냈다. 개츠비에 대한 정보를 부탁하면서 다음 기차로 내려와 달라고 요청했다. 편지를 쓰면서도 이런 부탁이 쓸데없는 짓 같다는 생각을 했다. 정오 전에 데이지로부터 전화가 올 것이라고 확신했던 것처럼, 그가 신문을 보면 바로 출발할 것이라고 확실히 믿었기 때문이다. 하지만 전화는 걸려오지 않았고, 울프심도 도착하지 않았다. 더 많은 경찰들과 사진사들, 신문기자들만이 들이닥칠 뿐이었다. 집사가 울프심의 답장을 갖고 돌아왔을 때, 나는 그들 모두에 대해 저항감, 즉 개츠비와 나 사이에 어떤 냉소적인 연대감이 생기는 것을 느꼈다.

친애하는 캐러웨이 씨. 이 일은 내 인생에서 겪은 가장 끔찍한 충격들 중의 하나여서, 이것이 사실이라는 것조차 거의 믿을 수가 없소. 그자가 한 미친 행동은 우리 모두로 하여금 생각이라는 걸 하게 만드는구려. 나는 지금 아주 중요한 사업에 묶여 있어서 갈 수가 없으며, 지금 이 일에 관여할 수도 없소. 내가 할 수 있는 일이 있다면 나중에 에드거를 통해 편지로 알려 주기 바라오. 이런 소식을 듣고 나니 내가 어디에 있는지도 알 수 없을 정도로 너무 큰 충격을 받아 쓰러질 지경이라오.

마이어 울프심 드림

바로 아래에 추신이 휘갈겨 쓰여 있었다.

장례식 등 기타 사항에 관해 알려 주기 바라오. 그의 가족에 대해서는 나도 전혀 모르겠소.

그날 오후 전화벨이 울리고 시카고에서 걸려 온 장거리 전화라고 했을 때, 마침내 데이지일 것이라고 생각했다. 하지만 전화상으로 들리는 건 아주 가늘고 멀게 느껴지는 남자의 목소리였다.

"슬레이글입니다……."

"네?" 이름이 낯설었다.

"엄청난 소식이죠. 안 그래요? 제 전보 받으셨나요?"

"아무런 전보도 못 받았는데요."

"파크란 녀석이 곤란해졌어요." 그가 재빨리 말했다. "계산대 너머로 증권을 건네주다 잡혔어요.[31] 바로 5분 전에 증권 번호가 표시된 회람장이 뉴욕에서 도착했다는 거예요. 그 일에 대해서 뭐 알고 있나요? 이 시골 마을에서는 뭘 알아볼 수가 없어서요……."

"여보세요!" 내가 황급히 말허리를 끊었다. "이것 보세요, 나는 개츠비 씨가 아닙니다. 개츠비 씨는 죽었어요."

전화선의 반대편에서 탄식 소리가 들리더니 긴 침묵이 흘렀다……. 그런 다음 짧은 불평 소리와 함께 전화가 끊어졌다.

미네소타 주의 어느 도시로부터 헨리 C. 개츠라고 서명된 전보가 도착한 건 사흘째 되던 날이었을 것이다. 전보에는 발신자가 즉시 떠날 것이니 그가 도착할 때까지 장례식을 연기해 달라고만 쓰여 있었다.

그는 개츠비의 아버지로, 근엄한 노인이었다. 기운 없어 보이는 얼굴에는 슬픔이 가득했고, 9월의 따뜻한 날이었는데도 긴 싸구려 일스터 외투로 몸을 감싸고 있있다. 흥분한 그의 두 눈에서 눈물이 계속 흘러내렸다. 손에서 가방과 우산을 받아

---

31) 아널드 로스스타인이 아마도 그랬을 것처럼, 개츠비가 훔친 유가증권을 취급하는 데 관여하고 있었다는 증거이다.

들자, 숱이 적은 회색 턱수염을 자꾸 쓸어내리는 통에 그의 외투를 벗기는 데 애를 먹었다. 그는 기절하기 직전이었기 때문에 나는 음악실로 데리고 들어가서 자리에 앉히고는 사람을 시켜 먹을 걸 갖고 오게 했다. 하지만 그는 아무것도 먹으려 하지 않았고 떨리는 손 때문에 잔에서 우유가 흘러내렸다.

"시카고 신문에서 보았소." 그가 말했다. "시카고의 모든 신문에 기사가 났더군요. 그걸 보자마자 즉시 출발한 거요."

"어떻게 연락드리면 될지 몰랐습니다."

공허하게 텅 빈 그의 시선이 방 안을 끊임없이 돌아다녔다.

"그놈은 미치광이야. 틀림없이 미친 게야." 그가 말했다.

"커피 좀 드시겠습니까?" 그에게 권했다.

"됐소. 이제 괜찮아요. 성함이……."

"캐러웨이입니다."

"글쎄, 나는 이제 괜찮아요. 지미를 어디에 두었소?"

그를 아들이 누워 있는 응접실 안으로 데리고 가서 그곳에 남겨 두고 나왔다. 아이들이 계단을 올라와서 홀 안을 들여다보고 있었다. 누가 도착했는지 이야기해 주자 아이들은 마지못해 밖으로 나갔다.

조금 후 개츠 씨가 문을 열고 나왔다. 입은 약간 벌린 채 발갛게 상기된 얼굴이었고, 두 눈에서 눈물이 때때로 불규칙하게 흘러내렸다. 그는 이제 죽음의 공포에 휘둘리지 않을 나이에 도달해 있었다. 처음으로 주변을 둘러보면서 홀의 높은 천장과 화려한 장식, 다른 방들로 연결돼 있는 커다란 방들의 웅장함이 눈에 들어오자 그의 슬픔은 경외에 가까운 자부심과 뒤섞이기 시작하는 듯했다. 그를 위층 침실로 안내했다. 코트와 조끼를 벗는 동안 나는 그가 올 때까지 모든 조치를 연기해 놓았다고 알려 주었다.

"어떻게 하실지 몰라서요, 개츠비 씨……."

"내 이름은 개츠요."

"……개츠 씨. 서부로 운구하고 싶어 하실지도 모른다고 생각했습니다."

그가 고개를 저었다.

"지미는 언제나 동부를 더 좋아했지요. 동부에서 지금의 위치까지 올라갔거든. 우리 아들의 친구였습니까, 선생……?"

"가까운 친구였습니다."

"아시다시피 그 애 앞에는 창창한 미래가 있었지요. 아직 젊었지만, 여기, 머리가 좋았어요."

그는 자랑스레 자기 머리를 톡 건드렸다. 내가 고개를 끄덕였다.

"살았더라면 위대한 인물이 되었을 거요. 제임스 J. 힐[32] 같은 사람 말이오. 이 나라를 건설하는 데 도움을 주었을 거요."

"맞습니다." 거북스러워하며 내가 말했다.

그는 수놓은 침대보를 만지작거리면서 침대에서 벗겨내려고 하다가 그대로 뻣뻣하게 누워버렸다. 그러고는 바로 잠이 들었다.

그날 밤 겁에 질린 어떤 사람에게서 전화가 왔는데 그는 자기 이름을 대기도 전에 나더러 누구냐고 물었다.

"캐러웨이입니다." 내가 말했다.

"아!" 마음을 놓는 듯한 소리였다. "클립스프링어입니다."

---

32) 피츠제럴드의 고향인 미네소타 주 세인트폴에 살았던 철도 재벌. 5대호와 태평양 연안을 연결하는 대북부 철로를 건설했다. 피츠제럴드는 자기 작품에서 그를 서너 번 언급했다.

나도 마음이 놓였다. 개츠비의 장례식에 또 한 명의 친구가 올 수 있을 것 같았기 때문이다. 신문에 부고를 내어 구경꾼을 끌어 모으고 싶지는 않았다. 그래서 몇몇 사람에게 직접 전화를 걸고 있는 중이었다. 그러나 올 만한 사람들을 찾아내기가 어려웠다.

"장례식은 내일입니다." 내가 말했다. "3시, 이 집에서요. 누구든 관심 있는 사람에게 연락해 주십시오."

"아, 그러죠." 그가 성급하게 대답했다. "물론 누구도 만날 것 같지는 않지만, 만난다면 그럴게요."

그의 어조가 어쩐지 의심스러웠다.

"물론 당신은 오겠지요?"

"글쎄, 물론 노력하겠습니다. 내가 전화를 건 용건은……"

"잠깐만요." 내가 끼어들었다. "오신다고 확실히 말씀해 주시죠."

"글쎄, 사실…… 솔직히 그리니치에서 몇몇 사람들과 같이 머물고 있습니다. 그런데 이 사람들은 내일 내가 같이 있기를 기대하고 있어요. 사실, 야유회 같은 게 있거든요. 물론 빠져나오려고 최선의 노력은 다할 겁니다."

나는 더 이상 참지 못하고 "허!" 하며 짧은 탄식을 내뱉었는데 아마도 그 소리를 들었던 모양이다. 갑자기 그가 신경질적으로 말하기 시작했다.

"내가 전화를 건 용건은 그곳에 놓고 온 신발 한 켤레 때문입니다. 큰 문제가 아니라면 집사를 시켜서 그걸 보내주셨으면 해서요. 테니스 신발이에요. 그게 없으면 제가 꼼짝 못하거든요. 주소는 B. F……"

주소의 나머지 부분은 듣지도 않았다. 수화기를 내려놓았기 때문이다.

그 후 나는 개츠비에게 조금 면목이 없었다. 내가 전화를 걸었던 한 신사는 자업자득이라는 식으로 말했는데, 그건 분명 내 잘못이었다. 그는 개츠비의 술을 마시고는 어쭙잖은 용기를 빌어 개츠비를 아주 지독하게 비웃던 사람들 중 하나였기 때문이다. 그에게는 전화를 걸지 말았어야 했다.

장례식 날 아침에 마이어 울프심을 만나러 뉴욕으로 갔다. 다른 방식으로는 도무지 그에게 연락할 수 없을 것 같았다. 엘리베이터 보이의 조언에 따라 내가 밀고 들어간 문에는 '스와스티카 지주 회사' [33]라는 간판이 붙어 있었다. 처음에는 안에 아무도 없는 것 같았다. 하지만 내가 부질없이 '여보세요'라고 서너 번 소리치자, 칸막이 뒤편에서 옥신각신 입씨름이 터져 나왔다. 이윽고 예쁘장한 유대인 여자가 안쪽 문에서 나타나더니 경계하는 듯한 검은 눈으로 나를 찬찬히 살펴보았다.

"아무도 없어요." 그녀가 말했다. "울프심 씨는 시카고에 갔어요."

적어도 그녀의 첫 마디는 확실히 사실이 아니었는데, 누군가가 안에서 〈로사리오〉를 음정도 맞지 않게 휘파람으로 불기 시작했기 때문이다.

"캐러웨이가 만나 뵙고 싶어 한다고 전해 주십시오."

"제가 시카고에서 그분을 데려올 수는 없잖아요. 안 그

---

33) 스와스티카(나치 문장)는 유대인 울프심이 파시스트라는 것을 암시하는 게 아니다. 히틀러가 1920년 이 문장을 채택했지만, 피츠제럴드가 글을 쓰던 당시 이 사실은 널리 유포되지 않았다. 게다가 (나치 문장으로 사용된) 스와스티카는 그저 장식 문장이었다.

래요?"

그 순간 울프심의 것이 틀림없는 목소리가 문 안쪽에서 '스텔라!' 하고 불렀다.

"책상 위에 성함을 남겨 두세요." 그녀가 재빨리 말했다. "그가 돌아오면 전해 드릴게요."

"하지만 저기 계시잖습니까?"

그녀가 내 쪽으로 한 걸음 다가오더니 격분한 듯이 손을 엉덩이 위아래로 문지르기 시작했다.

"당신네 젊은 사람들은 아무 때나 여기에 밀고 들어올 수 있다고 생각하는데요." 그녀가 호통을 쳤다. "아주 지긋지긋해요. 내가 시카고에 있다고 말하면, 시카고에 있는 거예요."

나는 개츠비의 이름을 댔다.

"어머!" 그녀가 나를 다시 훑어보았다. "당신은…… 성함이 어떻게 되신다고요?"

그녀가 안으로 사라졌다. 곧이어 마이어 울프심이 출입구에 나타나 점잔 빼며 선 채로 손을 내밀었다. 그는 나를 사무실 안으로 끌고 들어가더니 우리 모두에게 슬픈 시기라고 경건한 목소리로 말했다. 그리고 내게 시가를 권했다.

"그를 처음 만났던 때가 기억나는군." 그가 말했다. "방금 제대해 전쟁에서 받은 훈장을 가득 달고 있던 젊은 소령이었소. 형편이 너무 어려워서 사복을 살 수 없었기 때문에 군복을 계속 입어야만 했지. 처음 그를 본 건, 33번가의 와인브레너 당구장에 들어와서 일자리를 부탁했을 때요. 이틀 동안 아무것도 먹지 못했다더군. '나와 점심 식사를 하러 갑시다' 하고 내가 말했소. 반 시간 동안 4달러어치도 더 되는 음식을 먹어치웠지."

“그가 사업을 시작하도록 도와주셨나요?” 내가 물었다.

“시작하도록 도와줬냐고? 내가 그 친구를 키운 거야.”

“아.”

“저 밑바닥, 완전 시궁창에서 그를 일으켜 세웠소. 신사답게 잘생긴 젊은이라는 걸 바로 알아봤거든. 오그스퍼드에 있었다고 하기에 잘 써먹을 수 있다는 걸 알았소. 미국 재향 군인회에 가입시켰고, 그곳에서 높은 위치에 올랐지. 곧바로 그는 올버니에서 내 고객을 위해 일을 했소. 그렇게 우리는 모든 일에서 죽이 잘 맞았지.” 그가 두툼한 손가락 두 개를 들어 올렸다. “우린 언제나 함께였소.”

그 협력 관계에 1919년의 월드 시리즈 거래까지도 포함되는지 궁금했다.

“이제 개츠비는 죽었습니다.” 내가 잠시 뒤에 말했다. “선생은 그의 가장 친한 친구셨으니, 오후에 있을 장례식에 참석하시겠지요.”

“가고 싶소.”

“그러면 오시지요.”

그의 코털이 희미하게 떨렸다. 두 눈에 가득 눈물이 고인 채 그는 고개를 저었다.

“하지만 갈 수 없소……. 그런 일에 말려들고 싶지 않아.” 그가 말했다.

“말려들 건 없습니다. 이제 다 끝났어요.”

“사람이 살해된 일에는 어떤 식으로든 말려들고 싶지 않소. 빠지는 게 좋아. 젊었을 때는 달랐지. 내 친구가 죽었다면, 어떻게 되었든, 끝까지 함께했지. 감상적이라고 생각할지도 모르겠군. 하지만 정말이오. 쓰디쓴 끝까지 말이오.”

그가 나름의 여러 이유들 때문에 오지 않기로 결심했다는 걸 깨닫고 나는 일어섰다.

"당신도 대학을 졸업했소?" 그가 느닷없이 물었다.

잠시 동안 그가 '연줄'을 제안하려는 거라고 생각했지만 그는 고개를 끄덕이며 그저 악수만을 건넸다.

"죽은 뒤가 아니라 살아 있을 때 우정을 보여주도록 합시다." 그가 말했다. "죽은 뒤의 내 규칙은 만사를 그냥 내버려 두는 거요."

그의 사무실을 나왔을 때 이미 하늘은 어두워져 있었다. 나는 이슬비를 맞으며 웨스트 에그로 되돌아왔다. 옷을 갈아입은 후 옆집으로 갔더니 개츠 씨가 흥분한 채 홀에서 서성거리고 있었다. 아들과 아들의 재산에 대한 그의 자부심은 계속 커져만 갔다. 그는 내게 무언가 보여줄 게 있다고 했다.

"지미가 이 사진을 보냈다오." 그가 떨리는 손가락으로 자기 지갑을 꺼냈다. "여기를 봐주시오."

그것은 이 저택의 사진이었는데, 귀퉁이는 닳았고 여러 사람의 손때가 묻어 더러웠다. 그가 사진의 온갖 세세한 부분을 열심히 가리켰다. "보시오!" 그런 다음 내 눈에서 감탄의 빛을 찾으려는 듯 나를 유심히 살폈다. 그 사진을 하도 열심히 보여준 나머지 이제는 사진이 저택 자체보다 더 실제 같아 보였다.

"지미가 보내주었지. 아주 멋있는 사진이라고 생각한다오. 아주 잘 나왔어."

"정말 잘 나왔네요. 최근에 아드님을 본 적이 있으십니까?"

"2년 전에 나를 보러 와서 지금 살고 있는 집을 사주었소. 그 애가 집을 떠날 때는 마음이 무척 아팠지. 하지만 이유가 있었다는 걸 이제는 알겠소. 그 애는 자기 앞에 큰 미래가 있다는 걸 안 거야. 게다가 성공한 뒤에는 아주 잘해 주었다오." 그는 마지못해 사진을 치우면서도 아쉬운 듯 내 눈앞에서 잠시 더 들고 있었다. 그런 다음 지갑에 도로 넣고 〈호필롱 캐시디〉[34] 라는 제목의 너덜너덜한 낡은 책을 주머니에서 꺼냈다.

"여기 봐요. 이건 그 애가 어렸을 때 갖고 있었던 책이라오. 보면 알 거요."

그는 뒷장을 펼친 뒤 내가 볼 수 있도록 책을 빙 돌렸다. 책 마지막 면지에 '일정표'라는 단어와 1906년 9월 12일이라는 날짜가 쓰여 있었다. 그리고 바로 밑에는 다음과 같이 적혀 있었다.

기상	오전 6:00
아령 운동과 암벽 타기	오전 6:15~6:30
전기학 등 공부	오전 7:15~8:15
일	오전 8:30~오후 4:30
야구와 운동	오후 4:30~5:00
웅변 연습, 자세 훈련	오후 5:00~6:00
발명에 관한 공부	오후 7:00~9:00

결심

섀프터스 또는 ○○○(알아볼 수 없는 이름)에서 시간을 낭비하지 말기.

담배를 피우거나 씹지 말기.

---

34) 1910년 클레런스 E. 멀포드가 쓴 동명의 소설 속 카우보이 주인공(시카고, 맥클러그). 따라서 1906년 9월 12일 개츠비가 그 책에 뭔가를 적었다는 것은 시대착오적인 모순이다.

이틀에 한 번 목욕하기.

매주 교양서적이나 잡지를 읽기.

매주 5달러(줄을 그어 지웠음) 3달러 저축하기.

부모님께 효도하기.

"우연히 이 책을 찾았소." 노인이 말했다. "이걸 보니 어떤 애인지 감이 잡히지요, 안 그래요?"

"그렇군요."

"지미는 앞서 갈 운명이었소. 늘 이런 걸 결심했거든. 자기계발을 하려고 어떻게 했는지 아시오? 얼마나 대단했는지! 한번은 나더러 돼지같이 먹는다고 하기에 그 애를 때려준 적도 있소."

그는 책을 덮기 싫은 듯 각 항목을 소리 내어 읽더니 나를 간절하게 쳐다보았다. 마치 내가 그 목록을 베껴두고 그대로 따랐으면 하고 얼마간 기대하는 것 같은 시선이었다.

3시가 좀 못 되어 루터교 목사가 플러싱에서 도착했다. 나는 무심코 다른 차들도 있는지 창밖을 내다보았다. 개츠비의 아버지도 마찬가지였다. 시간이 지나 하인들이 들어와 홀에 서서 기다리자, 그는 불안한 듯 눈을 깜빡거리더니 걱정스러운 목소리로 밖에 비가 온다고 말했다. 목사가 시계를 서너 번 힐끗거리기에, 옆으로 데려가 반 시간만 더 기다려보자고 부탁했다. 하지만 소용없었다. 아무도 오지 않았다.

5시쯤 이슬비가 내리는 가운데 세 대의 차로 이루어진 우리 행렬이 묘지에 도착하여 정문 바로 옆에 섰다. 맨 처음에는 지독하게 검은색을 띠는 젖은 영구차가 왔고, 그 다음 리무진에

는 개츠 씨와 목사와 내가, 조금 뒤에는 개츠비의 스테이션왜
건을 타고 네다섯 명의 하인들과 웨스트 에그에서 온 우편집배
원이 도착했는데, 모두 다 흠뻑 젖은 채였다. 우리가 막 정문을
지나 묘지 안으로 들어가는데, 갑자기 차 한 대가 끼익 멈춰 서
더니 누군가 흠뻑 젖어 있는 땅 위로 철벅철벅 물을 튀기며 우
리를 쫓아오는 소리가 들렸다. 나는 뒤를 돌아보았다. 3개월 전
어느 날 밤 서재에서 개츠비의 책들에 경탄했던 올빼미 안경을
쓴 남자였다.

그때 이래로 그를 한 번도 본 적이 없었다. 장례식에 관해서
어떻게 알았는지는 고사하고 그의 이름조차도 몰랐다. 비가 그
의 두꺼운 안경 위로 퍼붓고 있었다. 개츠비의 묘를 가려놓은
무명천을 벗겨 내는 걸 보려고 그가 안경을 벗어서 닦았다.

잠시 동안 개츠비에 관해서 생각해 보려고 노력했지만, 그는
이제 너무 먼 곳으로 떠나버린 사람이었다. 결국 데이지가 조
문 메시지도, 꽃도 보내지 않았다는 것만 별 분노의 감정 없이
기억될 뿐이었다. 누군가가 '죽은 자에게 비가 내리니 복이 있
도다'라고 희미하게 중얼거리는 소리가 들렸다. 그러자 올빼미
안경을 쓴 남자가 용감한 목소리로 '아멘'이라고 소리쳤다.

우리는 뿔뿔이 흩어져 빗속을 뚫고 재빨리 차 있는 데로 내
려갔다. 올빼미 안경이 정문 옆에서 내게 말했다.

"저택에는 들르지 못했네요." 그가 말했다.

"다른 사람들도 아무도 오지 않았습니다."

"설마요!" 그가 놀랐다. "세상에, 그럴 수가! 예선에는 수백
명이나 드나들더니!"

그가 안경을 벗어서 다시 앞뒤로 닦았다.

"불쌍한 자식." 그가 중얼거렸다.

내가 가장 생생하게 기억하는 것 중 하나는 사립 고등학교 시절과 대학 시절, 크리스마스를 보내기 위해 고향인 서부로 돌아가던 일이었다. 시카고보다 더 멀리 가는 친구들은 12월의 어느 날 저녁 6시쯤 낡고 어두침침한 유니언 역에 모여 벌써부터 휴가 분위기에 흠뻑 빠진 흥분된 얼굴로, 마중 나온 몇몇 시카고 친구들과 서둘러 작별 인사를 나누곤 했었다. 그곳에서는 이런저런 여학교에서 돌아온 소녀들의 복슬복슬한 털 코트며 머리 위로 흔들어대던 수많은 반가운 손들, 그리고 후후 입김을 내뿜으며 쏟아내던 그녀들의 시끄러운 재잘거림을 만날 수 있었다. 오랜만에 옛 친구를 대한 그녀들은, '오드웨이네 집에 갈 거야? 허시네는? 슐츠네 집은?' 하며 서로를 번갈아 초대하기도 했다. 또한 우리의 장갑 낀 손에 꼭 쥐어져 있던 긴 초록색 기차표도 기억난다. 마지막으로는 탑승구 바로 옆 선로 위에 크리스마스의 상징처럼 당당하게 서 있던 '시카고, 밀워키 앤 세인트폴' 철도 회사의 칙칙한 노란색 객차들도 아직까지 머릿속에 생생하다.

우리가 탄 기차가 겨울밤 속으로 미끄러져 들어가면, 진짜 눈, 바로 우리의 눈이 창문에 부딪혀 반짝거리며 우리 곁을 스치고 허공 속으로 흩어지기 시작했다. 희미한 등불이 불을 밝힌 위스콘신 주의 작은 간이역들을 지나는 순간, 갑자기 예리하고 거친 기운이 공기 중에 확 퍼지는 것을 느낀다. 저녁 식사를 마치고 객차의 추운 연결 복도들을 따라 걸어 돌아오면서 우리는 그 공기를 깊이 들이마신다. 그리고 다시 그 공기 속으로 녹아들기 전, 그 기묘하게 흐르는 한 시간 동안, 그 지역과 우리가 하나가 되는 것을 말없이 깨닫는 것이다.

그곳이 나의 중서부이다. 밀밭이나 평원이나 사라진 스웨덴 사람들의 마을이 아니라, 젊은 시절의 짜릿한 귀향 열차, 서리가 내리는 어둠 속 길거리의 가로등과 썰매의 방울 소리, 그리고 불 켜진 창문 불빛 아래 눈 위에 비친 호랑가시나무 화환의 그림자들인 것이다. 나는 그곳의 일부이다. 그곳의 길고 긴 겨울을 느끼면 약간은 침통해지고, 수십 년에 걸쳐 가문의 이름이 주소를 대신해왔던 도시에서 성장해 온 걸 생각하면 조금은 우쭐해진다. 앞서 말했던 그 모든 이야기가 결국엔 서부의 이야기였다. 톰과 개츠비, 데이지와 조던, 그리고 나는 모두 서부 사람들인 것이다. 그래서 어쩌면 모두가 동부 생활에 은근히 적응하지 못하는 무언가 공통된 결함을 갖고 있었는지도 모른다.

내가 동부를 그토록 좋아했을 때조차, 그리고 몸집을 마구 부풀리며 제멋대로 퍼져나가는 오하이오 너머의 그 따분하기 짝이 없는 도시들, 아이와 노인들만 제외하곤 모두가 그저 서로에 대한 끝없는 심문으로 세월을 보내는 그 한가로운 도시들보다 동부가 더 우월하다는 걸 너무나 잘 알고 있었을 때조차, 동부는 내게 언제나 약간 왜곡된 모습으로 비쳐졌다. 특히 웨스트 에그는 여전히 더욱 몽환적인 모습으로 꿈속에 나타난다. 그 꿈은 마치 엘 그레코가 그린 밤의 정경과도 닮아 있다. 전통적이면서도 기괴한 분위기를 풍기는 집 수백 채가 음산한 하늘과 광택 없는 달 아래 웅크리고 있는 그림. 앞에는 연미복을 입은 근엄한 표정의 남자 네 명이 하얀 이브닝드레스를 입은 술 취한 여자를 들것에 싣고 보도를 걸어가고 있다. 들것 옆으로 삐져나온 여자의 손이 축 늘어져 흔들리면서 손목의 보석들이 차갑게 번쩍거린다. 남자들이 심각한 모습으로 어떤 집으로 들어가지만, 잘못 찾은 집이다. 그러나 아무도 여자의 이름을 모르고, 아무도 신경 쓰지 않는다.

　개츠비의 죽음 이후 동부는 그런 식으로, 아무리 바로 보려고 해도 뜻대로 되지 않는 왜곡된 모습으로 나를 끊임없이 괴롭혔다. 그래서 낙엽 태우는 푸른 연기가 공기 중에 감돌고 바람이 빨랫줄에 걸린 젖은 세탁물을 빳빳하게 얼릴 때쯤, 고향에 돌아가기로 결심했다.

　떠나기 전에 할 일이 하나 있었다. 어쩌면 그냥 내버려 두는 게 더 나을지도 모르는 거북하고 불쾌한 일이었다. 하지만 제대로 정리하고 싶었고, 저 친절하지만 무심한 바다가 내 쓰레기를 쓸어가 버리겠지 하고 그저 속수무책으로 기다리고 싶지는 않았다. 나는 조던 베이커를 만나 우리 모두에게 벌어졌던 일, 그리고 그 뒤에 내게 벌어졌던 일에 관해 이야기했다. 그녀는 큰 의자에 조용히 누워 듣고만 있었다.

　그녀는 골프복 차림이었다. 약간 멋 부리는 것처럼 턱을 치켜든 모습, 낙엽 색깔의 머리카락, 무릎에 놓인 골프장갑과 똑같은 색을 띤 연한 갈색의 얼굴, 그런 그녀가 멋진 그림 같아 보인다고 생각했던 적도 있었다. 내가 이야기를 끝내자, 그녀는 아무런 설명 없이 다른 남자와 약혼했다고 말했다. 그녀가 머리를 끄덕이기만 해도 결혼을 하려 들 남자가 서너 명 있었지만, 나는 그 말이 의심스러웠다. 하지만 놀라는 척했다. 잠시 내가 실수하고 있는 건 아닐까 생각했지만, 다시 한 번 모든 걸 재빨리 돌이켜보고는 자리에서 일어나 작별 인사를 했다.

　“아무튼 당신은 나를 버렸어요.” 조던이 불쑥 말을 꺼냈다. “전화로 버렸잖아요. 이제는 당신에게 조금도 관심이 없지만 어쨌든 그건 내게 새로운 경험이었어요. 그래서 한동안 혼란스러웠고요.”

우리는 악수를 나누었다.

"아, 기억하세요?" 그녀가 덧붙였다. "언젠가 운전에 관해 나누었던 대화 말이에요."

"그럼요…… 정확하지는 않지만."

"나쁜 운전자는 다른 나쁜 운전자를 만나기 전까지만 안전하다고 당신이 말했잖아요. 그러니까, 나는 그런 나쁜 운전자를 만난 거예요. 안 그래요? 내가 경솔해서 내 맘대로 잘못된 억측을 했다는 뜻이에요. 당신을 꽤 정직하고 솔직한 사람이라고 여겼거든요. 그게 당신의 비밀스러운 자부심이라고 생각했죠."

"나는 서른 살입니다." 내가 말했다. "나 자신을 속이고 그걸 자랑스럽게 생각하던 시절은 이미 5년 전에 지났어요."

그녀는 아무 대답도 하지 않았다. 화가 나서, 그리고 반쯤은 그녀에게 사랑을 느끼면서, 그리고 엄청나게 후회하면서, 나는 몸을 돌려 그 자리를 떠났다.

늦은 10월의 어느 오후 나는 톰 뷰캐넌을 만났다. 그는 민첩하고 저돌적인 자세로 5번가를 따라 내 앞에서 걸어가던 중이었다. 마치 방해물을 물리치려는 것처럼 손을 몸에서 약간 앞으로 내밀고, 쉴 새 없이 움직이는 불안한 시선에 맞추어 머리를 이리저리 바쁘게 움직이고 있었다. 그를 따라잡지 않기 위해 속도를 늦추려는 순간, 그가 걸음을 멈추더니 눈살을 찌푸리며 보석 가게의 진열장 안을 들여다보기 시작했다. 그러다 갑자기 나를 보더니 뒤로 걸어와서 손을 내밀었다.

"무슨 일인가, 닉? 나하고 악수하는 것도 싫은가?"

"그래. 내가 자네를 어떻게 생각하는지 알고 있을 텐데."

"자네 미쳤군, 닉." 그가 재빨리 말했다. "정말로 미쳤어. 자네가 왜 그러는지 모르겠어."

"톰." 내가 물었다. "그날 오후 윌슨에게 뭐라고 말했지?"

그가 말없이 나를 응시했고, 윌슨이 자취를 감추었던 그 시간에 대해 내가 옳게 짐작했다는 걸 깨달았다. 내가 돌아서서 걷기 시작하자, 그가 나에게 다가와 팔을 잡았다.

"그에게 진실을 이야기해 줬네." 톰이 말했다. "떠날 준비를 하는데 그가 문간에 와 있더라고. 우리가 안에 없다고 전했지만 그는 위층까지 억지로 밀고 들어오려고 했지. 누가 그 차 주인인지 이야기해 주지 않았으면 나를 죽였을지도 몰라. 완전히 미쳐 있더라고. 우리 집에 있는 내내 주머니에 손을 집어넣고 그 안에 있는 권총을 쥐고 있었단 말이네……." 그가 갑자기 따지듯이 달려들었다. "설사 내가 얘기했다 해도 그게 뭐 어때서? 그 녀석에게는 자업자득이었어. 그 작자가 데이지를 꼬드긴 것처럼 자네도 홀린 거야. 얼마나 냉혹한 녀석인가? 마치 개를 친 것처럼 머틀을 친 뒤에 차를 세우지도 않았으니."

그건 사실이 아니라는, 차마 입 밖에 낼 수 없는 그 말을 제외하고는 달리 아무런 할 말이 없었다.

"나라고 해서 괴롭지 않았다고 생각하나……. 이봐, 그 아파트를 넘기려고 갔다가 찬장에 놓인 그 망할 놈의 개 비스킷 상자를 보고는 주저앉아서 어린애처럼 울어버렸다고. 맙소사, 얼마나 끔찍한지……."

나는 그를 용서할 수도, 좋아할 수도 없었다. 하지만 그가 했던 일이 그에게는 전적으로 정당화되고 있다는 걸 깨달았다. 모든 게 다 경솔하고 혼란스러웠다. 톰과 데이지, 그들은 경솔한 사람들이었다. 사물과 사람들을 산산이 부수어놓고는 그들을 한데 묶어 줄 수 있는 것, 그것이 돈이 되었든 지독한 경솔함이 되었든, 그 안에 꼭꼭 숨어버린 채, 다른 사람들로 하여금 그들이 어질러 놓은 것을 말끔히 치우게 했던 것이다…….

나는 그와 악수를 나누었다. 악수하지 않으려는 건 어리석은 짓 같아 보였다. 문득 내가 어린아이와 이야기를 나누고 있는 것 같다는 생각이 들었기 때문이다. 그런 뒤 그는 진주 목걸이, 혹은 그저 커프스 버튼 한 쌍을 사러 보석 가게 안으로 들어갔고, 그로써 그는 나의 촌스러운 결벽증에서 영원히 벗어났다.

개츠비의 집은 내가 떠날 때도 여전히 비어 있었다. 그의 집 잔디밭은 우리 집 잔디만큼이나 길게 자란 상태였다. 마을의 택시 운전수 하나는 항상 정문을 지나쳐서 멈춘 뒤 저택 안쪽을 가리키며 한참 뜸을 들인 뒤에야 요금을 받곤 했다. 사건이 나던 날 밤, 그곳에서 데이지와 개츠비를 태우고 이스트 에그까지 데려다 준 사람이 바로 그 운전사였는지도 모른다. 그리고 아마 그는 자기 나름대로 상상 속의 이야기를 지어냈을 것이다. 하지만 나는 그 이야기를 듣고 싶지 않았다. 그래서 기차에서 내렸을 때 일부러 그를 피했다.

나는 뉴욕에서 토요일 밤을 보냈다. 저 빛나고 눈부신 개츠비의 파티들이 너무나도 생생하게 남아 있는 탓에 그의 정원에서 나오는 희미하지만 끊이지 않는 음악 소리와 웃음소리, 그의 차도를 오가는 차들의 엔진 소리가 아직도 귓가에 들리는 듯했다. 어느 날 밤 나는 그곳에서 실제 자동차 소리를 정말로 들었고, 그 차의 불빛이 현관 계단에 멈추는 걸 보았다. 하지만 나가서 알아보지는 않았다. 아마도 지구의 끝에 떨어져 있다가 파티가 끝난 걸 모르고 마지막으로 찾아온 손님이었는지도 몰랐다.

마지막 날 밤, 트렁크에 짐을 싸고, 자동차를 식료품점에 팔고는, 다시 한 번 건너가서 그 저택이 겪은 엄청나게 부조리한 실패의 자취를 마주보았다. 하얀 계단 위에는 어떤 아이가 벽돌 조각으로 긁적거려 놓은 음탕한 낙서가 달빛 아래 환하게 드러나 있었다. 나는 돌계단을 신발로 문질러서 그 낙서를 지웠다. 그러고 나서 어슬렁거리며 해변으로 내려가서는 모래 위에 벌렁 드러누웠다.

해변의 저택들은 이제 대부분 문이 닫혀 있었다. 그래서 해협을 가로지르는 연락선의 아스라한 불빛을 제외하면 거의 다른 불빛이 없었다. 달이 더 높이 떠올라 실체 없는 집들이 서서히 녹아 없어지자, 나는 한때 네덜란드 선원의 시선을 사로잡았던 이 오래된 섬의 본래 모습을 점차 깨닫게 되었다. 그것은 바로 신세계의 신선한 초록색 가슴이었던 것이다. 녹아 없어져 버린 이 섬의 나무들, 개츠비의 저택으로 가는 길을 안내해 주던 그 나무들은 한때는 인간의 가장 위대한 마지막 꿈을 속삭임으로 유혹하던 바로 그 주인공들이었다. 비록 잠깐 동안이었지만 그 매혹적인 순간, 인간은 분명 이 대륙을 마주하고 숨을 죽였을 것이다. 인간의 경이로운 능력에 비견할 만한 대단한 것을 역사상 마지막으로 대면하면서, 결코 이전에는 상상하지도, 바라지도 못했던 그 아름다운 모습에 깊이 도취되어 빠져들지 않을 수 없었으리라.

나는 그곳에 앉아 오래된 미지의 세계를 곰곰이 반추하면서, 개츠비가 부두 끝에 있는 데이지 집의 초록색 불빛을 처음 찾아냈을 때의 경이로움에 대해 생각했다. 그는 이 푸른 잔디밭까지 먼 길을 달려 와, 꿈이 바로 지척에 있다는 걸 알고 그걸 꽉 붙잡을 수 있으리라 여겼을 것이다. 그 꿈이 이미 그의 등 뒤에 와 있음을, 이 도시를 뒤덮은 희미한 그늘 속 어딘가에, 밤의 어둠 속에 장대하게 펼쳐진 이 나라 어두운 들판 속에 존재하고 있음을 몰랐을 것이다.

개츠비는 오로지 초록색 불빛만을 믿었다. 그것은 해가 갈수록 우리 앞에서 멀어지는 가슴 벅찬 미래였다. 그 미래가 우리를 교묘히 피해간 건 문제가 되지 않았다. 내일 우리는 더 빨리 달릴 것이고, 더 멀리 팔을 뻗을 테니까……. 그러면 마침내 어느 상쾌한 아침에…….

그렇게 우리는 물결을 거스르는 배처럼 끊임없이 과거 속으로 밀려나면서도 앞으로 나아가는 것이다.

피츠제럴드와 『위대한 개츠비』

토니 태너

이 책이 항상 『위대한 개츠비』라고 불린 것은 아니었다. 맥스웰 퍼킨스에게 보낸 편지에서 피츠제럴드는 이렇게 말했다. "책에 붙일 제목을 이제야 결정했습니다. 바로 『웨스트 에그의 트리말키오』입니다."(1924년 11월 7일) 트리말키오는 페트로니우스의 『사티리콘』에 등장하는 인물로, 막대한 부를 움켜쥔 천박한 벼락부자이다. 상상할 수도 없이 사치스러운 연회를 열고 섹스와 음식에 탐닉하면서 파티에 아주 적극적으로 참여한다. 자신이 주최한 파티에서 술은 입에도 대지 않은 채 혼자 방관자로 남아 있는 개츠비와는 너무도 다른 모습이다. 그는 말 그대로 미친 듯이 달려드는 인물인 반면, 개츠비는 자신이 소유하고 보여주는 모든 것으로부터 항상 멀찍이 거리를 두곤 한다. 예컨대 종종 자신이 한 말에서 한 발짝 물러나 그것을 평가하고 심사숙고하는 것처럼, 개츠비는 다른 사람들이 한 말에 대해서도 똑같은 태도를 보인다. 한 번도 입지 않았던 셔츠와 한 번도 읽지 않았던 책들을 보여주고 결코 사용해 본 적이 없는 수영장에 놀러 오라고 초대하는 등의 행동을 봐도 그렇다.

만약 피츠제럴드가 개츠비를 떠들썩한 방종에 사로잡힌 1920년대가 낳은 미국식 트리말키오로 생각했다면, 그를 놀랍도록 탈바꿈시킨 것만은 분명하다(개츠비는 이 소설 속에서 오직 단 한 번만 트리말키오라고 불린다). 물론 개츠비의 '아주 오래전 조상'에게서 뚜렷한 유전적 흔적을 찾을 수는 있다. 『사티리콘』을 보면, 그날 밤의 연회가 열리는 장소를 놓고 이야기를 나누던 두 친구의 대화 속에 트리말키오가 처음으로 등장한다. "오늘 그게 누구의 집인지 자네 모르나? 바로 그 돈 많은 친구인 트리말키오라네. 식당에 시계를 걸어 두고 제복을 입은 트럼펫 연주자까지 가까이 두면서, 자기 삶이 얼마나 빨리 지나가고 사라져버리는지 끊임없이 자각하려고 한다는 바로 그 친구지." 이처럼 시간에 대한 관심, 즉 시간의 흐름을 저지하는 능력, 시간의 잘못을 만회하는 능력, 시간을 반복하는 능력 등은 개츠비나 트리말키오 두 사람 모두 똑같이 강박적이었다.(피츠제럴드도 마찬가지였는데, 그는 마치 시계와 달력들에 둘러싸여 글을 쓰는 것 같았다고 맬컴 카울리는 말한다.)

'꼼꼼한' 성격의 개츠비가 저지른 서투른 행동 때문에 시계가 깨질 뻔한 장면이 소설 속에 등장한다. 확실히 그의 마음속 어딘가에는 시계 모두를 깨버리고 싶은 생각도 있었을 것이다. 그런 강박증은 부분적으로는 덧없는 인생, 즉 남아 있는 시간이 언제나 너무도 부족하다는 트리말키오식의 두려움 때문이기도 하다. 그것을 좀 더 엄숙하게(좀 더 바보같이) 말하자면, 과거를 다시 되돌릴 수 없다는 사실을 받아들이고 싶지 않은 깊은 거부감에서 비롯된 것이다. 개츠비라면 '저 제복 입은 트럼펫 연주자를 당장 쫓아내! 팡파르 따윈 듣고 싶지 않아!'라고 소리쳤을 것이다.

개츠비의 유명한 조상이라고 할 수 있는 트리말키오가 처음 작품에 등장한 장면을 보면, '그는 초록색 공을 가지고 노느라 바빴다. 그러나 공이 땅에 떨어져도 그는 결코 공을 줍지 않았다'라고 되어 있다. 그에 반해 개츠비는 초록색 공이 아니라 초록색 불빛에 맞추어 자기 인생의 방향을 정한다. 개츠비는 데이지에게 말한다. "저 부두 끝에는 언제나 초록색 불빛이 밤새 빛나고 있지요." 개츠비와 데이지를 갈라놓은 그 바다―그 밖의 다른 모든 것들―로부터 바라보면, 그 초록색 불빛은 개츠비가 무기한 연기해 놓은 첫날밤에 대한 열망의 표현이자, 팔로 감싸는 것이 아니라 팔을 뻗어야 하는 것, 즉 개츠비에게는 도달할 수 없는 갈망의 정점인 것이다. 그 부서지기 쉬운 매혹적인 게임은 초록색 불빛이 계속 멀리서 반짝거리고 있어야, 혹은 초록색 공이 계속 허공에 떠 있어야 유지되는 것이다. 땅에 떨어진 초록색 공은 모든 사물을 지구로 끌어당긴다는 피할 수 없는 중력의 힘을 과도하게 깨우쳐준다. 공과 꿈은 그런 의미에서 하나로 통한다. 거리감을 없애는 것도 마찬가지이다. 빛이 너무 가까워지면 그 신비한 광채가 사라지고 아무런 자극이 없는 무덤덤한 상태로 되돌아간다. 도달할 수 없는 별만을 소망할 수 있는 법이니까 말이다.

데이지가 갑자기 그에게 팔짱을 껴왔지만, 개츠비는 방금 자신이 한 말에 푹 빠져 있는 듯 별 반응을 보이지 않았다. 아마도 그 초록색 불빛의 거대한 의미가 이제 막 영원히 사라져버렸나고 여기는지도 모른다. 그와 데이지를 갈라놓았던 그 엄청난 거리에 비하면 이제는 그녀가 손에 닿을 만큼, 달 주위에서 반짝이는 별만큼이나 가까워진 느낌인 것이다. 다시 부두에서 초록색 불빛이 반짝이기 시작했다. 이제 매혹의 대상 중 하나가 줄 어든 셈이다.

아마 그럴지도, 그리고 그렇지 않을지도 모른다. 혹은 다른 것일지도 모른다. 확실히 이 책에는 '매혹의 대상'에 대한 갈구 와 '엄청난 것'에 대한 흥미가 담겨 있을 뿐 아니라, 빛이 그저 부두 끝의 불빛이 아닌 '거대한 의미'를 품고 있는 별일 수도 있음을 시간적, 공간적으로 암시하고 강조하려는 노력이 포함 되어 있다. 이것은 닉 캐러웨이의 견해인데, 돌이켜 생각하면 초록색 불빛은 아마도 닉보다는 개츠비에게 더 밝게 빛나 보이 지 않았을까 싶다.

트리말키오의 만찬에서 나온 수많은 이국적인 요리들 중에 서 하나를 잠깐 살펴보도록 하자.

바구니가 놓인 쟁반에는 나무로 된 암탉이 날개를 활짝 펴고 앉아 있었다. 음악 소리가 커지자, 두 명의 하인이 나와 밀짚을 뒤지기 시작했다. ……공작의 알을 꺼내 손님들에게 나누어주 었다. ……우리는 숟가락을 들어 그 알을 두드렸다. 그것은 하 나의 멋진 요리였지만, 나는 그것을 버리려고 했다. 공작의 새 끼가 이미 그 안에서 모습을 갖췄을 거라고 생각했기 때문이 다. 그러나 능숙한 손님 하나가 '이번엔 무슨 보물이 들어 있을 까?' 라고 말하는 소리를 듣고는 손가락으로 껍데기를 파보았 다. 양념이 된 노른자위 안에는 오동통한 바카파시오가 둥글게 말려져 들어 있었다.

1922년 10월 피츠제럴드 부부는 맨해섯 만의 끝자락에 있는 롱아일랜드 그레이트 넥의 한 주택으로 이사했다. 그 주택은 만 건너편의 또 다른 반도에 있는 엄청나게 부유한 오래된 미국 가정들—구겐하임 부부, 애스터 부부, 반 노스트랜드 부부, 퓰리처 부부 등—의 호화로운 여름 별장들에 비하면 상당히 수수한 집이었다. 물론 그런 상황이 피츠제럴드에게 소설의 기본적인 구성 틀을 제공한 것은 확실하다. 즉, '새로운 돈'의 개츠비와 '무일푼'의 닉이 반도 한쪽 끝에 있다면 '오래된 돈' (하지만 미국에서 '오래된 돈'이란 과연 무엇일까?)의 뷰캐넌 부부는 다른 반도 끝에 있는 것이다. 그리고 그 장소가 소설 속에서는 '넥(Necks)'이 '에그(Eggs)'로 바뀐다.

뉴욕 시에서 약 32킬로미터 떨어진 곳에 거대한 달걀 모양의 땅덩어리 두 개가 보잘 것 없는 작은 만(灣)을 사이에 두고 방대한 습지인 롱아일랜드 해협, 서반구에서도 인간의 손에 가장 잘 길들여진 그 바다 쪽으로 툭 튀어나와 있었다. 두 땅덩어리가 정확하게 달걀 모양은 아니었다. 콜럼버스 이야기에 나오는 달걀처럼 맞닿은 면이 평평했다. 하지만 두 지형이 워낙 서로 비슷해서 그 위를 지나가는 갈매기들은 분명 헷갈렸을 것이다. 반면 날개가 없는 존재들에게는 모양과 크기를 제외한 다른 모든 면에서 그 두 땅이 전혀 닮지 않았다는 사실이 더 흥미로웠다.

이 책의 배경에 깔린 심층적인 질문은 바로 이것이다. 즉, 콜럼버스가 발견한 방대한 야생의 대륙을 '길들인' 결과, 그 안에서 무엇이 부화했는가 하는 것이다. 미국이라는 그 거대한 알—혹은 알들?—속에 숟가락을 집어넣으면 무엇을 발견하게 될까? 휙 던져버리면 딱 알맞을, 발육이 덜 된 역겨운 사산아일까? 아니면 (대단한 진미라고 여겨지는 작은 새 바카파시오 같은) 특별하고 불가사의하며 희귀한 보물일까? 미국의 진정한 결과물들이 그 달걀 모양의 두 땅덩어리처럼 그렇게 다른 것일까? 뷰캐넌 부부가 대표하는 이스트 에그는 놀라울 정도로 무자비한 19세기의 자본주의가 키우고 조장해 낸 게걸스럽고 자기만족적이며 위선적인 물질주의를 상징하는 반면, 닉과 개츠비가 있는 웨스트 에그는 가능성과 필요성을 내세우고, 물질주의가 결코 만족시킬 수 없는 어떤 것, 더 큰 무언가, 즉 우연적인 성공에 대한 절대적인 지배, 그리고 그런 당시의 상황에 무조건 굴복하지만은 않겠다는 어떤 이상향의 갈망을 담고 있는 것이다.

　이런 관점에서, 미국 역사를 앞으로 죽 거슬러 올라가면, 전형적으로 벤저민 프랭클린은 이스트 에그의 열정적인 천재로, 조나단 에드워즈는 웨스트 에그의 수호천사라고 할 수 있다. 이것은 미국이 부화한 두 가지 놀라운 '다름'을 알기 쉽고 타당하게 읽는 방법이다. 닉 자신이 그 두 에그를 놓고 '기이하고도 상당히 불길한 차이'라고 말했던 것처럼 말이다. 그러나 닉의 용어를 빌자면, 이것은 '날개 없는 존재들'의 관점이다. 충분히 높이 날아올라서 바라보면, '영원히 헷갈리게' 만드는 근원은 바로 두 에그의 '유사성'인 것이다. 이 소설은 실지로 '다름'과 '유사성'에 지대한 관심을 갖고 있으므로, 날개가 없는 주인공들의 서로 다른 포부와 운명에 대해서는 논박할 여지가 없다. 그러나 소설이 마무리될 무렵, 닉은 이렇게 요약해 이야기한다. "이것은 결국엔 서부의 이야기였다. 톰과 개츠비, 데이지와 조던, 그리고 나는 모두 서부 사람들인 것이다. 그래서 어쩌면 모두가 동부 생활에 은근히 적응하지 못하는 무언가 공통

된 결함을 갖고 있었는지도 모른다.”

뷰캐넌 에그와 개츠비 에그가 정말 있을까? 하나는 사산아이고 다른 하나는 보물인 것이? 혹은 돌연변이와 변종이 허용된다면, 농장에서 단 하나의 동물이 나올 수 있을까? 그것은 아마도 얼마나 높이 날고, 얼마나 멀리서 보는가에 달려 있으리라—그리고 그것이 이 책이 제기하는 중요한 문제이기도 하다. 즉, 무엇이 ‘왜곡된’ 시각이고, 무엇이 아닌가의 문제인 것이다. 얼마나 가까이, 또 얼마나 멀리서 보아야 가장 적절하고 훌륭하게 이해할 수 있을까? 닉은 자신이 본 것을 어떻게 바라보아야 했을까?

피츠제럴드가 1922년에 쓴 단편소설 「겨울 꿈」에 나오는 덱스터 그린은, 미네소타 주의 식료품점 주인의 아들로 ‘무의식적으로 겨울 꿈에 이끌려서’ 사는 민첩하고 예민한 중서부의 청년이다. 겨울은 특징적으로 볼 때 ‘암울’할 수밖에 없고, 반대로 꿈은 ‘화려함’을 암시한다.

그러나 그의 겨울 꿈이 애초부터 부자들에 대한 생각에 집중되어 있었다고 해서 소년에게 속물근성이 있다는 인상을 갖지 말라. 그는 화려한 것들, 화려한 사람들과 어울리고 싶었던 것이 아니라 화려한 것, 그 자체가 되고 싶었다. 종종 자신이 왜 그걸 원하는지도 모르면서 그는 최고의 것을 향해 손을 뻗었다—그리고 때때로 삶이 빠져두, 그 이해할 수 없는 부정과 금기와 맞닥뜨리곤 했다. ……그는 돈을 벌었다. 그건 상당히 놀라운 일이었다.

덱스터 그린은 미성숙한 개츠비이다. 그리고 '화려한 것들, 화려한 사람들과 어울리는 것이 아니라 화려한 것 그 자체'라고 화자가 주장한 부분에서는 상당히 독특한 대조를 발견할 수 있다. 즉, 그것은 어울리는 것이 아니라 '소유'한다는 개념이다. 그러나 화려한 것, 혹은 화려한 사람을 소유한다는 것이 과연 무엇일까? 무엇이 그렇게 할 수 있을까? 어울림을 넘어서 소유하려는 시도가 '부정과 금기'와 맞닥뜨리지 않을 수는 없는 것일까? 이것이 후에 발표될 『위대한 개츠비』에 자주 등장할 암묵적인 질문들이다.

이민자 부모 밑에서 태어난 수많은 야심찬 아이들과 마찬가지로 덱스터는 '농부' 출신이라는 사실이 드러날까 두려워 자연스럽게 행동할 수가 없었다. 그래서 옷장을 조립하듯이 자기 자신을 세심하게 조립했다. '그는 그런 방식이 자신에게 소중하다는 것을 알았고, 그것을 자연스럽게 받아들였…….' 그것은 외부로부터 자기 자신을 만들어가는 것이었다. 결과는 성공적이었지만 — '그는 돈을 벌었다. 그것은 놀라운 일이었다' — 한없이 취약하고 위태로운 결과였다. 많이 얻으면 얻을수록, 가진 것은 줄어드는 법이다. 그러다가 어느 틈엔가 경솔하고 변덕스럽고 엉뚱하며 멍청하고 천박한 부유한 여자 주디 존스에게 매혹되어 걷잡을 수 없이 빠져들게 된다(이용되고 버려진다). 그녀는 (개츠비의 미소처럼) '환하게 빛나고 뻔뻔스러울 정도로 인위적이며 설득력 있는' 미소로 스스로를 알리고 드러내는 여자였다. 그러나 그녀도 아마 덱스터와 마찬가지로 어느 정도는 자기 자신을 꾸미거나 속이는 스타일이었을 것이다. 속임수에 맞장구치고 그것에 놀아나는 것도 하나의 속임수이니까 말이다. 우리는 개츠비와 데이지에 대해서도 그와 같은 방식으로 생각하고 있을지도 모른다. 주디가 다시 덱스터를 버리기 전, 그를 다시 유혹했을 때 그녀의 마음이 진심이었는지, 가짜였는지는 덱스터에게 그리 중요하지 않았다. '그녀가 자라온 세상에 대한 환상이 그녀의 매력에 대한 그의 환상을 치료할 수는 없었다.' 주디는 덱스터의 겨울 꿈에 존재하는 화려한 것, 혹은 화려한 사람처럼 보이지만, 특이하게도 그녀는 부수적인 인물일 뿐이다. 즉, '아름다운', '낭만적인', '멋진', '무아지경', '환상적인 밤', '뜨거움과 사랑스러움' 등 그가 만들어내고 푹 빠져들게 된 이루 말할 수 없는 화려한 어휘들의 주변에 존재하는 하나의 부속품에 불과한 것이다. 그는 그녀보다 이런 단어들과 더 많은 관계가 있었다. 그는 처음 그녀와 사귀면서 이렇게 말한다. "나는 지금은 그저 보잘 것 없는 사람에 불과하오. ……내 경력은 미래에 시작될 테니까 말이오." 그러나 그녀와의 관계에 있어서 다른, 좀 더 중요한 문제가 있는데, 그의 미래가 대체로 과거와 연관이 있다는 것이다.

소년 시절, 덱스터는 캐디였다. 이제 부유해진 그는 골프장에 나가면 스스로 캐디를 고용할 수가 있었다. 그러나 그는 '마치 자신의 과거 모습을 떠올려서, 현재와 과거 사이의 격차를 줄일 수 있는 어떤 희미한 가능성이라도 찾아내려는 것처럼' 캐디들에게서 시선을 떼지 못한다. 가장 강렬한 감정은 소유할 때가 아니라 손실, 그것도 실제적인 손실이 코앞에 닥쳐왔을 때 생기는 것이다. 에밀리 디킨슨이 '사라져가면서 더 아름다워진다'라고 쓴 것처럼, 피츠제럴드는 사라지기 때문에 반짝거리는 것이라고 말한다. ('그것은 정말 감탄할 만한 모습이었다. 그가 삶과 멋지게 조화를 이루어 그를 둘러싼 모든 것이 이전과는 사뭇 다른 화려한 빛과 광채를 발산하고 있는 것 같은 그런 느낌인 것이다.’) 빛은 곧 희미해지기 때문에 빛나는 것이다. 그리고 빛이 희미해지고 세계가 확실히 그 매력을 상실한 것처럼 보이면, 정말로 중요한 미래는 오로지 과거였던 것처럼 느껴진다.

이 소설의 이야기는 주디가 덱스터의 삶에서 사라져버렸다는 사실을 그가 어쩔 수 없이 받아들이고 몇 년이 흐른 뒤 그가 우연히 주디의 소식을 접하는 것으로 끝이 난다. 한 지인으로부터 주디가 ‘술을 흥청망청 마시고 바람을 피워대는’ —톰 뷰캐넌을 은근히 암시하는—난봉꾼과 결혼했다는 소식을 듣게 된 것이다. 게다가 그녀가 그 난봉꾼 같은 남자를 계속 사랑하고 있으며, 그 모습 또한 퇴락하고 천박해져서 이전의 아름다웠던 흔적은 찾아볼 수도 없다는 사실을 알게 된다. 그런 이야기를 전해들은 덱스터는 더욱 큰 상실감에 빠진다.

꿈은 사라졌다. 그에게서 뭔가가 빠져나갔다. 그는 공황 상태에 빠져 손바닥으로 두 눈을 꾹 눌렀다. 셰리 섬에 철썩이는 바닷물, 달빛 비추는 베란다, 골프장의 체크무늬 옷, 메마른 태양, 금빛으로 반짝이는 그녀의 목 깊숙한 부분 등을 떠올리려고 노력했다. 그리고 그의 키스로 촉촉해진 그녀의 입술, 하소연하는 듯 우수어린 눈빛, 아침의 새로운 린넨 같은 신선함도. 왜 그런 것들이 더 이상 이 세상에 없는 것인가! 왜 존재했던 것들이 이제 더 이상 존재하지 않는 것인가!

몇 년 만에 처음으로 눈물이 그의 얼굴을 타고 흘러내렸다. 그러나 눈물은 이제 그 자신을 위한 것이 아니었다. 그는 입과 눈, 움직이는 손에 신경을 쓸 수가 없었다. 신경을 쓰고 싶었지만, 그럴 수가 없었다. 그는 이제 가버렸고 다시 돌아올 수 없었기 때문이다. 문은 닫혔고, 태양은 저물었으며, 모든 시간을 견디내는 강철의 잿빛 아름다움을 제외하고 모든 아름다움은 사라졌다. 그가 견뎌낼 수 있었던 슬픔조차 그의 겨울 꿈이 만개했던 환상과 젊음, 풍요로운 삶의 나라에 남겨졌다.

그는 입을 열었다. "오래전에, 내 안에 무언가 있었지만, 이제 그것은 사라졌어. 이제 사라졌다고. 나는 울 수가 없어. 관심을 가질 수도 없어. 그건 더 이상 돌아오지 않을 테니까."

이것은 앳된 젊은이의 글이다. 상실뿐만 아니라 상실감을 상실한 것에 대한 위와 같은 구슬픈 애도를 보면 이제 간신히 소년티를 막 벗은 것 같은 미숙한 인상을 지울 수 없다. 내가 위의 구절을 이렇게나 장황하게 인용한 것은 피츠제럴드가 『위대한 개츠비』의 문체를 완벽하게 구사하기 위해서 얼마나 많은 것을 삭제해야 했을지, 다른 식으로 말하자면 얼마나 많이 억제해야 했을지를 부분적으로 보여주기 위해서이다. 피츠제럴드의 초기 작품에서 종종 나타나듯이, 여기에서도 작가는 자서전적인 감정의 동요로부터 완벽하게 자유롭지 못한 모습을 보인다. 피츠제럴드가 감상주의의 막다른 골목에서 결말을 내지 않으려면, 자신과 글 사이에 무언가, 혹은 누군가를 등장시켜야 필요가 있었다. 이 구절에서는 또한 피츠제럴드의 작품에서 확실히 중요한 요소라고 생각되는, 미성숙한 형태의 통찰력이 드러나는데, 그것은 아메리칸 드림이 ― 그것이 무엇을 의미하든지 간에 ― 열망의 지표가 아니라 결핍의 한 징치라는 것이다. 그러나 개츠비가 보여주듯이, 거기에 또 한 번의 비틀기도 가능하다. 덱스터는 자신의 미래가 과거와 연관되어 있다는 생각에 푹 빠져서 헤어나지를 못했다. 개츠비도 그것을 알고 있었지만, 그 문제를 있는 그대로 받아들이려 하지 않았다. 그는 자기처럼 많은 것을 벌어들인 사람이라면 과거를 미래처럼 바꿀 수 있다고 주장했다. 제복 입은 트럼펫 연주자 따위는 썩 꺼져버리라는 식으로 말이다!

"「면죄」라는 제목의 내 소설이…… 개츠비의 유년기를 그릴 의도였지만, 신비감을 유지하기 위해서 삭제해 버렸다는 걸 안다면 흥미로울지도 모르겠습니다."(존 제미슨에게 보내는 편지, 1934년 4월 15일) 『위대한 개츠비』의 위상이 피츠제럴드가 삭제한 부분에 따라서 얼마나 많이 달라질지는 나중에 다룰 문제다. 여기서는 개츠비의 유년기에서 중요한 에피소드로서 피츠제럴드가 애초에 쓰기로 했던 내용이 과연 무엇이었을까를 생각해 볼 수 있다.

'무능한' 아버지에게 반항하던 열한 살의 루돌프 밀러 — 어린 개츠비 — 는 강요에 못 이겨 고백성사를 하러 가는데, 그 과정에서 그는 거짓말을 한다. 밀러는 스와르츠 신부에게 자신의 이야기를 들려주며, '내 부모의 아들이라는 것을 믿지 못하는' 죄를 짓고 있음을 인정한다.(이것은 '나는 내 부모의 아들이 아니라 전 세계를 지배하는 왕의 아들' 이라고 피츠제럴드 자신이 품고 있었던 환상으로, 프로이드의 '가족 로망스'와 정확히 일치한다.) 그는 '루돌프 밀러'라는 음울한 존재 대신, 스스로를 블래츠퍼드 사머닝턴이라는 상상 속의 화려한 인물이라고 설명한다. '블래츠퍼드 사머닝턴이 되는 순간, 그에게서 세련된 귀족미가 흘러나왔다. 블래츠퍼드 사머닝턴은 대단히 성공적인 삶을 살고 있었다.' 그러나 그는 그런 고해실에서의 거짓말을 은밀하게 가슴속에 담아둔다. 실지로 그의 은밀한 거짓말은 숨겨진 환상처럼 그의 본질적인 자아를 구성하게 된다.

눈에 보이지 않는 선이 그려졌고, 그는 자신의 고립을 알게 되었다. 그가 블래츠퍼드 사머닝턴이 되는 순간뿐 아니라 모든 내면 생활에까지 고립이 파고들었다는 것을 깨달았다. 여태까지, '미친' 야망과 사소한 수치, 두려움 등과 같은 현상은 공식적인 영혼의 왕좌 앞에서는 의식하지 못한, 사적인 의구심에 불과할 뿐이었다. 이제 그는 그 사적인 의구심이 그 자신이라는 사실을—그리고 나머지 모두는 꾸며진 외양과 관례적인 깃발일 뿐이라는 걸 무의식적으로 깨달았다. 환경의 압력으로 인해 그는 외롭고 비밀스러운 청소년기를 보낼 수밖에 없었던 것이다.

결과적으로, 소년은 생물학적인 아버지를 거부하고 종교적인 아버지에게 반기를 든다. 마치 가장 중요한 건 본질적으로 그 자신이—거부, 거절, 환상, 죄책감을 느끼게 하는 거짓말 등의— '사적인 의구심'인 것처럼 말이다. 만약 '나'를 원한다면, 루돌프 밀러를 찾지 말라. 블래츠퍼드 사머닝턴을 찾아라. 제이 개츠비를 찾아라.

하지만 이 소설에서 가장 흥미로운 부분은 스와르츠 신부가 동요하는 모습이다.(나는 여기에서 가톨릭 신자였던 피츠제럴드에게 중요한 영향을 준 시고니 웹스터 페이 신부 같은 사람과 이 소설 속 신부를 연관시키고 싶지는 않다. 앙드레 르 보트가 1983년 펭귄판 전기인 『F. 스콧 피츠제럴드』에서 이를 잘 밝혀 놓았다.) 처음에 스와르츠 신부는 확실히 '4시의 미칠 듯한 뜨거움'에 동요하는 모습을 보인다. 그것은 스웨덴 소녀들의 왁자지껄함과 노란 태양 광선, 달콤한 냄새, '들여다보기도 끔찍한' 다코타의 밀 등이 뒤섞인 '지독한 부조화'였다. 소년의 이야기를 들은 뒤 신부는 정신 이상까지는 아니지만, 다소 이성을 잃은 채 떨리는 목소리로 혼자 중얼거린다.

'많은 사람들이 가장 좋은 장소로 모여들 때 주변은 반짝거리지. ……요컨대 어디에서 그런 일이 벌어지건 간에 세상의 중심에는 많은 사람들이 있고, 그런 뒤에…… 주변은 반짝거린다는 거야. ……그러니까 엄청나게 많은 사람들이 가장 좋은 장소로 모여들 때면 주변이 항상 반짝거린다는 말이지. ……놀이 공원에 가본 적이 있어? ……일종의 박람회 같은 곳인데 다른 곳보다 훨씬 더 많이 반짝거리지. 밤에 놀이 공원에 가서 약간 후미진 어두운 곳, 혹은 어두운 나무 아래에 서서 공원 쪽을 한번 바라보라고. 빛으로 된 커다란 바퀴가 공중에서 휘휘 돌고, 긴 슬라이드 보트가 물 아래로 돌진하는 모습이 보일 거야. 어디선가 악단이 음악을 연주하고 땅콩 냄새를 풍기며 ― 모든 것이 반짝거리겠지. 그러나 거기에서는 어떤 것도 떠오르지 않을 거야. 그저 색깔 있는 풍선처럼, 기둥 위에 걸린 커다랗고 노란 초롱불처럼 거기에 매달려 있을 뿐이지. ……하지만 가까이 가면 안 돼. ……그러면 열기와 땀, 삶을 느끼게 될 뿐이니까.'

이것은 사실상 신부가 죽어가면서 하는 말이다. 독신 서약을 한 사제로서 그동안 일부러 멀리하면서 억눌러 왔던 성과 쾌락, 열기와 불빛 등에 대해 혼란스러운 회한을 표현한 것으로 이해할 수 있다. 그러나 천국 같은 놀이 공원, 그 신비하고 닿을 수 없는 '중심'에서 아름다움과 축복(혹은 저주), 매혹과 화려함이 만나 생긴 그 반짝이는 불빛 ― 성적인 것과 무형의 것, 빛나는 것과 초월적인 것 ― 에 대한 생각, 감각, 이해 등이 만들어낸 간절하고 떨리는 흥분의 표현으로서, 이 말들은 과연 무엇을 위해 그토록 혼란스럽고 불분명한 열망을 토해내고 있는 것일까? 땅이나 바다에는 결코 존재하지 않는 빛을 위해서일까? 그 빛은 피츠제럴드 작품의 중심에 존재하면서, 상황에 따라 정신없이 빠져들기도, 혹은 거래되기도 하는 것이다. 그리고 그것은 일종의 무지한 신플라톤주의로, 끝없는 밀밭 속에서, 건드릴 수 없는 소녀들 속에서, 그리고 그렇지 않았으면 음울하고 우울했을 중서부를 간간이 비춰주던 빛나는 광채 속에서 미친 듯이 광포하게 생겨난 것이다.

그러나 반짝이는 것들을 소유하려는 덱스터 그린의 열망과, 반짝이는 불빛에서 물러서 있으라고 충고하는 스와르츠 신부의 조언 사이에는 중요한 차이가 있다. 그 차이는 불빛을 가까이 하는 것은 속세의(그리고 천상의?) 기쁨이라는 환상을 주는, 너무나도 위험하고 파괴적인 행동이라는 신부의 생각에 있었다. 루돌프 사머닝턴 개츠비는 그린의 모습과 스와르츠 신부의 모습을 모두 지니고 있다.(그리고 앙드레 르 보트는 피츠제럴드가 색채와의 연관성을 얼마나 세심하게 신경 썼는지를 보여주는데, 그것은 나중에 다시 다룰 것이다.) 개츠비는 화려한 여자를 소유할 수 있다고 생각한다. 실지로 그는 여자를 유혹하려고 집을 눈부시게 화려한 중심지로 변모시킨다. 닉은 '꼭대기 탑에서부터 지하까지 환하게 불이 밝혀진' 개츠비의 집을 보면서 그에게 말한다. '집이 꼭 세계 박람회장 같군요.' 어린 시절 피츠제럴드는 1901년 버펄로에서 열렸던 진미박람회(Pan-American Exposition)의 화려한 불빛에 큰 충격을 받았다. 그것은 '멀리 떨어진 나이아가라 폭포에서도 빛의 여신이 내뿜는 광채를 볼 수 있을 만큼' 대단한 경험이었다.(「르 보트」, 27쪽)

개츠비도 반짝이는 전구 불빛을 넘어선 그 이상의 어떤 신호를 보내기 위해 전기라는 마법을 이용했다.(그는 벤저민 프랭클린의 열렬한 독자였다.) 그러나 다시 소유하고 과거를 재연하려는 소망이 열렬했지만, 실지로 개츠비는 자신의 희망과 꿈을 오히려 멀리서 더 잘 즐기고 경험할 수 있었다. 그는 자신이 켜놓은 불빛 속에서는 실제로 편안하지 않았고, 선량한 신부의 조언처럼 '약간 떨어진 어두운 곳'에 자주 서 있곤 했다. 정말로 가까이 가서 '열기와 땀, 삶'과 마주쳤을 때—특히 톰 뷰캐넌이라는 형태, 즉 거칠고 자신만만한 속물근성을 드러내는 말투와, 계급을 믿고 거들먹거리는 위선, '잔인한 육체'에서 나오는 야만성 등과 마주친 개츠비는 실제로 파멸하고 만다. 그린은 사라지고, 스와르츠만 남은 것이다.

피츠제럴드는 『위대한 개츠비』를 1922년 여름에 구상하고, 1924년 여름 리비에라에 사는 동안 썼다.(그는 그 다음해 1월과 2월, 로마에서 원고를 최종으로 다듬었다.) 이것은 닉 캐러웨이가 2년 전 개츠비와 함께 보냈던 그 여름날에 대해서 책을 쓴 바로 그 시점이었고, 그는 중서부에 돌아와 있었다. 피츠제럴드는 자기 자신과 전지적 특권 사이에서 화자를 선택했다. 피츠제럴드의 책은 닉의 책이지만, 닉은 피츠제럴드가 아니다. 책에서 변형된 전기적 요소들을 아무리 많이 찾아낸다고 해도 말이다. 닉은 문학적 능력에 한계가 있다고 고백하는 인물이다.(그는 《예일 뉴스》에 매우 진지하고 논조가 분명한 논설들'을 쓴 적이 있을 뿐이다.) 그리고 닉이 개츠비에 대해 쓰고 있지만, 우리는 닉에 대해서도 읽고 있는 셈인 것이다.

피츠제럴드가 존경하는 작가들 중 많은 이들이 소설 속에 화자를 도입한다. 헨리 제임스는 어떻게 작가가 가진 자료 속에서 최대한의 의미를 뽑아낼 수 있는지에 대해 설명하면서, 때때로 특정한 화자를 선택하는 것이 중요함을 역설한다. '그 사건을 중요하게 여기는 사람일수록 그는 그 안에서 최선의 것을 최대한 얻어내려고 할 것이다.' 헨리 제임스는 '보여주고 채색하는 매개자'의 필요성을 지적하며 이렇게 덧붙인다.

우리는 그것을 확실히 원한다. 물론 그게 뭐가 될지는 모르지만, 그것을 깊이 원한다. 우리는 그것을 생각하고 기록하고, 확대하고 해석하는 인간의 의식 속에서 깊이를 가늠한다. (…) 천재들은 때로 단도직입적이고, 위태로운 결과를 가져오기도 한다. 반면 그들은 다른 이야기, 즉 누군가가 어떤 것과 보통의 관계를 맺고 있다는 필연적인 이야기 등을 통해 어렴풋이 등장함으로써 자신의 성격을 감추어둔다.

개츠비는 자칭 자기 스타일식의 '천재'로, 엄청나게 범죄적이고, 엄청나게 낭만적이다. 닉은 스스로 '유별나게 정직하다'라고 덧붙이기는 하지만, 본인이 인정하듯이 매우 '정상적'인 인물이다. 개츠비는 닉의 '이야기'를 통해서 보면 어렴풋이 등장하는 게 확실하다—어렴풋이 등장했다 사라지고, 어렴풋이 등장했다 사라지고를 반복하는 것이다. 또한 닉은 분명 '확대하고 해석하는' 역할을 맡았지만, 너무 지나치게 확대한다고 생각할 수도 있다.

조셉 콘라드는 선원 화자인 말로를 도입하고 채택하면서 소설 기법에 있어서 아주 중요한 혁신을 이루었다. 특히 말로가 로드 짐의 인물을 소설 속에서 그럴 듯하게 만들려고 이야기를 구성해 나가는 과정을 보면 그렇다. 짐은 겁쟁이인가, 아니면 이상주의자인가? 혹은 겁쟁이인 동시에 이상주의자인가? '우리들' —우리 선원들, 우리 영국인들, 우리 예의바르고 신뢰할 수 있는 백인 서구인들에게 로드 짐의 열망과 실패, 로드 짐의 꿈과 결함은 무엇을 의미하고 무엇을 암시하는 걸까? 말로는 이야기의 만회와 평가에, 그리고 짐에게 많은 공을 들였다. 확실히 짐은 '우리들 중의 하나'인 것이 분명하다. ……하지만 필요한 부분만 약간 수정한다면, 이 소설은 증권업자인 서술자 닉 그리고 수수께끼의 인물 개츠비의 관계와 많은 부분 유사하다. 개츠비는 범죄자인가, 아니면 낭만주의자인가? 혹은 범죄자이면서 동시에 낭만주의자인가? 우리 미국인들에게 그의 웅대한 계획과 수상한 배경은 무엇을 의미하는 것일까? 그의 화려한 꿈, 그리고 '꿈이 사라진 자리에 비참하게 나풀거리던' 그 더러운 먼지는 무엇을 암시하는 것일까? 닉은 개츠비에게, 그리고 그를 다시 부활시키고 실지로 애도하려는 의미에서 쓰는 글에 많은—정말로 많은—공을 들였다. '그들은 죄다 썩어빠진 놈들이에요. 당신은 그 빌어먹을 녀석들 전부를 다 합친 것보다 더 가치 있는 사람입니다.' 그들과 개츠비에 대한 말은 옳았다—닉은 우리에게 그렇게 느끼도록 만들 수 있었다. 확실히 미국은 뷰캐넌 부부보다 더 훌륭하고 캐러웨이 가문보다 더 멋진 것을 만들어낼 수 있었다. 하지만…….

　이 책은 닉의 견해라고 해도 그리 과언은 아닐 것이다. 확실히 닉은 각기 다른 출처에서 개츠비에 대한 자료를 수집했다. 닉 스스로의 기억 이외에도, 속지에 벤저민 프랭클린이 하듯이 '스케줄'이라고 적어 놓은 유년 시절 개츠비의 책 『호펄롱 캐시디』, 그리고 닉 자신의 대단히 암시적인 기록이라고 할 수 있는, '접힌 데가 다 해져버린' 1922년 여름 개츠비의 손님 목록 등이 있다. 그 목록은 아마도 화자의 기억을 포함해 시간을 담아두는 다른 여러 저장소들이 어쩔 수 없이 붕괴되고 해체되어버리고 마는 것을 암시하는 것이리라. 그리고 거기에 덧붙여, 조던 베이커가 닉에게 들려준 개츠비와 데이지가 처음 만나 사귀었던 이야기하며, 끔찍한 교통사고가 났던 그날 밤 이후 불안과 절망에 휩싸인 채 밤을 지새우던 개츠비가 직접 닉에게 들려준 개츠비 자신의 어린 시절 이야기, 댄 코디와 전쟁 시절 이야기 등이 있다. 그러나 이런 이야기들을 기록하는 사람은 바로 닉이다. 그가 그런 출처들을 얼마나 많이 재인용하고, 얼마나 많이 바꾸는지 —즉 변형하고, 윤색하고, 확대하고, 부연하는지는 결코 알 수 없다. 소설 쓰기의 관례상, 서술자가 다른 등장인물의 말을 인용부호 속에 넣으면 그 말은 실지로 사실이 된다. 서술자가 완벽하게 기억해낸 것으로(약간은 믿기 어렵지만) 인정해 주는 것이다. 대충 계산해 보건대, 이 책에서 개츠비가 직접 한 말은 약 4퍼센트에 지나지 않는다. 피츠제럴드가 소설 초안에서 개츠비가 직접 말하는 부분을 상당히 축소시켰다는 것은 매우 흥미로운 사실이다. 예컨대, '"제이 개츠비!" 그가 갑자기 우렁찬 목소리로 소리쳤다. "저기 위대한 제이 개츠비가 간다. 사람들이 그렇게 말할 테니 기다려 봅시다"' 라는 부분을 봐도 그렇다. 정말 그렇게 감탄이 터져 나왔다면, 개츠비는 스스로를 대단히 노골적이고 명확하게 밝히고 드러냈을 것이다. 그러나 피츠제럴드는 그런 부분들을 의도적으로 삭제하면서 개츠비를 훨씬 더 아련하고, 알기 어렵고, 결국에는 파악하기조차 힘든 인물로 그려낸다. 대신에 우리는 닉의 가정과 추측, 상상, 그리고 아마도 숨김, 개작, 공상 등을 더 많이 접하게 되는 것이다.

닉의 이야기에는 '추측한다', '의심한다', '생각한다', '혹시', '아마도', '대체로', '그런 말을 들었다', '그가 말한 것 같다', '틀림없이 그러했다', '그런 생각이 들었다', '언제나 그런 인상을 받았다' 등과 같은 구절들이 항상 따라 온다. 그는 '마치 ~인 것처럼(as though, as if)'과 같은 구절을 통해(60번 이상 사용하며) 다양하게 변형시킨 직유와 은유적 표현들을 이야기 속에 녹여낸다. '분명 그에게 ……라는 생각이 떠올랐을 것이다'라는 부분은 그렇지 않았을 수도 있는 것이다. 결코 알 수 없는 일이다. 우리가 정말 아는 건 그런 생각이 닉에게 떠올랐다는 것이다. 우리가 아무리 '이 책에 제목을 부여한 남자'라고 닉이 조심스럽게 언급한 '개츠비'라는 주인공에 대해 평가하거나 반응한다 해도, 우리가 평가하는 대상은 닉이 만들어낸 인물이라는 사실을 항상 기억해야만 한다. 개츠비의 첫 등장('내 나이 또래의 남자')에서부터 개츠비가 죽은 뒤 전화를 건 사람이 닉을 개츠비로 착각했을 때, 그리고 '그들 모두에 대해 저항감, 개츠비와 나 사이에 어떤 냉소적인 연대감'이 생겼을 때에 이르기까지, 우리는 개츠비를 영웅으로 만들려는 것뿐 아니라 스스로를 개츠비와 동일시하려는 닉의 강한 집착을 엿볼 수 있다. 그러므로 닉의 입장에서는 개츠비가 들려준 과거의 이야기가 '모두 사실'이라고 믿는 게 중요하다. 그리고 '이전에 경험했던 그에 대한 완벽한 신뢰가 다시 되살아나는 것'이 기쁠 수밖에 없다. 닉은 돈 굴리는 일이 주된 업무인 근무 시간 외에는 모든 것을 개츠비, '그의' 개츠비에게 투자한다.

닉은 스스로를 개츠비와 정반대의 인물, 피츠제럴드의 『슬픈 젊은이들』 중 한 사람인 것처럼 묘사하고 표현한다.(이것은 『폭풍의 언덕』에서 소심한 성격의 록우드가 화자가 되어 열정적인 히스클리프의 이야기를 풀어나가고 있는 것과 약간 닮아 있다.)

젊은 증권업자들을 비롯한 다른 직원들과 허물없는 사이가 되었고, 그들과 어울려 어둡고 북적대는 식당에서 작은 돼지고기 소시지, 으깬 감자, 커피 등으로 점심 식사를 했다. 심지어 뉴저지에 살고 있는 경리과 여직원과 잠깐 연애도 했다. 그러나 그녀의 오빠가 나를 못마땅한 눈초리로 바라보는 게 마음에 걸려 그녀가 휴가를 떠난 7월에 조용히 관계를 끝냈다.

감정적, 성적인 관계에 있어서 닉은 조던 베이커와의 경우에서나 초기의 '약혼'에서 그랬던 것처럼, 조용히 끝낼 수 없는 것을 스스로 끝내버린다. 그는 스스로를 고립시키는 관음증의 남자이다.(다음과 같은 구절을 통해 그의 특징을 알 수 있다. '나는 모두의 얼굴을 똑바로 바라보고 싶은 마음이 굴뚝같았지만, 결국 모두의 시선을 피했다.' 여기에서 닉은 헨리 제임스의 『여인의 초상』에 등장하는 '보고 싶지만 느끼고 싶지는 않은' 성적으로 불안한 이사벨 아처와 닮아 있다.) 성욕을 다루는 데 있어서는 공상 속의 삶이 실제 삶보다 더 안전한 것이다.

때로는 5번가를 걷다가 군중 속에서 아름다운 여자들을 골라 몇 분 동안 그들의 삶 속으로 들어가는 상상을 하기도 했다. 그 누구도 알아채거나 거절할 수 없는 일이었다. 이따금씩, 내 마음속에서는, 후미진 거리의 길모퉁이에 있는 그들의 아파트로 그들 뒤를 따라가곤 했다. 그들은 문을 통과해 아늑한 어둠 속으로 사라지기 전에 돌아서서 내게 미소를 지어주었다. 매혹적인 대도시의 황혼 속에서 때로는 사무치는 외로움을 느꼈고, 다른 사람들에게서도 그런 느낌을 받았다. 식당에서 보낼 혼자만의 저녁 시간을 기다리며 창문 앞에서 어슬렁대는 가난한 젊은 직원들, 밤과 삶의 가장 강렬한 순간들을 허비하면서 황혼 속에 서 있는 그 젊은 직원들에게서 말이다.

이런 삶과 비교하면—이것은 확실히 '음울한' 삶이다—닉이 개츠비의 삶과 스타일에 담겨 있는—닉이 좋아하는 말 중 하나인—'화려함'의 표시들을 갈구하듯이 바라본 것도 그리 놀라운 일은 아니다. 닉은 개츠비가 아니라, 자기 스스로가 전부임을 암시하고 있다. '서른, 그것은 외로운 10년, 독신 남성의 줄어든 지식 목록, 열정이라는 이름의 얇아진 가방, 숱이 빠진 머리 같은 것들을 예고하는 나이였다.' 모든 것이 줄어드는 것이다. 이렇게 줄어들고 얇아지는 것을 반증하고 보상하듯이, 개츠비는 확실히 더 화려하고 풍요로우며 정서적으로 덜 메마르고 스스로 덜 위축되는 가능성과 잠재력을 보여준다.

닉은 공연자를 찾는 관객이다. 그는 몸짓이라는 의미로 개츠비를 바라본다. '만약 개성이 중단되지 않는 성공적인 몸짓의 연속이라면, 그에게는 뭔가 화려한 것, 삶의 약속에 대한 고도의 감성 같은 것이 있었다…….' 적어도 닉의 눈에는, 개츠비를 위한 작은 돼지고기 소시지와 으깬 감자는 없다. 다른 한편으로 보면, 닉이 더 선호하는 위치는 몸짓 없이 관찰할 수 있는 주변부였다. 뉴욕의 첫 파티에서 그의 본능은 '피하려'는 것이었지만, 그는 계속해서 '얽히고 다시 말려들곤' 했다. '어쩌면 높은 도심 하늘에 줄지어 늘어선 우리의 노란 창문들은 어두워져가는 거리를 지나다 우연히 위를 올려다본 사람들에게 인간의 어떤 비밀스런 이야기를 넌지시 알려주고 있는지도 모른다. 그리고 나 또한 그들 중 하나였다. 궁금해 하면서 그렇게 올려다보는 사람이었다. 나는 안에 있는 동시에 밖에 있었다. 고갈되지 않는 삶의 다양함에 매혹되는 동시에 혐오감도 느끼면서.' 닉이 알건 모르건 간에, 그는 거의 문자 그대로 휘트먼의 시를 인용하고 있다.('시합의 안에도 그리고 밖에도 있으면서, 그걸 바라보고 궁금해 했다.') 그리고 '궁금증'—그 본능, 필요, 능력—은 수많은 미국 작가들에게도 그랬듯이 닉에게도 중요한 것이다. 궁금해하는 것은 대개 거리감을 필요로 하고, 무능한 건 아니지만 참여할 마음이 거의 없다는 걸 암시한다. 모든 땀과 열기와 삶에 대한, 공포라기보다는 혐오감에 가까운 감정이다. 비록 후회하고는 있지만, 어쨌든 그는 '어두워져 가는 거리에서 우연히 바라보게 된 관찰자'의 역할을 선호한다는 것을 알 수 있다. 휘트먼과의 차이가 있다면 닉이 거의 같은 크기의 혐오감을 지녔다는 사실이다. 즉, 매혹되는 감정을 느끼지 않을 때는 닉의 안에서 혐오감이 꿈틀거리고 일어나기 시작하는 것이다. 얼핏 보기에 합리적이고 공정한 어조지만, 닉의 개츠비 책은 이런 두 가지 극단적 감정 사이를 오가는 가운데 탄생한 것이다. 이것이 바로 '미국식 진동(oscillation)'이다.

처음 닉은 '도덕적으로 주의를 기울이는 한결같은 세계'에 대한 바람을 드러내는 '본질적인 예절'이 평균 이상인 사람으로, 상당히 두드러지게 등장한다. 닉이 잠시 조던 베이커에게 끌렸던 것도 ('호리호리하고 밋밋한 가슴을 가진') 그녀의 남자 같은 모습과 '젊은 사관생도'처럼 보이는 '꼿꼿한 자세' 때문이 아니었을까? 그렇기는 하지만, 그는 스스로도 쉽게 인정하듯이(이것은 서술자로서 매력적인 부분이다) 확실히 규율과 청결, 정돈의 잘 발달된 본능을 가진 권위적인 면모를 지니고 있다. 때때로 그는, 건방지다고까지는 말하지 않겠지만, 약간 고지식한 면을 보인다. 그는 한결 같은 삶을 선호한다. 실지로 뷰캐넌 부부의 집에서 특히 당혹스러웠던 순간에 자신의 심정을 이렇게 토로한다. '나의 경우엔 본능적으로 당장이라도 경찰에 전화하고 싶은 심정이었다.' 또한 그는 조던 베이커와 깨끗이 헤어지기로 결심하면서 그것을 가사 일에 비유해 이렇게 설명한다. '제대로 정리하고 싶었고, 저 친절하지만 무심한 바다가 내 쓰레기를 쓸어가 버리겠지 하고 그저 속수무책으로 기다리고 싶지는 않았다.' (그러나 앞서 있었던 초기 관계를 정리하게 만든 어떤 알 수 없는 요인에 대해서는 크게 신경 쓰지 않는다는 사실에 주목하자.) 주변을 깨끗이 하려고 하고 쓰레기를 싫어하는 닉의 다소 강박적인 충동 본능은 수많은 상황에서 드러난다.

우선, 뉴욕의 첫 파티에서 술에 취하자 모든 것이 흐릿해지면서 점차적으로 어수선하고 혼란스러워진다. 비록 그것이 닉의 인생에서 술에 취한 두 번의 경우 중 한 번이었지만, 그의 결벽 본능은 사라지지 않는다. '매키 씨는 사진 속의 전투병처럼 불끈 쥔 주먹을 무릎에 얹은 채 의자에서 잠들어 있었다. 손수건을 꺼내 그의 뺨에 묻어 오후 내내 신경이 쓰였던 마른 비누 거품 얼룩을 문질러 닦았다.' 바로 그런 직후, 톰 뷰캐넌이 머틀의 코를 부러뜨리고, 파티는 극적인 혼돈 속으로 빠져든다. 그러나 그것은 뷰캐넌 부부의 문제이다. '그들은 경솔한 사람들이었다. 그들은 사물과 사람들을 산산이 부수어놓고는 그들을 한데 묶어 줄 수 있는 것, 그것이 돈이 되었든 지독한 경솔함이 되었든, 그 안에 꼭꼭 숨어버린 채, 다른 사람들로 하여금 그들이 어질러 놓은 것을 말끔히 치우게 했던 것이다……'

톰은 잔인하게 피를 뿌리고 다니는 반면, 닉은 제자리에 있지 않은, 우리가 먼지라고 부르는 작은 조각들, 면도할 때 쓰는 비누 거품의 얼룩까지 꼼꼼하게 문질러 닦는다. 닉은 올바른 경찰관이 될 만한 도덕적으로 성숙한 본능을 가지고 있을 뿐 아니라 관리인의 자질까지도 갖추고 있다.

이것을 가장 잘 보여주는 사례가 바로 동부를 떠나기 전, 닉이 보여준 마지막 행동이다. 그는 '엄청나게 부조리한 실패'의 자취를 다시 한번 보기 위해 개츠비의 저택을 방문한다. '하얀 계단 위에는 어떤 아이가 벽돌 조각으로 긁적거려 놓은 음탕한 낙서가 달빛 아래 환하게 드러나 있었다. 나는 돌계단을 신발로 문질러서 낙서를 지웠다.' 이것은 분명 그가 지닌 '본질적인 예절'의 일부분이며, 무례한 외관 손상과 불경한 행동에 대한 본능적인 거부감임을 누구나 금세 알아챌 수 있다. 그러나 이런 '지우는' 행동은 더 포괄적인 성격과 암시를 내포한다. 개츠비의 실제 경력이(그의 꿈들은 잠시 동안 접어두기로 하자) 그 자체로 '외설'이라고 하면 너무 지나친 말일 수도 있지만, 그의 경력과 돈, 정체성이 다소 더러운 범죄 행위들을 바탕으로 한 것은 의심의 여지가 없다. 개츠비가 닉에게 여러 차례 그런 사실을 암시하고 그것을 인정하고 대응하도록 만들었지만, 닉은 항상 거부했다. 닉은 이야기의 '더러운' 측면이 될 수 있는 것이면 무엇이든 생략, 부정, 덧쓰기, 재해석이나 변형 등을 통해서 '지우는' 쪽을 선호했다. 물론—이 점이 이 책의 탁월한 부분인데—우리는 닉이 제쳐두고 쓰지 않으려고 히는 부분을 계속해서 짐작하고 슬쩍슬쩍 들여다보게 된다.(예컨대, 닉은 개츠비와 데이지의 초기 관계를 낭만적이고 시적인 관계로 묘사하는데, 개츠비가 데이지를 '탐욕스럽고 파렴치하게' 여겼다는 사실은 그 후에 밝혀진다.) 이 책을 위해 닉은 핑크색 정장을 입은 포부에 가득 찬 불운한 몽상가에 집중하는 쪽을 택한다. 소설 속에서 그는 수수께끼 같은 인물인 개츠비 주변에 무성하게 떠도는 어리석은 소문들, '그런 오해들을 해소하기 위해' —댄 코디 등을 통해—개츠비의 어린 시절에 대해서 나중에 알게 된 내용을 적고 있다고 말한다. 그는 확실히 그런 오해들을 해소하고는 있지만, 마찬가지로 너무 많은 것을 깨끗이 씻어 없애 버렸을 가능성도 있다. 우리는 닉이 말하는 댄 코디에 대한 이야기가 충실히 기록된 것이라고 받아들인다. 그러나 개츠비의 청년기를 압축해 설명한 아래 이야기는 과연 어떠할까?

하지만 그의 마음은 끊임없이 소용돌이치는 혼돈 속에 있었다. 밤에 잠자리에 들 때마다 아주 기괴하고 몽환적인 발상이 자주 나타났다. 세면대에서 시계가 째깍거리고 촉촉한 달빛이 마루 위에 엉켜 있는 옷들을 흠뻑 적시는 동안, 형언할 수 없이 눈부신 우주가 그의 머릿속에서 빙빙 돌며 나타났다. 매일 밤 졸음이 몰려와 그런 생생한 장면을 에워싸서 망각 속으로 밀어 넣기 전까지, 환상은 계속해서 더해갔다. 한동안 이런 몽상들은 그가 마음껏 상상할 수 있는 배출구가 되어 주었다. 그것은 현실이 환상처럼 비현실적이 될 수 있다는 흐뭇한 암시이자, 세상이라는 바위가 요정의 날개 위에서도 안전하게 세워질 수 있다는 약속이었다.

이 사람은 누구일까? 개츠비? 아니면 닉? 혹은 이제 그저 닉 개츠비라고 불러야 할까? 개츠비는 시계의 째깍거리는 소리(역사, 되돌릴 수 없는 것)를 물리치기 위해 달빛(꿈, 상상력)을 사용하려 한다. 닉도 달빛을 좋아해 현실의 외설적인 낙서가 그 것을 더럽히고 오염시키는 것을 막으려고 한다. 개츠비는 닉에게 상상력의 분출구를 제공한다. 개츠비는 닉의 '눈부신' 몽상이다. 그리고 '비현실적인 현실'에 대한 만족스러운—거의 만족에 가까운—암시를 던져주는 듯 보인다. '세상이라는 바위'는 단단하며 톰 뷰캐넌의 주먹과 말처럼 부서지기 쉬운 연약한 것들을 깨부순다. 세상의 바위가 요정의 날개 위에 자리 잡을 수 있다고 불가능한 상상을 하는 개츠비의 모습을 닉은 즐겨 상상한다. —거미줄 위에 사뿐히 내려앉듯 무엇이든 요정 위에 세울 수 있다는 식으로 말이다. 여기서 더욱 문제가 되는 건 닉이 언제 더하고 뺄지를 결코 알지 못하고, 언제 확대하거나 지우는지를 결정하지 못하며, 언제 단순한 공상을 하는지, 혹은 언제 더 상상력을 보태어 공감이 가도록 적절히 생략하는지를 결코 판단하지 못한다는 사실이다. 첫 페이지에서 닉은 자신이 아마도 '모든 판단을 유보하는' 경향이 있기 때문에(이 책에서는 유보하지 않았지만), 종종 '젊은 사람들이 털어놓는 은밀한 속내'를 듣게 되는데, 그들이 사용하는 용어는 '대개 남의 말을 그대로 옮기는 것이며, 감정을 억제하더라도 속이 빤히 들여다보여서 볼썽사납기 마련이다'라고 말한다. 그러므로 닉 자신의 '속내'—아마도 모든 그런 속내—에도 마찬가지로 그런 특징이 불가피하게 드러날 수 있음을 미리 짐작할 수 있다. 닉은 개츠비가 지금까지 만났던 사람들 중에서 몇 안 되는 정직한 사람들 중 하나일지는 몰라도, 조던 베이커가 이별을 대신해 닉에게 '또 다른 나쁜 운전자'라고 말했던 것이 완전히 틀린 것만은 아닐 것이다.

다른 방식으로 말해보자. 잿더미의 계곡에 있는 윌슨의 자동차 정비소로 닉이 처음 찾아갔을 때 그의 반응은 이러했다. '장사가 잘 되지 않아서인지 내부는 텅 비어 있었다. 보이는 차라고는 어두운 구석에서 먼지를 뒤집어 쓴 채 웅크리고 있는 고물 포드 자동차뿐이었다. 이 유령 같은 자동차 정비소는 분명 속임수일 거야. 머리 위 어딘가에 멋지고 호화로운 아파트가 숨겨져 있을 거야. 그런 생각이 번뜩 스치고 지나갔다.' 닉은 그저 먼지를 뒤집어쓴 채 황폐하고 허름하게 변한 텅 빈 현실과 마주해야 한다는 생각을 받아들일 수가 없었다. 그보다 더 큰 뭔가가 있어야 한다, 겉으로 드러난 허깨비 같은 피폐함과 타락은 모든 호화로움과 낭만을 숨기기 위해 그저 '눈가림'으로 이용된 눈속임용 가면에 지나지 않을 것이라고 생각하는 것이다. 그러나 잿더미의 계곡에 보잘 것 없이 텅 빈 채 버려져 있는 자동차 정비소는 피할 수 없는 현실이며 추잡한 불륜 이외에는 아무것도 감추고 있지 않다. 잿더미 계곡에서는 보이는 것이 실상이다. 실재하지 않는 '멋지고 호화로운 아파트'는 닉의 상상력이 풍부하게 발휘된 공상 속의 건축물로, 그의 결핍과 욕망을 동시에 담고 있다. 그러므로 그가 감정을 어떻게 억제하고 어디를 표절했는지를 따지기보다는, 차라리 그가 상상력을 발휘하여 삭제하고 보충한 곳이 어떤 부분들인지를 말하는 것이 이 책을 더 정확히 살피는 방법이 될 것이다.

　그럼 이제, 이 책의 일부 중요한 구절에 사용된 그런 '보충'의 사례 중 세 가지를 집중적으로 살펴보고자 한다. 소설의 교정쇄에서 피츠제럴드가 거의 불가사의할 정도로 노련하고 신들린 듯 열중하며 행한 삭제와 첨삭의 수많은 절묘한 솜씨들 중 하나가 바로 개츠비가 남긴 유명한 말 '그녀의 목소리는 돈으로 가득하지요'라는 부분을 끼워 넣은 것이다. 그에 대한 닉의 해석은 놀랍고도 흥미롭다. '바로 그거였다. 이전에는 결코 깨닫지 못했던 것이었다. 데이지의 목소리는 돈으로 가득했다. 그 안에서 오르내리는 무한한 매력, 짤랑짤랑 소리, 심벌즈의 노래…… 저 높은 곳 하얀 궁전에 있는 왕의 딸, 황금으로 감싼 아가씨…….' 닉은 자유로운 몽상에 잠겨 구문에도 맞지 않는 말들을 떠벌이고 있다. 하지만 그것이 전부가 아니라는 것을 확실히 느낄 것이다. 짤랑짤랑 유쾌한 소리와 여러 상징들, 왕의 딸 같은 것들은 중요한 게 아니다. 개츠비는 데이지가 아주 값이 비싼 상품이며, 그런 상품을 만들고 유지하기 위해서는 많은 돈이 들고, 그녀가 진짜 돈으로 '숨 쉰다'는 것을 넌지시 알려준다. 그리고 그는 그것을 스스로 알고 있다는 사실도 은근히 드러낸다. 닉은 물질적인 바탕인 '세상이라는 바위'를 건너뛴 채 날개를 달고 요정의 나라로 날아가고 싶어 한다. 멋지고 수수께끼 같은 개츠비의 말이 무엇을 의미하든지 간에, 처음부터 데이지의 목소리에 '가슴 뛰는 감흥'을 느낀 것도, 그녀의 목소리가 돈이 아닌 '흥분'과 '약속'으로 가득하다고 고백하듯이 밝힌 것도 바로 닉이었다. '오르락내리락 뜨거운 열정을 쏟아내는 그녀의 목소리가 그를 단번에 사로잡은 것 같았다. 그 목소리는 아무리 꿈꾸어도 부족함이 없는 불멸의 노래였으니까' 라고 닉이 추측하는 부분에서, 우리는 아마도 그 목소리에 푹 빠졌던 것은 다름 아닌 닉이었다고 짐작할 수 있다. (위에 인용된 구절에서) 그가 밝혔듯이 확실히 그 목소리는 지나치게 꿈꾸는 듯한 목소리였기 때문이다. 닉은 스스로도 환멸을 느낀 도덕가일 뿐 아니라 극히 열성적이고 '과도한 몽상가'라는 점을 인정한다. 그리고 그것은 완전히 부정할 수만은 없는 특징인 것이다.

소설 속 어느 지점에선가, 닉은 개츠비의 이야기를 모두 떠안고 자신있게 3인칭 간접 화법으로 이야기를 풀어가면서 그 스스로 서정적 이야기에 빠져든다.

개츠비는 보도블록들이 실제로 사닥다리 모양으로 쌓여 있어서 나무 위 비밀스런 장소로까지 연결되어 있는 것을 곁눈질로 힐끔 쳐다보았다. 혼자라면 올라갈 수 있으리라. 그리고 일단 거기에 오르면 삶의 젖꼭지를 빨면서 비할 데 없는 경이로운 젖을 쭉쭉 들이킬 수 있으리라.

데이지의 하얀 얼굴이 가까이 다가오자 그의 심장이 더 빨리 뛰었다. 데이지에게 키스를 하고, 이루 말할 수 없는 그의 엄청난 환상을 곧 사라지게 될 그녀의 숨결과 영원히 엮어 놓게 되면, 그의 마음이 결코 다시는 신의 마음과 같이 두근대며 뛰놀지 않으리라는 것을 그는 잘 알고 있었다. 그래서 그는 잠시 동안 별에 부딪혀 나는 소리굽쇠 소리를 좀 더 들으며 기다렸다. 그런 다음 그녀에게 키스했다. 그의 입술이 닿자 그녀는 꽃처럼 활짝 피어났고, 그렇게 탄생한 화신은 완벽했다.

그의 모든 이야기를 듣는 동안, 특히 그의 지독한 감상주의 속에서, 내게 어떤 기억 하나가 떠올랐다. 오래전에 어디선가 들은 적이 있는 알쏭달쏭한 리듬, 잃어버린 말들의 단편들이었다. 마치 놀란 숨을 내뱉는 것보다 더 힘든 일이라도 되는 양, 잠시 동안 입 안에서 하나의 문장이 맴돌면서 입이 벙어리처럼 벌어졌다. 하지만 소리는 나오지 않았고, 내가 기억해낼 뻔했던 문장은 영원히 전달되지 못했다.(고딕체는 필자 강조 부분.)

아마도 이런 첫 번째 질문을 던질 수 있을 것이다. 그것이 누구의 지독한 감상주의인가 하는 것이다. 우리는 개츠비가 데이지를 '탐욕스럽고 파렴치하게' 여겼다는 것을 알고 있다. 아마도 개츠비는 마음속에 '이루 말할 수 없는 엄청난 환상'과 '곧 사라지게 될 숨결'에 대해서 많은 기대를 갖지는 않았을 것이다. '별에 부딪혀 나는 소리굽쇠'는 수많은 대중가요에서 통속적으로 사용하는 소재로 딱히 최고라고 할 수도 없다. 그것은 닉의 마음속에서 흥얼거리는 콧노래임에 틀림없다. 삶의 젖꼭지로부터 경이로운 젖을 빨기 위해 비밀스러운 장소로 올라간다는 생각에 확실히 퇴행적인 요소가 있는 것처럼, 최대의 만족을 위해서 혼자 올라가는 것이 낫다고 느끼는 것은 다름 아닌 확고부동한 독신남 닉임이 분명하다.(삶의 젖꼭지와 경이로운 젖에 대해서는 할 말이 더 있다.) 즐거운 어린 시절에 대한 향수를 암시하는 부분은 '뛰놀다' 라는 단어의 사용에서도 알 수 있다. 아이 같은 무질서하고 자기중심적인 자유와 방종을 신의 마음과 비교하는 것은 이런 퇴행적인 소망을 종교의 시선으로 바라보려는 대담한 시도라고 할 수 있다. 개츠비가 데이지에게 구애하면서 무슨 생각을 하고 있었던 간에, 이 모든 걸 다 생각하지 않고 있었던 것만은 확실하다.

어느 단계에선가 피츠제럴드가 교정쇄를 추가하면서 '지독한 감상주의'의 주인공이 개츠비임을 분명하게 밝혔다는 사실을 발견하면, 그런 의문은 더욱 강해진다. 두 사람 사이에 오간 대화를 예로 살펴보자. 닉이 데이지에 대해 '어떤 화신이든 간에 아주 만족스러운 화신' 이라고 호의적으로 말하자, 개츠비는 지나치다 싶을 만큼 현실적으로 체념하면서 '그녀는 그렇지요. ……하지만 그건 한때 행복했던 장소를 사랑하는 것과 비슷하답니다' 라고 대꾸한다. 심지어 이런 개츠비의 자기 분석적

고백을 끼워 넣거나 남겨 두었다면 훨씬 더 파격적이었을 것이다. '"하지만 실상 나는 공허하군요. 그리고 아마 사람들도 그렇게 느끼고 있을 거예요. ……너무나 멋있어서 생각하기만 해도 온통 구역질이 나는 세상에서 데이지는 유일하게 내게 남겨진 전부이지요." 그는 몹시 후회하는 듯이 주위를 둘러보았다. "노래를 하나 불러드리지요. 그쪽을 위해 불러드리고 싶네요. ……그 노래는 나를 행복하게 해주지만, 다 써버릴까 두려워 자주 부르지는 않는답니다."' 개츠비가 열네 살에 썼다는 그 노래는—열네 살이라니!—소설 속에 전부 인용되어 닉이 말한 개츠비의 '지독한 감상주의'를 충분히 보여준다. 이와 같이 스스로를 위축시키는 것이 명백한 비참한 구절들은 어김없이 삭제되었다. 피츠제럴드는 위에 인용된 구절 중 마지막 부분만 남겨두었다. 이런 삭제로 인해 개츠비의 신비감은 증폭된다. 그러나 보존된 구절을 통해서는 개츠비라는 인물이 향수, 기억, 욕망의 어떤 감정을 건드렸던지 간에, 그것이 전달될 수 없고 말로 표현될 수 없으며 돌이킬 수 없어 (실제 아메리칸 드림처럼) 사라지게 되리라는 것을 감지할 수 있다. 감상주의와 퇴행적 충동이 어디에서 온 것인지는 분명하지 않다. 그것이 해결되지 않은 상태로 글쓰기는 계속된다. 그리고 글쓰기는 다름 아닌 닉의 몫인 것이다.

아마도 다음은 이 책에서 가장 유명한 구절일 것이다.

어쩌면 그는 그 이름을 오랫동안 준비해 놓고 있었는지도 모른다. 그의 부모는 무능하고 실패한 농사꾼들이었다. 그의 상상력 속에선 결코 그들을 진짜 부모로 받아들일 수가 없었다. 사실, 롱아일랜드 웨스트 에그의 제이 개츠비는 그 자신의 이상적인 생각에서 나온 인물이었다. 말 그대로 하느님의 아들이었고, 하느님 아버지의 사업, 즉 방대하고 상스럽고 저속한 아름다움을 추구하는 사업에 관여했다. 그래서 열일곱 살 소년이 만들어 냈음직한 바로 그런 종류의 제이 개츠비를 만들었고, 그 개념에 끝까지 충실했다.

닉은 추정한다―그러나 뒤에 가서는 '진실'이라고 주장한다. 닉이 개츠비에 대해서 주장하는 진실, 신성 모독까지는 아니지만 대담하게도 플라톤과 하느님의 권위까지 들먹이는 진실은 개츠비가 자기 부모를 부모로 인정하지 않는 사실에서 나온다. 루돌프 밀러처럼, 피츠제럴드 자신처럼, 그리고 미국의 역사와 삶, 문학을 통틀어 스스로 부모가 되었던 수많은 다른 인물들처럼 말이다. 부모를 부인하고 거부하려는 이런 본능과 결정은 구체적으로 살펴보면, 주로 생물학적 아버지나 미국 헌법 창시자들에 대한, 지시하고 금지하는 권위에 대한 도전이다. 그리고 그것은 (이민 정체성을 탈피하는) 실질적인 것에서 부터 (과거의 강압과 구속, 앞선 결정 등의 무게를 벗어던지는) 이념적인 것에까지 걸쳐 있다. 부모를 부인하는 본능이 미국만의 특별한 특징이라고 주장할 만큼 어리석지는 않다. 프로이트가 '가족 로망스'에서 그것을 보편적인 사실이라고 주장하고 있으니 말이다. 그러나 특히 미국에서 어떤 상당한 영향력이 느껴지는 건 분명하다. 게다가 거기에는 문화적으로도 든든한 후원자와 지지자들이 존재한다. 실지로 그것은 미국 문학 속에서 '미국' 정체성의 의무이자 전제조건으로 그려지고 있다. '우리의 시대는 회고에 잠겨 있다. 그것이 선조들의 묘지나 짓고 있기 때문이다.' 에머슨의 첫 작품이자 미국 문화에 막강한 영향력을 끼친 1836년의 에세이 『자연』은 이렇게 시작한다. 에머슨의 입장에선 미국인들이 한가하게 선조들의 묘지나 짓고 있어서는 안 되는 것이다. 선조들은(그리고 영국과 같은 선조의 나라들은) 잊혀야 한다. '왜 우리라고 우주와의 근원적인 관계를 즐기면 안 되는 것인가? (…) 태양은 오늘도 빛나고 있다. (…) 새로운 땅, 새로운 사람들, 새로운 사상들이 있다.' 에머슨과 그를 추종했던 많은 학자들은 자립, 자기 조각, 자기 건축, 자기 발명 등을 강조했다. 그런 사례는 많이 있다. 미국의 '자수성가한 사람'에게는 최고의 정당성과 격려가 쏟아졌다.(그릴리의 『자수성가한 사람』은 1862년에 나온다.) 제이 개츠비는 바로 미국의 젊은이인 것이다.

그러나 신과 플라톤은 어떤가? 닉이 쓰는 어휘의 독특한 특징을 지적하기 위해 몇 개의 구절을 인용하고자 한다. 소설의 마지막 부분에서 개츠비가 죽고 난 뒤의 법과 물류적인 문제들을 정리한 후, 닉은 이렇게 적고 있다. '그러나 이 모든 게 허무하고 부질없는(unessential) 것 같았다.' 좀 더 뒷부분에 가서는 달이 떠오르자 녹아 없어져 버리는 '실체 없는(inessential) 집들'에 대해 언급한다. 부정을 표현하는 접두사인 '비(un-)'와 '없는(in-)' 사이에는 별다른 차이가 없다. 데이지에게서 오는 전화를 기다리던 중 월슨의 방문을 받는 개츠비의 마음 상태를 상상하며 닉의 생각은 매우 형이상학적으로 흘러간다.

나는 개츠비 자신도 전화가 오리라는 걸 믿지 않았다고 생각한다. 아마도 더 이상 그런 건 신경 쓰지 않았을 것이다. 그리고 만약 그게 사실이라면, 그는 분명 자신을 감싸주던 예전의 따뜻한 세상이 사라졌으며, 단 하나의 꿈을 갖고 그토록 오랫동안 살아왔던 것에 대해 스스로 값비싼 대가를 치렀다고 느꼈을 것이다. 그는 분명 무시무시한 나뭇잎들 사이로 비친 낯선 하늘을 올려다보고는 장미가 얼마나 기괴하게 보일 수 있는지, 거의 가꾸지 않은 잔디밭 위에 비치는 햇빛이 얼마나 생경한지 깨닫고는 몸을 부르르 떨었을 것이다. 새로운 세계, 현실감이 없는 물질적인 세계에서 가련한 유령들은 공기를 마시듯 꿈을 들이마시면서 우연처럼 주변을 떠도는 법이다…… 형체도 구분할 수 없이 희끄무레한 나무들 사이를 지나 소리 없이 그에게 다가가는 저 무시무시한 잿빛 환영처럼.

'현실감이 없는 물질세계'는 솔직히 신플라톤주의의 특징이다.('정말 있는 것'은 변하지 않는 이데아나 형상의 세계 속에서 발견되고 추구할 수 있다는 것.) 그러나 닉은 존재론적 공황과 같은 것을 묘사하고 있다. 사르트르가 『구토』에서 나무를 응시하던 로캉탱이 강렬하게 경험했던 사물의 순수하고 부조리하며 끔찍한 불필요성을 묘사했던 것처럼 말이다. 그것은 의미 없는 물체가 '섬뜩하고' '기괴한' 괴물같이 변하는 식의 부정적인 생각이다. 이것은 닉의 생각에, 데이지에 대한 꿈이 사라진 텅 빈 세상이 개츠비에게 등장하는 방식일 것이다. 그리고 아마도 닉에게 이것은 개츠비 없는 세상, 개츠비의 끈질기고도 불운한 꿈이 사라진 세상이 보이는 방식일 것이다.

이 구절 뒤에는 총에 맞은 개츠비를 찾으러 수영장으로 허겁지겁 내려갔을 때 닉이 목격한 내용이 이어진다. '한쪽 끝에서 나오는 맑은 물이 다른 쪽 끝에 있는 배수구 쪽으로 조용히 흘러갔기 때문에 물의 움직임은 거의 보이지 않을 정도로 희미했다. 물결이라고도 할 수 없는 미세한 잔물결들로 인해, 개츠비를 실은 매트리스는 불규칙적으로 수영장 아래를 향해 움직이고 있었다. 수면에 거의 물결을 일으키지 못하는 한 점의 작은 바람이었지만, 의도하지 않았던 짐을 싣고 의도하지 않았던 방향으로 흘러가는 매트리스를 흔들어 놓기에는 충분했다.' (고딕체는 필자 강조 부분.) 이 책에는 치명적인 운전과 수많은 사건들, 거기에 파국적 결말을 재촉하는 끔찍한 범죄까지 많은 것이 담겨 있다. 그런 의미에서 위에서 강조된 '의도하지 않았던(accidental)', 즉 '우연적'이란 단어는 아주 적절하다. 하지만 이 단어를 고의로 반복해 사용함으로써 우리에게 이 단어의 좀 더 일반적이고 철학적인 의미를 반추하게 한다. 개츠비가 데이지를 처음 만났을 때 그가 그녀의 집에 발을 들여놓게 된 것은 '엄청난 이변', 즉 거대한 우연에 의해서라고 닉은 설명한다. 알고 그랬든 모르고 그랬든 간에 닉은 불길하게 적절한 문구를 사용한 것이다. 그들의 관계도 말 그대로 더 끔찍한 '거대한 우연'으로, 그리고 '거대한 우연'에 의해서 끝나기 때문이다. 하지만 그것이 처음부터 끝까지 모두 '우연'의 문제였을까? 이제 개츠비가 죽었으니, 닉은 완전히 우연적인 세계를 마주하고 있는 느낌일 것이다. 비본질적이고 실체가 없는 세계. 개츠비가 범죄자라는 사실을 폭로해 버렸다고 확신한 톰 뷰캐넌이 개츠비와 데이지에게 같이 운전해서 돌아가 있으라고 말하자, 닉은 이렇게 적는다. '그들은 아무 말도 없이 휙 나가버렸다.' 뷰캐넌이 지배하는 세계에서는 순수한 우연성이 군림한다. 그것도 아주 끔찍하고 기괴한 우연성이 말이다.

소설의 중간 부분에서 개츠비와 데이지가 재회했을 때, 닉에 따르면 개츠비는 '그녀가 눈앞에 있는 이상 그 어떤 물건도 더는 진짜가 아니라는 듯 자신의 소유물들을 몽롱하게 응시했다'

고 한다. 그것은 보다 고귀한 실제(이상)를 가진 좀 더 여과된 신플라톤주의라고 볼 수 있다. 즉, 실제로 존재하는 한낱 물질적인 것들은 가차 없이 버리고 평가 절하하여 사실상 비물질화시키는 것이다. 그 순간 개츠비가 존재론적으로 혼란스러워하는 것도 어찌 보면 당연하다. '한번은 그가 계단에서 거의 굴러떨어질 뻔하기도 했다.' 개츠비 입장에서는 무엇이 '실제'이고 어디서 그것을 찾아야 하는지가 큰 의문인 것이다. 올빼미 눈안경을 쓴, 술 취한 남자가 등장하는 인상적인 장면이 있다. 닉과 조던이 개츠비의 서재에서 우연히 마주친 그는 감탄스럽다는 듯 칭찬을 늘어놓는다.

"어떻게 생각하시오?" 그가 성급하게 물었다.
"뭐가요?"
그가 서가 쪽을 향해 손을 흔들었다.
"저거요. 사실 확인할 필요도 없소. 내가 확인했으니까. 저건 진짜요."
"책들 말인가요?"
그가 고개를 끄덕였다.
"정말 진짜요. 페이지랑 모든 게 다 있으니까. 나는 튼튼하고 좋은 마분지로 만든 가짜라고 생각했지. 그런데 확실히 진짜라니까. 페이지들이며…… 그리고 여기, 여기를 보시오."
우리가 미심쩍게 쳐다보는 것도 당연하다는 듯이 그가 책장으로 달려가더니 『스토더드 강의록』 제1권을 들고 왔다.
"보시오!" 그가 의기양양하게 소리쳤다. "이건 진짜 인쇄물이란 말이오. 내가 속은 거지. 이 친구는 정말 데이비드 벨라스코 같은 인물이오. 대단한 위업이지. 세상에, 얼마나 철두철미한지! 정말 굉장한 리얼리즘 아니오? 언제 멈춰야 하는지도 알고 있소. 자, 여기 페이지를 칼로 자르지도 않았소. 아, 그런데 당신들은 무슨 일이오? 왜 여기까지 온 거요?"

데이비드 벨라스코는 실감 나는 무대장치 예술로 유명한 브로드웨이 제작자이다. 개츠비는 스스로의 모습과 환경을 과장하여 연기하기 때문에 종종 어떤 부분이 —그리고 얼마나 많은 부분이— '진짜'인지 구별하기가 어렵다. 그 때문에 이따금씩 기교와 꾸밈이 분명하다고 기대되거나 의심되는 부분에서 진짜 모습을 발견하곤 한다. 예를 들면 그의 서재에 있는 책들이라든가, 혹은 당혹스러울 정도로 진부하게 풀어놓는 그의 인생 얘기 등은 그저 단순히 고개를 갸우뚱하게 만든다기보다는 아예 도통 믿음이 가지 않는 것들이다. '저건 진짜요. 정말 진짜요.', '그렇다면 모두 사실이었다.' 그러면 아마도 가장 기대하지 않은 곳에서 '진짜'를 찾아야 할 것이다. 개츠비의 경우에는 (아마도 미국의 경우에는) 겉만 번지르르하고 저속한 부분에서 진짜 모습을 끄집어내야 할지도 모른다.

'확실히(absolutely)'라는 단어에서 잠시 쉬었다 가보자. 이것은 조던 베이커가 처음 등장해서 한 말인데 '맞아요(Absolutely)!', 아닌 밤중에 홍두깨 식으로 그 말은 닉을 화들짝 놀라게 만든다. 또한 조던은 '난 확실히(absolutely) 훈련 중이에요'라고 말한다. 데이지는 개츠비의 집 쪽으로 가면서 닉에게 쾌활하게 묻는다. '정말(absolutely) 여기에서 사는 거예요, 닉?' 그리고 데이지는 어디에선가 닉을 '완벽한 장미(absolute rose)'라고 부르기도 한다. 조금 고지식하고 수줍음 많은 샌님 같은 성격의 닉에게는 별로 적절하지 못한 표현이다. 확실히

‘완벽하게(absolutely)’라는 표현은 특정한 사회적 배경이나 시기에서 쓰이는 장난스러운 은어로 별 의미 없는 빈말임에 틀림없다. 그러므로 올빼미 눈 안경을 쓴 남자가 깜짝 놀라며 개츠비의 책들이 틀림없이 진짜라고 말하는 부분에서는 그 말에 너무 많이 의지하지도, 너무 귀담아 듣지도 말아야 한다. 그러나 분명 닉의 묘사 속에는 우발적, 물질적, 우연적인 방식을 넘어서서 절대적인 것, 본질적인 것, ‘실제’하는 것에 대한 갈망이 있다. 그것은—혼란스럽고 퇴화한 생각일지도 모르지만—이념적이고 형이상학적인 열망으로, 이제는 너무나 친숙해진 음울함을 떨쳐 버리기 위해 어떤 화려한 형태나 인물을 믿고 싶어 하는 닉의 소망과 뒤섞여 있다. 바로 그런 이유 때문에 핑크색 정장을 입은 감상적인 미국인 범죄자를 떠올리며 애도하는 글 속에서 일부러 과감하게 신과 플라톤을 들먹이고 있는 것이다. 토머스 핀천이 쓴 『제49호 품목의 경매』의 마지막 부분에서는 여주인공 에디파 마스가 다름 아닌 미국 그 자체의 의미와도 관련이 있는 개인적인 위기를 맞는 장면이 나온다.

명백한 것들 뒤에는 또 다른 형태의 의미가 있는지도 모르고 아니면 아무것도 없는지도 모른다. 에디파가 진정한 편집증의 빙글빙글 도는 희열 속에 빠져 있는지도 모르고, 아니면 진짜 트리스테로가 존재하는지도 모른다. 유산으로 물려받은 미국의 외형 뒤에 트리스테로가 있는지도 모르고, 사실은 그저 미국만이 있는지도 모른다. 만일 그저 미국만이 있을 뿐이라면, 트리스테로와 관계를 유지할 유일한 방법은 소외된 사람으로서 편집증 속으로 주저 없이 들어가는 것이었다.

닉은 에디파가 아니며, 개츠비는 트리스테로(기존의 공식적
인 권력 구조의 범위 밑에서, 혹은 그것을 넘어서 움직이는 모호
한 비밀 사회)가 아니다. 하지만 미국 문학 전반을 통해 보면 태
도와 필요성, 대안 등에서 유사성을 발견할 수 있다. 청교도 시
대부터 '한낱 미국'이라는 생각은 도저히 받아들일 수 없는, 참
기 힘든 것이라는 느낌이 있었다. '명백한 것 뒤에는 또 다른
형태의 의미'가 있어야만 한다. 청교도 방식(신)으로든, 혹은
초월적 방식(플라톤)으로든, 그것을 어떻게든 발견해서 주장할
수는 있을 것이다. 하지만 어떻게든 그렇게 하려는 욕구, 혹은
그렇게 할 수 없으리라는 두려움이 자꾸 밀려드는 건 어쩔 수
없다. 그것이 에디파 마스처럼 닉을 불안하고 초조하게 만든
다. 에디파가 하듯이 편집증에 의지하는 기색은 닉에게서는 발
견되지 않지만, 개츠비가 없어진 세계에서 닉이 스스로를 위로
하기 위해 피난처로서 글쓰기와 환상에 매달리고 있다고는 볼
수 있다. 그가 풀어내는 이야기 속에서 사회적, 성적, 경제적으
로 더 추악하고 비도덕적인 현실을 엿보게 되지만, 그것이 현
실의 삶을 지배하듯 그의 이야기를 지배하도록 놔두지는 않는
다. 만약 그렇게 되면, '한낱 미국'만이 남게 되는 것이다. 결과
적으로, 리처드 고든은 이렇게 적는다. '그가 다루는 주제 속에
서 모순이 마음을 어지럽힐 때마다, 그는 사회적 열망을 꿈으
로, 성의 정치를 로맨스로 바꾸고, 계급 갈등을 비극으로 해석
한다.' (『자본의 허구들』, 케임브리지 대학교 출판부, 1990년, 92
쪽. 이 책에는 『위대한 개츠비』에 대한 가장 주목할 만하고 훌륭
한 에세이들이 담겨 있다.)

닉이 스스로를 소개하는 장면을 보면, 그가 자기 가족에 대
해 격식 없이 편안하고 정직하게 말하기 때문에 그 안에 담긴

속뜻을 간과하고 넘어가 버리기가 쉽다.

우리 집안은 이 중서부 도시에서 삼대에 걸쳐 살아온 부유한 명문가였다. 캐러웨이는 뼈대 있는 가문으로 버클루 공작의 후손이라는 얘기도 전해내려 오지만, 우리 가계의 실질적인 시조는 큰할아버지였다. 그는 1851년 이곳에 왔고 남북전쟁이 일어나자 다른 사람을 대신 전쟁에 내보냈다. 그리고 오늘날엔 아버지가 이어받아 운영하는 철물 도매업을 시작했다.

'씨족', '전통', '공작' 등의 허울뿐인 단어 뒤에는 '실제로' 매우 불명예스럽고 비겁하며 대단히 기회주의적인 문제가 있다. 『미국 기행』의 끝부분에서 플로리다 주의 세인트 어거스틴이란 오래된 마을을 방문한 헨리 제임스는 잡지 삽화가들이 그 도시에 '낭만적인 특징'을 강력하게 부여하기 위해 얼마나 모의하고 노력했는지를 회상한다. 아주 당치도 않게 온갖 종류의 '고대 스페인풍의' 경치와 특징들로 그 도시를 얼렁뚱땅 만들고 꾸며낸 것이다.

매우 생생하게 전달할 수 있는 평범한 교훈이 있다. 좋아하는 것을 갖고 있지 않을 때는 갖고 있는 것을 억지로 좋아해야 하며, 무엇보다 갖고 있는 그것을 왜곡해야 한다는 것이다. ……진정한 가치를 수호하는 사람은 어디서든 발견하기 어려운 것 같다. 정말 흥미로운 것은 모든 문제가 실지로 미학적인 필요성이라는 일반적인 진실로 되돌아간다는 사실이다. 여기에서 미학적인 필요성이란 그 지방과 그곳의 풍습, 외관과 배치, 과거와 현재, 그리고 아마도 미래가 제공하는 훨씬 더 큰 가치에 대한 필요성을 말한다. 또한 미학적 필요성이 애국적 열망과 뒤섞이면서 그림을 이용한 '속임수'와 같은 허용 가능한 형태로, 기분에 따라 즉흥적으로 만들어지게 된다. 노골적으로 표현하자면, 그것은 명백한 '모조품'이다. (…) 소설가들은 역사가들의 도움을 받아서 의상, 찬사, 칼싸움, 용감한 행동, 열정 등으로 이루어진 낭만적인 과거를 즉석에서 지어내고, 극작가들은 인간의 삶이 연극의 주제와 상황, 효과에 풍부하게 녹아든 비현실적인 허구를 만들어 삶의 충돌과 대립적인 요소들을 가장 단순하고 피상적으로 그려낸다. 반면에 족보학자들은 왕족의 혈통을 가진 가문의 수를 흐뭇하게 헤아리면서 그림을 수정해 나간다. (…) 이러한 모습들이 통합적으로 나타내는 것은 결국 대중이며, 대중은 또다시 거기에 소재로 더해진다. 대중은 상당히 무비판적이어서 가장 하얀 실로 속임수 바느질을 한다 해도 절대 눈 하나 깜짝하지 않을 만큼 태연하다. 그리고 너무도 고질적인 동시에 단순하게도 감상적이다. 그래서 어디에 있는 무엇이든 대단히 멋지다고 여기면서 사기꾼의 협잡에 적당히 무릎을 꿇는 것이다.

분명 닉이 '어디에 있는 무엇이든 대단히 멋지다'라고 생각하지 않는 건 확실하다. 그리고 비유적으로라도 닉이 개츠비 앞에서 '사기꾼의 협잡'에 무릎을 꿇은 적이 있었던 것으로는 결코 볼 수 없다. 하지만 닉에게는 헨리 제임스가 묘사한 소설가와 극작가의 기질이 살짝 엿보인다. 그리고 상당히 도드라지는 하얀 실로 한 속임수 바느질에 한두 번 정도 눈을 깜빡이지 않으려고 애쓴 흔적도 있다. 또한 설사 닉이 자기 가문의 족보에 대한 명백한 속임수를 인정하지 않더라도―설렁설렁 지나

가는 구절이긴 하지만 정말로 그 속임수를 고백할 수도 있지만
―어쨌든 그는 '속임수'가 그럴 듯하게 퍼져 있는 사회를 잘
드러내고 있는 셈이다. 많은 종류의 그릇된 표현과 위조는 말
할 것도 없고 말이다.

　확실히 건축학적 속임수가 도드라져 보이는 건 확실하다.
'노르망디에 있는 어느 시청 건물을 그대로 모방한' 것이라는
개츠비의 대저택부터 살펴보자. 무엇이 진짜이고 가짜인지를
구별하기 힘든 애매모호한 분위기 속에서는 이러한 사실 그대
로의 모방이 모방 사실과 쉽게 구별되지 않는다.(월드 시리즈의
결과를 조작한다면 그것은 없는 것을 진짜처럼 만들어낸 모방 사
실에 해당한다. 개츠비는 그 일을 한 사람을 알고 있으며, 그것이
개츠비가 운영하고 있는 사업의 일부이기도 하다.) 그 저택에는
탑이 있는데, 속임수가 전혀 없는 닉의 정확한 시선에 따르면
'야생 담쟁이덩굴이 얇게 수염처럼 덮인 새로 지은 탑'이라고
한다. 이것은 제임스의 혹평을 받았던 속임수와 위조, '그릇된
표현'의 정확한 사례라고 할 수 있다. 즉, 새로 지은 탑, 여기서
제임스는 미국이라고 말하겠지만, 그 위에 (수염처럼 얇게 덮인
야생 담쟁이덩굴이라는) 잘못된 고대 유물을 대충 합성해 놓은
것이다. 별로 훌륭해 보이지 않는 현실에 고색창연한 과거의
멋을 덧붙이려는 소망은 그 근원도 가지각색이다. 개츠비의 가
짜 프랑스식 대저택을 지은 것은 개츠비가 아니었다. 10년 전
한 양조업자가 새로운 미국 경치에 이국적인 과거를 덧씌우려
는 열망을 갖고 의뢰한 것이었다. '주변에 있는 작은 집들의 주
인에게 지붕을 모두 짚으로 된 초가지붕으로 바꾼다면 5년 치
의 세금을 대신 내주겠다고 제안했다는 이야기가 있었다.' 주
인들은 그렇게 하지 않았고, 양조업자는 죽었다. 정말로 미친

짓이었다. 그러나 개츠비 또한 그의 방식대로 '과거를 반복하려고' 시도한다. '천만에, 그럴 수 있습니다. 그렇고말고요!'

　좀 더 부유층이 사는 이스트 에그에서도 상황은 크게 다르지 않다. 뷰캐넌 부부는 '이탈리아식 정원'이 있는 '붉은색과 흰색의 조지 왕조 식민지 시대풍의 대저택'에서 살고 있다. 톰은 확실히 (다른 모든 사람들이 오로지 자신의 필요와 요구를 만족시키기 위해서만 존재한다는) 최악의 식민지풍의 사고방식을 지니고 있긴 하지만, 개츠비와 마찬가지로 미국의 고대 역사를 바탕으로 두고 있거나 깊이 관련을 맺고 있지는 않다. 이 집은 원래 '석유 사업가 드메인'의 것이었다. 여기서 우리는 피츠제럴드가 얼마나 교묘하고 은근하게 자신의 요점을 밝히고 있는지를 알 수 있다. 양조업자와 석유 사업가. 그들은 그토록 웅장한 건축물을 세우기 위해 많은 돈을 퍼부으면서도, 부의 원천은 적당히 숨기며 위엄을 내보일 수 있도록 유럽과 역사를 끌어들이고 있다. 그들의 돈은 술과 석유라는 두 가지 원천에서 비롯된 것으로, 겉으로는 달라 보이지만 두 가지 모두 매우 위험한 방식으로 경제와 사람들을 쥐고 흔들며 미국 사회의 많은 부분에 영향을 준다. 이 소설이 얼마나 음주와 운전, 그리고 그 두 가지가 혼합된 음주 운전과 관련이 깊은지 생각해 보라. 소설의 뒷부분에서 톰은 사람들이 마구간을 차고(정비소)로 개조한다는 얘기를 많이 하지만 자신은 차고(정비소)를 마구간으로 개조한 첫 번째 사람이라고 자랑한다. 이것은 암시적인 반전이다. 일단 석유 같은 것을 이용해 돈을 많이 벌게 되면 '초가지붕을 없듯이' 전원풍의 속임수로 그것을 가려버릴 수 있다는 것이다. 물론 미국에는 이윤이 없어서 불운하게도 언제나 정비소로만 남아 있어야 하는 자동차 정비소들이 수없이 넘쳐나지만 말이다. 마치 잿더미의 계곡에 있는 윌슨처럼 말이다.

이 책에는 더 장식적인 속임수도 있다. 머틀의 아파트에 있는 '베르사이유 정원에서 그네를 타는 귀부인들의 그림'이 그려진 태피스트리 가구를 예로 들어보자. 여기에서 피츠제럴드가 보여주려고 하는 곳은 과거의 기반이 아주 얇은 나라이다. 또한 일단 경제적으로 여유가 생기자 어떻게 돈을 벌었는지 그 노골적인 사실을 숨기고(이건 그들만의 얘기가 아니라, 빅토리아 시대의 영국에서도 그러했다), 그들이 가진 '완전 새 것'을 감추기 위해 온갖 종류의 화려한 수입품들을 긁어모으는 그런 나라이다. 그리고 닉에게도 그것을 암시하는 기가 막힌 순간이 있다. 웨스트 에그에 도착한 뒤 낯설고 외롭다고 느끼고 있는 그에게 처음 보는 사람이 마을로 가는 길을 물어본다. '나는 그에게 길을 가르쳐주었다. 그리고 가던 길을 계속 걸어가는데 이제는 더 이상 외롭게 느껴지지 않았다. 나는 이미 그곳의 안내인이자 개척자이며 원주민이 된 것이다.' 이것은 장난기 있으면서도 겸손하려고 하는 일종의 고상한 과장이다. 하지만 그는 가장 가벼운 방식으로 중요한 문제를 건드리고 있다. 그가 외로운 신참에서 '원주민'으로 순식간에 변모한 것은 처음 개척지에 정착한 이래 다양한 방식으로 미국인들이 처했던 상황을 코믹하게 풍자한 것이다. (일단 인디언들이 실질적으로 말소되자) 미국의 거주자들은 모두 신참자들로 교체되었고, 그들은 스스로 미국에 '근원을 두고' 싶어 했다. 그래서 즉시 뿌리 내리는 방식(이렇게 부르기로 하자)을 찾기 시작했다. 서로 논쟁을 벌이는 와중에 톰은 개츠비에게 '어디서 왔는지 알지도 못하는 작자'라고 비웃는다. 닉의 말대로 톰은 그 당시에 수세에 몰려 횡설수설 '허튼 소리'를 떠벌이고 있었지만, 그의 말은 함축적인 질문을 담고 있다. 과연 이 책에서 어디서 왔는지가 정확한 '근본 있는' 사람이 누가 있을까? 그들은 모두 그저 돈 좀 있는 중서부 출신의 부단히 움직이는 유목민들일 뿐이다. 즉, 부단히 움직이는 것은 이 소설의 지배적인 분위기이고, 그에 대한 암시들이 빈번하게 나타난다. '그곳에는 그곳이 없다' 라고 오클랜드 출신의 거트루드 스타인은 말했다. 그 말은 이 책에 나온 미국을 가리키는 것으로 확대해석할 수도 있다. 개츠비는 닉과 나누는 첫 진지한 대화에서 '그쪽이 나를 그저 하찮고 보잘 것 없는 사람이라고 생각할까 봐서요' 라고 말한다. 그리고 왜 자신이 살아온 이야기를 과감하게 들려주는지 그 이유를 설명한다. 어디서 왔는지 알지도 못하는 작자들 중에서 닉이 쓴 이야기 덕분에 유명인사가 된 사람이 있다면, 그것은 바로 개츠비, 위대한 개츠비일 것이다.

그러나 어떻게, 그리고 왜 위대한 것인가? 그리고 개츠비의 얼마나 많은 부분이 거짓이고 속임수인 것일까? 닉이 어느 정도까지 '사기꾼의 협잡'에 넘어가 주는 건가? 다음은 개츠비가 과거의 이야기를 털어놓는 과정에서 두 남자 사이에 오고가는 흥미로운 대화 부분이다.

"신에게 맹세코 진실을 이야기하겠습니다." 그가 갑자기 오른손을 들어 신의 심판을 기다리는 듯한 동작을 했다. "나는 중서부의 부유한 집안 출신입니다. 지금은 부모님 모두 돌아가셨지요. 미국에서 자랐지만 교육은 옥스퍼드에서 받았습니다. 선조들이 모두 오랜 세월 그곳에서 교육을 받았기 때문이지요. 가문의 전통입니다."

그가 곁눈질로 나를 힐끔 쳐다보았다. 조던 베이커가 왜 그가 거짓말을 하고 있다고 철석같이 믿었는지 그제야 알 것 같았다. 그는 '교육은 옥스퍼드에서' 라는 말을 마치 과거의 근심거리인 양 허겁지겁 집어삼키듯이 말했다. 어찌 들으면 목이 멘 듯 들리기도 했다. 한 번 의심하기 시작하니 그의 모든 이야기가 산산이 부서져 내리는 느낌이었다. 결국 그에게 뭔가 수상쩍은 구석은 없는지 의구심이 생겼다.

"중서부의 어느 쪽입니까?" 내가 무심코 물었다.

"샌프란시스코요."

"그렇군요."

"가족이 모두 죽어서 상당한 유산을 상속받았지요."

마치 가족의 갑작스런 죽음에 대한 기억이 그를 여전히 괴롭히고 있는 것처럼 그의 목소리가 엄숙해졌다. 그래서 그가 혹여 나를 놀리고 있는 건 아닌지 잠시 의심했지만, 그를 힐끗 보고서는 그렇지 않다는 걸 깨달았다.

조던 베이커도 구제할 수 없을 만큼 정직하지 못하지만, 누군가의 이야기를 들으면 그 사람이 거짓말하는 사람인지 아닌지를 구별하는 여자라는 걸 짐작할 수 있다. 가문의 전통이 아니라 휴전 협정 때문에 옥스퍼드에서 다섯 달을 보내게 된 것이라고 해도 개츠비의 이야기 대부분은 실제로 순전히 거짓말이다. 여기서 의문점은 개츠비가 자신의 이야기가 얼마나 상대편에게 믿음을 주리라고 기대했느냐는 것이다. 오른손으로 연극적인 제스처를 하는가 하면 신을 들먹이고 뒤이어 곁눈질까지 하면서 말이다. 물론 그의 이야기는 와르르 무너진다. 그러나 더 이상한 일이 뒤따른다. 마치 영국 사람이 중부 지방에 있는 글래스고(실제로는 스코틀랜드 중서부에 위치한 도시) 출신이라고 이야기한 것처럼, 개츠비가 샌프란시스코를 중서부에 있다고 말하자 닉이 '그렇군요'라고 간단히 대꾸한 것이다. 이제 여기에서 개츠비가 하얀 실로 꿰매어 놓은 속임수 바느질을 닉에게 보여주고 있음이 확실해진다. 그런데 닉은 속임수를 보지도, 인정하지도, 그리고 관심을 두지도 않기로 한다. '그렇군요'라고 말하는 (아마도 닉의) 방식은 암묵적으로 이런 의미를 담고 있다. '당신의 말이 거짓이라는 걸 알고 있어요. 그리고 당신은 내가 당신의 거짓말을 눈치챈 걸 알고 있을 거예요. 하지만 내 나름의 이유 때문에, 아마도 예의상일 수도, 혹은 그런 뻔뻔스러운 허위에 당황했을 수도, 혹은 더 헤아릴 수 없는 어떤 이유 때문일 수도 있겠지만, 아무튼 난 당신의 이야기에 이의를 제기하지 않기로 했어요.' 이것은 바로 개츠비가 뚜렷한 이유도 없이 갑작스럽게 예전 하인들을 해고하고 악당같이 생긴 무례한 폭력배들로 집 안을 채울 때 닉이 했던 말이다. 개츠비는 이렇게 설명한다. '그들은 모두 형제자매 같은 사람들이에요. 작은 호텔을 운영한 적도 있지요.' 하얀 실로 꿰맨 또 다른 속임수 바느질을 보여주고 있음이 분명하다. 개츠비가 유명 인사들이 가득했던 화려하고 고상하며 유난히 마음을 사로잡았던 여름 파티들을 갑자기 중단한 것은 닉에게(그리고 아마도 간접적으로 데이지에게) 자신의 진짜 환경, 자신의 '실제' 범죄적 기반을 고의로 보여주려는 것으로 풀이할 수 있다는 리처드 고든의 해석은 전적으로 옳다. 즉, 개츠비가 자신의 잘못을 스스로 자꾸 들먹이고 있다는 얘기다. 그러나 닉은 그것을 '보지만', 보지 않기로 하고 차라리 다른 것을 보는 데 집중하려고 한다.

닉이 이미 드러냈듯이, 조상과 전통을 허위로 꾸며낸 가문에 대해서 그는 적어도 한두 가지는 알고 있다. 심지어 스스로 선호하는 가식적인 단어인 '가문'을 개츠비의 일가에게까지 적용하는데, 그건 분명 '무능하고 실패한 농사꾼들'인 개츠비의 부모보다는 전쟁에서 발뺌을 한 캐러웨이 사람들에게 더 적절한 호칭일 것이다. 마치 닉의 일부가 개츠비의 속임수에 어느 정도 참여하려고 하는 것처럼 말이다—물론, 그런 혈통은 물려받는다고 말할 수 있다. 한편, 닉의 또 다른 부분은 자신이 속고 있음을 잘 알고 있다. 개츠비가 그 이상의 더 분명한 암시는 줄 수 없었을 테니까 말이다. 그러나 닉은 너무나도 신속하게 '다른 방식으로 확신' 해 버린다. 이를 간절한 맹신이나 기분 좋은 신뢰로 볼 수도 있다. 그러나 끊임없는 의심과 경계하는 듯한 우유부단은 그리 매력적인 특성이 아니다. 개츠비를 의심하면서도 모든 것을 개츠비에게 유리하게 바라보려고 하는 닉의 엄청난 열망에는 공감이 가는 부분이 있다. 개츠비에 대한 호감(그리고 다른 사람에 대한 혐오감)에서 비롯된 관대함이 얼마나 대단한지, 그리고 '화려함'에 대한 동경이 가져온 불신의 종식, 공모의 갈망이 얼마나 거대한지, 그 크기를 가늠하기란 불가능하다. 명백한 것은, 닉이 뷰캐넌 가와 맞서서 개츠비의 속임수에 동조할 뿐 아니라 자신의 글에서 그것을 정당화시키고 확대하며 찬양하고 있다는 사실이다. 닉은 확실히 개츠비에게 끝까지 충성스러운 면을 보인다. 배은망덕하고 잊어버리기 잘하는 '작자'들이 아무도 참석하지 않은 슬픈 장례식에서 장례 절차를 고스란히 떠맡은 것이다. 물론 몇 명의 하인과 '돼지같이 먹는' 개츠비의 측은한 아버지, 그리고 개츠비의 책들이 틀림없는 진짜라는 데 놀라고 장례식에서는 '불쌍한 자식'이라는 비명을 내뱉었던 올빼미 안경을 쓴 남자는 제외하고. 닉은 아마도 그를 기념하고 찬양하는 글을 더 많이 쓸지도 모른다.

로마에서 교정쇄를 기다리는 동안 피츠제럴드는 맥스웰 퍼킨스에게 다음과 같이 편지를 쓴다. '이렇게 말하면 이상하지만, 개츠비에 대한 모호한 개념이 잡혔습니다. ……개츠비가 어떤 모습인지, 혹은 무슨 일을 했는지에 대해서 전에는 감을 잡지 못했거든요. ……아무튼 (여기 한 남자의 심리적) 파일들을 열심히 찾아본 끝에…… 제 자식보다 개츠비에 대해서 더 잘 알게 되었습니다. 처음 저의 직감은 개츠비를 놔주고 톰 뷰캐넌이 이 책을 지배하는 것이었습니다. ……하지만 개츠비가 제 마음에서 떠나질 않는군요. 한동안 제 마음에 있었다가 사라졌었는데, 이제 다시 제 마음에 들어와 있습니다.' (1924년 12월 20일경) 그리고 조금 뒤에 존 펄 비숍에게 보내는 편지에서는 이렇게 말한다. '개츠비가 모호하고 성격이 고르지 못하다는 자네의 지적은 맞는 말이네. 사실 나 자신도 그를 뚜렷하게 본 적이 없어.' (1925년 8월 9일) 이것은 모두 정확히 맞는 얘기다. 닉도 개츠비를 가졌다가 잃어버렸고, 다른 방식으로 다시 그를 되찾는다. 좀 더 일반적으로 말하자면, 이제 개츠비가 보이지만, 정말은 보이지 않는다는 것이다. 여러 번 닉은 개츠비를 찾지만 그가 '거기에 없다'는 것만을 깨닫는다. 물론 개츠비는 (이 책의 4분의 1에 해당하는) 3장까지 모습을 나타내지도 않으며, 이야기가 끝나기도 전에 사라진다. 어떤 면에서는 톰이 정말로 이 책을 지배하는 것으로 보인다. 모든 사람과 모든 것을 지배하는 것이다. 개츠비를 만나기 전에 닉은 톰과 술을 마시고, 개츠비의 죽음 이후에 톰과 악수를 나눈다. 뷰캐넌 부부는 그런 유형으로 영원히 이어가고 모든 것을 이기고 살아남는다. 개츠비는 많은 '연줄'에도 불구하고 더 상처 입기 쉽고 더 취약한 존재로 그려진다. 그리고 좀 더 일반적인 인식론의 관점에서 보면, 그가 누구이며 무엇을 하는지에 대해 모호하며 (우리 독자들에게도) 모호하게 남아 있다. 이미 살펴본 대로, 피츠제럴드는 너무 확실하다 싶은 대화는 삭제해 일부러 모호함을 증폭시켰다. 이는 신비주의를 위해서 정보를 아끼는 그런 차원의 문제가 아니다. 개츠비에 대한 존재론적 비현실성을 암시하는 것이 대단히 중요한 것이다. 톰이 개츠비를 모욕하는 동안 개츠비의 얼굴에 스쳐 지나가는 표정을 보고 닉은 '확실히 친숙하지는 않지만 어디선가 말로는 들어본 적이 있는 것 같다'라고 언급한다. 암시를 주기 위해 구사한 뚜렷하고 완벽한 모순어법에 주목하라. 즉, 인식은 모호하지만, 친숙하지 않은 것은 확실한 것이다. 개츠비는 어렴풋이 나타났다가는 사라지고, 뚜렷해지다가는 흐릿해진다. 이제는 그를 볼 수 있겠구나 싶었는데, 어느새 다시 눈앞에서 사라진다. 이렇게 멋지게 유지되는 '모호함'이 '확실함'보다 더 좋은 것이다. 이 점이 이 책의 매력적이고 본질적인 부분이다. 개츠비라는 인물을 철저히 조사한 후에, 혹시라도 그를 고급스러운 여성용품 앞에서 어슬렁거리는 향수 어린 무뢰한, 감상적인 범죄자, 무자비한 야심가 등으로 깎아내릴지는 모르지만, 아무튼 개츠비는 우리 마음속에서 떠나지 않는다.

이따금씩, 개츠비가 등장할 때면 대중 잡지나 광고가 떠오른다. 닉은 개츠비가 살아온 이야기를 듣고는 '어느새 불신은 매혹 속에 가라앉았다. 마치 십여 권의 잡지를 허둥지둥 들쳐본 것 같은 느낌이었다'라고 말한다. '당신은 광고에 나오는 남자를 닮았어요. 당신도 알지요, 광고의 그 남자……' 데이지는 말을 끝맺지 못한다. 아마도 개츠비가 수많은 광고에 나오는 남자를 닮았기 때문일 것이다.(조던 베이커에 대해서는 '멋진 그림' 같다고 말한다. 그런 효과는 곳곳에서 찾을 수 있다.) 오늘날의 용어로 하자면 때때로 그가 '시뮬라크르(simulacra)'* 같은 인상을 준다고 할 수 있다. 광고는 1920년대 미국에서 인기를 누리고 있었다. 개츠비는 바로 그런 문화의 산물로서, 셔츠에서 자동차까지 가장 유행하는 화려한 상품들을 구비하고 있다. 개츠비가 처음 닉에게 보낸 것이 '위엄 있는 필체'의 서명이 담긴 '정중한 초대장'이라는 사실은 개츠비가 스스로의 이미지를 만드는 데 얼마나 세심한 주의를 기울이는지를 알 수 있다.(그리고 이런 민주 공화국에서 닉이 왕족 같은 낌새를 얼마나 빨리 감지하는지를 떠올려보자.) 어떤 면에서 보면 개츠비의 호화로운 저택과 값비싼 파티들은 데이지에게 좋은 인상을 주기 위해 정교하게 만들어진 광고물이다. 과거를 반복할 수 있다는 개츠비의 확신, '예전과 같은 방식으로 모든 것을 되돌릴 수 있다'는 그의 자신감은 바로 이 광고 문화에서 나온 것이다.(내가 언급했던 책에서 리처드 고든은 1922년 헨리 포드가 어떻게 오래된 저택을 60년 전과 똑같은 모습으로 재현시켜 놓는지를 자세하게 설명한다. '시장에서는 시간을 되돌릴 수 있다'라고 고든은 지적한다.) 물론 실제로, 시간을 되돌릴 수 있을 뿐 아니라 지울 수도 있다는 개츠비의 불가능한 주장 때문에 그의 꿈은 무너진다. 개츠비가 데이지에게 톰을 결코 사랑하지 않았다고 말하라고 하면서 '그러면 모든 게 영원히 지워질 거요'라고 독백하는 그 순간부터 그는 데이지(꿈)를 잃은 것이다. 낙서와 면도 거품

---

* 플라톤 철학이 제시한 최초의 의미로서의 시뮬라크르는 가짜 복사물을 일컫는 말로서, 그들이 추구하는 본질로서의 이데아와 대조되어 부정적인 의미를 내포하고 있다. (옮긴이 주)

은 지워버릴 수 있지만 시간은 아니다. 시간은 개츠비도 되돌릴 수 없다. 심지어 시간을 잘 다룰 수도 없다. 이 책의 중간 부분인 5장에서 데이지를 다시 만난 개츠비는 거의 시계를 깨뜨릴 뻔한다. 이 시계는 우연히도 '고장 난' 상태였다. 그것은 아마도 시간을 멈추려고 하는 개츠비의 노력에 대한 적절한 들러리이며 물질적인 증인이었을지도 모른다. 그러나 다른 곳에서 시계는 미친 듯이 째깍거리고 있었다.(이 소설에서는 시간과 관련된 단어들이 유난히 많이 등장하는데, 총 400개가 넘는다.) 그가 데이지의 아이를 놀라운 표정으로 쳐다본 것도 어찌 보면 당연하다. '아이의 존재에 대해 이전까지는 실제로 믿지 않았던 것 같았다.' 거기에 톰이 데이지를 성적으로 소유했던 시간과 장소들을 언급하기만 하면, 개츠비는 그대로 끝나버리는 것이다. ' '제이 개츠비' 라는 환상이 톰의 악랄한 공격으로 유리처럼 산산이 깨져버렸고 그 비밀스러웠던 길고 화려한 쇼가 막을 내리게 되었다.' 데이지를 되찾을 수 있고 되살 수 있다는, 그리고 시간을 지울 수 있다는 그 간절한 생각이 만들어낸 개츠비의 조작된 정체성과 복제된 시뮬라크르는 한순간에 물거품이 된다. 데이지는 여전히 그 자리에 그대로 있는 것이다.

그렇다면 고작 고스란히 되돌아오는 아이러니나 희망적인 과장이 위대하단 말인가? 이 소설이 그저 한 독신 남자의 비참한 실패라는 자기 위안적 속임수를 다루고 있단 말인가? 도피처였던 '음울한' 중서부를 대신해서 '화려한' 인물을 만들어냈던 독신남, 개츠비의 속임수를 닉이 또 속인 것인가? 비록 그렇게 생각하는 사람들이 있다 해도, 그것이 전부일 리는 없다. 우리는 닉을 통해서 그 정도는 알고 있다. 이따금씩 개츠비가 닉에게 하얀 실로 꿰맨 속임수 바느질을 보여주는 것처럼, 닉도 궁금해 하는 독자들에게 똑같이 보여주는 것이다. 개츠비에게는 톰이라는 가장 완고한 '바위'와 맞부딪쳐 유리조각처럼 산산조각 난 그의 조작된 정체성보다 더 큰 뭔가가 있다. 그것은 결국 개츠비가 부적절하게 표현하고 불완전하게 구현해 내지만, 실지로 그 스스로 만들고 키워온 세계의 '본질'이라는 부분이다. 그 세계에서는 개츠비가 가장 두드러진 대표 상품이다. 그것을 닉이 말한 대로 '희망을 바라는 비범한 재능, 낭만적인 태도'라고 부를 수도 있겠다. 즉, 개츠비를 둘러싸고 있는 '부패' 이외에도 분명 삶에는 다른 뭔가가 있으리라는 생각, 확신에 대한 집착, 혹은 지향인 것이다. 반면 그러한 부패, 즉 욕구와 자기만족이 꿈틀대는 순수하고 단순한 물질주의 속에서 뷰캐넌 부부는 데면데면 편하게 지낸다. 개츠비의 희망은 낭만적인 꿈이나 불가능한 집착의 형태를 띠게 되어 실현될 수 없는 불운한 운명을 맞지만, 그렇다고 그 희망을 키워준 욕구가 반드시 틀렸다는 것은 아니다. '거대한 생명력'을 가진 개츠비의 환상이 마침내 '모든 것을 초월해' 버려서 부득이 실망하고 무익하게 실패로 돌아간다 하더라도, 강한 환멸에서 초래될 생기 없는 상태가 반드시 더 나은 방법이라고는 할 수 없다.

이 책에는 특별한 방식의 슬픔이 있다. 개츠비의 외롭고 고독한 분위기, 그의 집에서 흘러나오는 듯한 공허함, '멋진 셔츠' 더미, 언제나 진가를 인정받지 못하는 관대함(목숨을 희생해가면서 데이지를 감추고 보호해 주는 데도 감사의 말 한 마디 없는 것), 그의 잔인한 죽음과 쓸쓸한 장례식. 이렇듯 개츠비에게는 애잔함이 있다.(또한 원한다면 유치함을 덧붙여도 좋다.) 그리고 개츠비가 지나치고 어리석고 슬픈 운명을 타고 났다고 한다면, 미국도 마찬가지라는 것을 이 책은 넌지시 암시한다.

　이 소설이 출판되고 얼마 지나지 않아서 피츠제럴드는 마리아 맨스에게 다음과 같이 편지를 썼다. '미국의 가장 위대한 약속은 뭔가 일어나리라는 겁니다. 그러나 얼마 뒤에 사람들은 기다리다 지치겠지요. 늙어가는 것 외에는 아무 일도 일어나지 않으니까요. 그리고 미국의 예술에도 아무 일도 일어나지 않습니다. 미국이 결코 떠오르지 않는 달의 이야기이니까요.' (1925년 10월) 잘 알려진 것처럼 《위대한 개츠비》의 마지막 부분인 달이 떠오르는 장면에서 바로 미국 문학 역사상 가장 유명한 구절 중 하나가 탄생한다.

　달이 더 높이 떠올라 실체 없는 집들이 서서히 녹아 없어지자, 나는 한때 네덜란드 선원의 시선을 사로잡았던 이 오래된 섬의 본래 모습을 점차 깨닫게 되었다. 그것은 바로 신세계의 신선한 초록색 가슴이었던 것이다. 녹아 없어져 버린 이 섬의 나무들, 개츠비의 저택으로 가는 길을 안내해 주던 그 나무들은 한때는 인간의 가장 위대한 마지막 꿈을 속삭임으로 유혹하던 바로 그 주인공들이었다. 비록 잠깐 동안이었지만 그 매혹적인 순간, 인간은 분명 이 대륙을 마주하고 숨을 죽였을 것이다. 인간의 경이로운 능력에 비견할 만한 대단한 것을 역사상 마지막으로 대면하면서, 결코 이전에는 상상하지도, 바라지도 못했던 그 아름다운 모습에 깊이 도취되어 빠져들지 않을 수 없었으리라. (고딕체 글자는 필자가 강조한 것임.)

　이 구절은 원래 1장 끝에 있었던 것인데 피츠제럴드가 교정을 보면서 끝부분으로 옮겼다. 그 황혼의 어둑어둑한 어조가 이야기의 끝부분과 아주 잘 어울리는 또 하나의 정확한 수정이라고 할 수 있다. 만약 이것이 원래 위치에 놓여 있었다면 이 책은 놓쳐 버린 기회와 불운한 꿈 등 잃어버리고 잘못된 것의 의미로 가득한 하나의 애도가가 되었을 것이다. 그리고 새로운 삶의 젖꼭지라 할 수 있는 '신세계의 신선한 초록색 가슴'은 '경이로운 젖'을 무한히 공급해 주었을 것이다. 그러나 선원들이 ─청교도들에서부터 해적들까지 모든 선원들이─무엇 때문에 왔는지는 모르지만, 아무튼 그들은 미국에 감탄하러 온 것이 아니라 오히려 다양한 방식으로 미국을 '겁탈'하려고 왔던 것이다. 윌리엄 카를로스 윌리엄의 비유를 빌자면, 다양하고 복합적으로 미국 땅을 약탈하려고 온 것이다. 신세계의 초록색 가슴이라는 이미지는 교통사고 이후 '몸에서 떨어져 나와 축 늘어진 채 덜렁거리는' 머틀의 왼쪽 가슴이라는 충격적 장면으로 바뀐다. 피츠제럴드는 이 장면을 매우 고집스럽게 밀고 나갔다. '저는 머틀 윌슨의 가슴이 찢겨 나간 것으로 그리고 싶습니다. 그게 바로 정확히 제가 생각하는 바입니다.'(1924년 12월 20일경 맥스웰 퍼킨스에게) 물론 피츠제럴드는 자신이 무엇을 하고 있는지 정확히 알고 있었다. 그는 훼손되고 더럽혀지고 불구가 된 미국을 보여주고 싶었다. 신세계에서 무슨 일이 있었는지는 모르지만, 미국은 아주 우연적이고 사고 잘 나는 곳으로 변해버렸다. 개츠비라는 인물이 얼토당토않은 기대를 품고 가망 없는 손길을 내밀었던 것은 아마도 열렬히 환영받았던 '경이로운 능력'이 왜곡된 채 희미하게 그 자취만 남아 있는 현실을 암시하는 것이리라. 그것은 미국이라는 위대한 마지막 기회로부터 더 좋은 것을 이끌어낼 수도 있었을 그런 능력이었다. 하지만 우리는 멋진 동화의 나라(미국 문학에서 자주 등장하는 주제)가 되었을지도 모르는 땅을 황무지로 만들어버렸다.

피츠제럴드는 '황무지'라는 제목의 T. S. 엘리엇의 시를 거의 암송할 정도로 잘 알고 있었다. 그리고 잿더미의 계곡에서 그 자신만의 황무지를 창조해냈다.(실제로 그가 한때 고려했던 소설 제목 중 하나가 바로 '잿더미와 백만장자들 속에서'였다.) '재가 밀처럼 자라서 용마루와 야산, 괴이한 정원을 이루는 기상천외한 땅. 재가 집과 굴뚝, 피어오르는 연기 모양이 되었다가 마침내 엄청난 노력 끝에 잿빛 인간들의 형상으로까지 변하는 곳. 잿빛 인간들은 가루가 날리는 공기 속에서 희미하게 움직이다 부서져 내린다. 때때로 잿빛 자동차들이 눈에 보이지 않는 차로를 따라 천천히 기어가다가, 숨 가쁘게 끽 소리를 토해내며 정지한다.' '엄청난(transcendent)', 즉 사전적인 의미로 '초월적인'이란 이 단어는 미국에서 특히 여러 의미를 함축한 말로, 여기에서는 어두운 아이러니로 사용된다. 이것은 땅이 실제로 회색 재를 만들고 키워낸다는 것에 대한 부정적 초월이자 하나의 졸렬한 익살극이다. 에머슨과 그의 친구들이 미국에 대해 희망했던 것과는 영 딴판인 정반대의 모습이다. 위대한 농경 대륙이 구제불능의 쓰레기 더미나 황무지로 바뀌어 사악하게도 유일하게 자라는 것이 죽음뿐인 곳으로 변해가는 것. 미국에 대해 그런 예측 불허의 상상을 했던 사람은 피츠제럴드가 처음도, 마지막도 아니었다.

피츠제럴드는 영리하게도 이런 과정을 자동차의 급속한 확산과 재빨리 연관 시켰다. 이미 언급했듯이, 이 책에는 잘못된 운전이나 교통사고 등 자동차와 관련된 이야기가 많이 등장한다. 이와 같이 자동차가 관련된 사건들은 사람을 죽일 뿐만 아니라 땅 자체도 파괴한다. 형편없는 운전자인 조던 베이커의 이름 자체도 조던과 베이커라는 두 자동차 회사의 이름을 딴 것이다. 아주 적절하게도, 피츠제럴드는 정비소의 위치를 회색 재가 만들어지는 잿더미의 계곡 한가운데에 놓는다.(여기서는 윌슨의 자동차 정비소이지만 일반적인 정비소라고 말하자.) 자신이 예측하는 미래를 묘사하기 위해 최초로 '엔트로피(entropy)'라는 용어를 사용했던 미국인 작가 헨리 애덤스는 이 예측성 엔트로피의 증가를 새롭게 발견되는 에너지와 동력의 원천들이 빠르게 증가하는 현상과 결부시켰다. 그와 동시에 그것을 통제하는 인간의 능력은 줄어든다는 것도 덧붙였다. 그는 『교육』이란 저서에서 이렇게 적었다.

모든 원자에서 힘이 솟아난다. 천체 우주에 충분히 공급되는 이 힘은 물체의 모든 구멍에서 흘러 넘쳐 나온다. 사람이 그것을 막을 수는 없다. 마치 전기가 통하는 전선이나 제어가 안 되는 자동차를 잡고 있는 것처럼, 강력한 힘이 팔목을 잡고 그를 세게 내동댕이친다. 그것은 파리에 사는 소심하고 나이 든 한 독신 남자에게는 거의 진실에 가까운 것이었다. 그는 샹젤리제 거리를 운전할 때면 꼭 사고가 날 거라고 예측했고, 또한 대개는 사고를 목격했다. 혹은 공직자와 한 동네에 사는 경우엔 폭발의 가능성을 계산했다. 진보의 속도가 제대로 유지된다면 이런 폭발은 10년마다 숫자와 힘에 있어서 두 배가 될 것이다.

피츠제럴드는 자동차 사고의 증가를 선택했다. 현대 작가라면 폭발을 선호할지도 모른다. 잿더미의 계곡을 마치 감독하듯이 내려다보고 있는 것이 있다. 바로 T. J. 에클버그 박사의 눈이다.

　T. J. 에클버그 박사의 거대하고 푸른 두 눈은 망막의 지름이 거의 1미터에 이른다. 그 두 눈은 얼굴이 아니라, 존재하지 않는 콧등에 걸린 어마어마한 노란색 안경 너머로 밖을 내다보고 있다. 아마도 어떤 익살스러운 안과 의사가 퀸스 지역에서 손님을 불러 모으려고 세워두었다가, 그 자신이 영원히 장님이 되어버렸거나, 깜빡 잊고 이사를 가버린 것이 분명했다. 그 눈은 오랜 시간 동안 페인트칠을 하지 않은 데다 햇볕과 비에 시달려 약간 바랬지만, 장엄한 이 쓰레기 매립지를 굽어보며 곰곰이 생각에 잠긴 듯한 모습이다.

　앙드레 르 보트는 피츠제럴드가 색깔, 특히 푸른색과 노란색을 어떻게 다양하고 미묘하게 사용하는지 그 자세한 방식을 추적했다. 르 보트가 지적하듯이, 푸른색은 물, 하늘, 황혼, 시원함, 휴식 등 매력적인 것을 상징하는 색이다. 반면 노란색은 밀, 햇빛, 비옥함인 동시에 위스키, 황금(돈), 죽은 사람, 불붙기 쉬운 밀짚 등을 나타낸다. 이 색은 다소 모호한데, 매력적이고 따뜻하게 보이는 것은 불붙기 쉽고 폭력적이며 너무 뜨거워지기 쉽기 때문이다.(톰은 '밀짚 색깔 머리카락'을 지니고 있다.) 닉의 뭔가를 암시하는 듯한 기묘한 표현 '푸른 벌꿀 같은 지중해빛'이라는 구절에서처럼 두 색깔은 서로 조화를 이루어야 이상적이다. 하지만 이 책에서 두 색은 따로 떨어져 서로 정반대의 상황으로 가는 경향을 보인다. 아마도 오해의 소지를 일으키는 부분이 개츠비의 차는 노란색인데 반해(사람들이 그의 차 색깔에 대해 의견이 분분한데, 누구는 크림색이라 하고 또 누구는 연녹색이라고 한다. 그 주인처럼 차의 색깔도 빛에 따라서 다르게 보이는 모양이다), 톰의 컨버터블 자동차는 파란색이라는 것이

다. 하지만 데이지를 둘러싼 두 사람의 갈등이 절정과 대결로
치달을 때 톰의 주장대로 그들은 차를 서로 교환한다.

　T. J. 에클버그 박사에게 돌아가 보면, 그의 푸른색 눈은 희
미해지고 '약간 바랬지만', 그에 반해 노란색 안경은 색이 바
래지 않고 더러워지지도 않은 채 남아 있다. 르 보트가 주장하
듯이, 그것은 '정신적 힘의 퇴색과 그에 상응하는 물질주의의
증가'를 암시하는 것이다. 안경은 더 잘 볼 수 있도록 하기 위
해 만들어진 것이다. 그렇다면 무엇을 보는 것일까? 그리고 어
떻게 보는 것일까? 닉의 경우에는 개츠비의 죽음 이후 '아무리
바로 보려고 해도 뜻대로 되지 않는 왜곡된 모습으로 끊임없이
나를 괴롭혔다'고 한다. 그런 이유로 닉은 처음 이야기를 시작
할 때는 '우주의 초라한 변두리' 같아 보였지만, 이제는 '세계
의 활발한 중심지'가 된 고향으로 도피한 것이다.(누구는 '퇴보
한다'고 말하고 싶을지도 모르겠다.) 또한 닉이 설명한 '익살스
러운 안과 의사'가 그 지역에는 없다. 그것은 아마도 세상을 감
독해야 하지만 어딘가로 숨어버린(deus absconditus) 신에 대
한 암시일지도 모른다. 신은 자신의 창조물인 황무지 속의 인
간에게 더 이상 관심을 두지 않거나, 아니면 인간이 만든 광고
를 뒤에 남겨둔 채 그저 죽어버렸는지도 모른다. 사고 이후 미
카엘리스는 윌슨이 T. J. 에클버그 박사의 눈을 보면서, 신을
환기시키는 걸 보고 충격을 받는다. "'하느님이 모든 걸 보고
계셔." 윌슨이 되풀이했다. "저건 광고예요." 미카엘리스가 그
를 설득하려 했다.'

　처음 청교도 정착민들의 종교적 의도와 포부가 무엇이었든
지 간에, 이제 상업적이고 물질적인 생각들이 풍경을 완전히
지배하고 있다.(시작부터 종교적, 상업적 관심들이 서로 연루되

어 있었을지도 모른다. 『미국의 다가오는 시대』에서 반 윅 브룩스는 '미국의 17세기 문학은 공정하게 말해서 종교적 믿음과 광고로 동등하게 구성되어 있다'고 주장한다.) 이미 살펴보았듯이, 개츠비는 광고의 세계 속에서 살고 있고, 그 자신이 하나의 합성 광고와도 같은 인물이다. 문제는 '삶의 약속에 대한 고도의 감성'에서 나온 개츠비의 '몸짓들'이 아직 미완성의 형태지만 그 나름의 독특한 종교적 믿음을 나타낼 수도 있다는 것이다.

동부가 '아무리 바로 보려 해도 뜻대로 되지 않는 왜곡된 모습으로 나를 끊임없이 괴롭혔다'라고 닉이 말하는 대목에서 그 '왜곡된 모습'은 '엘 그레코가 그린 밤 풍경'을 가리킨다. 엘 그레코는 일부 사람들은 지나친 과장이라고 평가하는, 길게 늘여 그리는 기법으로 유명한 화가이다. 닉은 사건을 바라보는 자신의 시각이 수정되지도, 수정될 수도 없다고 고백한다. 그러므로 개츠비와 그를 둘러싼 환경에 대해서 그가 우리에게 엘 그레코 식의 —강조하고 확대하고 열렬하게 미화시키는 등의 —해석을 제공하고 있음을 짐작할 수 있다. 그러나 엘 그레코는 베르메르처럼 화가다. 물론 베르메르는 엘 그레코보다는 왜곡에 덜 빠져 있다고 여겨지지만 말이다. (실지로 베르메르의 그림은 놀라울 정도로 정확한 시각을 갖추고 있다.) 하지만 모든 예술에는 선택, 재해석, 확대 등의 왜곡이 포함되어 있다. 예술적 묘사에서 왜곡은 결코 떼어놓을 수 없는 요소라고 할 수 있다. 닉이 글을 쓴 동기가 무엇이든 간에, 비록 그것이 음울한 피나처인 중서부에서 그를 사로잡고 위로해주던 한낱 '겨울 꿈'에 불과할지라도, 그는 하나의 예술 작품을 완성했다. 그리고 예술 작품의 뒤에 숨겨진 제작 동기는 결코 쉽게 해명될 수 없다.

물론 이것은 피츠제럴드의 책이다. 그는 닉이 사건을 '지켜보는' 일의 문제점과 위험성을 어떻게 다루어 나가는지, 또한 '개츠비'에 대해서는 어떤 방식으로 저술해 나가는지를 보여준다. 여기서, 방식이란 개츠비를 위조하는 동시에 미화하는 것이다. 그런 과정 속에서 피츠제럴드는 작품에 완전히 새로운 차원을 덧붙였다. 헨리 제임스는 언젠가 이렇게 적었다. '한 사람의 이야기가 있고, 그 사람과 밀접하게 연결된 여러 요소들로 인해 누군가의 이야기에 이야기가 덧붙여진다.' 피츠제럴드는 우리에게 개츠비의 이야기뿐 아니라 이야기를 써내려가는 닉의 이야기도 말하고 있다. 그와 동시에 미국 자체를 관찰하고 저술하는 데 있어서 무엇이 관련되어 있고, 무엇이 중요한 문제인가를 통찰하고 있다. 그리고 그 결과, 간단하지만 함축성 있는 경제적 우화가 실린, (일부 탁월한 삭제를 통해) 짧고 믿을 수 없이 간결해진 작품을 탄생시킨다.(매슈 브루콜리가 지적하듯이, 정확하게 1920년대에 뿌리를 두고 있는 책치고는 '사회적, 인류학적 자료'라고 할 만한 것이 거의 없다.) 그것은 완벽하고 무한한 매력을 지닌 소설이다. 『위대한 개츠비』는 미국에서 나온 소설들 중 가장 완벽하게 만들어진 작품이라 할 수 있다.

개츠비의 저택에서 열리는 파티에 처음 참석한 닉은 '휘황찬란한 환락의 분위기 속에서 도무지 경계를 늦추지 못하고' 방어 자세를 취한다. 그는 어떤 것은 '품위 없고' 어떤 것은 '멍청하다'고 생각한다. 하지만 샴페인을 두 잔 마신 뒤에는 '눈앞의 모든 풍경이 뭔가 중요하고 근원적이며 심오하게 바뀐 기분이었다'고 말한다. 빈틈없는 과장에는 약간의 자기 조롱이 담겨 있는 법이다. 리처드 고든 같은 평론가는 샴페인의 맛이 아주 형편없었을 것이라고 말할지도 모른다.(이 소설에 대한 그의 평론에는 『황홀함으로 바뀌다』라는 제목이 붙어 있다.) 그러나 그렇게 되면 이 책이 지닌 마력 같은 힘, 더 이상 단순화할 수 없는 절대적인 문장 성분을 잃게 되리라는 것이 내 생각이다. 그것을 결정 불가능성(undecidability)이라고 이름 붙이자. 어떤 날에는 차가 노란색이었다가, 또 어떤 날에는 연녹색으로 보이는 그런 현상 말이다. 때때로 개츠비는 마음뿐만 아니라 목구멍에 걸려서 꼼짝하지 않을 수도 있다. 아마도 그는 자신의 서재에 있는 책과 같은 존재일지도 모른다. 가장 가짜일 것 같은 곳에서는 '확실히 진짜'지만, 결국엔 내면의 페이지들이 다듬어지지 않아서 절대 읽을 수 없는 바로 그것처럼.

그렇다면 당신은 무엇을 원하는가?

그리고 무엇을 기대하는가?

무너져 내리다

– 피츠제럴드 문학의 심리적 초상

* 이 에세이는 본래 1936년도 《에스콰이어》 2~4월호에 게재되었던 글들을 모은 것이다.

I

　당연히, 사람의 일생은 천천히 무너져 내리는 과정이다. 그러나 그 일의 극적인 면을 담당하는 충격──외부로부터 오는, 혹은 오는 것처럼 보이는 갑작스러운 큰 타격──즉 우리가 기억하고 탓하고 마음 약해질 때 친구들에게 이야기하는 충격은 그 여파가 한 번에 다 드러나지 않는다. 내부에서 오는 충격은 또 종류가 다르다. 우리가 어떻게 손써 볼 수 있는 시간이 지나버릴 때까지, 혹은 자신이 어떤 면에서는 다시는 예전만큼 좋은 사람이 될 수 없으리라는 궁극적인 깨달음을 얻을 때까지 우리는 그것을 느끼지 못한다. 첫 번째 종류의 붕괴는 순식간에 일어나는 것처럼 보인다. 두 번째 종류는 우리가 거의 알아채지 못하는 사이에 일어나지만 깨달음은 마찬가지로 갑작스럽게 온다.

　이 이야기를 계속하기 전에 나는 다음과 같은 일반론 하나를 밝히고 싶다. 어떤 사람이 최고의 지성을 가졌는지를 시험하려면, 상반되는 두 가지 생각을 동시에 품고 있는 상태에서도 여전히 정상적으로 기능할 수 있는가를 보면 된다는 것이다. 예를 들면 그 사람은 어떤 일이 가망 없다는 사실을 꿰뚫어 볼 수 있으면서도 그것을 다르게 바꿔보겠다는 결정을 할 수 있어야 한다. 이러한 논리는 나의 젊은 시절에 잘 들어맞았다. 그때는 일어날 성싶지 않은 일, 믿기 어려운 일, 가끔은 '불가능한' 일조차도 실현되는 것을 내 눈으로 목격하곤 했기 때문이다. 인생이란 어느 정도 쓸모 있는 사람만이 자기 뜻대로 할 수 있는 것이었다. 그리고 인생은 지성과 노력에, 혹은 비율에 상관없이 그 두 가지를 섞어놓은 것에 쉽게 승복했다. 성공한 문학인이 된다는 것은 낭만적인 일처럼 보였다. 은막의 스타만큼 유명해지진 않겠지만 명성만은 그들보다 더 오래갈 테니까. 강한 정치적 혹은 종교적 신념을 가진 사람과 같은 권력을 갖진 못하겠지만 그들보다 확실히 더 독립적일 테니까. 물론 문학가라는 직업을 갖고 있는 한, 만족이란 영원히 불가능하다. 그러나 적어도 나는, 다른 직업을 택하지 않았을 것이다.

1920년대가 지나가는 동안, 그리고 나의 이십 대가 그보다 약간 앞서 나아가는 동안, 젊은 시절의 아쉬웠던 점 두 가지 ──대학 때 미식축구 선수로 뛸 만큼 몸집이 크지 (혹은 실력이 좋지) 않았던 점, 그리고 제1차 세계대전 때 해외로 파병되지 않았던 일──는 잠 못 이루는 밤에 생각하기 알맞은, 상상 속 영웅주의에 관한 유치한 백일몽으로 변해 갔다. 인생의 큰 문제들은 저절로 해결되는 듯했다. 만약 그 문제들을 해결하는 것이 어려웠다면 나는 완전히 녹초가 되어서 더 사소한 문제들에 대해서는 생각할 수도 없었을 것이다.

지금으로부터 십 년 전에는, 인생은 거의 개인적인 문제였다. 나는 노력의 무용함에 대한 자각과 분투의 필요성에 대한 자각 사이에서 균형을 유지해야만 했다. 바꿔 말하면 실패를 피할 수 없다는 확신과 그럼에도 불구하고 '성공'해야 한다는 결단, 아니 그것보다는 오히려 과거의 업적이 주는 압박감과 미래의 원대한 계획 사이의 모순이라고 하는 편이 더 정확하겠다. 내가 평범한 어려움들——가정 문제, 일 문제, 개인적인 문제——을 이겨내고 이 일을 해낼 수 있다면 나의 자아는 오직 중력만이 마지막 순간에 지상으로 끌어내릴 수 있을 만큼 힘차게 쏘아 올린 화살처럼 무(無)에서 무를 향해 계속해서 날아갈 것이었다.

심칠 년 동안, 그 가운데 일 년은 일부러 빈둥대고 휴식을 취하기도 했지만, 나는 하루하루를 그렇게 보냈다. 새로운 일거리는 오직 내일의 밝은 전망만을 의미했다. 나는 열심히 살고 있기도 했지만 늘 "마흔아홉까지는 괜찮을 거야"라고 말하곤 했다. "그것만은 확실해. 나처럼 살아온 사람한테 그 이상을 기대하면 안 되지."

——그런데 마흔아홉 살이 되기 십 년 전에, 나는 문득 내가 이미 망가져 있었음을 깨달았다.

II

사람은 여러 가지 방식으로 망가질 수 있다. 머리가 망가질 수도 있고(이 경우 결정권은 본인에게서 다른 이들에게로 넘어간다), 몸이 망가질 수도 있고(이때는 병원이라는 순백의 세계로 들어가지 않을 수 없다), 신경이 망가질 수도 있다. 윌리엄 시브룩은 약간의 오만함과 영화 같은 결말을 곁들인, 별로 공감 가지 않는 저서에서 자신이 생활보호 대상자가 된 과정에 대해 이야기한다. 그를 알코올중독으로 이끈, 혹은 그것과 밀접한 관련이 있었던 것은 신경계의 붕괴였다. 비록 그 글을 쓸 당시의 필자는 그렇게 혼란스러운 상태는 아니었지만 ——맥주 한 잔도 입에 안 댄 지 여섯 달째였으므로 ——그의 반사 신경은 그동안에도 계속 무너져 내리고 있었다. 너무 많은 분노와 너무 많은 눈물 때문에.

인생에는 다양한 종류의 공격이 존재한다는 나의 이론으로 돌아가 보면, 자신이 이미 망가져 있다는 깨달음은 외부의 충격과 동시에 나타나지 않고 일정 기간의 유예 후에 찾아온다.

그리 멀지 않은 과거에, 나는 저명한 의사의 진료실에 앉아 내게 무거운 판결이 선고되는 것을 들었다. 그리고 지금 돌이켜보면 꽤 태연하게, 당시 살고 있던 도시에서 내가 하던 일에 대해 주절주절 늘어놓았다. 마치 책 속의 등장인물들처럼 별생각 없이, 미뤄둔 일이 얼마나 많은지 혹은 이런저런 책임 관계가 어떻게 될 것인가에 대해서는 생각지 않은 채 떠들어댔다. 나는 좋은 보험에 가입돼 있었고 어차피 내가 맡은 대부분의 일을, 심지어 내 재능마저도, 대충 처리해 온 사람이었기 때문이다.

하지만 나는 갑자기 내가 혼자가 되어야만 한다는 사실을 강하게 직감했다. 아무도 만나고 싶지가 않았다. 그전까지는 평생 동안 정말 많은 사람들을 만났었다. 사교가로서는 평범한 수준이었지만 나 자신을, 내 생각을, 내 운명을 내가 부딪치는 모든 계층과 동일시하려는 경향이 평균 이상으로 강했던 탓이었다. 나는 늘 남을 구원하거나 남에게 구원받고 있었으며, 워털루전투 때 웰링턴 공작[1]이 느꼈을 법한 감정들을 하루 아침 동안에 모두 겪곤 했다. 내가 살던 세계는 이해할 수 없는

---

1) 나폴레옹전쟁 당시 연합군 총사령관이었던 웰링턴 공작은 1815년 6월 18일 워털루전투에서 프랑스군을 대파함으로써 나폴레옹을 완전히 퇴진시켰다.

적들과 남에게 양보할 수 없는 친구 및 후원자 들로 가득 찬 곳이었다.

그러나 이제 나는 절대적인 고독을 원했으므로 나 자신을 일상적인 관심사로부터 격리하기 위한 조치를 취했다.

그리 나쁘지 않은 시절이었다. 나는 인적이 드문 곳으로 떠났고 내가 행복하지만 지쳐 있음을 깨달았다. 그리고 빈둥거릴 수 있었기에 기꺼이 그렇게 했고, 때로는 하루 스물네 시간 동안 잠만 자거나 졸기도 했으며, 가끔은 마음을 굳게 먹고 아무 생각도 하지 않으려 애쓰기도 했다. 그 대신 목록을 작성했다. 수백 개의 목록을 만들었다가 찢어버렸다. 그 목록들의 주제는 기병대 대장들, 미식축구 선수들, 도시들, 유명한 노래들, 포수들, 행복했던 순간들, 예전의 취미들, 전에 살았던 집들, 제대 후 구입한 정장과 구두의 수(소렌토에서 산, 지금은 줄어들어 버린 정장이나 수년 동안 가지고 다니기만 하고 한 번도 착용한 적 없는 구두와 와이셔츠와 칼라는 포함하지 않았다. 왜냐하면 그 구두들은 눅눅하면서도 거칠게 변했고, 셔츠와 칼라는 색깔도 누레진 데다 풀 먹인 곳에 곰팡이까지 피었기 때문이다), 내가 좋아했던 여성들, 성격이나 능력이 나보다 못한 사람들이 나를 갈아 뭉개도록 내버려 두었던 시간들이었다.

——그러자 갑자기, 놀랍게도, 상태가 호전되었다.

——그리고 문제의 소식을 듣자마자 나는 낡은 접시처럼 쩍 하고 갈라지고 말았다.

그것이 이 이야기의 진짜 결말이다. 그에 대해 취해진 조치는 '훗날'이라 불리던 시간 속에 잠들어 있어야만 할 것이다. 지금은 이렇게만 말해 두겠다. 홀로 베개를 끌어안고 한 시간가량을 보내고 나자 내가 지난 이 년 동안 내게 있지도 않은 재능을 끌어 써왔다는 사실, 내 심신을 최고 한도까지 저당 잡혀 있었다는 사실을 깨닫게 되었다고. 삶이 그 대가로 나에게 준 작은 선물은 과연 무엇이었을까? 한때는 목표에 대한 자부심과 영원한 독립성에 대한 확신까지 가지고 있었던 내게.

나는 그 이 년 동안 내가 무언가 —— 내면의 속삭임이었는지 아닌지는 모르겠다 —— 를 지키기 위해 나 자신을 내가 사랑하던 모든 것들로부터 떼어놓았음을 깨달았다. 그리고 매일 아침의 칫솔질에서부터 친구와의 저녁 식사에 이르는, 삶의 모든 행위가 억지로 노력해야만 하는 것이 되어버렸음을 깨달았다. 나는 내가 오래전부터 사람과 사물 들을 좋아하지 않았으면서도 어설프게 좋아하는 척해 왔음을 알게 되었다. 가장 가까운 이들에 대한 사랑마저도 사랑하려는 시도가 되어버렸다는 사실, 편집자나 담배 장수나 친구의 자녀와의 허물없는 관계조차도 그래야만 한다고 기억하고 있는 것에 불과하다는 사실도 알게 되었다. 채 한 달이 가기 전에 나는 라디오 소리, 잡지 광고, 철로의 쇳소리, 시골의 쥐 죽은 듯한 정적을 혐오하게 되었고, 인간의 상냥함을 경멸하게 되었으며, 곧이어 (마음속으로라도) 냉혹함에 불만을 품게 되었고, 잠이 오지 않는 밤을 싫어하게 되었으며, 밤을 향해 가고 있다는 이유로 낮을 싫어하게 되었다. 나는 이제 심장이 있는 쪽으로 누워서 잤다. 내가 심장을 빨리 피로하게 만들수록 축복받은 악몽의 시간이 아주 조금이라도 더 빨리 오리라는 것을 알았기 때문이다. 악몽은 마치 카타르시스처럼 내가 새날을 더 잘 맞이할 수 있게 도와줄 것이었다.

내가 참고 봐줄 수 있는 장소나 얼굴 들이 몇 있긴 했다. 대부분의 중서부 사람들처럼, 나는 아주 막연한 인종적 편견만을 가지고 있었다. 일례로 나는 세인트폴 시의 주택 현관 앞에 앉아 있곤 하던 아름다운 금발의 북유럽계 사람들을 늘 은밀하게 동경했다. 그들은 당시의 사교계라는 곳에 속할 만한 경제력을 가진 계층은 아니었다. 그들은 '겁쟁이'라고 하기엔 너무 선량했고 사회적으로 출세하기엔 너무 방금 시골에서 상경한 이들이었다. 하지만 나는 그 빛나는 머릿결—내가 결코 사귀지 못할 어느 소녀의 밝은 머리털—을 한 번 훔쳐보기 위해 몇 블록을 돌던 기억을 아직도 간직하고 있다. 이것은 도시에 관한, 인기 없는 이야기다. 그리고 근래에 내가 다음 부류에 속하는 사람들을 쳐다보는 것조차도 싫어하게 됐다는 사실과 아주 동떨어진 이야기이기도 하다. 켈트족, 잉글랜드인, 정치인, 이방인, 버지니아 주 사람, 흑인(피부색이 밝든 어둡든), 사냥꾼, 소매점 판매원, 넓은 의미의 중개인, 모든 작가(나는 작가들을 조심스럽게 피한다. 왜냐하면 그들은 다른 누구도 할 수 없는 방식으로 안 좋은 일을 영원한 기록으로 남길 수 있기 때문이다), 모든 계급(계급이기 때문에), 대부분의 계급(그 계급에 속한 사람들 때문에) 등등…….

무언가에 매달리려고 애쓰던 시절, 나는 의사들과 약 열세 살 이하의 소녀들과 가정교육을 잘 받은 약 여덟 살 이상의 소년들을 좋아했다. 이 몇 안 되는 부류에 속하는 사람들에게서는 평화와 행복을 느낄 수 있었다. 내가 노인들—보통은 일흔 이상이어야 하지만 외모가 원숙해 보인다면 때로는 예순 이상의 노인도—을 좋아했다는 사실을 덧붙이는 것을 깜빡할 뻔했다. 나는 스크린 위에 비친 캐서린 헵번의 얼굴(사람들이 그녀의 오만함에 대해 뭐라고 떠들어대건)과 미리엄 홉킨스[2]의 얼굴과 오랜 친구들(내가 그들을 일 년에 한 번만 만나고도 그 잔상을 기억할 수 있다면)을 좋아했다.

모든 것이 다소 비인간적이고 뭔가 결핍된 것 같지 않은가? 뭐, 애들아, 그거야말로 균열의 진정한 징조란다.

이것은 아름다운 그림은 아니다. 그리고 분명히 액자 안에 끼워져서 여기저기를 굴러다니기도 했고 여러 비평가들에게 선보이기도 했다. 그중 한 비평가는 다른 모든 이들의 삶을 죽음처럼 보이게 만드는 사람이라고밖에 설명할 수 없다. 심지어 그녀가 이상하게 마음이 안 끌리는 욥의 위로자[3] 역할을 맡았던 이번에도 마찬가지였다. 나의 이야기는 이미 끝났지만 우리 두 사람의 대화를 일종의 후기로서 덧붙이도록 하겠다.

"그렇게 자기 연민에 빠져 있는 대신 내 말을 들어봐요……." 그녀가 말했다. (그녀는 언제나 "들어봐요"라고 말한다. 그다음 할 말을 생각할 시간을 벌기 위해서다. 이건 정말이다.) 그래서 그녀는 이렇게 말했다. "들어봐요. 균열이 인 것이 당신이 아니라고 가정해 봅시다. 예를 들어 그랜드캐니언이라고 가정해 보자고요."

"균열이 인 건 바로 나예요." 내가 당당하게 말했다.

"내 말을 들어봐요! 세상은 오직 당신의 눈 속에만 존재해요. 당신이 세상을 어떻게 생각하느냐에 달렸단 말이죠. 세상은 당신이 원하는 만큼 커질 수도, 작아질 수도 있어요. 그런데 당신은 작고 보잘것없는 사람이 되려고 애쓰고 있지요. 하느님께 맹세코, 혹시라도 내가 무너지게 된다면, 나는 세상도 함께 무너지게 하려고 애쓸 거예요. 잘 들어요! 세상은 오직 당신의 해석을 통해서만 존재해요. 그러니 균열이 인 건 당신이 아니

---

2) 1902~1972. 미국의 영화배우. 대표작으로 「바바리 코스트」, 「이 세 사람」, 「사랑아 나는 통곡한다」 등이 있다.
3) 위로하는 체하면서 괴로움을 더 주는 사람. 욥기 16장 2절.

라고 말하는 편이 훨씬 낫겠죠. 그건 그랜드캐니언이라고요."

"저기, 스피노자 이론 강의는 다 끝났나요?"

"나는 스피노자에 대해서는 전혀 몰라요. 내가 아는 건……." 그리고 그녀는 자기가 겪었던 어려움들에 대해 이야기하기 시작했다. 그 이야기 속의 불행들은 내 것보다 더 고통스러웠을 듯했다. 그녀는 자신이 어떻게 그것들을 만나고, 극복하고, 무찔렀는지에 대해 들려주었다.

그녀의 말을 듣고 무언가가 머릿속에 떠올랐지만 나는 생각이 느린 사람이었던 데다 그와 동시에 또 다른 생각이, 모든 자연력 중에서 생명력이야말로 진정 언어로 표현할 수 없는 것이라는 생각이 떠올랐다. 정수(精髓)가 면세품이던 시절, 그걸 배급하려 했던 사람은 있었지만 성공한 적은 단 한 번도 없었다. 더 복잡한 비유를 들자면 생명력은 절대 '얻을' 수 없다. 건강이나 갈색 눈동자나 명예나 저음의 목소리처럼 처음부터 갖고 있거나 갖고 있지 않을 뿐이다. 나는 그녀에게 내가 집에 가져가서 요리해 먹을 수 있도록 약간의 생명력을 깔끔하게 포장해달라고 부탁할 수도 있었겠지만 절대로 그걸 얻지는 못했을 것이다. 내가 자기 연민의 깡통을 들고 서서 천 시간 동안 기다렸다면 또 모를까. 내가 할 수 있었던 일은 그저 금이 간 사기그릇을 옮기듯 나 자신을 조심스럽게 들고 문밖으로 걸어 나가서 쓰라린 고통의 세계 ── 그곳에서 찾은 재료들로 내가 집을 짓고 있었던 ── 속으로 사라지는 것뿐이었다. 나는 문밖으로 나온 뒤에 이렇게 중얼거렸다.

"너희는 세상의 소금이니 소금이 만일 그 맛을 잃으면 무엇으로 짜게 하리요?"

마태복음 5장 13절.

다시 붙이기

지난 호에서 필자는 자기 앞에 놓여 있던 것이 그가 사십 대가 되었을 때 받으려고 주문해 두었던 요리가 아니었음을 깨달았다는 이야기를 했다. 사실, 그 요리란 필자 자신을 가리키는 것이었으므로 그는 자신을 금이 간 접시, 즉 이걸 계속 가지고 있을 가치가 있나 고민하게 만드는 것에 비유했다. 담당 편집자는 그 글이 너무 여러 가지 관점을 대충 훑고만 지나갔다고 생각했고 아마 많은 독자들 역시 그렇게 느꼈을 것이다. 그리고 자기현시라고만 하면, "굴하지 않는 영혼"[4]을 괴롭히는 신들에게 숭고한 감사를 바치며 끝맺지 않는 이상, 무조건 경멸하는 사람들도 당연히 있을 것이다.

그러나 나는 너무 오랫동안, 아무 이유도 없이 신들에게 감사했었다. 그래서 에우가네이 구릉지[5] 같은, 분위기 있는 배경조차 없는 애가를 나의 작품 목록에 추가하고 싶었다. 어차피 내 눈에는 에우가네이의 언덕 따윈 하나도 보이지 않았으니까.

하지만 때로는 금이 간 접시도 식기실에 계속 놔둘 필요가, 가정의 필수품으로서 보관해야 할 필요가 있다. 물론 그것을 화덕 위에 놓고 데우거나 개수대 안의 다른 접시들과 섞어놓아서는 절대로 안 된다. 그것이 식탁 위에 오르는 일도 없을 것이다. 그러나 밤늦은 시간에 크래커를 담을 때나 남은 음식을 담아서 냉장고에 집어넣을 때에는 쓸모가 있을 것이다……

---

4) 영국의 시인 윌리엄 어니스트 헨리(1849~1903)의 시 「인빅투스」의 한 구절.

5) 이탈리아 북부의 파도바와 베네치아 사이에 위치한 구릉지대. 영국의 시인 퍼시 비시 셸리(1797~1851)는 이곳을 소재로 「에우가네이 구릉지에서 쓴 시」라는 애가를 집필했다.

그리하여 제2화 '금 간 접시, 그 후의 이야기'가 시작된다.

무너져 앉은 사람을 위한 정석적인 치료법은 실제로 궁핍한 상태에 있거나 육체적 고통을 겪고 있는 사람들에 대해 생각하게 하는 것이다. 이 방법은 일반적인 우울증에도 대체로 잘 듣고 한낮에는 누구한테나 꽤 유익한 충고이기도 하다. 하지만 소포 찾아오는 것을 깜빡했다는 사실이 사형 선고만큼이나 큰 비극적 중요성을 갖는 새벽 3시에는 효과가 없다. 그리고 정말로 어두운 밤을 보내고 있는 영혼에게는 언제나, 매일매일이 새벽 3시다. 그 시간에는 어린애 같은 꿈속으로 도피함으로써 현실 직시를 가능한 한 오래 피하려 하지만 세상과의 다양한 접촉에 의해 계속해서 깜짝 놀라 꿈에서 깨게 된다. 그는 가능한 한 빨리, 아무렇게나 그 상황에서 벗어난 뒤에 다시 한 번 꿈속으로 도망친다. 현 사태가 어떤 물질적인 혹은 정신적인 요행에 의해 저절로 해결되기를 바라면서. 하지만 은둔 생활이 길어질수록 행운을 만날 가능성은 점점 더 줄어든다. 그는 하나의 슬픔이 사라지기를 기다리고 있는 것이 아니라 자기 자아의 붕괴 혹은 처형식의 원치 않는 참관인이 되어가고 있는 것이다…….

광기나 약물이나 술이 끼어들지 않으면 이 단계도 결국은 막다른 곳에 다다르고 그 뒤에는 공허한 고요가 따라온다. 그런 상태가 되면 잃은 것은 무엇이고 남은 것은 무엇인지를 어림해 볼 수 있다. 나 역시 그 같은 고요를 맞이했을 때에야 비로소 내가 예전에 이미 두 번의 비슷한 경험을 한 적이 있음을 깨달았다.

첫 번째는 이십 년 전, 프린스턴대학교 3학년에 재학 중이던 내가 말라리아 진단을 받고 학교를 떠났을 때였다. 십이 년 후에 찍은 엑스레이를 통해 드러난 사실에 의하면 그것은 가벼운 폐결핵이었다. 나는 몇 달 만에 다시 학교로 돌아갔지만 트라이앵글 클럽[6]의 회장직을 비롯한 몇몇 보직과 새로운 뮤지컬 아이디어를 포기해야 했고 한 과목을 수강 철회해야만 했다. 그 후로 내게 대학은 절대 예전과 같아질 수 없었다. 앞으로 내가 배지나 메달을 받을 일이 더 이상 없었으므로. 3월의 어느 날 오후에 나는 내가 원했던 모든 것을 다 잃은 듯한 기분을 느꼈고 그날 밤 처음으로 여성이라는 환영을 뒤쫓았다. 그것은 잠시 동안이나마 다른 모든 것들이 중요치 않은 것처럼 보이게 해주곤 했다.

몇 년 뒤에 나는 학교에서 거물급 인사가 되지 못했던 것이 한편으론 좋은 결과를 낳았음을 깨달았다. 위원회 임원으로 일하는 대신 영시(英詩)에서 크나큰 충격을 받고는 시라는 게 도대체 무엇인지를 이해하자마자 작법을 배우기 시작했기 때문이다. "자기가 좋아하는 것을 얻을 수 없다면 자기가 가진 것을 좋아하라."라는 조지 버나드 쇼의 명제에 입각해 볼 때 그것은 상당한 행운이었다. 물론 당시에는 지도자로서의 경력이 끝났다는 자각이 가혹하고 씁쓸하게 다가왔지만.

그날 이후로 나는 형편없는 하인을 해고할 수 없게 되었고 그럴 수 있는 사람들을 보면 놀라고 감탄하게 되었다. 다른 사람을 지배하고 싶다는 한때의 욕망은 부서져 사라지고 없었다. 나를 둘러싼 삶은 진지하고 엄숙한 꿈과 같았으며 나는 다른 도시에 사는 소녀에게 편지를 쓰는 것으로 근근이 살아나갔다.

---

6) 1891년에 창단된 트라이앵글 클럽은 미국에서 가장 오래된 순회 뮤지컬 극단이자 학생들이 직접 쓴 창작극을 가지고 매년 전국 순회공연을 하는 유일한 대학 동아리이다.

인간은 그런 종류의 실패를 결코 극복할 수 없다. 그는 다른 사람이 되고 새로운 사람은 결국 새로운 관심사를 찾아내기 마련이다.

나의 현재 상황과 비슷한 두 번째 일화는 지나치게 긴 대오 편성의 또 다른 예였던 전쟁 후에 일어났다. 그것은 가난 때문에 이루어질 수 없는 비극적인 사랑이었고 소녀는 어느 날 상식을 근거로 그 사랑을 팔아치워 버렸다. 내가 기나긴 절망의 여름 동안 수많은 편지 대신 쓴 한 편의 소설은 결국 성공했지만 완전히 엉뚱한 이유에서 성공한 것이었다. 두둑해진 주머니 덕에 일 년 후에 소녀와 결혼한 남자는 언제까지나 유한계급에 대한 변치 않는 불신과 원한을 간직할 것이었다. 그것은 혁명가의 신념이 아니라 농민의 사무친 증오였다. 그때부터 나는 친구들의 돈은 대체 어디서 난 걸까라는 생각을 멈출 수가 없었고, 과거의 어느 때엔가 일종의 초야권이 행사되어서 그들 중 한 명이 내 아내를 취했을지도 모른다는 생각을 떨칠 수가 없었다.

십육 년 동안 나는 부자들을 불신하면서도, 그들의 기동성과 그들 중 일부가 영위하는 우아한 삶을 누리는 데 필요한 돈을 벌기 위해 일하면서 살았다. 그동안 내가 타고 있던 말[馬]은 꽤 많이 죽어 나갔다. 기억나는 이름도 몇 개 있다. 구겨진 자존심, 좌절된 기대, 회의감, 뻐기기, 엄청난 타격, 피맺힌 후회. 그리고 시간이 흐르면서 내가 더 이상 스물다섯이 아니게 되고 나중에는 서른다섯조차도 아니게 되자, 모든 것이 예전 같지 않아졌다. 그러나 그 모든 세월 동안 단 한순간도 좌절한 기억은 없다. 나는 훌륭한 인품을 지녔으면서도 자살 충동을 느낄 정도의 우울 증세를 겪는 사람들을 보았다. 그들 중 일부는 결국 삶을 포기했고, 일부는 잘 적응해서 나보다 더 큰 성공을 거두었다. 하지만 나의 사기는 내가 꼴사나운 소동을 벌였을 때 자기혐오를 느꼈던 것 이하로는 절대 떨어져 본 적이 없다. 괴로움이란 반드시 실의를 동반하지는 않는다. 실의는 자기만의 고유한 병균을 가지고 있고, 실의와 괴로움이 서로 다른 것은 관절염과 뻑뻑한 관절이 다른 것과 같다.

지난봄 새로운 하늘이 태양을 잘라내 버렸을 때, 처음에는 그것이 십오 년인가 이십 년 전에 있었던 일과 관련 있다는 생각은 들지 않았다. 그런데 시간이 흐를수록 차츰 뭔가 가족 같은 공통점 — 지나치게 늘인 대열 혹은 양쪽 끝에서 타 들어가는 초 — 이 드러나기 시작했다. 마치 은행에서 초과 인출이라도 한 것처럼, 내가 요청한 적도 없는 물리적 자원이 청구됐던 것이다. 이번 충격은 앞의 두 번보다 강도는 훨씬 강했지만 본질은 사실상 같았다. 그것은 저물녘의 황량한 목장에서 탄창이 텅 빈 소총을 들고, 쓰러진 표적들 앞에 서 있는 듯한 느낌이었다. 아무런 문제도 없었다. 내 숨소리 외에는 오직 정적만이 가득했다.

그 정적 속에는 모든 의무에 대한 외면, 내 모든 가치관의 소멸이 담겨 있었다. 질서에 대한 열렬한 믿음, 동기(動機)나 결과의 경시, 추측과 예언에 대한 선호, 어떤 세계에나 직업과 산업이 존재하리라는 생각을 비롯한 여러 가지 확신들이 하나씩 하나씩 사라져갔다. 내가 젊었을 때만 해도 한 사람의 인간이 다른 사람에게 생각과 감정을 전달하는 데 있어서 가장 강력하고 유연한 수단이었던 소설은, 할리우드 장사꾼들에 의해서건 러시아 관념론자들에 의해서건, 아주 흔해 빠진 생각이나 아주 명백한 감정만을 표현할 수 있는 기계적인 집단 예술보다 낮은 지위로 격하되었다. 이 집단 예술이란 것은 언어보다 이미지를 중시하고, 인간을 합동 작업의 하찮은 도구로 전락시킬 수밖에 없는 예술이었다. 꽤 오래전인 1930년에 나는 이미 유성영화가 최고의 베스트셀러 작가조차도 무성영화만큼이나 고리타분해 보이게 만들 것임을 직감했다. 사람들은 여전히 책을 읽는다. 비록 어른들은 캔비 교수[7]가 추천하는 이 달의 책밖에 안 읽고 호기심 많은 아이들은 편의점에서 파는 티파니 세이어 씨[8]의 쓰레기 같은 책이나 기웃거릴 뿐이지만. 그러나 문장(文章)의 힘이 더 반짝이고 구역질 나는 또 다른 힘에 굴복하는 것을 볼 때 느껴졌던 사무치는 모욕감은 이미 내게는 거의 집착의 대상이 되어 있었다…….

나는 그것을, 긴긴 밤 동안 나를 괴롭히는 것의 예로 간주하기로 했다. 그것은 내가 받아들일 수도 없고 맞서 싸울 수도 없는 것, 체인점들이 소매상들을 절름발이로 만들었듯 내 노력을 쓸모없게 만드는 것, 외부의 힘, 이길 수 없는…….

(내 앞의 책상 위에 놓인 손목시계를 보면서 몇 분이나 남았나 확인하고 있자니 지금 강의를 하고 있는 듯한 기분이다…….)

아무튼, 앞서 언급했던 정적의 시기에 다다랐을 때 나는 어느 누구도 자발적으로는 절대 택하지 않았을 평가를 받게 되었다. 생각할 것을 강요당했던 것이다. 그건 정말로 어려운 일이었다! 비밀에 싸인 거대한 신경의 움직임이라니. 기진맥진한 상태가 되어 처음으로 멈췄을 때, 나는 내가 전에도 생각이라

---

7) 헨리 사이들 캔비(1878~1961). 미국의 비평가 · 편집자 · 예일대학교 교수.
　《뉴욕 이브닝 포스트》와 《새터데이 리뷰 오브 리터러처》의 편집자였다.
8) 1902~1959. 미국의 배우 · 작가. 대표작으로 『티파니 세이어의 삼총사』, 『티
　파니 세이어의 모나리자』 등이 있다.

는 것을 한 적이 있었는지 도통 알 수가 없었다. 그로부터 오랜 시간이 흐른 뒤에 내가 도달한 결론을 여기에 적어보도록 하겠다.

(1) 나는 내 직업과 관련된 문제 외에는 거의 생각을 하지 않았다. 이십 년 동안 나의 지적 양심이 되어주었던 것은 다른 사람, 즉 에드먼드 윌슨[9]이었다.

(2) 내가 생각하는 ‘좋은 삶’의 상징은 또 다른 사람이었다. 내가 그를 십 년에 한 번만 만나기 때문에 그사이에 그가 교수형을 당했을지도 모르지만 말이다. 그는 북서부에서 모피 사업에 종사하고 있고 여기에 자신의 이름이 적히는 것을 원치 않을 것이다. 하지만 나는 힘든 상황에 처할 때면 그라면 어떻게 생각했을까, 그라면 어떻게 행동했을까를 추측하려 애써왔다.

(3) 나와 동년배인 세 번째 인물은 한동안 나의 예술적 양심이었다. 그의 문체는 전염성이 강하지만 흉내 내 본 적은 없다. 왜냐하면, 보시다시피, 그가 첫 책을 출간하기도 전에 이미 나만의 문체가 형성되어 있었기 때문이다. 그러나 일이 잘 풀리지 않을 때 그러고 싶은 유혹을 강하게 느꼈던 것은 사실이다.

(4) 네 번째 인물은 나의 인간관계가 성공적이었을 때, 어떻게 행동하고 무슨 말을 할 것인가에 대해 이런저런 지시를 해주었던 사람이다. 말하자면, 잠시 동안만이라도 사람들을 행복하게 만드는 방법이라 할 수 있었다.(일종의 격식을 갖춘 저속함으로 모든 사람을 완전히 불편하게 만드는 방법에 관한 포스트 부

---

9) 1895~1972. 미국의 비평가·수필가. 피츠제럴드의 친구. 피츠제럴드가 사망한 후 그의 마지막 작품이자 미완성 소설인 『최후의 대군(大君)』(1941)과 이 글이 수록된 『무너져 내리다』(1945)를 출판하였다.

인[10]의 이론과는 정반대다.) 이것은 항상 나를 혼란스럽게 했고, 밖에 나가서 술에 취하고 싶게 만들었다. 하지만 이 사람은 이런 게임을 보고, 분석하고, 이긴 사람이었기에 내게는 그의 말이면 충분했다.

(5) 나의 정치적 양심은 작품 속에서 역설의 요소로 등장할 때 외에는 십 년 동안 거의 존재한 적이 없었다. 내가 구성원으로서 역할을 다해야만 하는 체재를 다시 한 번 인식하게 되었을 때 정열과 신선한 공기와 함께 나에게 그것을 깨닫게 해준 이는 나보다 한참 어린 친구였다.

따라서 더 이상 '나'는 존재하지 않았다. 내 자존감을 구축하는 데 바탕이 되어줄 '나'는 없었다. 오직 노동에 필요한 무한한 역량만이 남아 있었지만 그것조차도 이제는 사라져버린 듯했다. 자아가 없다는 것은 이상한 기분이었다. 마치 커다란 집에 홀로 남겨진 소년이 된 것만 같았다. 그는 자기가 원하는 것은 뭐든지 할 수 있음을 알지만 하고 싶은 것이 아무것도 없음을 깨닫는다…….

(이제 한 시간이 지났지만 나는 아직도 본론에 도달하지 못했다. 이 이야기가 과연 일반적인 관심사인가에 대해서는 약간의 의구심이 들지만 누구든 이 이상을 원하는 사람이 있다면, 할 얘기는 아직도 많으니, 편집자가 내게 귀띔해 줄 것이다. 만약 이것으로 충분하다면 그렇게 말해라. 하지만 너무 큰 소리로 말하지는 마라. 왜냐하면 누군가가, 누군지 확실치는 않지만, 곤히 자고 있다는 느낌이 들기 때문이다. 예전에 내가 먹고살 수 있도록 두와

---

10) 에밀리 포스트(1873~1960). 미국의 작가. 유명 건축가 브루스 프라이스의 외동딸로, 당시 뉴욕 사교계의 유명 인사였다. 예절에 관한 지침서 『에티켓』으로 가장 유명하다.

주었던 사람일지도 모르겠다. 하지만 그건 분명 레닌도 아니었고,
하느님도 아니었다.)

취급 주의

나는 지금까지 유난히도 낙천적이었던 한 젊은이가 어떻게
모든 가치관의 붕괴——그 일이 일어나고 한참 뒤까지도 거의
알아차리지 못했던——를 경험했는지에 관해 이야기했다. 그
리고 그 뒤에 이어진 절망의 시기와 그럼에도 불구하고 계속
나아가야 할 필요성에 관해서도 이야기했지만 윌리엄 어니스
트 헨리의 과장된 시구 "내 머리는 피투성이이나 숙이지 않았
다"에 기대지는 않았다. 왜냐하면 나의 정신적인 책임성을 확
인해 본 결과 내게 숙이거나 말거나 할 특별한 머리가 없음이
밝혀졌기 때문이다. 한때 내게 심장이 있었다는 것, 내가 확신
할 수 있는 것은 그게 전부다.

어쨌든 수렁 속에서 허우적대다 빠져나온 나에게 출발점이
되어준 문장은 바로 이것이었다. "나는 느낀다. 고로 나는 존재
한다." 한때는 나에게 의지하거나, 어려울 때 나를 찾아오거나,
멀리서 편지를 보내거나, 내 충고와 삶에 대한 시각을 맹목적
으로 신봉하는 사람들이 많았던 시절도 있었다. 많은 사람들의
운명에 영향을 끼칠 수 있는 사악한 라스푸틴[11]이나 지루한 이
야기꾼에게는 어떤 개성이 있어야만 한다. 따라서 나의 과제는

---

11) 1872~1916. 시베리아 태생의 농부·신비주의자. 혈우병을 앓고 있던 러시
    아 황태자 알렉세이 니콜라예비치의 병세를 호전시켜 니콜라이 2세와 황후
    알렉산드라의 궁정에서 총애를 받으며 세력을 휘둘렀다.

내가 왜, 어디에서 변했으며, 내 열의와 생명력이 일찍부터 계속해서 새어 나간, 내가 모르는 틈새가 어디에 있는지를 알아내는 것이 되었다.

괴롭고 절망적이었던 어느 날 밤, 나는 이 문제를 고민하기 위해 가방을 싸 들고 1,000마일을 달아났다. 그리고 아는 사람이 아무도 없는 우중충한 소도시로 가서 1달러짜리 방을 얻었다. 가지고 있던 나머지 돈은 전부 고기 통조림과 크래커와 사과를 사는 데 썼다. 하지만 과포화 상태의 세계에서 상대적인 금욕주의로의 변화가 "위대한 실험"[12]이었다는 뜻은 아니다. 나는 그저 내가 슬픔을 향한 슬픈 태도, 우울을 향한 우울한 태도, 비극을 향한 비극적 태도를 발전시키게 된 이유 — 나의 공포 혹은 연민의 대상과 자신을 동일시하게 된 이유 — 를 생각하기 위해 절대적인 고요를 원했을 뿐이다.

이것이 좋은 기분 전환 거리라고 생각되는가? 그렇지 않다. 이런 식의 동일시는 성취의 죽음을 초래한다. 제정신인 사람을 일하지 못하게 만드는 것이 바로 이런 것이다. 레닌은 프롤레타리아의 고통을, 워싱턴은 부하 병사들의 고통을, 디킨스는 런던 하층민의 고통을 견뎌내려 하지 않았다. 관심의 대상과 스스로 섞이려 했던 톨스토이의 시도는 가짜였고 실패였다. 내가 이들을 언급하는 이유는 우리 모두에게 가장 잘 알려진 사람들이기 때문이다.

그것은 위험한 안개였다. 워즈워스가 "지상으로부터 영광이 떠났다"고 말했을 때 그는 뒤따라 죽고 싶은 충동을 느끼진 않았으며, 키츠 역시 폐결핵과의 사투를 결코 멈추지 않았고 마

---

12) 『우주 전쟁』으로 유명한 영국의 소설가 H. G. 웰스의 소설 제목(1915).

지막 순간까지도 영국의 시인들과 어깨를 나란히 하고 싶다는 희망을 버리지 않았다.

　나의 자기희생은 무기력하고 어두운 것이었다. 분명 현대적이진 않았다. 그러나 나는 전쟁 후에 다른 이들, 신의 있고 근면한 십여 명의 사람들에게서 그것을 보았다. (여러분이 그렇게 말할 줄 알았다. 물론 이 사람들 중에는 마르크스주의자들도 있었다.) 나는 나와 동년배인 한 유명 인사가 반년 동안 죽음에 대한 생각을 품고 있었을 때 방관했다. 또 마찬가지로 저명한 다른 이가 사람들과의 접촉을 견딜 수 없게 된 나머지, 몇 달을 요양원에서 보냈을 때에도 그저 지켜보기만 했다. 그리고 결국 포기하고 죽음을 택한 사람들로 말하자면 스무 명은 족히 댈 수 있다.

　그리하여 나는 이런 결론에 이르렀다. 살아남았던 이들은 일종의 단절을 했으리라는 것이다. 이것은 의미심장한 표현이고 탈옥과는 다르다. 탈옥을 한 사람은 또 다른 감옥으로 갈 수도 있고 원래 있던 감옥으로 다시 끌려갈 수도 있다. 흔히 말하는 '탈출'이나 '모든 것으로부터의 도피'는 함정——설사 그 함정 안에 남태평양이 포함돼 있다 할지라도——안에서의 짧은 여행에 불과하다. 그리고 남태평양은 그곳을 그리거나 항해하고 싶은 사람에게나 의미가 있다. 단절이란 다시는 예전으로 돌아갈 수 없는 것이다. 과거가 더 이상 존재하지 않게 되기에 돌이킬 수 없는 것이다. 그렇다면 삶이 나에게 부여했던, 혹은 내가 나 자신에게 부여했던 의무를 더 이상 이행할 수 없게 된 지금, 사 년 동안 거짓된 삶을 살아온 나의 빈껍데기를 왜 없애버리지 않는가? 나는 계속해서 작가로 있어야만 했다. 그것이 내 유일한 삶의 방식이었기 때문에. 그러나 사람이 되기 위한

──친절해지거나 관대해지기 위한──모든 시도는 멈추기로 했다. 그것 대신 통용될 만한 가짜 동전은 잔뜩 있었고 나는 5센트로 1달러를 살 수 있는 곳도 알고 있었다. 삼십구 년 동안 나의 예리한 눈은 우유에 물을 타고 설탕에 모래를 섞는 곳, 라인석이 다이아몬드로 통하고 벽토를 돌이라 하는 곳을 알아내는 법을 터득해 왔다. 더 이상의 퍼 주기는 없었다. 이제부터 모든 베풂은 새로운 이름을 얻음과 동시에 불법화되었다. 그 이름은 '낭비' 였다.

이러한 결정을 내리고 나자 나는 뭔가 새롭고도 진정한 존재가 된 것처럼 기운이 솟아나는 것을 느꼈다. 그래서 일종의 시작을 알리는 의미로, 집에 가서 그동안 모아두었던 편지 꾸러미를 쓰레기통에 버렸다. 그것은 아무런 대가도 주지 않으면서 뭔가를 요구하는 편지들이었다. 이 사람의 원고를 읽어달라, 이 사람의 시를 사달라, 라디오에 나와서 자유롭게 이야기해 달라, 머리말을 써달라, 인터뷰를 해달라, 이 희곡의 줄거리를 손봐 달라, 가정 문제를 해결해 달라, 이 사려 깊은 행동, 즉 기부를 해달라와 같은 요구들이었다.

마술사의 모자는 비어 있었다. 그 안에서 물건을 꺼내는 것은 오래전부터 속임수였다. 그리고 비유를 바꿔서 말하면, 나는 이제 구호품을 뱉어내는 기계에서 영원히 손 떼기로 했다.

파괴적이고 사악한 기분은 계속됐다.

나는 십오 년 전에 그레이트 넥발(發) 통근 열차에서 늘 볼 수 있었던, 탐욕스러운 눈을 한 남자들과 비슷한 기분을 느꼈다. 그들은 내일 세계가 혼란에 빠지더라도 자기 집만 무사하다면 신경 쓰지 않을 사람들이었다. 이제 그들 중 한 명이 된 이 달변가는 이렇게 말했다.

"미안하지만 일은 일입니다."

혹은

"그런 지경에 처하기 전에 그 점을 생각했어야지요."

혹은

"나는 그 일을 해결해야 하는 사람이 아닙니다."

그리고 미소. 아, 나는 미소를 지을 것이다. 지금도 그 미소를 연습 중이다. 그것은 호텔 지배인, 노련한 늙은 족제비, 학교 개방일의 교장, 유색인 엘리베이터 안내원, 인기 있는 동성애자, 시장가격의 반값에 물건을 만드는 생산자, 새로운 일을 맡은 숙련된 간호사, 난생처음 찍은 그라비어[13] 화보 속의 매춘부, 화면 밖으로 잘려 나간 들뜬 엑스트라, 발가락에 염증이 있는 발레 무용수, 그리고 구겨진 면상 덕분에 존재하는 것이 분명한, 워싱턴과 베벌리힐스에 사는 모든 사람들이 공통적으로 가지고 있는 사랑과 친절의 위대한 광선으로부터 최고의 특징들만을 골라서 모두 합친 것이다.

목소리 역시 마찬가지다. 나는 선생님과 함께 목소리 만드는 연습을 하고 있다. 내가 완벽한 목소리를 완성하게 되면 나의 후두는 상대방이 확신하는 것에 대해서만 확신의 반응을 보이게 될 것이다. 이 목소리는 주로 "네."라는 말을 유도하려고 할 때 필요할 것이므로 선생님(변호사)과 나는 그 부분에 집중하고 있지만 그것은 상담 외 시간에 하고 있다. 나는 거기에 정중한 신랄함을 더하는 법을 배우고 있다. 나는 사람들에게 내가 그들을 환영하기는커녕 참을 수 없을 정도로 싫어하고 매 순간 끊임없이 냉혹한 시선으로 분석하고 있다는 사실을 느끼게 만

---

13) 음각 사진 제판법. 값싼 종이에도 양질의 인쇄 영상과 색조를 찍어낼 수 있어서 잡지, 카탈로그, 신문의 컬러 화보 등에 사용된다.

들 것이다. 그럴 때에는 물론 미소는 보이지 않을 것이다. 이런 신랄함은 내가 얻어낼 게 없는 사람들, 즉 늙고 지친 이들이나 힘들게 살아가는 젊은이들을 위해 따로 남겨 둘 것이다. 그들은 개의치 않을 것이다. 뭐 어떤가. 그들은 어차피 거의 항상 그런 대접을 받고 살 텐데.

하지만 이 정도면 됐다. 그것은 경솔함의 문제가 아니다. 만약 당신이 젊고 작가가 되고 싶어서, 전성기의 작가들이 종종 빠지곤 하는 감정적 탈진 상태에 대한 글을 쓰는 진지한 문학인이 되는 법을 배우고 싶다며 제발 만나달라고 나에게 부탁한다면, 그러니까 당신이 내가 지금 말한 일을 행동에 옮길 만큼 젊고 어리석다면, 나는 당신이 아주 돈 많고 중요한 사람의 친척이 아닌 이상 당신의 편지를 잘 받았다고 기별하는 수고조차 하지 않을 것이다. 그리고 만약 당신이 우리 집 창문 앞에서 굶어 죽어가고 있다면, 나는 재빨리 밖으로 나가서 당신에게 (더 이상 손을 내밀진 않겠지만) 미소와 목소리를 선사할 것이다. 그리고 누군가가 공중전화에 넣을 5센트를 구해서 구급차를 부를 때까지 기다릴 것이다. 그 상황에 작품의 소재로 써먹을 만한 것이 있다고 생각된다면 말이다.

나는 이제야 비로소 작가, 그 이상도 이하도 아닌 존재가 되었다. 내가 그토록 끈질기게 되려고 했던 인물은 너무 큰 부담이 되어버려서, 토요일 밤에 경쟁자를 놓아주는 흑인 여자만큼이나 가책 없이 '놓아주'었다. 선량한 사람들은 선량하게 행동하게 하라. 일 년에 일주일뿐인 '휴가'도 가족들 뒤치다꺼리를 하는 데 바치는, 과로하는 의사들은 일하다 죽게 하라. 태만한 의사들은 1달러짜리 환자를 서로 차지하기 위해 싸우게 하라. 병사들은 전사하는 즉시 발할라[14]에 들게 하라. 그것이 그들과 신들이 맺은 계약이다. 작가는 자기 스스로 만들어내지 않는 한, 그런 이상을 가질 필요가 없다. 그래서 나는 만들지 않았다. 괴테에서 바이런, 조지 버나드 쇼로 이어지는 전인(全人)이 되겠다는 옛 꿈은 J. P. 모건과 톱햄 보클레어[15]와 프란키스쿠스[16]가 혼합된 화려한 미국식 색채와 함께, 프린스턴대학교 1학년 때 미식축구장에서 딱 하루 착용했던 거대한 어깨 보호대와 한 번도 해외에서 쓴 적 없는 약모[17]로 격하되었다.

그럼 뭐 어떤가. 지금 내 생각은 이렇다. 지각 있는 성인의 자연스러운 상태는 제한적인 불행이다. 그리고 성인에게 있어서 지금보다 더 나은 기질을 갖고자 하는 욕망, 즉 (이 말을 하는 것으로 밥을 벌어먹는 사람들이 늘 말하는) '끊임없는 노력'은 우리의 젊음과 희망이 끝났을 때 그 불행을 더 크게 만들 뿐이다. 내가 과거에 느꼈던 행복은 종종 너무 큰 황홀감을 가져다주어서 가장 가까운 이들과도 함께 나누지 못하고 그 파편들이 책 속의 문장으로 녹아들 때까지 조용한 길거리와 오솔길을 걸으며 시간을 보내야만 했다. 하지만 나의 행복 혹은 자기기만의 재능 —— 아니면 뭐든 당신이 원하는 이름으로 불러라. —— 은 예외적인 경우였다고 생각한다. 그것은 자연스러운

---

14) 북유럽 신화에 나오는, 전사한 군인들의 저택. 전사들은 이곳에서 오딘 신의 지휘하에 즐겁게 지내다가 라그나뢰크(최후의 날)가 되면 이 궁전의 540개의 문에서 행진해 나와 오딘을 위해 거인과 싸운다고 한다.

15) 1739~1780. 영국의 귀족. 『라셀라스』의 작가인 새뮤얼 존슨의 절친한 친구였으며 존슨이 만든 문인 클럽의 창단 멤버이기도 했다.

16) 1181/82~1226. 프란체스코 수도회 및 수녀회의 설립자. 자선, 청빈과 강력한 지도력으로 수많은 추종자를 불러 모았고 가장 존경받는 종교인 가운데 하나가 되었다. 시에나의 카테리나와 함께 이탈리아의 주요 수호성인이다.

17) 챙을 완전히 위로 접어 올린, 배[船] 모양의 군인모. 약모가 영어로는 해외 모자(overseas cap)라는 사실에서 유래한 언어유희다.

것이 아니라 1920년대의 경제 호황만큼이나 부자연스러운 것
이었다. 그리고 나의 최근 경험은 호경기가 끝났을 때 온 나라
를 휩쓴 절망의 물결[18]과 흡사하다.

　나는 새로운 체제와 더불어 그럭저럭 살아나가게 될 것이다.
비록 그 사실을 확신하게 되기까지는 몇 달이 걸렸지만. 그리
고 미국 흑인들의 우스꽝스러운 금욕주의가, 견딜 수 없는 생
존 여건을 참을 수 있게 해준 대가로 그들에게서 진실에 대한
감각을 앗아 간 것처럼, 내 경우에도 치러야 할 값이 있다. 나
는 이제 집배원도, 식료품 장수도, 편집자도, 사촌매제도 더 이
상 좋아하지 않는다. 그러면 그쪽에서도 곧 나를 싫어하게 될
테니 삶은 다시는 예전처럼 즐겁지 않을 것이고 '개 조심'이라
는 팻말이 영원히 우리 집 대문 위에 걸려 있게 될 것이다. 나
는 얌전한 짐승이 되려고 노력하겠지만 만약 당신이 나에게 살
점이 잔뜩 붙은 뼈다귀를 던져 준다면 나는 당신의 손을 핥을
지도 모른다.

(에세이 번역 황연지)

---

18) 1929년에 시작된 대공황을 말한다.